EL CUENTO
DE LA CRIADA

NARRATIVAS CONTEMPORANEAS

MARGARET ATWOOD

EL CUENTO
DE LA CRIADA

Editorial Sudamericana
Buenos Aires

Título del libro original en inglés:
THE HANDMAID'S TALE

Ilustración tapa: Fred Marcellino
Diseño de tapa: Mario Blanco

IMPRESO EN LA ARGENTINA

*Queda hecho el depósito que
previene la ley 11.723. © 1987,
Editorial Sudamericana, S. A.,
Humberto I 531, Buenos Aires.*

ISBN 950-07-0435-8

A Mary Webster y Perry Miller

Y viendo Raquel que no daba hijos a Jacob, tuvo envidia de su hermana, y dijo a Jacob: Dame hijos, o me moriré.

Y Jacob se enojó contra Raquel, y le dijo: ¿Soy yo, en lugar de Dios, quien te impide el fruto de tu vientre?

Y ella dijo: He aquí a mi sierva Bilhah; entra en ella y parirá sobre mis rodillas, y yo también tendré hijos de ella.

Génesis, 30:1-3

En cuanto a mí, después de muchos años de ofrecer ideas vanas, inútiles y utópicas, y perdida toda esperanza de éxito, afortunadamente di con esta propuesta...

JONATHAN SWIFT
Una propuesta modesta

En el desierto no hay ninguna señal que diga «No comerás piedras».

Proverbio sufí

I

LA NOCHE

Dormíamos en lo que, en otros tiempos, había sido el gimnasio. El suelo, de madera barnizada, tenía pintadas líneas y círculos correspondientes a diferentes deportes. Los aros de baloncesto todavía existían, pero las redes habían desaparecido. La sala estaba rodeada por una galería destinada al público; y tuve la impresión de que podía percibir, como en un vago espejismo, el olor acre del sudor mezclado con ese toque dulce de la goma de mascar y del perfume de las chicas que se encontraban entre el público, vestidas con faldas de fieltro —así las había visto yo en las fotos—, más tarde con minifaldas, luego con pantalones, finalmente con un solo pendiente y peinadas con crestas de rayas verdes. Aquí se habían celebrado bailes; persistía la música, un palimpsesto de sonidos que nadie escuchaba, un estilo tras otro, un fondo de batería, un gemido melancólico, guirnaldas de flores hechas con papel de seda, demonios de cartón, una bola giratoria de espejos que salpicaba a los bailarines con copos de luz.

En la sala había reminiscencias de sexo y soledad y expectativa, la expectativa de algo sin forma ni nombre. Recuerdo aquella sensación, el anhelo de algo que siempre estaba a punto de ocurrir y que nunca era lo mismo, como no eran las mismas las manos que sin perder el tiempo nos acariciaban la región lumbar, o se escurrían entre nuestras ropas cuando nos agazapábamos en el aparcamiento o en la sala de la televisión con el aparato enmudecido y las imágenes parpadeando sobre nuestra carne exaltada.

Suspirábamos por el futuro. ¿De dónde sacábamos aquel talento para la insaciabilidad? Flotaba en el aire; y aún se respiraba, como una idea tardía, cuando intentábamos dormir en los catres del ejército dispuestos en fila y separados entre sí para que no pudiéramos hablar. Teníamos sábanas de franela de algodón, como las que usan los niños, y mantas del ejército, tan viejas que aún llevaban las iniciales U. S. Doblábamos nuestra ropa con mucha prolijidad y la dejábamos sobre el taburete, a los pies de la cama. En seguida bajaban las luces pero nunca las apagaban. Tía Sara y Tía Elizabeth hacían la ronda; en sus cinturones de cuero llevaban colgando aguijones eléctricos como los que se usaban para el ganado.

Sin embargo, no llevaban armas; ni siquiera a ellas se las habrían confiado. Su uso estaba reservado a los Guardianes, que eran especialmente escogidos entre los Ángeles. No se permitía la presencia de Guardianes dentro del edificio, excepto cuando se los llamaba; y a nosotras no nos dejaban salir, salvo para dar nuestros paseos, dos veces al día y de dos en dos, alrededor del campo de fútbol que ahora estaba cercado con una valla de cadenas, rematada con alambre de púas. Los Ángeles permanecían fuera, dándonos la espalda. Para nosotras eran motivo de temor, y también de algo más. Si al menos nos miraran, si pudiéramos hablarles... Creíamos que así podríamos intercambiar algo, hacer algún trato, llegar a un acuerdo, aún nos quedaban nuestros cuerpos... Ésta era nuestra fantasía.

Aprendimos a susurrar casi sin hacer ruido. En la semipenumbra, cuando las Tías no miraban, estirábamos los brazos y nos tocábamos las manos mutuamente. Aprendimos a leer el movimiento de los labios: con la cabeza pegada a la cama, tendidas de costado, nos observábamos mutuamente la boca. Así, de una cama a otra, nos comunicábamos los nombres: Alma, Janine, Dolores, Moira, June.

II

LA COMPRA

Una silla, una mesa, una lámpara. Arriba, en el cielo raso blanco, un adorno en relieve en forma de guirnalda, y en el centro de ésta un espacio en blanco tapado con yeso, como un rostro al que le han arrancado los ojos. Alguna vez allí debió de haber una araña. Pero han quitado todos los objetos a los que pueda atarse una cuerda.

Una ventana, dos cortinas blancas. Bajo la ventana, un asiento con un cojín pequeño. Cuando la ventana se abre parcialmente —sólo se abre parcialmente— entra el aire y mueve las cortinas. Me puedo sentar en la silla, o en el asiento de la ventana, con las manos cruzadas, y dedicarme a contemplar. La luz del sol también entra por la ventana y se proyecta sobre el suelo de listones de madera estrechos, muy encerados. Puedo oler la cera. En el suelo hay una alfombra ovalada, hecha con trapos viejos trenzados. Éste es el tipo de detalle que les gusta: arte popular, arcaico, hecho por las mujeres en su tiempo libre con cosas que ya no sirven. Un retorno a los valores tradicionales. No consumir, no desear. Si no consumo, ¿por qué sí deseo?

En la pared, por encima de la silla, un cuadro con marco pero sin cristal: es una acuarela de flores, de lirios azules. Las flores aún están permitidas. Me pregunto si las demás también tendrán un cuadro, una silla, unas cortinas blancas. ¿Serán artículos repartidos por el gobierno?

«Haz como si estuvieras en el ejército», decía Tía Lydia.

Una cama. Individual, de colchón semiduro cubierto con una colcha blanca rellena de borra. En la cama no se hace nada más que dormir... o no dormir. Intento no pensar demasiado. Como el resto de las cosas, el pensamiento tiene que estar racionado. Hay muchos que no soportan pensar. Pensar puede perjudicar tus posibilidades, y yo tengo la intención de resistir. Sé por qué el cuadro de los lirios azules no tiene cristal, y por qué la ventana sólo se abre parcialmente, y por qué el cristal de la ventana es inastillable. Lo que temen no es que nos escapemos —al fin y al cabo no llegaríamos muy lejos— sino esas otras salidas, las que puedes abrir en tu interior si tienes una mente aguda.

Así que, aparte de estos detalles, ésta podría ser la habitación de los invitados de un colegio, pero la habitación de los visitantes menos distinguidos; o una habitación de una casa de huéspedes como las de antes, adecuada para damas de escasas posibilidades. Así estamos ahora. Las posibilidades han quedado reducidas... para aquellos que aún tenemos posibilidades.

Pero la silla, la luz del sol, las flores... no deben despreciarse. Estoy viva, vivo, respiro, saco la mano abierta a la luz del sol. El lugar en que me encuentro no es una prisión sino un privilegio, como decía Tía Lydia, a quien le encantaban los extremos.

Está sonando la campana que marca el tiempo. Aquí el tiempo se marca con campanas, como ocurría antes en los conventos de monjas. Y, también como en un convento, hay pocos espejos.

Me levanto de la silla, doy un paso hacia la luz del sol con los zapatos rojos de tacón bajo, pensados para proteger la columna vertebral pero no para bailar. Los guantes rojos están sobre la cama. Los cojo y me los pongo, dedo por dedo. Salvo la toca que rodea mi cara, todo es rojo, del color de la sangre, que es lo que nos define. La falda es larga hasta los tobillos y amplia, recogida en un canesú liso que cubre el pecho, y las mangas son anchas. La toca blanca también es de uso obligado; su misión es impedir que veamos, y también que nos vean. El rojo nunca me sentó bien, no es mi color. Cojo la cesta de la compra y me la cuelgo del brazo.

La puerta de la habitación —no *mi* habitación, me niego a reconocerla como *mía*— no está cerrada con llave. De hecho, ni siquiera se puede ajustar. Salgo al pasillo, encerado y cubierto por una alfombra central de color rosa ceniciento. Como un sendero en el bosque, como una alfombra para la realeza, me indica el camino.

10

La alfombra traza una curva y baja por la escalera; yo la sigo, apoyando una mano en la barandilla que alguna vez fue árbol, fabricada en otro siglo, lustrada hasta hacerla resplandecer. La casa es de estilo victoriano tardío y fue construida para una familia rica y numerosa. En el pasillo hay un reloj de péndulo que marca el tiempo lánguidamente y luego una puerta que da a la sala de estar materna, poblada de sombras. Una sala en la que nunca me siento, sólo me quedo de pie o me arrodillo. Al final del pasillo, encima de la puerta frontal, hay un montante de abanico de vidrios de colores que forman flores rojas y azules.

En la pared de la sala aún queda un espejo. Si giro la cabeza —de manera tal que la toca blanca que enmarca mi cara dirija mi visión hacia él— puedo verlo mientras bajo la escalera: un espejo redondo, convexo, de cuerpo entero, como el ojo de un pescado, y mi imagen reflejada en él como una sombra distorsionada, una parodia de algo, como la figura de un cuento de hadas cubierta con una capa roja, descendiendo hacia un momento de indiferencia que es igual al peligro. Una Hermana, bañada en sangre.

Al pie de la escalera hay un perchero para los sombreros y los paraguas; tiene barrotes de madera, largos y redondeados, que se curvan suavemente formando ganchos que imitan las hojas de un helecho. De él cuelgan varios paraguas: uno negro para el Comandante, uno azul para la Esposa del Comandante, y el que me tienen asignado a mí, de color rojo. Dejo el paraguas rojo en su sitio: por la ventana veo que brilla el sol. Me pregunto si la Esposa del Comandante estará en la sala. No siempre está allí sentada. A veces la oigo pasearse de un lado a otro, una pisada fuerte y luego una suave, y el sordo golpecito de su bastón sobre la alfombra de color rosa ceniciento.

Camino por el pasillo, paso junto a la puerta de la sala de estar y a la que conduce al comedor; abro la del extremo y entro en la cocina. Aquí no huele a madera encerada. Encuentro a Rita de pie ante la mesa pintada de esmalte blanco. Lleva su habitual vestido de Martha, de color verde apagado, como la bata de un cirujano de los tiempos pasados. La hechura de su vestido es muy parecida a la del mío, largo y recatado, pero encima lleva un delantal con peto y no tiene toca ni velo. El velo sólo se lo pone para

11

salir, pero a nadie le importa demasiado quién ve el rostro de una Martha. Tiene el vestido arremangado hasta los codos y se le ven los brazos oscuros. Está haciendo pan, extendiendo la pasta para el breve amasado final y para darle forma.

Rita me ve y mueve la cabeza —es difícil decir si a modo de saludo o como si simplemente tomara conciencia de mi presencia—; se limpia las manos enharinadas en el delantal y revuelve el cajón en busca del libro de los vales. Frunce el ceño, arranca tres vales y me los extiende. Si sonriera, su rostro podría resultar amable. Pero su expresión no va dirigida personalmente a mí: le desagrada el vestido rojo y lo que éste representa. Cree que puedo ser contagiosa, como una enfermedad o algún tipo de desgracia.

A veces escucho detrás de las puertas, algo que jamás habría hecho anteriormente. No escucho demasiado tiempo porque no quiero que me pesquen. Sin embargo, una vez oí que Rita le decía a Cora que ella no se rebajaría de ese modo.

Nadie te lo pide, respondió Cora. De cualquier manera, ¿qué harías, si pudieras?

Irme a las Colonias, afirmó Rita. Ellas tienen alternativa.

¿Con las No Mujeres, a morirte de hambre y sabrá Dios qué más?, preguntó Cora. Estás loca.

Estaban pelando guisantes; incluso a través de la puerta semicerrada podía oír el tintineo que producían los guisantes al caer dentro del bol de metal. Oí que Rita gruñía o suspiraba, no sé si a modo de protesta o de aprobación.

De todas maneras, ellos lo hacen por nosotras, o eso dicen, prosiguió Cora. Si yo no tuviera las trompas ligadas, podría tocarme a mí, en el caso de que fuera diez años más joven. No es tan malo. No es lo que se llama un trabajo duro.

Ella está mejor que yo, dijo Rita, y en ese momento abrí la puerta.

Tenían la expresión que tienen las mujeres cuando las sorprendes hablando de ti a tus espaldas y creen que las has oído: una expresión de incomodidad y al mismo tiempo de desafío, como si estuvieran en su derecho. Aquel día, Cora se mostró conmigo más amable que de costumbre y Rita más arisca.

Hoy, a pesar del rostro impenetrable de Rita y de sus labios apretados, me gustaría quedarme en la cocina. Vendría Cora desde algún otro lugar de la casa con su botella de aceite de limón y su plumero, y Rita haría café —en las casas de los Comandantes aún hay café auténtico— y nos sentaríamos alrededor de la mesa de Rita —que no le pertenece más de lo que la mía me pertenece a mí— y charlaríamos de achaques, de enfermedades, de nuestros pies, de nuestras espaldas, de los diferentes tipos de travesuras que nuestros cuerpos —como criaturas ingobernables— son capaces de cometer. Asentiríamos con la cabeza, como si cada una puntuara la frase de la otra, indicando que sí, que ya sabemos de qué se trata. Nos intercambiaríamos remedios e intentaríamos aventajarnos mutuamente en el recital de nuestras miserias físicas; nos lamentaríamos quedamente, en voz baja y triste, en tono menor como las palomas que anidan en los canalones de los edificios. *Sé lo que quieres decir*, afirmaríamos. O, utilizando una expresión que aún se oye en boca de la gente mayor: *Oigo de dónde vienes*, como si la voz misma fuera un viajero que llega de algún lugar lejano. Que podría serlo, que lo es.

Solía desdeñar este tipo de conversación. Ahora la deseo ardientemente. Al menos es una conversación, una manera de intercambiar algo.

O nos dedicaríamos a chismorrear. Las Marthas saben cosas, hablan entre ellas y pasan las noticias oficiosas de casa en casa. No hay duda de que escuchan detrás de las puertas, como yo, y ven cosas a pesar de esos ojos desviados. Alguna vez las he oído, he captado algo de sus conversaciones privadas. *Nació muerto*. O: *Le clavó una aguja de tejer en plena barriga. Debieron de ser los celos, que se la estaban devorando*. O, en tono atormentador: *Lo que usó fue un producto de limpieza. Funcionó a las mil maravillas, aunque cualquiera diría que él lo había probado. Debió de haber sido ese borracho; pero a ella la encontraron en seguida*.

O ayudaría a Rita a hacer el pan, hundiendo las manos en esa blanda y resistente calidez que se parece tanto a la carne. Me muero por tocar algo, algo que no sea tela ni madera. Me muero por cometer el acto de tocar.

Pero aunque me lo pidieran, aunque faltara al decoro hasta ese extremo, Rita no lo permitiría. Estaría demasiado preocupada. Se supone que las Marthas no fraternizan con nosotras.

Fraternizar significa *comportarse como un hermano*. Me lo dijo Luke. Dijo que no existía ningún equivalente de *comportarse como una hermana*. Según él, tenía que ser *sororizar*, del latín. Le gustaba saber ese tipo de detalles, la procedencia de las palabras y sus usos menos corrientes. Yo solía tomarle el pelo por su pedantería.

Cojo los vales que Rita me extiende. Tienen dibujados los alimentos por los que se pueden cambiar: una docena de huevos, un trozo de queso, una cosa marrón que se supone que es un bistec. Me los guardo en el bolsillo de cremallera de la manga, donde llevo el pase.

—Diles que sean frescos los huevos —me advierte—. No como la otra vez. Y que te den un pollo, no una gallina. Diles para quién es y ya verás que no fastidian.

—De acuerdo —respondo. No sonrío. ¿Para qué tentarla con una actitud amistosa?

Capítulo 3

Salgo por la puerta trasera hasta el jardín, grande y cuidado: en el medio hay césped, un sauce y candelillas; en los bordes, arriates de flores: narcisos que empiezan a marchitarse y tulipanes que se abren en un torrente de color. Los tulipanes son rojos, y de un color carmesí más oscuro cerca del tallo, como si los hubieran herido y empezaran a cicatrizar.

Este jardín es el reino de la Esposa del Comandante. A menudo, cuando miro desde mi ventana de cristal inastillable, la veo aquí, arrodillada sobre un cojín, con un velo azul claro encima del enorme sombrero y a su lado un cesto con unas tijeras y trozos de hilo para sujetar las flores. El Guardián asignado al Comandante es el que realiza la pesada tarea de cavar la tierra. La Esposa del Comandante dirige la operación, apuntando con su bastón. Muchas esposas de Comandantes tienen jardines como éste; así pueden dar órdenes y ocuparse en algo.

Una vez tuve un jardín. Recuerdo el olor de la tierra removida, la forma redondeada de los bulbos abiertos, el crujido seco de las semillas entre los dedos. Así el tiempo pasaba más rápido. A veces la Esposa del Comandante saca una silla a su jardín y se queda allí sentada. Desde cierta distancia irradia un halo de paz.

Ahora no está aquí, y empiezo a preguntarme por dónde andará: no me gusta encontrármela por sorpresa. Quizás está cosiendo en la sala, con su pie izquierdo artrítico sobre el escabel. O tejiendo bufandas para los Ángeles que están en el frente. Me resulta difícil creer que los Ángeles tengan necesidad de usar esas bufandas; de todos modos, las de la Esposa del Comandante son muy elaboradas. Ella no se conforma con el dibujo de cruces y estrellas, como las demás Esposas, porque no representa un desafío. Por los extremos de sus bufandas desfilan abetos, o águilas, o rígidas figuras humanoides: un chico, una chica, un chico, una chica. No son bufandas para adultos sino para niños.

A veces pienso que no se las envía a los Ángeles, sino que las desteje y las vuelve a convertir en ovillos para tejerlas de nuevo. Tal vez sólo sirva para tenerlas ocupadas, para dar sentido a sus vidas; pero yo envidio el tejido de la Esposa del Comandante. Es bueno tener pequeños objetivos fáciles de alcanzar.

¿Y ella qué envidia de mí?

No me dirige la palabra, a menos que no pueda evitarlo. Para ella soy una deshonra. Y una necesidad.

La primera vez que estuvimos frente a frente fue hace cinco semanas, cuando llegué a este destacamento. El Guardián del destacamento anterior me acompañó hasta la puerta principal. Los primeros días se nos permite usar la puerta principal, pero después tenemos que usar las de atrás. Las cosas no se han estabilizado, aún es demasiado pronto y nadie está seguro de cuál es su situación exacta. Dentro de un tiempo no habrá más que puertas principales y puertas traseras.

Tía Lydia me dijo que hizo presión para que me dejaran usar la puerta principal. El tuyo es un puesto de honor, dijo.

El Guardián tocó el timbre por mí, y la puerta se abrió de inmediato, en menos tiempo del que alguien puede tardar en ir a responder. Seguramente ella estaba al otro lado, esperando. Yo creía que iba a aparecer una Martha pero en cambio salió ella, vestida con su traje azul pálido, inconfundible.

Así que eres la nueva, me dijo. Ni siquiera se apartó para dejarme entrar; se quedó en el hueco de la puerta, bloqueando la entrada. Quería que me diera cuenta de que no podía entrar en la casa si ella no me lo indicaba. En estos días, siempre tienes la sensación de que caminas en la cuerda floja.

Sí, respondí.

Déjala en el porche, le dijo al Guardián, que llevaba mi maleta. Ésta era de vinilo rojo y no muy grande. Tenía otra maleta con la capa de invierno y los vestidos más gruesos, pero la traerían más tarde.

El Guardián soltó la maleta y saludó a la Esposa del Comandante. Luego percibí sus pasos desandando el sendero, oí el chasquido del portal y tuve la sensación de que me despojaban de una mano protectora. El umbral de una casa nueva es un sitio desangelado.

Ella esperó a que el coche arrancara y se alejara. Yo no la miraba a la cara, sólo miraba lo que lograba percibir con la cabeza baja: su gruesa cintura azul y su mano izquierda sobre el puño de marfil de su bastón, los enormes diamantes del anillo, que alguna vez debían de haber sido finos y que aún se conservaban bien, la uña de un dedo nudoso limada hasta formar una suave curva. Era como si ese dedo ostentara una sonrisa irónica, como si se mofara de ella.

Será mejor que entres, dijo. Se volvió, dándome la espalda, y entró en el vestíbulo cojeando. Y cierra la puerta.

Llevé la maleta roja hasta el interior, como seguramente ella quería, y cerré la puerta. No le dije nada. Tía Lydia decía que era mejor no hablar, a menos que te hicieran una pregunta directa. Intenta ponerte en su lugar, me dijo apretando las manos y sonriendo con expresión nerviosa y suplicante. Para ellos no es fácil.

Aquí, dijo la Esposa del Comandante. Cuando entré en la sala de estar, ella ya estaba en su silla, el pie izquierdo sobre el escabel con su cojín de *petit-point* estampado con una cesta de rosas. Tenía el tejido en el suelo, junto a la silla, y las agujas clavadas en él.

Me quedé de pie delante de ella, con las manos cruzadas. Bien, dijo. Cogió un cigarrillo y se lo puso entre los labios para encenderlo. Mientras lo sujetaba, los labios se le veían finos, enmarcados por esas líneas verticales que se ven en los labios de los anuncios de cosméticos. El encendedor era de color marfil. Los cigarrillos debían de ser del mercado negro, pensé, lo cual me hizo alentar esperanzas. Incluso ahora que ya no hay dinero de verdad, existe un mercado negro. Siempre existe un mercado negro, siempre hay algo que se puede intercambiar. Ella era una mujer que podría burlar las normas. Pero, ¿yo qué tenía para negociar?

Miré el cigarrillo con ansia. Para mí, al igual que las bebidas alcohólicas y el café, los cigarrillos están prohibidos.

Así que ese viejo fulano no funcionó, dijo.

No, señora, respondí.

Lanzó algo así como una carcajada y luego tosió. Mala suerte la suya, dijo. Es el segundo, ¿no?

El tercero, señora, dije.

Y la tuya, agregó. Otra carcajada y volvió a toser. Puedes sentarte. No te lo cojas por costumbre, es sólo por esta vez.

Me senté en el borde de una de las sillas de respaldo recto. No quería quedarme con la vista fija ni dar la impresión de que estaba distraída; así que la repisa de mármol de mi derecha y el espejo de encima y los ramos de flores sólo eran sombras que captaba con el rabillo del ojo. Más adelante tendría tiempo de sobra para mirarlos.

Ahora su cara estaba a la misma altura que la mía. Me pareció reconocerla, o al menos vi en ella algo familiar. Por debajo del velo se le veía un poco el pelo. Aún era rubio. Entonces pensé que tal vez se lo teñía, que la tintura para el pelo podía ser otra de las cosas que conseguía en el mercado negro, pero ahora sé que es rubio de verdad. Tenía las cejas depiladas en finas líneas arqueadas, lo que le proporcionaba una mirada de sorpresa permanente, o agraviada, o inquisitiva, como la de un niño asustado, pero sus párpados tenían expresión fatigada. No así sus ojos, de un azul hostil como un cielo de pleno verano en el que brilla el sol, un azul implacable. Alguna vez su nariz debió de haber sido bonita, pero ahora era demasiado pequeña en relación a la cara, que no era gorda, pero sí grande. De las comisuras de sus labios arrancaban dos líneas descendentes, y entre éstas sobresalía su barbilla, apretada como si se tratara de un puño.

Quiero verte lo menos posible, dijo. Espero que sientas lo mismo con respecto a mí.

No respondí: un sí podría haber sido insultante, y un no, desafiante.

Sé que no eres tonta, prosiguió. Dio una calada y largó una bocanada de humo. He leído tu expediente. En lo que a mí respecta, esto es como una transacción comercial. Pero si me ocasionas molestias, el problema será tuyo. ¿Comprendido?

Sí, señora, dije.

Y no me llames señora, me advirtió en tono irritado. No eres una Martha.

No le pregunté cómo se suponía que tenía que llamarla, porque me di cuenta de que ella confiaba en que yo no tuviera ocasión de llamarla de algún modo. Me sentí decepcionada. Había deseado que ella se convirtiera en mi hermana mayor, en una figura maternal, en alguien que me comprendiera y me protegiera. La Esposa del destacamento del cual yo venía, pasaba la mayor parte del tiempo en su habitación; las Marthas decían que bebía. Yo quería que ésta fuera diferente. Quería creer que ella me había gustado, en otro tiempo y en otro lugar, en otra vida. Pero pronto advertí que ella no me gustaba a mí, ni yo a ella.

Apagó el cigarrillo, sin terminarlo, en un pequeño cenicero de volutas de una mesita que estaba a su lado. Lo hizo con actitud resuelta, dándole un golpe seco y después aplastándolo, en lugar de apagarlo con una serie de golpecitos delicados, como acostumbraban hacer casi todas las otras Esposas.

En cuanto a mi esposo, dijo, es exactamente eso: mi esposo. Quiero que esto quede absolutamente claro. Hasta que la muerte nos separe. Y se acabó.

Sí, señora, volví a decir olvidando su advertencia anterior. Antes, las niñas pequeñas tenían muñecas que hablaban cuando se tiraba de un hilo que llevaban a la espalda; tuve la impresión de que hablaba como una de ellas, con voz monótona, voz de muñeca. Seguramente ella deseaba fervientemente darme una bofetada. Ellas pueden castigarnos, existe el precedente bíblico. Pero no pueden emplear ningún instrumento; sólo las manos.

Ésta es una de las cosas por las que luchamos, dijo la Esposa del Comandante, y noté que no me estaba mirando a mí sino sus manos nudosas y cargadas de diamantes; entonces comprendí dónde la había visto antes.

La primera vez fue en la televisión, cuando tenía ocho

o nueve años. Los domingos por la mañana, mi madre se quedaba durmiendo, y yo me levantaba temprano y me sentaba ante el aparato de la televisión, en su estudio, y pasaba torpemente de un canal a otro, buscando los dibujos animados. En ocasiones, si no los encontraba, miraba La Hora del Evangelio para las Almas Inocentes, donde contaban relatos bíblicos para niños y cantaban himnos. Una de las mujeres se llamaba Serena Joy. Era la soprano y protagonista, una mujer menuda, de pelo rubio ceniza, nariz respingona y ojos azules que, durante los himnos, siempre miraba al cielo. Era capaz de reír y llorar al mismo tiempo, dejando deslizar graciosamente una o dos lágrimas por las mejillas, como si fuera algo estudiado, mientras su voz se elevaba con las notas más altas, trémula, sin ningún esfuerzo. Fue más tarde cuando se dedicó a otras cosas.

La mujer que estaba sentada frente a mí era Serena Joy. O alguna vez lo había sido. Esto era peor de lo que yo pensaba.

Capítulo 4

Camino a lo largo del sendero de grava que divide limpiamente el césped como si fuera una raya en el pelo. Anoche llovió: la hierba está mojada y el aire es húmedo. Por todas partes hay gusanos —prueba de la fertilidad del suelo— que han sido sorprendidos por el sol, medio muertos, flexibles y rosados, como labios.

Abro la puerta de estacas blancas, paso junto al césped de la parte delantera y avanzo hacia el portal principal. Uno de los Guardianes asignados a nuestra casa está lavando el coche en el camino de entrada. Eso significa que el Comandante está en la casa, en sus habitaciones al otro lado del comedor, donde según parece pasa la mayor parte del tiempo.

Es un coche muy caro, un Whirlwind; mejor que un Chariot, mucho mejor que el pesado y práctico Behemoth. Es negro, por supuesto, el color de prestigio —y el de los coches fúnebres— y largo y elegante. El conductor lo frota amorosamente con una gamuza. Al menos una cosa no ha cambiado: el modo en que los hombres cuidan los coches buenos.

Él tiene puesto el uniforme de los Guardianes, pero lleva la gorra graciosamente ladeada y la camisa arremangada hasta los codos, dejando al descubierto sus antebrazos bronceados y sombreados por el vello oscuro. Lleva un cigarrillo enganchado en la comisura de los labios, lo cual demuestra que él también tiene algo con lo que puede comerciar en el mercado negro.

Sé que se llama Nick. Lo sé porque oí que Rita y Cora hablaban de él, y una vez oí que el Comandante le decía: Nick, no necesitaré el coche.

Él vive aquí, en la casa, encima del garaje. Pertenece a una clase social baja; no le han asignado una mujer, ni siquiera una. No reúne las condiciones: algún defecto, o falta de contactos. Pero actúa como si no lo supiera o no le importara. Es muy despreocupado y no lo bastante servil. Podría ser por estupidez, pero no lo creo. Solían decir que su conducta olía a chamusquina, o que era sospechosa. No es muy bien visto porque es un inadaptado. A pesar de mí misma, me imagino cómo debe de oler: no a chamusquina, sino a piel bronceada, húmeda bajo el sol e impregnada de humo de cigarrillo. Suspiro de sólo pensarlo.

Él me mira y ve que lo miro. Tiene cara de latino, delgada, angulosa, y arrugas alrededor de la boca, de tanto sonreír. Da una última chupada al cigarrillo, lo deja caer al suelo y lo pisa. Empieza a silbar y me guiña el ojo.

Bajo la cabeza, me giro de manera tal que la toca blanca oculte mi cara, y echo a andar. Él ha corrido el riesgo, ¿pero para qué? ¿Y si yo intentara delatarlo?

Quizás él sólo quería mostrarse amistoso. Quizá vio mi expresión y la malinterpretó. En realidad lo que yo quería era el cigarrillo.

Quizá lo hizo para probar, para ver mi reacción.

Quizás es un Espía.

Abro el portal principal y lo cierro a mis espaldas. Miro hacia abajo, pero no hacia atrás. La acera es de ladrillos rojos. Clavo la mirada en el suelo, un campo de rectángulos que trazan suaves ondas donde la tierra, después de décadas y décadas de heladas invernales, ha quedado combada. El color de los ladrillos es viejo, pero fresco y limpio. Las aceras se conservan más limpias de lo que solían estar antiguamente.

Camino hasta la esquina y espero. Antes no soportaba esperar. También se puede servir simplemente esperando, decía Tía Lydia. Nos lo hizo aprender de memoria. También decía: No todas lo superaréis. Algunas de vosotras fracasaréis o encontraréis obstáculos. Algunas sois débiles. Tenía un lunar en la barbilla que le subía y le bajaba al tiempo que hablaba. Decía: Imaginad que sois semillas, y de inmediato adoptaba un tono zalamero y conspirador, como las profesoras de ballet cuando decían a los niños: Ahora levantemos los brazos... imaginemos que somos árboles.

Estoy de pie en la esquina, simulando ser un árbol.

Una figura roja con el rostro enmarcado por una toca blanca, una figura como la mía, una mujer anodina, con un cesto, que camina en dirección a mí por la acera de ladrillos rojos. Se detiene a mi lado y nos miramos la cara a través del túnel blanco que nos sirve de marco. Es la que esperaba.

—Bendito sea el fruto —me dice, pronunciando el saludo aceptado entre nosotras.

—El Señor permita que madure —recito la respuesta aceptada.

Nos volvemos y pasamos junto a las casas, en dirección al centro de la ciudad. No se nos permite ir hasta allí, excepto de a dos. Se supone que es para protegernos, aunque es una idea absurda: ya estamos bien protegidas. La realidad es que ella es mi espía, y yo la suya. Si alguna de las dos comete un desliz durante uno de nuestros paseos diarios, la otra carga con la responsabilidad.

Esta mujer es mi acompañante desde hace dos semanas. No sé qué pasó con la anterior. Un día sencillamente no apareció, y ésta estaba en su lugar. No se hacen preguntas sobre este tipo de cosas, porque las respuestas suelen ser desagradables. De todos modos, tampoco habría respuesta.

Ésta es un poco más regordeta que yo. Tiene ojos pardos. Se llama Deglen, y ésas son las dos o tres cosas que sé de ella. Camina recatadamente, con la cabeza baja, las manos de guantes rojos cruzadas delante, y con pasitos cortos, como los que daría un cerdo entrenado para caminar sobre las patas traseras. Durante las caminatas jamás ha dicho nada que no sea estrictamente ortodoxo, así que yo tampoco. Debe de ser una auténtica creyente, en su caso lo de Criada debe de ser algo más que un nombre. Así que no puedo correr el riesgo.

—He oído decir que la guerra va bien —comenta.

—Alabado sea —respondo.

—Nos ha tocado buen tiempo.

—Lo cual me llena de gozo.

—Desde ayer, han derrotado a más grupos de rebeldes.

—Alabado sea —digo. No le pregunto cómo lo sabe—. ¿Qué eran?

—Baptistas. Tenían una fortaleza en los Montes Azules. Pero los obligaron a desalojarla con bombas de humo.

—Alabado sea.

A veces me gustaría que se callara y me dejara pasear en paz. Pero estoy hambrienta de noticias, cualquier tipo de noticias; aunque fueran falsas, igual significarían algo.

Llegamos a la primera barrera, que es como las que usan para bloquear el paso cuando hacen obras, o para levantar las alcantarillas: una cruz de madera pintada con rayas amarillas y negras y un hexágono rojo que significa *Alto*. Cerca de la puerta hay algunos faroles, que están apagados porque aún no ha oscurecido. Sé que por encima de nuestras cabezas hay focos sujetos a los postes de teléfono, y que se usan en casos de emergencia; y que en los fortines, a ambos lados de la carretera, hay hombres apostados con ametralladoras. La toca que me rodea la cara me impide ver los focos y los fortines. Pero sé que están.

Detrás de la barrera, junto a la estrecha entrada, nos esperan dos hombres vestidos con el uniforme verde de los Guardianes de la Fe, con penachos en las hombreras y la boina que luce dos espadas cruzadas encima de un triángulo blanco. Los Guardianes no son soldados auténticos. Les asignan tareas de vigilancia y otras funciones de lacayos, como cavar la tierra en el jardín de la Esposa del Comandante, y son tipos estúpidos o mayores o inválidos o muy jóvenes; y además están los Espías de incógnito.

Estos dos son muy jóvenes: uno de ellos aún tiene el bigote ralo y el otro la cara roja. Su juventud resulta conmovedora, pero sé que no debo engañarme. Los jóvenes suelen ser los más peligrosos, los más fanáticos y los que más se alteran cuando tienen un arma en las manos. Aún no poseen experiencia. Hay que tener mucho tacto con ellos.

La semana pasada, aquí mismo, le dispararon a una mujer. Era una Martha. Estaba hurgando en su traje, buscando el pase, y ellos creyeron que iba a sacar una bomba. La tomaron por un hombre disfrazado. Ha habido varios incidentes de este tipo.

Rita y Cora conocían a esa mujer. Las oí hablar de ella en la cocina.

Cumplieron con su obligación, dijo Cora. Velar por nuestra seguridad.

No hay nada más seguro que la muerte, dijo Rita en tono airado. Ella no se metía con nadie. No había razón para dispararle.

Fue un accidente, replicó Cora.

Nada de eso, protestó Rita. Todo esto es desagradable. Yo la oía remover las cacerolas en el fregadero.

Bueno, de todas maneras se lo pensarían dos veces antes de hacer volar esta casa, afirmó Cora.

Da igual, respondió Rita. Ella era muy trabajadora. No se merecía morir así.

Hay muertes peores, comentó Cora. Al menos ésta fue rápida.

Tú puedes decirlo, concluyó Rita. Yo preferiría tener un poco de tiempo. Para arreglar las cosas.

Los dos jóvenes Guardianes nos saludan acercando tres dedos al borde de sus boinas. Ésa es la señal para nosotras. Se supone que deben mostrarnos respeto, debido a la naturaleza de nuestra misión.

Sacamos nuestros pases de los bolsillos de cremallera de nuestras amplias mangas; los inspeccionan y los sellan. Uno de los jóvenes entra en el fortín de la derecha para perforar los números en nuestros pases con el Compuchec.

Cuando me devuelve el pase, el del bigote de color melocotón inclina la cabeza intentando echar un vistazo a mi cara. Levanto un poco la cabeza, para ayudarlo; me mira a los ojos, yo miro los suyos y se ruboriza. Su rostro es alargado y triste, como el de un cordero, y tiene los ojos enormes y profundos, como los de un perro... un spaniel, no un terrier. Su piel es blanca y parece malsanamente frágil, como la piel de debajo de una costra. Sin embargo, imagino que pongo la mano sobre esta cara descubierta. Es él el que se aparta.

Esto es un acontecimiento, un pequeño desafío a las normas, tan breve que puede pasar inadvertido; pero estos momentos son una recompensa que me reservo para mí misma, como el caramelo que, de niña, escondí en la parte de atrás de un cajón. Momentos como éste son una posibilidad que se abre, como una diminuta mirilla.

¿Y si viniera por la noche, cuando él está solo —aunque jamás le permitirían estar tan solo—, y le dejara ir más allá de mi toca? ¿Y si me despojara de mi velo rojo y me exhibiera ante él, ante ellos, bajo la incierta luz de las farolas? Esto es lo que ellos deben de pensar a veces, mientras se pasan las horas muertas detrás de esta barrera que nadie traspone jamás excepto los Comandantes de la Fe en sus largos y ronroneantes coches negros, o sus azules Esposas, y sus hijas con sus blancos velos en su devoto viaje a Salvación o Prayvaganzas, o sus regordetas y verdes Marthas, o algún Birthmobile de vez en cuando, o sus rojas Criadas, a pie. O, a veces, una furgoneta pintada de negro, con el ojo blanco a un costado. Las ventanillas de las furgonetas son de color oscuro, y los hombres que van en el asiento delantero llevan gafas oscuras: una oscuridad sobre otra.

Por cierto, las furgonetas son más silenciosas que el resto de los coches. Cuando pasan, apartamos la mirada. Si del interior sale algún sonido, intentamos no oírlo. Ojos que no ven, corazón que no siente.

Cuando las furgonetas llegan a un puesto de control, les hacen señas para que pasen sin detenerse. Los Guardianes no quieren correr el riesgo de registrar el interior y poner en duda su autoridad. Al margen de lo que piensen.

Si es que piensan, aunque por su expresión es imposible saberlo.

Lo más probable es que no piensen en nada promiscuo. Si piensan en un beso, de inmediato deben pensar en los focos que se encienden y en los disparos de fusil. En realidad, piensan en hacer su trabajo, en ascender a la categoría de Ángeles, tal vez en que les permitan casarse y, si son capaces de alcanzar el poder suficiente y llegan a viejos, en que les asignen una Criada sólo para ellos.

El del bigote nos abre la pequeña puerta para peatones, retrocede para hacernos sitio y nosotras pasamos. Sé que mientras avanzamos, estos dos hombres —a los que aún no se les permite tocar a las mujeres— nos observan. Sin embargo, nos tocan con la mirada y yo muevo un poco las caderas y siento el balanceo de la falda amplia. Es como burlarse de alguien desde el otro lado de la valla, o provocar a un perro con un hueso poniéndoselo fuera del alcance, y en seguida me avergüenzo de mi conducta porque nada de esto es culpa de esos hombres, son demasiado jóvenes.

Pronto descubro que en realidad no me avergüenzo. Disfruto con el poder: el poder de un hueso, que no hace nada pero está ahí. Abrigo la esperanza de que lo pasen mal mirándonos y tengan que frotarse contra las barreras, subrepticiamente. Y que luego, por la noche, sufran en los camastros del regimiento. Ahora no tienen ningún desahogo excepto sus propios cuerpos, y eso es un sacrilegio. Ya no hay revistas, ni películas, ni ningún sustituto; sólo yo y mi sombra alejándonos de los dos hombres, que se cuadran rígidamente junto a la barricada mientras observan nuestras figuras.

CAPÍTULO 5

Recorro la calle acompañada por mi doble. Aunque ya no estamos en el recinto cerrado de los Comandantes, aquí también hay casas enormes. En una de ellas se ve a un Guardián segando el césped. Los jardines están cuidados, las fachadas son bonitas y están bien conservadas; son como esas fotos hermosas que solían aparecer en las revistas de casas y jardines y de interiorismo. Y la misma ausencia de gente, la misma sensación de que todo duerme. La calle es casi como un museo, como si formara parte de la maqueta de una ciudad, hecha para mostrar cómo vivía la gente. Y al igual que en esas fotos, esos museos y esas maquetas, no se ve ni un solo niño.

Estamos en el centro de Gilead, donde la guerra no llega salvo a través de la televisión. No estamos seguras de dónde están los límites, varían según los ataques y contraataques. Pero éste es el centro, y aquí nada se mueve. La República de Gilead, decía Tía Lydia, no tiene fronteras. Gilead está dentro de ti.

Alguna vez vivieron aquí médicos, abogados, profesores de universidad. Pero ya no existen los abogados, y las universidades están cerradas.

En ocasiones, Luke y yo paseábamos juntos por estas calles. Decíamos que nos compraríamos una casa como ésta, una casa grande, y que la arreglaríamos. Tendríamos un jardín y columpios para los niños. Porque tendríamos niños. Aunque sabíamos que no era muy probable que pudiéramos permitirnos ese lujo, al menos era un tema de conversación, un juego para los domingos. Ahora, aquella libertad parece una quimera.

En la esquina giramos hacia la calle principal, donde hay más tránsito. Pasan coches, la mayoría de ellos negros, y algunos grises o marrones. Hay otras mujeres con cestos, algunas vestidas de rojo, otras con el verde opaco de las Marthas, otras con vestidos de rayas rojas, azules y verdes, baratos y modestos, prueba de que son las mujeres de los hombres más pobres. Las llaman econoesposas. Estas mujeres no están divididas según sus funciones, tienen que hacer de todo, si pueden. De vez en cuando se ve alguna mujer totalmente vestida de negro, lo cual significa que es viuda. Antes se veían más viudas, pero parecen estar extinguiéndose.

No se ven Esposas de Comandantes por las aceras: ellas sólo pasean en coche.

Aquí, las aceras son de cemento. Intento no pisar las juntas, como los niños. Recuerdo cuando caminaba por estas aceras, en otros tiempos, y el calzado que solía usar. A veces llevaba zapatillas de carrera con el interior acolchado y agujeritos para que el pie respirara, y estrellas de tela fosforescente que reflejaban la luz en la oscuridad. Sin embargo, nunca corría de noche, y durante el día sólo lo hacía por las calles muy concurridas. En aquel entonces las mujeres no estaban protegidas.

Recuerdo las reglas, reglas que no estaban escritas, pero que cualquier mujer conocía: no abras la puerta a un extraño, aunque diga que es un policía; en ese caso, dile que pase su tarjeta de identificación por debajo de la puerta. No te pares en la carretera a ayudar a un motorista que parece tener un problema; no frenes y sigue tu camino. Si alguien silba, no te vuelvas para mirar. No entres sola de noche en una lavandería automática.

Pienso en las lavanderías. Pienso en lo que me ponía para ir: pantalones cortos, tejanos o chandal. Y en lo que ponía en la lavadora: mi propia ropa, mi propio jabón, mi propio dinero, el dinero que había ganado. Recuerdo cómo era llevar el control del dinero.

Ahora caminamos por la misma calle, de a dos y de rojo, y ningún hombre nos grita obscenidades, ni nos habla, ni nos toca. Nadie nos silba.

Hay más de un tipo de libertad, decía Tía Lydia. Libertad para y libertad de. En los tiempos de la anarquía, había libertad para. Ahora nos dan libertad de. No la menospreciéis.

Frente a nosotras, a la derecha, está la tienda donde encargamos los vestidos. Algunas personas los llaman *hábitos*, una buena definición: es difícil abandonar los hábitos. En la fachada de la tienda hay un letrero de madera enorme, en forma de azucena: se llama Azucenas Silvestres. Debajo de la azucena, se puede ver el sitio donde estaba pintado el rótulo; pero decidieron que incluso los nombres de las tiendas eran demasiada tentación para nosotras. Ahora las tiendas se conocen sólo por los signos.

Antes, Azucenas era un cine. Era muy concurrido por los estudiantes; cada primavera se celebraba el festival de Humphrey Bogart, con Lauren Bacall o Katherine Hepburn, mujeres independientes y decididas. Se vestían con blusas abotonadas que sugerían las diversas posibilidades de la palabra *suelto*. Aquellas mujeres podían ser sueltas; o no. Parecían capaces de elegir. En aquellos tiempos nosotras parecíamos capaces de elegir. Somos una sociedad en decadencia, decía Tía Lydia, con demasiadas posibilidades de elección.

No sé cuándo dejaron de celebrar el festival. Seguramente yo ya había crecido. Por eso no me enteré.

No entramos en Azucenas; cruzamos la calle y caminamos por la acera. El primer sitio en el que entramos es una tienda que también tiene un letrero de madera: tres huevos, una abeja y una vaca. Leche y miel. Hay cola; nos sumamos a ella para aguardar nuestro turno, siempre de dos en dos. Veo que hoy tienen naranjas. Desde que América Central se perdió en manos de los Libertos, las naranjas son difíciles de conseguir: a veces hay y a veces no. A causa de la guerra, tampoco llegan muchas naranjas de California, y con las de Florida no se puede contar por culpa de las barricadas y de la voladura de las vías del ferrocarril. Miro las naranjas y se me hace agua la boca. Pero no he traído ningún vale para naranjas. Se me ocurre que podría volver y contárselo a Rita. A ella le encantaría. Aparecer con las naranjas sería un pequeño triunfo.

A medida que llegan al mostrador, las mujeres entregan sus vales a los dos hombres con uniformes de Guardianes, que están al otro lado. Prácticamente nadie habla, pero se oye un murmullo y las mujeres mueven la cabeza furtivamente mirando a un lado y a otro. Es en estos momentos, haciendo la compra, donde podrías ver a alguien que conoces de los tiempos pasados, o del Centro Rojo. El solo hecho de divisar uno de esos rostros sería estimulante. Si pudiera ver a Moira, sólo verla, saber que aún existe... Ahora es difícil recordar lo que representa tener una amiga.

Pero Deglen, que está a mi lado, no mira. Quizás ella ya no conoce a nadie. Quizá todas las mujeres que ella conocía han desaparecido. Tal vez no quiere que la vean. Permanece en silencio, con la cabeza baja.

Mientras esperamos en doble fila, se abre la puerta y entran otras dos mujeres, ambas vestidas de rojo y con la toca blanca de las Criadas. Una de ellas está embarazada; su vientre, bajo las ropas sueltas, sobresale triunfante. En la sala se produce un movimiento, se oye un susurro, algún suspiro; muy a nuestro pesar, giramos la cabeza descaradamente para ver mejor. Sentimos unos deseos enormes de tocarla. Para nosotras, ella es una presencia mágica, un objeto de envidia y de deseo, de codicia. Ella es como una bandera en la cima de una montaña, la demostración de que todavía se puede hacer algo: nosotras también podemos salvarnos.

La excitación es tal que las mujeres cuchichean, casi conversan.

—¿Quién es? —oigo que preguntan a mis espaldas.

—Dewayne. No. Dewarren.

—Cómo presume —murmura alguien, y es verdad. Una mujer preñada no tiene obligación de salir ni de ir a la compra. El paseo diario deja de ser obligatorio, para mantener el buen funcionamiento de sus músculos abdominales. Sólo necesita los ejercicios normales y los de respiración. Podría quedarse en su casa. En realidad para ella es peligroso salir, y siempre hay un Guardián que la espera junto a la puerta. Ahora que es portadora de una nueva vida, está más cerca de la muerte y necesita una protección especial. Podría coger celos, cosa que ya ha ocurrido en otros casos. Ahora todos los niños son deseados, pero no por todas las personas.

Pero el paseo puede ser un antojo y, si no se ha producido un aborto y el embarazo ha llegado hasta este punto, a ellos les gusta satisfacer los antojos. O quizás ella es una de esas que les encanta decir: *Haga una pila, que yo la cogeré*, o sea una mártir. Ella mira a su alrededor y logro verle la cara. La que murmuraba tenía razón: ella ha venido a exhibirse; está rebosante de salud y disfruta de cada minuto.

—Silencio —dice uno de los Guardianes desde detrás del mostrador, y nos callamos como colegialas.

Deglen y yo hemos llegado hasta el mostrador. Entregamos los vales y uno de los Guardianes registra en ellos un número con el Compuperfo, mientras el otro nos entrega nuestra compra, la leche y los huevos. Los guardamos en nuestros cestos y volvemos a salir, pasamos junto a la embarazada y su compañera que, comparada con la primera, parece raquítica y arrugada... igual que todas nosotras. El vientre de una mujer preñada es como un fruto inmenso. *Somoflafla*, una palabra de mi infancia. Ella apoya las manos en él, como si quisiera defenderlo, o como si en su interior buscara calor y fuerza.

Cuando paso, me mira directamente a los ojos, y entonces la reconozco. Estaba conmigo en el Centro Rojo, era una de las preferidas de Tía Lydia. Nunca me gustó. En aquellos tiempos, su nombre era Janine.

Janine me mira y en las comisuras de sus labios asoma una sonrisa afectada. Baja la vista hasta mi vientre —una tabla debajo del traje rojo— y la toca le cubre la cara. Sólo puedo ver un pequeño trozo de su frente y la punta rosada de su nariz.

Después entramos en Todo Carne, rotulada con una enorme chuleta de cerdo que cuelga de dos cadenas. Aquí no hay mucha cola: la carne es cara y ni siquiera los Comandantes pueden comerla todos los días. Sin embargo —y es la segunda vez esta semana—, Deglen coge filetes. Se lo contaré a las Marthas: éste es el tipo de comentarios que les encanta oír. Les interesa sobremanera saber cómo se administran las otras casas; estos cotilleos triviales les dan la oportunidad de sentirse orgullosas o disgustadas.

Cojo el pollo, envuelto en papel parafinado y atado con un cordel. Ya no quedan muchas cosas de plástico. Recuerdo aquellas bolsas blancas de plástico que daban en los supermercados; como odiaba desperdiciarlas, las amontonaba debajo del fregadero hasta que llegaba un momento en que había tantas que al abrir la puerta del armario resbalaban hasta el suelo. Luke solía quejarse y de vez en cuando las sacaba todas y las tiraba.

Ella podría coger una y ponérsela en la cabeza, me advertía. Ya sabes las cosas que hacen los niños cuando juegan. Nunca lo haría, le decía yo. Ya es grande. (O inteligente, o afortunada.) Pero sentía un escalofrío, y luego culpa por haber sido tan imprudente. Era verdad, yo lo daba todo por sentado, en aquellos tiempos confiaba en la suerte. Las guardaré en un armario más alto, decía. No las guardes, repetía Luke. Nunca las usamos. Como bolsas de basura, insistía yo, y él me decía...

Aquí no. La gente está mirando. Me vuelvo y veo mi silueta en la luna del escaparate. O sea que hemos salido, estamos en la calle...

Un grupo de personas se acerca a nosotras. Son turistas, parecen del Japón, tal vez forman parte de una delegación comercial y están visitando los lugares históricos o admirando el color local. Son pequeños y van pulcramente vestidos. Cada uno lleva una cámara y una sonrisa. Lo observan todo con mirada atenta, inclinando la cabeza a un costado, como los petirrojos; su alegría resulta agresiva y no soporto mirarlos. Hacía mucho tiempo que no veía mujeres con faldas como éstas. Les llegan exactamente debajo de las rodillas, y por debajo de las faldas se ven sus piernas casi desnudas con esas medias tan finas y llamativas, y los zapatos de tacón alto con las tiras pegadas a los pies como delicados instrumentos de tortura. Ellas se balancean, como si llevaran los pies clavados a unos zancos desparejos; tienen la espalda arqueada a la altura del talle y las nalgas prominentes. Llevan la cabeza descubierta y el pelo al aire en toda su oscuridad y sexualidad; los labios pintados de rojo, delineando las húmedas cavidades de sus bocas como los garabatos de la pared de un lavabo público de otros tiempos.

Me detengo. Deglen se para junto a mí y comprendo que ella tampoco puede quitarles los ojos de encima a esas mujeres. Nos fascinan y al mismo tiempo nos repugnan. Parece que fueran desnudas. Qué poco tiempo han tardado en cambiar nuestra mentalidad con respecto a este tipo de cosas.

Entonces pienso: yo solía vestirme así. Aquello era la libertad.

Occidentalización, solían llamarle.

Los turistas japoneses se acercan a nosotras, inquietos; volvemos la cabeza, pero ya es demasiado tarde: nos han visto la cara.

Los acompaña un intérprete, vestido con el traje azul clásico y corbata estampada en rojo con un alfiler en forma de alas. Da un paso adelante, apartándose del grupo y bloqueándonos el paso. Los turistas se apiñan detrás de él; uno de ellos levanta una cámara fotográfica.

—Disculpadme —nos dice en tono cortés—. Preguntan si os pueden tomar una foto.

Clavo la vista en la acera y sacudo la cabeza negativamente. Ellos sólo deben ver un fragmento de rostro, mi barbilla y parte de mi boca. Pero no mis ojos. Me guardo muy bien de mirar al intérprete a la cara. La mayoría de los intérpretes son Espías, o eso es lo que se rumorea.

También me cuido muy bien de decir que sí. Recato e invisibilidad son sinónimos, decía Tía Lydia. No lo olvidéis nunca. Si os ven —si os *ven*— es como si os penetraran, decía con voz temblorosa. Y vosotras, niñas, debéis ser impenetrables. Nos llamaba niñas.

Deglen, que está a mi lado, también guarda silencio. Ha escondido las manos enguantadas dentro de las mangas.

El intérprete se vuelve hacia el grupo y habla entrecortadamente. Sé lo que les estará diciendo, conozco el paño. Les estará contando que las mujeres de aquí tienen costumbres diferentes, que ser observadas a través de la lente de una cámara es para ellas una experiencia de violación.

Aún tengo la vista clavada en la acera, hipnotizada por

los pies de las mujeres. Una de ellas lleva unas sandalias que le dejan los dedos al aire, y tiene las uñas pintadas de rosa. Recuerdo el olor del esmalte de uñas, y cómo se arrugaba si pasabas la segunda capa demasiado pronto, la textura satinada de las medias transparentes en contacto con la piel, y el roce de los dedos empujados hacia la abertura del zapato por el peso de todo el cuerpo. La mujer de las uñas pintadas se apoya primero en un pie y luego en otro. Casi siento sus zapatos en mis propios pies. El olor del esmalte de uñas me ha abierto el apetito.

—Disculpadme —dice otra vez el intérprete para llamar nuestra atención. Muevo la cabeza, dándole a entender que lo he oído—. Preguntan si sois felices —continúa. Puedo imaginarme la curiosidad de esta gente: *¿Son felices? ¿Cómo pueden ser felices?* Siento sus ojos brillantes sobre nosotras, cómo se inclinan un poco hacia delante para captar nuestra respuesta, sobre todo las mujeres, aunque los hombres también: somos un misterio, algo prohibido, los excitamos.

Deglen no dice nada. Reina el silencio. Pero a veces, no hablar es igualmente peligroso.

—Sí, somos muy felices —murmuro. Tengo que decir algo. ¿Qué otra cosa puedo decir?

CAPÍTULO 6

A una manzana de distancia de Todo Carne, Deglen se detiene, como si no pudiera decidir qué camino coger. Tenemos dos posibilidades: volver en línea recta, o dando un rodeo. Ya sabemos cuál elegiremos porque es el que cogemos siempre.

—Me gustaría pasar por la iglesia —anuncia Deglen en tono piadoso.

—De acuerdo —respondo, aunque sé tan bien como ella misma lo que pretende.

Caminamos tranquilamente. Ya se ha puesto el sol, y en el cielo aparecen nubes blancas y aborregadas, de esas que parecen corderos sin cabeza. Con la toca que llevamos —las anteojeras— es difícil mirar hacia arriba y tener una visión completa del cielo, o de cualquier cosa. Pero igual lo logramos, un poco cada vez, con un pequeño movimien-

to de la cabeza, arriba y abajo, a un costado y hacia atrás.
Hemos aprendido a ver el mundo en fragmentos.

A la derecha se abre una calle que baja hasta el río. Hay
un cobertizo —donde antes guardaban los barcos de
remo—, algún que otro puente, árboles, verdes lomas donde uno podía sentarse a contemplar el agua o a los jóvenes
de brazos desnudos que levantaban sus remos mientras jugaban a las carreras. En el camino hacia el río se encuentran los antiguos dormitorios —que ahora se utilizan para
alguna otra cosa—, con sus torres de cuento de hadas pintadas de blanco, dorado y azul. Cuando evocamos el pasado, escogemos las cosas bonitas. Nos gusta creer que todo
era así.

Allí también está el estadio de fútbol, donde albergan
a los Salvadores de Hombres y donde aún se juegan par-
tidos de fútbol.

Ahora nunca voy al río ni a caminar por los puentes. Ni
al metro, aunque allí mismo hay una estación. No se nos
permite la entrada, ahora hay Guardianes y no existe ninguna razón oficial para que bajemos esas escaleras y via-
jemos en esos trenes, por debajo del río y a la ciudad principal. ¿Para qué querríamos nosotras ir de aquí para allá?
Podríamos tramar algo malo, y ellos se enterarían.

La iglesia es pequeña, una de las primeras que se erigie-
ron aquí, hace cientos de años. Ya no se usa, excepto como
museo. En su interior se pueden ver cuadros de mujeres
con vestidos largos y lánguidos, tocadas con sombreros
blancos, y de hombres respetables, de rostro serio, vestidos
con trajes oscuros. Nuestros antepasados. La entrada es
libre.

Sin embargo, no entramos; nos quedamos en el sendero
de entrada, contemplando el cementerio. Aún subsisten las
antiguas lápidas mortuorias deterioradas por el paso del
tiempo, erosionadas, con el signo de la calavera y las tibias
cruzadas y la inscripción *memento mori*, con ángeles de
rostro veleidoso y relojes de arena con alas —para que re-
cordemos lo efímera que es la vida—, y las tumbas de un
siglo más tarde rodeadas de sauces en señal de duelo.

No se han molestado en tocar las lápidas ni la iglesia.
Lo que les ofende es la historia más reciente.

Deglen tiene la cabeza baja, como si rezara. Siempre
está así. Se me ocurre que tal vez ella también ha perdido
a alguien, a alguna persona determinada, un hombre, un

niño. Pero no estoy totalmente convencida. Pienso en ella como en alguien que actúa para que la vean, alguien que está realizando una actuación más que un verdadero acto. Me da la impresión de que hace estas cosas para parecer buena. Está decidida a conformarse.

Pero ésa debe de ser la impresión que ella tiene de mí. ¿Acaso podría ser diferente?

Nos giramos de espaldas a la iglesia; allí está lo que en realidad hemos venido a ver: el Muro.

El Muro también tiene cientos de años de antigüedad, o por lo menos más de un siglo. Al igual que las aceras, es de ladrillos rojos, y alguna vez debió de ser sencillo, aunque hermoso. Ahora las puertas están custodiadas por centinelas, y encima de ellas hay unos horribles focos montados sobre postes de metal, alambre de púas en la parte inferior y trozos de cristales en la parte de arriba.

Nadie atraviesa estas puertas voluntariamente. Las precauciones existen para los que intentan salir, aunque llegar hasta el Muro desde el interior y evitar la alarma electrónica sería casi imposible.

Junto a la entrada principal hay otros seis cuerpos colgados del cuello, con las manos atadas delante y las cabezas envueltas en bolsas blancas ligadas por encima de los hombros. Esta mañana temprano deben de haber hecho un Salvamento de Hombres. No oí las campanadas. Quizás ya me he acostumbrado a ellas.

Nos detenemos al mismo tiempo, como si respondiéramos a una señal, y nos quedamos mirando los cuerpos. No importa que miremos. Podemos hacerlo: para eso están allí, colgados del Muro. A veces están allí durante días enteros —hasta que llega una nueva tanda—, para que pueda verlos la mayor cantidad posible de gente.

Están colgados de ganchos; los ganchos han sido fraguados con el enladrillado del Muro con este propósito. No todos están ocupados. Parecen garfios, o signos de interrogación puestos de costado.

Lo peor de todo son las bolsas que envuelven las cabezas, peor aún de lo que serían las caras mismas. Con ellas, los hombres parecen muñecas a las que todavía no les han pintado la cara; o espantapájaros, que en cierto modo es lo que son, porque están puestos para espantar. Es como si sus cabezas fueran sacos rellenos con algún material indiferenciado, como harina o pasta. Es la obvia pesadez de las cabezas, su vacuidad, el modo en que bajan a causa de la fuerza de gravedad y de que en ellas ya no hay vida que las sostenga. Son como ceros.

Sin embargo, mirando muy atentamente, como nosotras, se puede ver el contorno de los ragos bajo la tela blanca, como sombras grises. Se parecen a la cabeza de un muñeco de nieve, con los ojos de carbón y la nariz de zanahoria caídos; y la cabeza se está derritiendo.

Pero en una de las bolsas hay sangre que se ha filtrado a través de la tela blanca, donde debería estar la boca. La sangre forma otra boca, pequeña y roja como la que pintaría un niño de un parvulario con un pincel grueso. La idea que un niño tiene de una sonrisa. Finalmente, la atención se fija en esta sonrisa sangrienta. Después de todo, no son muñecos de nieve.

Los hombres llevan batas blancas, como las que llevaban los médicos o los científicos. No siempre son médicos y científicos, también hay otros, pero deben de haberlos sacado esta mañana. Cada uno tiene un cartel colgado del cuello, que explica por qué ha sido ejecutado: el dibujo de un feto. Eran médicos en aquellos tiempos, cuando estas cosas eran legales. Hacedores de ángeles, solían llamarlos, ¿o podía ser de otro modo? Los han descubierto ahora, registrando los historiales hospitalarios, o —lo que parece más probable ya que, cuando quedó claro lo que iba a ocurrir, casi todos los hospitales destruyeron ese tipo de historial— interrogando a informantes: quizás una ex enfermera, o un par de ellas, porque el testimonio de una sola mujer ya no se admite; o algún otro médico que quisiera salvar el pellejo; o alguien que ya hubiera sido acusado, por perjudicar a su enemigo, o al azar, en un intento desesperado por salvarse. Pero los informantes no siempre son perdonados.

Según nos han dicho, estos hombres son como criminales de guerra. El hecho de que su actuación fuera legal en aquellos tiempos, no representa ninguna excusa: sus delitos tienen efecto retroactivo. Cometieron atrocidades, y deben servir de ejemplo a los demás. Aunque prácticamente no es necesario. En estos tiempos, ninguna mujer que esté en sus cabales intentaría evitar el nacimiento de una criatura, si fuera tan afortunada como para concebirla.

Se supone que nosotras tenemos que sentir odio y desprecio por esos cadáveres. Pero no es eso lo que yo siento.

Estos cuerpos que cuelgan del Muro son viajeros del tiempo, anacronismos. Provienen del pasado.

Lo que siento por ellos es vacuidad. Lo que siento es que no debo sentir. Lo que siento es cierto alivio porque ninguno de estos hombres es Luke. Luke no era médico. No lo es.

Miro al de la sonrisa roja. El rojo de la sonrisa es el mismo que el rojo de los tulipanes del jardín de Serena Joy, más rojos cerca del tallo, donde empiezan a cicatrizar. Es el mismo rojo, pero no hay ninguna relación entre ambos. Los tulipanes no son de sangre y las sonrisas rojas no son flores, y ninguno de los dos hace referencia al otro. El tulipán no es un motivo para no creer en el colgado, y viceversa. Cada uno es válido y está allí realmente. Es a través de un campo de objetos válidos como éstos donde debo escoger mi camino, todos los días y en todos los aspectos. Realizo un gran esfuerzo por hacer tales distinciones. Necesito hacerlas. Necesito tener las ideas muy claras.

Siento que la mujer que está a mi lado se estremece. ¿Está llorando? ¿De qué manera esto podría hacer que pareciera buena? No puedo permitirme el lujo de averiguarlo. Me doy cuenta de que yo misma tengo las manos muy apretadas alrededor del asa de mi cesto. No voy a revelar nada.

Normalmente, decía Tía Lydia, es lo que se acostumbra hacer. Puede no pareceros normal ahora, pero después de un tiempo lo será. Se convertirá en algo normal.

III

LA NOCHE

Capítulo 7

La noche es para mí, me pertenece; puedo hacer lo que quiera, siempre que me quede callada. Siempre que no me mueva. Siempre que me estire y me quede inmóvil. Hay diferencia entre *estirarse* y *tirarse*. Tirarse siempre es algo pasivo. Los hombres solían decir: me gustaría estirarme. Aunque a veces decían: me gustaría tirarme a esa chavala. Todo esto es pura especulación. La verdad es que no sé lo que los hombres solían decir. Sólo conozco las palabras que usaban.

Me estiro, pues, dentro de la habitación, bajo el ojo de yeso del cielo raso, detrás de las cortinas blancas, entre las sábanas, y me deslizo dentro de mi propio tiempo, abandonando el ritmo que nos marcan. Aunque esto también forma parte del ritmo, y yo no estoy fuera de él.

Pero la noche es para mí. ¿A dónde podría ir?

A un sitio agradable.

Moira estaba sentada en el borde de mi cama, con las piernas cruzadas al estilo indio, lleva una bata de color púrpura, un solo pendiente y las uñas doradas para parecer excéntrica; entre sus dedos regordetes sostenía un cigarrillo. Vamos a buscar una cerveza.

Me vas a llenar la cama de ceniza, protesté.

Si lo hicieras, no tendrías estos problemas, me dijo.

Dentro de media hora, le aseguré. Al día siguiente tenía un examen. ¿De qué era? Psicología, literatura, economía… Antes estudiábamos materias como ésas. En el suelo de la habitación había varios libros, abiertos y boca abajo, puestos de cualquier manera.

Ahora, dijo Moira. No necesitas maquillarte, estoy sólo

yo. ¿De qué es el examen? Vengo de hacer uno y lo terminé en un tris.

Un tris, repetí. Qué original. Parece el nombre de un postre. *Tris flambeé.*

Ja, ja, se rió Moira. Coge el abrigo.

Lo descolgó ella misma y me lo lanzó. Te cojo cinco dólares, ¿vale?

O a un parque de algún lugar, con mi madre. ¿Cuántos años tenía yo? Hacía tanto frío que podíamos ver nuestro aliento; los árboles no tenían hojas y en el estanque sólo había dos patos desconsolados. Tenía migas de pan entre los dedos y en el bolsillo... Ah, sí: ella me dijo que íbamos a darles de comer a los patos.

Pero había algunas mujeres quemando libros, en realidad ella estaba allí por esa razón: para ver a sus amigas. Me había mentido; se suponía que el sábado me lo dedicaba a mí. Me aparté de ella, enfurruñada, pero el fuego me obligó a retroceder.

Entre las mujeres también había algunos hombres y pude ver que en lugar de libros había revistas. Debían de haber echado gasolina, porque las llamas eran altas, y luego empezaron a tirar revistas que sacaban de unas cajas, sólo unas pocas por vez. Algunos de ellos cantaban; se acercaron algunos curiosos.

Tenían una expresión de felicidad, casi de éxtasis. Cosas que logra el fuego. Incluso el rostro de mi madre, siempre pálido y delgado, se veía rubicundo y alegre, como el de una postal de Navidad; había otra mujer, alta, con una mancha de hollín en la mejilla y un gorro de punto color naranja, la recuerdo.

¿Quieres tirar uno tú, cariño?, me preguntó. ¿Cuántos años tendría yo?

Vamos a tirar todo esto a la basura, dijo riendo entre dientes. ¿Te parece bien?, le preguntó a mi madre.

Si ella quiere, le respondió mi madre; solía hablar de mí a los demás como si yo no la oyera.

La mujer me entregó una de las revistas. En ella vi a una mujer bonita, sin ropa, colgada del cielo raso con una cadena atada a sus manos. La miré con mucho interés. No me asustó. Creí que se estaba columpiando, como hacía Tarzán con las lianas en la televisión.

No dejes que lo *vea*, dijo mi madre. Vamos, me apremió, tíralo, rápido.

Arrojé la revista a las llamas. El aire producido por el fuego hizo que se abriera; se soltaron enormes copos de papel y salieron volando por encima de las llamas, llevándose las diferentes partes de los cuerpos femeninos y convirtiéndolos en negras cenizas ante mis ojos.

¿Pero qué pasó después, qué pasó después?

Sé que perdí la noción del tiempo.

Me debieron de pinchar, me debieron de dar píldoras, o algo así. No puedo haber perdido la noción del tiempo hasta ese extremo, sin ayuda. Has tenido una conmoción, me dijeron.

Me abrí paso entre un mar de gritos y confusión, como la espuma que hierve. Recuerdo que me sentía bastante tranquila. Recuerdo que gritaba, me parecía que gritaba, aunque sólo debió de haber sido un susurro. *¿Dónde está ella? ¿Qué habéis hecho con ella?*

No había noche ni día, sólo un parpadeo. Después de un tiempo empecé a ver sillas, y una cama, y más allá una ventana.

Ella está en buenas manos, me decían. Con gente que está sana. Tú no estás sana pero quieres lo mejor para ella, ¿no es así?

Me enseñaron una foto de ella, de pie en un pequeño prado; su rostro parecía un óvalo cerrado. Llevaba el pelo echado hacia atrás y atado a la altura de la nuca. Iba de la mano de una mujer que yo no conocía. Era tan pequeña que apenas le llegaba al codo.

La habéis matado, dije. Ella parecía un ángel, solemne, compacta, etérea.

Llevaba un vestido que nunca le había visto, blanco y largo hasta los pies.

Me gustaría creer que esto no es más que un cuento que estoy contando. Necesito creerlo. Debo creerlo. Los que pueden creer que estas historias son sólo cuentos tienen mejores posibilidades.

Si esto es un cuento que yo estoy contando, entonces puedo decidir el final. Habrá un final para este cuento, y luego vendrá la vida real. Puedo decidir dónde dejarlo.

Esto no es un cuento que estoy contando.

También es un cuento que estoy contando, en mi imaginación, sobre la marcha.

Contando, más que escribiendo, porque no tengo con qué escribir y, de todos modos, escribir está prohibido. Pero si es un cuento, aunque sólo sea en mi imaginación, tengo que contárselo a alguien. Nadie se cuenta un cuento a sí mismo. Siempre hay otra persona.

Aunque no haya nadie.

Un cuento es como una carta. *Querido*, diría. Sólo *querido*, sin nombre. Porque si agregara tu nombre, te agregaría al mundo real, lo cual es más arriesgado y más peligroso: ¿quién sabe cuáles son tus posibilidades de supervivencia? Diré *querido, querido,* como si fuera una antigua canción de amor. *Querido* puede ser cualquiera.

Querido pueden ser miles.

Te diré que no corro un peligro inminente.

Haré como si me oyeras.

Pero no está bien, porque sé que no puedes.

IV

LA SALA DE ESPERA

Capítulo 8

Sigue el buen tiempo. Es casi como si estuviéramos en junio, cuando sacamos los vestidos de ir a la playa y las sandalias, y nos compramos helados. En el Muro hay tres cadáveres nuevos. Uno es el de un sacerdote que todavía lleva la sotana negra. Se la pusieron para el juicio, aunque dejaron de usarla hace unos años, cuando empezó la guerra de las sectas; con las sotanas llamaban demasiado la atención. Los otros dos tienen placas de color púrpura que les cuelgan del cuello: Traición a su Género. Aún van vestidos con el uniforme de Guardianes. Los deben de haber cogido juntos, ¿pero dónde? ¿En el cuartel? ¿En una fiesta? Quién sabe. El muñeco de nieve de la sonrisa roja ya no está.

—Tendríamos que volver —le digo a Deglen. Siempre soy yo quien lo dice. A veces pienso que si no lo dijera, ella se quedaría aquí para siempre. ¿Pero llora por estas muertes, o se regodea? Aún no lo sé.

Sin mediar palabra, se gira, como activada por mi voz, como si anduviera sobre un par de ruedecillas aceitadas, como si fuera la figura de una caja de música. Me ofende su garbo. Me ofende su docilidad, su cabeza inclinada como para contrarrestar un fuerte viento. Pero no hay viento. Nos alejamos del Muro y volvemos bajo el sol, por el mismo camino por el que vinimos.

—Es un hermoso día de mayo —comenta Deglen. Más que verla, siento que vuelve la cabeza hacia mí, como esperando una respuesta.

—Sí —respondo—. Alabado sea —agrego, como si me acordara en el último momento. Un día de mayo; *Mayday* *

* Juego de palabras entre *May day* (día de mayo) y *Mayday*, señal de socorro. (*N. de la T.*)

era una señal de socorro que solía emplearse hace mucho tiempo en alguna de las guerras que estudiábamos en la escuela. Aún las confundo, pero si prestabas atención podías distinguirlas por los aviones. Fue Luke el que me habló de *Mayday*. *Mayday* era el código que usaban los pilotos de los aviones que habían sido alcanzados, o los barcos... ¿los barcos también? Quizá los barcos utilizaban el S.O.S. Me gustaría poder averiguarlo. Y era algo de Beethoven, de la victoria de una de esas guerras.

—¿Sabes de dónde derivaba la palabra *Mayday*? —me preguntó Luke.

—No —respondí—. Es extraño que emplearan semejante palabra para eso, ¿no?

Periódicos y café en las mañanas de domingo, antes de que ella naciera. En ese entonces todavía existían los periódicos. Solíamos leerlos en la cama.

—Del francés —me explicó—. De *M'aidez*.

Ayudadme.

Una pequeña procesión se acerca a nosotras, es un cortejo fúnebre: tres mujeres, cada una con el velo negro transparente sobre el tocado. Una de ellas es una econoesposa, y las otras dos las plañideras, también econoesposas y tal vez amigas suyas. Sus vestidos de rayas parecen deteriorados, igual que sus caras. Algún día, cuando las cosas mejoren, decía Tía Lydia, nadie tendrá que ser una econoesposa.

La primera es la desconsolada madre; lleva una pequeña vasija negra. Por el tamaño de la vasija se puede advinar el tiempo que llevaba en el vientre de ella cuando le llegó la muerte. Dos o tres meses, demasiado poco para saber si era o no un No Bebé. A los mayores y a los que mueren al nacer los ponen en cajas.

Nos detenemos en señal de respeto, mientras el cortejo pasa. Me pregunto si Deglen siente lo mismo que yo, un dolor en las entrañas, como una puñalada. Nos ponemos las manos sobre el pecho para expresar nuestra condolencia a estas desconocidas. Desde debajo del velo, la primera nos dedica una mirada amenazadora. Una de las otras dos se aparta y escupe en la acera. A las econoesposas no les gustamos.

Pasamos de largo junto a las tiendas, llegamos a las barreras y las atravesamos. Seguimos andando entre las casas de aspecto deshabitado y céspedes cuidados. En la esquina, cerca de la casa donde estoy destinada, Deglen se detiene y se vuelve hacia mí.

—Que Su Mirada te acompañe —me dice, según la despedida correcta.

—Que Su Mirada te acompañe —respondo y ella asiente con un leve movimiento. Vacila, como si fuera a decir algo más, pero se vuelve y echa a andar calle abajo. La observo. Ella es como mi propia imagen reflejada en un espejo del cual me estoy alejando.

En el camino de entrada encuentro a Nick, que sigue lustrando el Whirlwind. Ha llegado a la parte cromada trasera. Pongo mi mano enguantada sobre el picaporte del portal, lo abro y lo empujo hacia dentro; se cierra con un chasquido. Los tulipanes están más rojos que nunca, abiertos, ahora no parecen copas sino cálices; es como si se elevaran por sí solos, ¿pero con qué fin? Después de todo, están vacíos. Cuando crecen se vuelven del revés, revientan lentamente y los pétalos se les caen a trozos.

Nick levanta la vista y empieza a silbar. Luego me pregunta:

—¿Ha ido bien el paseo?

Asiento con la cabeza, pero no digo nada. Se supone que él no debe hablarme. Por supuesto algunos lo intentarán, decía Tía Lydia. La carne es débil. La carne es efímera, la corregía yo mentalmente. Ellos no pueden soportarlo, decía, Dios los hizo así. Pero a vosotras no Os hizo así, Os hizo diferentes. Os corresponde a vosotras marcar los límites. Algún día lo agradeceréis.

En el jardín de detrás de la casa está la Esposa del Comandante, sentada en una silla que ha sacado de dentro. Serena Joy, qué nombre tan estúpido. Como si fuera una de esas cosas que en otros tiempos se ponían en el pelo para estirarlo. Serena Joy, debía de decir en el frasco, que seguramente tenía grabada en la etiqueta la silueta de una cabeza femenina sobre un fondo ovalado de color rosa con bordes festoneados en dorado. Con todos los nombres que hay, ¿por qué eligió precisamente ése? Porque Serena Joy nunca fue su verdadero nombre, ni siquiera entonces. Su nombre verdadero era Pam. Lo leí en una reseña biográfica de una revista, mucho después de verla cantar los domingos por la mañana, mientras mi madre dormía. En aquellos tiempos se merecía una reseña biográfica: debía de aparecer en *Time* o *Newsweek*. Entonces ya no cantaba, hacía discursos. Y lo hacía bien. Hablaba de lo sagrado que era el hogar, y de que las mujeres debían quedarse en casa. Ella no lo hacía, pero sí lo decía, y justificaba este fallo suyo argumentando que era un sacrificio que hacía por el bien de todos.

Aproximadamente en esa época, alguien intentó pegarle un tiro, pero no dio en el blanco. En cambio, mató a su secretaria, que estaba de pie exactamente detrás de ella. Otra persona instaló una bomba en su coche, pero explotó demasiado pronto. Aunque alguna gente decía que ella misma había puesto la bomba en su coche, para ganarse la simpatía del público. Así es como fueron empeorando las cosas.

Luke y yo la mirábamos a veces en el último noticiero de la noche. En albornoz y gorro de dormir. Contemplábamos su pelo rociado de laca, su histeria, las lágrimas que aún hacía brotar cuando quería y el maquillaje que le oscurecía las mejillas. En ese entonces llevaba más maquillaje. Nos resultaba divertida. Mejor dicho, a Luke le resultaba divertida. Yo sólo fingía pensarlo. En realidad era un poco aterradora. De veras que lo era.

Ya no hace más discursos. Se ha vuelto muda. Se queda en su casa, aunque esto no parece sentarle bien. Qué furiosa debe de estar, ahora que le han cogido la palabra.

Está contemplando los tulipanes. Tiene el bastón en el suelo, a su lado. Está de perfil, puedo verlo por la rápida mirada de reojo que le echo al pasar. Jamás la miraría fijamente. Ya no es una silueta perfecta de papel, su rostro se está hundiendo sobre sí mismo y me hace pensar en esas ciudades construidas sobre ríos subterráneos, donde casas y calles enteras desaparecen durante la noche bajo repentinas ciénagas, o ciudades carboníferas que se hunden en sus propias minas. Algo así debe de haberle ocurrido a ella cuando vio el cariz que tomaban las cosas.

No vuelve la cabeza. No reconoce en lo más mínimo mi presencia, aunque sabe que estoy allí. Sé que lo sabe, su conocimiento es como un olor: algo que se vuelve agrio, como la leche de varios días.

No es de los esposos de quienes tenéis que cuidaros, decía Tía Lydia, sino de las Esposas. Siempre debéis tratar de imaginaros lo que sienten. Por supuesto os ofenderán. Es natural. Intentad compadecerlas. Tía Lydia creía que era muy buena compadeciendo a los demás. Intentad apiadaros de ellas. Perdonadlas, porque no saben lo que hacen. Y volvía a mostrar esa temblorosa sonrisa de mendigo, elevando la mirada —a través de sus gafas redondas con montura de acero— hacia la parte posterior del aula, como si el cielo raso pintado de verde se abriera y de él bajara Dios, montado en una nube de polvos faciales de color rosa perlado, entre los cables y las tuberías. Debéis comprender que son mujeres fracasadas. Han sido incapaces de...

En este punto su voz se quebraba y hacía una pausa durante la cual percibía un suspiro a mi alrededor, un suspiro colectivo. No era conveniente susurrar ni moverse durante estas pausas: Tía Lydia podía parecer abstraída, pero era consciente del más mínimo movimiento. Por eso no se oía más que un suspiro.

El futuro está en vuestras manos, resumía. Extendía sus manos hacia nosotras, en ese antiguo gesto que significaba tanto un ofrecimiento como una invitación a un abrazo, una aceptación. En vuestras manos, decía mirándose las suyas como si éstas le hubieran dado la idea. Pero no veía nada en ellas, estaban vacías. Eran las nuestras las que supuestamente estaban llenas de futuro, un futuro que sosteníamos pero no podíamos ver.

Doy la vuelta hasta la puerta trasera, la abro, entro y dejo el cesto en la mesa de la cocina. La mesa ha sido fregada para quitar la harina; el pan del día, recién horneado, se está enfriando en la rejilla. La cocina huele a levadura, un olor impregnado de nostalgia. Me recuerda otras cocinas, cocinas que fueron mías. Huele a madre, aunque mi madre no hacía pan. Huele a mí, hace tiempo, cuando yo era madre.

Es un olor traicionero y sé que debo ignorarlo.

Rita está sentada ante la mesa, pelando y cortando zanahorias. Son zanahorias viejas, gruesas, pasadas, y les han salido barbas de estar tanto tiempo almacenadas. Las zanahorias nuevas, tiernas y pálidas, no estarán en su punto hasta dentro de unas semanas. El cuchillo que ella usa es afilado y brillante, tentador. Me gustaría tener uno como éste.

Rita deja de cortar zanahorias, se levanta y saca los paquetes del cesto, casi con ansiedad. Espera a ver lo que he traído, aunque siempre frunce el ceño mientras abre los paquetes; nada de lo que traigo le gusta. Piensa que ella lo habría hecho mejor. A ella le gustaría hacer la compra, coger exactamente lo que quiere; envidia mis paseos. En esta casa, todos envidiamos algo a los demás.

—Tenían naranjas —comento—. En Leche y Miel. Todavía quedan algunas —se lo digo como un ofrecimiento. Quiero congraciarme con ella. Las naranjas las vi ayer, pero no le dije nada a Rita: estaba demasiado malhumorada—. Si me das los vales, mañana podría coger algunas —le paso el pollo; hoy ella quería filetes, pero no había.

Rita gruñe, pero no expresa placer ni aceptación. El gruñido significa que lo pensará durante su rato de ocio. Desata el hilo del paquete del pollo y abre el papel glaseado. Toca el pollo con la punta de los dedos, dobla un ala, mete el dedo en la cavidad y saca los menudillos. El pollo queda allí, sin cabeza y sin patas, con la carne de gallina, como si tuviera escalofríos.

—Hoy es día de baño —anuncia Rita sin mirarme.

Entra Cora, que viene de la despensa de atrás, donde guardan las fregonas y las escobas.

—Un pollo —dice, casi con regocijo.

—Puro hueso —afirma Rita—, pero tendrá que servir.

—No había muchos más —explico, pero Rita me ignora.

—A mí me parece bastante grande —responde Cora. ¿Me está defendiendo? La miro, para ver si sonríe; pero no, sólo estaba pensando en la comida. Ella es más joven que Rita; la luz del sol, que ahora entra por la ventana oeste, le toca el pelo peinado con raya y echado hacia atrás. Hasta no hace mucho tiempo debió de haber sido bonita. Tiene una pequeña marca como un hoyuelo en cada oreja, donde antes tenía los agujeros para los pendientes.

—Grande —argumenta Rita—, pero huesudo. Tendrías que hablar más fuerte —me dice, mirándome a la cara por primera vez—. No son del montón, como tú —se refiere al rango del Comandante; pero por el sentido que da a sus palabras, ella piensa que soy del montón. Tiene más de sesenta años y su mentalidad no cambiará.

Va hasta el fregadero, pasa las manos rápidamente bajo el chorro de agua y se las seca con el paño de cocina. Éste es blanco con rayas azules. Los paños de cocina son iguales que siempre. A veces estos destellos de normalidad me atacan inesperadamente, como si me tendieran una emboscada. Lo normal, lo habitual, una advertencia, como una patada. Observo el paño de cocina fuera de su contexto y se me corta la respiración. Para algunos, en cierto sentido, las cosas no han cambiado tanto.

—¿Quién se ocupa del baño? —le pregunta Rita a Cora, no a mí—. Yo tengo que ablandar el pollo.

—Lo haré yo más tarde —responde Cora—, después de quitar el polvo.

—Si no, nadie lo hará —concluye Rita.

Hablan de mí, como si yo no las oyera. Para ellas soy una faena de la casa, una de tantas.

Me han hecho a un lado. Cojo el cesto, salgo por la puerta de la cocina y recorro el pasillo hasta el reloj de péndulo. La puerta de la sala está cerrada. El sol atraviesa el montante de abanico, pintando el suelo de colores: rojo, azul, púrpura. Pongo el pie encima y estiro las manos, que se me llenan de flores de luz. Subo las escaleras y veo mi rostro —distante, blanco y deformado— enmarcado en el espejo del vestíbulo, que sobresale como un ojo aplastado. Recorro la alfombra de color rosa ceniciento del pasillo de arriba, en dirección al dormitorio.

Veo a alguien de pie en el pasillo, cerca de la habitación donde me alojo. El pasillo está oscuro; pero veo a un hombre, de espaldas a mí. Está mirando el interior, y su silueta queda oscurecida contra la luz que sale de la habitación. Ahora lo veo: es el Comandante, se supone que no debe estar aquí. Me oye llegar, se gira, vacila y finalmente avanza. Viene hacia mí. Está violando las normas. ¿Y ahora qué hago?

Me detengo y él se queda parado; no puedo ver su rostro, me está mirando, ¿qué quiere? Pero por fin vuelve a avanzar, se aparta para no tocarme, inclina la cabeza y desaparece.

Algo se me ha revelado, ¿pero qué? Como la bandera

de un país desconocido, vista fugazmente en la curva de una colina; podría significar un ataque, podría significar la posibilidad de parlamentar, podría significar el final de algo, de un territorio. Las señales que los animales se hacen mutuamente: los párpados bajos, las orejas hacia atrás, el pelo erizado. El destello de unos dientes... ¿pero qué demonios estaba haciendo? Nadie más lo ha visto. Eso espero. ¿Estaba invadiendo la habitación? ¿Estaba en mi habitación?

He dicho *mi*...

CAPÍTULO 9

Mi habitación, entonces. Al fin y al cabo, tiene que existir algún espacio que pueda reivindicar como mío, incluso en estos tiempos.

Estoy esperando en mi habitación, que en este momento es una sala de espera. Cuando me acuesto es un dormitorio. Las cortinas aún se agitan bajo la suave brisa, afuera todavía brilla el sol, que no entra por la ventana. Se ha trasladado hacia el oeste. Estoy intentando no contar cuentos, o al menos no contar éste.

Alguien ha vivido en esta habitación antes que yo. Alguien como yo, o eso quiero creer.

Lo descubrí tres días después de mudarme aquí.

Tenía que pasar aquí mucho tiempo, y decidí explorar la habitación. No a la ligera, como uno podría explorar una habitación de hotel, sin esperar sorpresas, abriendo y cerrando los cajones, las puertas de los armarios, desenvolviendo la diminuta pastilla de jabón y toqueteando las almohadas. ¿Alguna vez volveré a estar en la habitación de un hotel? Cómo desperdicié aquellas habitaciones y aquella libertad con que se podían observar.

Libertad alquilada.

Por las tardes, cuando Luke aún huía de su esposa, cuando yo aún era imaginaria para él. Antes de que nos casáramos y de que yo me solidificara. Yo siempre llegaba primero y me registraba. No ocurrió muchas veces, pero ahora me parece una década, una era; recuerdo cómo me vestía, cada blusa, cada pañuelo. Mientras lo esperaba me paseaba de un lado a otro, encendía la televisión y la apagaba, me ponía unos toques de perfume detrás de las orejas, se llamaba Opio. Venía en un frasco chino, rojo y dorado.

Estaba nerviosa. ¿Cómo llegué a saber que él me amaba? Debía ser sólo una aventura. ¿Por qué siempre decíamos *sólo*? En esa época, los hombres y las mujeres se probaban mutuamente, como quien se prueba un traje, rechazando lo que no les sentaba bien.

Entonces golpeaban a la puerta; yo abría, sintiendo alivio y deseo. Todo era tan momentáneo, tan condensado... Y sin embargo parecía no tener fin. Después nos quedábamos tumbados en la cama, cogidos de la mano, charlando. De lo posible, de lo imposible, de qué se podía hacer. Pensábamos que teníamos problemas. ¿Cómo llegamos a saber que éramos felices?

Pero ahora también echo de menos las habitaciones en sí mismas, incluso los horribles cuadros de las paredes: paisajes de hojas caídas, o de nieve derritiéndose sobre los árboles, o de mujeres vestidas con trajes de época y rostros de muñeca de porcelana y sombrillas, o de payasos de mirada triste, o de cuencos con frutas rígidas y de aspecto gredoso. Las toallas nuevas de usar y tirar, las papeleras incitantes, haciendo señas a los desperdicios tirados en el suelo despreocupadamente. Despreocupadamente. En esas habitaciones yo me convertía en una persona despreocupada. Podía levantar el teléfono y en seguida aparecía la comida en una bandeja, la comida que yo había elegido. Pero que era mala, lo mismo que la bebida. En los cajones de los tocadores podías encontrar ejemplares de la Biblia, colocados allí por alguna institución benéfica, aunque probablemente nadie debía de leerlas. También había postales con la foto del hotel, y podías escribir en ellas y enviarlas a alguien. Ahora todo esto parece un imposible; como si uno se lo hubiera inventado.

Bien. Entonces exploré esta habitación, no a la ligera, como la habitación de un hotel. No quería hacerlo todo de una vez, quería que durara. Dividí mentalmente la habitación en sectores; me adjudicaba un sector por día y lo examinaba con la mayor minuciosidad: la irregularidad del yeso debajo del papel de la pared, los rasguños en la pintura del zócalo y del alféizar, las manchas del colchón... porque llegué incluso a levantar las mantas y las sábanas de la cama y a darles vuelta, un poco cada vez para poder ponerlas en su sitio rápidamente si venía alguien.

Las manchas del colchón. Como pétalos de flores secas. No eran recientes, sino de un amor antiguo; ahora no hay otro tipo de amor en la habitación.

Cuando las vi, cuando vi la prueba que dos personas habían dejado de su amor, o de algo así, al menos de deseo, al menos de contacto entre dos que ahora quizás eran ancianos o estaban muertos, volví a tapar la cama y me tendí encima. Levanté la vista hasta el ojo de yeso del cielo raso. Quería sentir que Luke estaba tendido a mi lado. Suelo padecer estos ataques del pasado, como desmayos, como una ola que me invade la mente. A veces apenas puedo soportarlo. ¿Qué puedo hacer, qué puedo hacer?, pienso. No hay nada que hacer. También se puede servir estando de pie y esperando. O tendido y esperando. Ya sé por qué el cristal de la ventana es inastillable. Y por qué quitaron la araña. Quería sentir a Luke tendido a mi lado, pero no había espacio.

Me reservé el aparador para el tercer día. Primero miré atentamente la puerta, por dentro y por fuera, y luego las paredes y sus ganchos de latón; ¿por qué habían pasado por alto los ganchos? ¿Por qué no los habían quitado? ¿Estaban demasiado cerca del suelo? Sin embargo, todo lo que necesitabas era un calcetín. Y la barra con las perchas de plástico y mis vestidos colgados de ellas, la capa roja de lana para los días fríos, el chal. Me arrodillé para examinar el suelo y allí estaba, en letras diminutas, bastante reciente por lo que se veía, marcado con un alfiler, o tal vez simplemente con la uña, en el rincón más oscuro: *Nolite te bastardes carborundorum*.

No sabía lo que significaba, ni qué idioma era. Pensé que podría ser latín, pero yo no sabía nada de latín. Sin embargo, era un mensaje, y estaba escrito, un acto prohibido en sí mismo, y aún no había sido descubierto. Excepto por mí, a quien iba dirigido. Iba dirigido a quienquiera que llegara después.

Me gusta reflexionar sobre este mensaje. Me gusta pensar que me comunico con ella, con esta mujer desconocida. Porque es desconocida; y, si es conocida, nunca me la mencionaron. Me gusta saber que su mensaje tabú ha logrado perdurar, al menos para que lo viera otra persona y que, aunque escondido en la pared de mi armario, yo abrí la puerta y lo leí. A veces repito las palabras para mis adentros. Me proporcionan un pequeño gozo. Cuando imagino a la mujer que las escribió, pienso que tiene aproximadamente mi edad, quizás un poco más joven. La identifico con Moira, tal como era ella cuando iba a la universidad y ocupaba la habitación de al lado de la mía: ocurrente, vivaz, atlética, montada en una bicicleta y con una mochila a la espalda, lista para hacer excursionismo. Pecosa, creo; irrespetuosa e ingeniosa.

Me pregunto quién era o quién es, y qué habrá sido de ella.

El día que encontré el mensaje, tanteé el humor de Rita.

¿Quién era la mujer que estaba en esa habitación?, le pregunté. ¿La que estaba antes que yo? Si le hubiera hecho una pregunta distinta, si le hubiera dicho: ¿Hubo alguna mujer en esa habitación antes que yo?, tal vez no habría logrado ninguna respuesta.

¿Cuál?, me preguntó; parecía hablarme a regañadientes, con suspicacia, pero en fin de cuentas casi siempre lo hacía cuando hablaba conmigo.

Entonces había habido más de una. Algunas no se habían quedado en su destino durante el período que les correspondía, dos años completos. Algunas habían sido despedidas, por una u otra razón. O tal vez no las habían despedido... ¿estarían muertas?

La que era tan alegre, arriesgué. La de las pecas.

¿La conocías?, me preguntó Rita, más suspicaz que nunca.

La había visto, mentí. Oí decir que estuvo aquí.

Rita lo admitió. Sabe que existe la posibilidad de que corran rumores, o de que haya una especie de información clandestina.

No funcionó, respondió.

¿En qué sentido?, pregunté, intentando parecer lo más neutral posible.

Pero Rita apretó los labios. Aquí soy como una criatura, hay algunas cosas que no se me deben contar. Aquello que no sepas, no te hará daño, habría sido toda su respuesta.

CAPÍTULO 10

A veces canto para mis adentros, mentalmente; es una canción presbiteriana, lúgubre y triste:

> Asombrosa gracia, qué dulce sonido
> Que pudo salvar a un desdichado como yo,
> Otrora perdido y ahora salvado,
> Otrora atado y ahora liberado.

No sé si la letra era exactamente así. No logro recordarla. Ahora estas canciones no se cantan en público, sobre todo si tienen palabras como *liberado*; son consideradas demasiado peligrosas. Pertenecen a las sectas proscritas.

> Me siento tan solo, pequeña,
> Me siento tan solo, pequeña,
> Me siento tan solo que podría morir.

Ésta también está proscrita. La recuerdo de un viejo casete de mi madre; ella también tenía un aparato chirriante y poco fiable en el que todavían podían oírse canciones como ésta. Solía poner el casete cuando venían sus amigos a tomar unas copas.

Pero no canto estas canciones a menudo. Me dejan la garganta dolorida.

En esta casa no hay mucha música, excepto la que oímos en la televisión. A veces Rita canturrea, mientras amasa o pela verduras; es un canturreo sin palabras, discordante, insondable. Y a veces, desde la sala de enfrente llega el débil sonido de la voz de Serena que sale de un disco grabado hace mucho tiempo, puesto con el volumen bajo para que no la sorprendan escuchando mientras teje y recuerda su antigua y ahora amputada gloria: *Aleluya*.

Hace calor para la época en que estamos. Las casas como ésta se calientan con el sol, no están suficientemente aisladas. El aire parece estancado, a pesar de la ligera corriente, del soplo que atraviesa las cortinas. Me gustaría poder abrir la ventana de par en par. Pronto nos dejarán ponernos los vestidos de verano.

Los vestidos de verano están fuera de la maleta, colgados

en el armario; dos de ellos son de puro algodón, que son mejores que los de tela sintética, más baratos; pero incluso así, durante julio y agosto, cuando hay bochorno, se suda mucho. Para no hablar del bronceado, decía Tía Lydia. Las mujeres solían dar el espectáculo. Se untaban con aceite como si fueran un trozo de carne para el asador, e iban por la calle enseñando la espalda y los hombros, y las piernas, porque ni siquiera llevaban medias; no me extraña que ocurrieran esas cosas. *Cosas* era la palabra que usaba cuando lo que ocurría era demasiado desagradable, obsceno u horrible para ser pronunciado por sus labios. Para ella, una vida venturosa era la que evitaba las *cosas*, la que excluía las *cosas*. Semejantes *cosas* no les ocurren a las mujeres decentes. Y no es bueno para el cutis, en absoluto, te queda arrugado como una manzana pasada. Pero olvidaba que ya no podíamos ocuparnos de nuestro cutis.

A veces, en el parque, decía Tía Lydia, se echaban encima de una manta, hombres y mujeres juntos; en este punto se echaba a llorar, y se quedaba de pie delante de nosotros.

Hago todo lo que puedo, decía. Intento daros la mejor oportunidad posible. Parpadeaba, la luz era demasiado fuerte para ella; la boca le temblaba alrededor de los dientes delanteros, que le sobresalían un poco y eran largos y amarillentos; a mí me hacían pensar en el ratón que encontramos muerto en el umbral, cuando vivíamos en una casa los tres, cuatro contando el gato, que era el que hacía este tipo de ofrendas.

Tía Lydia apretaba la mano contra su boca de roedor muerto. Luego de un minuto la apartaba. Yo también quería llorar porque me lo recordaba. Si al menos él no se hubiera comido la mitad, le dije a Luke.

No creáis que para mí es fácil, decía Tía Lydia.

Moira entró despreocupadamente en mi habitación y dejó caer la chaqueta tejana en el suelo.

¿Tienes un cigarrillo?, me preguntó.

En el bolso, le dije. Pero no tengo cerillas.

Moira revuelve en mi bolso. Tendrías que tirar toda esta porquería, comenta. Voy a dar una fiesta de subvestidas.

¿De qué?, exclamo. Es inútil que uno intente trabajar,

Moira no te lo permite, es como un gato que se pasea por encima de la página cuando intentas leer.

Ya sabes, como en Tupperware, sólo con ropa interior; estilo fulana: encajes en la entrepierna, ligas con broches de presión. Y sujetadores de esos que te levantan las tetas. Encuentra el encendedor y enciende el cigarrillo que sacó de mi bolso. ¿Quieres uno? Me tira el paquete, con gran generosidad considerando que es mío.

Mil gracias, le digo irónicamente. Estás loca. ¿De dónde has sacado semejante ocurrencia?

En el trabajo que hago para pagarme los estudios, explica. Tengo relaciones. Un amigo de mi madre. Lo de los suburbios es fantástico, una calcula que una vez que empiecen a descubrir los lugares de la gente joven, habrán vencido a la competencia. Las tiendas porno y qué sé yo.

Me echo a reír. Ella siempre me hacía reír.

¿Pero aquí?, le pregunto. ¿Quién va a venir? ¿A quién le interesa?

Nunca es demasiado pronto para aprender, sentencia. Venga, será fabuloso. Nos mearemos de risa.

¿Así vivíamos entonces? Pero llevábamos una vida normal. Como casi todo el mundo, la mayor parte del tiempo. Todo lo que ocurre es normal. Incluso lo de ahora es normal.

Vivíamos, como era normal, haciendo caso omiso de todo. Hacer caso omiso no es lo mismo que ignorar, hay que trabajar para ello.

Nada cambia instantáneamente: en una bañera en la que el agua se calienta poco a poco, uno podría morir hervido antes de darse cuenta. Por supuesto, en los periódicos aparecían noticias: cadáveres en las zanjas o en el bosque, mujeres asesinadas a palos o mutiladas, mancilladas, solían decir; pero eran noticias sobre otras mujeres, y los hombres que hacían semejantes cosas eran otros hombres. Ninguno de ellos era conocido de nosotras. Las noticias de los periódicos nos parecían sueños, pesadillas soñadas por otros. Qué horrible, decíamos, y lo era, pero era horrible sin ser verosímil. Eran demasiado melodramáticas, tenían una dimensión que no era la dimensión de nuestras vidas.

Éramos las personas que no salían en los periódicos.

Vivíamos en los espacios en blanco, en los márgenes de cada número. Esto nos daba más libertad.

Vivíamos entre las líneas de las noticias.

Desde el camino de entrada de abajo llega el sonido de un coche que se pone en marcha. Esta es una zona tranquila, no hay mucho tránsito, se pueden oír muy claramente sonidos como el de motores de coches, cortadoras de césped, el chasquido de unas tijeras de podar, un portazo. Podría oírse claramente un grito, o un disparo, si aquí alguien hiciera esos ruidos. A veces, a lo lejos, se oyen sirenas.

Voy hasta la ventana y me instalo en el asiento de ésta, que es demasiado estrecho para resultar cómodo. Hay un cojín, duro y pequeño, con una funda de *petit-point* en la que —escrita en letras de imprenta y enmarcada por una guirnalda de azucenas— se lee la palabra FE, de un azul desteñido, y las hojas de las azucenas de un verde apagado. Este cojín fue usado alguna vez en algún otro sitio, y estaba gastado, pero no tanto como para tirarlo. De algún modo, lo han pasado por alto.

Puedo pasarme minutos, decenas de minutos, recorriendo las letras con la mirada: FE. Es lo único que me han dado para leer. Si me sorprendieran haciéndolo, ¿lo tendrían en cuenta? No fui yo quien puso el cojín aquí.

El motor se enciende y me inclino hacia delante, cerrando la cortina frente a mi rostro, como si fuera un velo. Es semitransparente, de modo que puedo ver a través de ella. Si aprieto la frente contra el cristal y miro hacia abajo, diviso la mitad de atrás del Whirlwind. No veo a nadie, pero luego de un momento noto que Nick da la vuelta hasta la puerta de atrás del coche, la abre y permanece de pie y rígido junto a ella. Ahora lleva la gorra bien puesta, y las mangas bajas y abotonadas. Desde el ángulo en que me encuentro, logro verle la cara.

Ahora aparece el Comandante. Sólo logro verlo durante un instante, en escorzo, mientras camina hacia el coche. No lleva puesto el sombrero, de modo que no va a ningún acto oficial. Tiene el pelo gris. Plateado, debería decir para ser amable. Pero no tengo ganas de ser amable. El anterior era calvo, así que supongo que éste representa todo un progreso.

Si pudiera escupir, o arrojar algo, por ejemplo el cojín, tal vez podría darle.

Moira y yo tenemos bolsas de papel llenas de agua. Bombas de agua las llamaban. Nos asomamos por la ventana de mi dormitorio y arrojamos las bombas a los chicos que están abajo. Fue una idea de Moira. ¿Ellos qué intentaban hacer? Subir por una escalera de mano en busca de algo. De nuestra ropa interior.

Aquel dormitorio había sido mixto en un tiempo, en uno de los lavabos de nuestro piso aún había urinarios. Pero en la época en que yo llegué, ya habían puesto a las mujeres y a los hombres otra vez en su sitio.

El Comandante se detiene, entra en el coche, desaparece y Nick cierra la puerta. Un momento después el coche retrocede, baja por el camino de entrada y sale a la calle, desapareciendo detrás del seto.

Tengo que sentir odio por este hombre. Sé que tengo que sentirlo, pero no es lo que siento realmente. Lo que siento es más complicado. No sé cómo llamarlo. No es amor.

CAPÍTULO 11

Ayer por la mañana fui al médico. Acompañada por un Guardián, uno de los que llevan brazalete rojo y que se ocupan de esos menesteres. Viajamos en un coche rojo, él delante y yo detrás. No me acompañaba mi doble; en estas ocasiones soy una solitaria.

Me llevan al médico una vez al mes, para someterme a diversas pruebas: análisis de orina, de hormonas, biopsia para detectar si hay cáncer, análisis de sangre; igual que antes, salvo que ahora es obligatorio.

El consultorio del médico está en un moderno edificio de oficinas. Subimos en el ascensor, silenciosamente, y el Guardián y yo quedamos frente a frente; veo su nuca en el espejo ahumado del ascensor. Cuando llegamos al consultorio, entro; él espera afuera, en el vestíbulo con los otros Guardianes y se sienta en una de las sillas instaladas con ese fin.

En la sala de espera hay otras mujeres, tres de ellas

vestidas de rojo: este médico es un especialista. Nos miramos furtivamente unas a otras, evaluando el tamaño de nuestros respectivos vientres. ¿Alguna de nosotras habrá tenido suerte? El enfermero registra nuestros nombres y los números de nuestros pases en el Compudoc, para comprobar si somos quienes tenemos que ser. Es un hombre de unos cuarenta años, mide alrededor de un metro ochenta y tiene una cicatriz que le atraviesa la mejilla en diagonal; está escribiendo a máquina y sus manos se ven demasiado grandes en relación al teclado; aún lleva la pistola en la pistolera.

Cuando me llaman, paso a la habitación interior. Es blanca, y no hay en ella ningún detalle llamativo, lo mismo que en la de afuera, excepto un biombo —un trozo de tela roja extendida sobre un marco— con un ojo pintado en dorado y debajo una serpiente retorcida alrededor de una espada, en posición vertical, como una especie de empuñadura. Las serpientes y las espadas son restos del simbolismo de épocas pasadas.

Lleno el frasco que me han dejado preparado en el aseo, me quito la ropa detrás del biombo y la dejo doblada encima de la silla. Cuando termino de desnudarme me tiendo en la camilla, sobre la lámina de papel desechable, frío y crujiente. Estiro la segunda lámina, la de tela, sobre mi cuerpo. A la altura de mi cuello hay una tercera lámina que cuelga del techo. Ésta se interpone entre el médico y yo, para que él no pueda verme la cara. Sólo tendrá que tratar con un torso.

Una vez lista, estiro la mano y busco a tientas la pequeña palanca que está a la derecha de la mesa; tiro hacia atrás. En algún otro sitio suena un timbre, pero yo no lo oigo. Un minuto después se abre la puerta y se oyen los pasos y la respiración de alguien que entra. Él no debe hablarme, salvo que sea absolutamente necesario. Pero este médico es muy locuaz.

—¿Cómo vamos? —pregunta, utilizando un tic del habla de otros tiempos. Aparta la lámina de mi piel y un escalofrío me recorre el cuerpo. Un dedo frío, cubierto de goma y gelatina, se desliza dentro de mí, hurga en mi interior. El dedo retrocede, se introduce en diferente dirección y se retira.

—Todo está bien —comenta, como si hablara consigo mismo—. ¿Te duele algo, cariño? —Me llama *cariño*.

—No —respondo.

Ahora le toca el turno a mis pechos, que son palpados en busca de algún absceso. La respiración se acerca, percibo el olor a humo, a loción para después de afeitar. Luego la voz, muy suave, cerca de mi cara: es él, que mueve la lámina.

—Yo podría ayudarte —dice, susurra.

—¿Qué? —pregunto.

—Chsss —me advierte—. Podría ayudarte. He ayudado a otras.

—¿Ayudarme? —le digo, en voz tan baja como la suya—. ¿Cómo? —¿Sabe algo, ha visto a Luke, lo ha encontrado, puede traerlo?

—¿Cómo te parece? —pregunta, todavía en un susurro. ¿Es su mano la que se desliza por mi pierna? Se está quitando el guante—. La puerta está cerrada con llave. Nadie puede entrar. Ninguno de ellos sabría jamás que no es suyo.

Levanta la lámina. La parte más baja de su cara está cubierta por la reglamentaria mascarilla blanca de gasa. Un par de ojos pardos, una nariz, y una cabeza de pelo castaño. Tiene la mano entre mis piernas.

—La mayoría de esos tíos ya no pueden hacerlo —me explica—. O son estériles.

Casi jadeo: ha pronunciado la palabra prohibida: *estéril*. Ya no existe nada semejante a un hombre estéril, al menos oficialmente. Sólo hay mujeres fértiles y mujeres estériles, eso dice la ley.

—Montones de mujeres lo hacen —prosigue—. Tú quieres un bebé, ¿verdad?

—Sí —admito. Es verdad, y no pregunto la razón porque ya la conozco. *Dame hijos, o me moriré*. Esta frase tiene más de un sentido.

—Estás a punto —añade—. Ahora es el momento. Hoy o mañana sería perfecto, ¿por qué desaprovechar la oportunidad? Sólo llevaría un minuto, cariño —así debía de llamar a su esposa; quizás aún lo hace, pero en realidad es un término genérico. Todas nosotras somos *cariño*.

Vacilo. Él se me está ofreciendo, ofreciéndome sus servicios, con cierto riesgo para él.

—Detesto ver las que os hacen pasar —murmura. Su actitud es auténticamente compasiva. Y sin embargo disfruta con esto, con simpatía y todo. Tiene los ojos húmedos de compasión; su mano recorre mi cuerpo, nerviosa e impacientemente.

—Es demasiado peligroso —argumento—. No. No puedo —esto se castiga con la muerte, aunque tienen que cogerte mientras lo haces, y con dos testigos. ¿Qué posibilidades existen, habrá un micrófono oculto en la habitación, quién está exactamente al otro lado de la puerta?

Su mano se detiene.

—Piénsalo —me aconseja—. He visto tu gráfico; no te queda demasiado tiempo. Pero se trata de tu vida.

—Gracias —le digo. No debo darle la impresión de que estoy ofendida, sino abierta a su sugerencia. Él aparta la mano casi con reticencia, lentamente; en lo que a él respecta, aún no se ha dicho la última palabra. Podría falsear las pruebas, informar que sufro de cáncer, de infertilidad, hacer que me envíen a las Colonias con las No Mujeres. Nada de todo esto se ha mencionado, pero el conocimiento de su poder queda suspendido en el aire mientras me palmea el muslo; luego se aparta hasta quedar detrás de la lámina colgante.

—El mes que viene —sugiere.

Vuelvo a vestirme detrás del biombo. Me tiemblan las manos. ¿Por qué estoy asustada? No he excedido ningún límite, no le he dado ninguna esperanza, no he corrido ningún riesgo, todo está a salvo. Es la decisión lo que me aterroriza. Una salida, una salvación.

CAPÍTULO 12

El cuarto de baño está junto al dormitorio. Tiene un empapelado de florecillas azules, nomeolvides, y cortinas haciendo juego. Hay una alfombra de baño azul y, sobre la tapa del inodoro, una cubierta azul de imitación piel. Lo único que le falta a este lavabo para ser como los de antes es una muñeca cuya falda oculta el rollo extra de papel higiénico. Aparte de que el espejo de encima del lavabo ha sido quitado y reemplazado por un rectángulo de estaño, y que la puerta no tiene cerradura, y que no hay maquinillas de afeitar, por supuesto. Al principio, en los cuartos de baño se producían incidentes: cortes, ahogos. Antes de que suprimieran todos los micrófonos. Cora se sienta en una silla, en el vestíbulo, para vigilar que nadie más entre. En un cuarto de baño, en una bañera, una es vulnerable, decía Tía Lydia. No decía a qué.

El baño es un requisito, pero también un lujo. El simple hecho de quitarme la toca blanca y el velo, el simple hecho de tocar otra vez mi propio pelo, es un lujo. Tengo el pelo largo y descuidado. Debemos llevarlo largo, pero cubierto. Tía Lydia decía: San Pablo afirmaba que debía llevarse así, o rapado. Y largaba una carcajada, una especie de relincho con la cabeza echada hacia atrás, tan típico de ella, como si hubiera contado un chiste.

Cora ha llenado la bañera, que humea como un plato de sopa. Me quito el resto de mis ropas, la sobrepelliz, la camisa blanca y las enaguas, las medias rojas, los pantalones holgados de algodón. Los leotardos te pudren la entrepierna, solía decir Moira. Tía Lydia jamás habría utilizado una expresión como *pudrirte la entrepierna*. Ella usaba la palabra *antihigiénico*. Quería que todo fuera muy higiénico.

Mi desnudez me resulta extraña. Mi cuerpo parece anticuado. ¿De verdad me ponía bañador para ir a la playa? Lo hacía, sin reparar en ello, entre los hombres, sin importarme que mis piernas, mis brazos, mis muslos y mi espalda quedaran al descubierto y alguien los viera. *Vergonzoso, impúdico*. Evito mirar mi cuerpo, no tanto porque sea algo vergonzoso o impúdico, sino porque no quiero verlo. No quiero mirar algo que me determina tan absolutamente.

Me meto en el agua, me acuesto y me dejo flotar. El agua está templada. Cierro los ojos y súbitamente, sin advertencia, ella está conmigo; debe de ser el olor del jabón. Pongo la cara contra el suave pelo de su nuca y la huelo: talco de bebé, piel de niño recién bañado y champú, con un vago olor a pis en el fondo. Ésta es la edad que tiene cuando estoy en la bañera. Se me aparece a diferentes edades, por eso sé que no es un fantasma. Si lo fuera, siempre tendría la misma edad.

Una vez, cuando tenía once meses, justo antes de que empezara a caminar, una mujer me la robó del carrito del supermercado. Era un sábado, el día que Luke y yo hacíamos la compra de la semana, porque los dos trabajábamos. Ella estaba sentada en el asiento para los niños que tenían antes los carritos de los supermercados, con agujeros para las piernas. Estaba muy contenta; yo me giré de espaldas, creo que era en la sección de comida para gatos; Luke estaba en la carnicería al otro extremo de la tienda, fuera de la vista. Le gustaba elegir la carne que íbamos a comer durante la semana. Decía que los hombres necesitaban más carne que las mujeres, que no se trataba de una superstición y que él no era ningún tonto, para algo había seguido unos estudios. Existen diferencias, decía. Le encantaba repetirlo, como si yo intentara demostrar lo contrario. Pero en general lo decía cuando estaba mi madre presente. Le encantaba provocarla.

Oí que empezaba a llorar. Me giré y vi que desaparecía pasillo abajo, en brazos de una mujer que yo jamás había visto. Lancé un grito y la mujer se detuvo. Debía de tener unos treinta y cinco años. Lloraba y decía que era su bebé, que el Señor se la había dado, que le había enviado una señal. Sentí pena por ella. El gerente de la tienda se disculpó, y la retuvieron hasta que llegó la policía.

Simplemente, está loca, dijo Luke.

En ese momento, creí que se trataba de un incidente aislado.

Su imagen se desvanece, no puedo retenerla aquí conmigo, ya ha desaparecido. Tal vez sí pienso en ella como en un fantasma, el fantasma de una niña muerta, una criatura que murió cuando tenía cinco años. Recuerdo las fotos que alguna vez tuve de nosotras dos, yo sosteniéndola en brazos, en poses típicas, encerradas en un marco y a salvo. Desde detrás de mis ojos cerrados me veo a mí misma tal como soy ahora, sentada junto a un cajón abierto, o junto a un baúl en el sótano, donde guardo la ropa de bebé doblada y un sobre con un mechón de pelo de cuando tenía dos años, de color rubio claro. Después se le oscureció.

Ya no tengo esas cosas, ni la ropa ni el pelo. Me pregunto qué ocurrió con nuestras pertenencias. Saqueadas, tiradas y arrancadas. Confiscadas.

He aprendido a arreglármelas sin un montón de cosas. Si tienes demasiadas cosas, decía Tía Lydia, te aferras demasiado al mundo material y olvidas los valores espirituales. Bienaventurados los humildes. No agregó nada acerca de que heredarían la tierra.

Sigo tendida, con el agua chocando suavemente contra mi cuerpo, junto a un cajón abierto que no existe, y pienso en una niña que no murió cuando tenía cinco años; que aún existe, espero, aunque no para mí. ¿Existo yo para ella? ¿Soy una imagen en tinieblas en lo más recóndito de su mente?

Ellos debieron de contarle que yo estaba muerta. Eso es lo que debieron de hacer. Seguramente pensaron que de ese modo a ella le resultaría más fácil adaptarse.

Ahora debe tener ocho años. He llenado el tiempo que perdí, sé todo lo que ha ocurrido. Ellos tenían razón, es más fácil pensar que ella está muerta. Así no tengo que abrigar esperanzas, ni hacer un esfuerzo inútil. ¿Por qué darse la cabeza contra la pared?, decía Tía Lydia. A veces tenía una manera muy gráfica de decir las cosas.

—No tengo todo el día —dice Cora, al otro lado de la puerta. Es verdad, no tiene todo el día. No tiene todo de nada. No debo robarle su tiempo. Me enjabono, me paso el cepillo de cerdas cortas y la piedra pómez para eliminar la piel muerta. Estos accesorios típicamente puritanos te los proporcionan. Me gustaría estar absolutamente limpia, libre de gérmenes y bacterias, como la superficie de la luna. No podré lavarme esta noche, ni más tarde, ni en todo el día. Ellos dicen que es perjudicial, así que, ¿para qué correr riesgos?

Ahora no puedo evitar que mis ojos vean el pequeño tatuaje de mi rodilla. Cuatro dedos y un ojo, un pasaporte del revés. Se supone que sirve como garantía de que nunca desapareceré. Soy demasiado importante, demasiado especial como para que eso ocurra. Pertenezco a la reserva nacional.

Saco el tapón, me seco, y me pongo la bata de felpa roja. Dejo aquí el vestido que llevaba hoy, porque Cora lo recogerá para lavarlo. Una vez en la habitación, me vuelvo a vestir. La toca blanca no es necesaria a esta hora porque no voy a salir. En esta casa, todos conocen mi cara. Sin embargo, el velo rojo sigue cubriendo mi pelo húmedo y mi cabeza, que no ha sido rapada. ¿Dónde vi aquella película de unas mujeres arrodilladas en la plaza del pueblo, sujetas por unas manos, y con el pelo cayéndoles a mechones? ¿Qué habían hecho? Debe de haber sido hace mucho tiempo, porque no logro recordarlo.

Cora me trae la cena en una bandeja cubierta. Antes de entrar golpea la puerta. Me cae bien ese detalle. Significa que piensa que me corresponde algo de lo que solíamos llamar intimidad.

—Gracias —le digo, cogiendo la bandeja de sus manos. Ella me sonríe, pero se vuelve sin responder. Cuando estamos las dos a solas, recela de mí.

Pongo la bandeja en la pequeña mesa pintada de blanco y acerco la silla hasta ella. Quito la cubierta de la bandeja. Un muslo de pollo, demasiado cocido. Es mejor que crudo, que es el otro modo en que lo prepara. Rita sabe cómo demostrar su resentimiento. Una patata al horno, judías verdes, ensalada. Como postre, peras en conserva. Es una comida bastante buena, pero ligera. Comida sana. Debéis consumir vitaminas y minerales, decía Tía Lydia, en tono remilgado. Debéis ser fuertes. Nada de café ni té, nada de alcohol. Se han realizado estudios. Hay una servilleta de papel, como en las cafeterías.

Pienso en los demás, los que no tienen nada. Éste es el paraíso del amor, aquí llevo una vida mimada, que el Señor nos haga realmente capaces de sentir gratitud, decía Tía Lydia, o sea agradecidas, y empiezo a comer mi comida. Esta noche no tengo hambre. Siento náuseas. Pero no hay dónde poner la comida, ni macetas de plantas, y no voy a probar en el lavabo. Estoy muy nerviosa, eso es lo que pasa. ¿Y si la dejara en el plato y le pidiera a Cora que no pasara el informe? Mastico y trago, mastico y trago, y noto que empiezo a sudar. La comida me llega al estómago convertida en una pelota, un puñado de cartones humedecidos y estrujados.

Abajo, en el comedor, deben de haber puesto la gran mesa de caoba, con velas, mantel blanco, cubertería de plata, flores, y el vino servido en copas. Se oirá el tintineo de los cuchillos contra la porcelana, y un chasquido cuando ella suelta el tenedor con un suspiro apenas audible y deja la mitad de la comida en el plato, sin tocarla. Probablemente dirá que no tiene apetito. Tal vez no diga nada. Si dice algo, ¿él hace algún comentario? Si no dice nada,

¿él lo nota? Me pregunto cómo se las arregla para que reparen en ella. Supongo que debe de ser difícil.

A un costado del plato hay una porción de mantequilla. Corto una punta de la servilleta de papel, envuelvo en ella la mantequilla, la llevo hasta el armario y la guardo en la punta de mi zapato derecho —del par de recambio—, como he hecho otras veces. Arrugo el resto de la servilleta: seguramente, nadie se molestará en estirarla para comprobar si le falta algo. Usaré la mantequilla esta noche. No estaría bien que ahora oliera a mantequilla.

Espero. Me compongo. Mi persona es una cosa que debo componer, como se compone una frase. Lo que debo presentar es un objeto elaborado, no algo natural.

V

LA SIESTA

Capítulo 13

Hay tiempo de sobra. Ésta es una de las cosas para las que no estaba preparada: la cantidad de tiempo vacío, los largos paréntesis de nada. El tiempo como un sonido blanco. Si al menos pudiera bordar, o tejer, hacer algo con las manos... Quiero un cigarrillo. Recuerdo cuando visitaba las galerías de arte, recorriendo el siglo diecinueve, y la obsesión que tenían por los harenes. Montones de cuadros de harenes, mujeres gordas repantigadas en divanes, con turbantes en la cabeza o tocados de terciopelo, abanicadas con colas de pavo real por un eunuco que montaba guardia en último plano. Estudios de cuerpos sedentarios, pintados por hombres que jamás habían estado allí. Se suponía que estos cuadros eran eróticos, y a mí me lo parecían en aquellos tiempos; pero ahora comprendo cuál era su verdadero significado: mostraban una alegría interrumpida, una espera, objetos que no se usaban. Eran cuadros que representaban el aburrimiento.

Pero tal vez el aburrimiento es erótico, al menos para los hombres, cuando proviene de las mujeres.

Espero, lavada, cepillada, alimentada, como un cerdo que se entrega como premio. En la década de los ochenta inventaron pelotas para cerdos, y se las daban a los cerdos que eran cebados en pocilgas. Eran pelotas grandes y de colores, y los cerdos las hacían rodar ayudándose con el hocico. Los vendedores de cerdo decían que esto mejoraba el tono muscular; los cerdos eran curiosos, les gustaba tener algo en qué pensar.

Eso lo leí en Introducción a la Psicología; eso, y el capítulo sobre las ratas de laboratorio que se aplicaban a sí mismas descargas eléctricas, sólo por hacer algo. Y el que hablaba de las palomas amaestradas para picotear un capullo que hacía aparecer un grano de maíz. Estaban divididas en tres grupos: el primero cogía un grano con cada picotazo; el segundo, uno cada dos picotazos, y el tercero lo hacía sin ton ni son. Cuando el encargado del experimento se llevaba el grano, el primer grupo se daba por vencido en seguida, y el segundo grupo un poco más tarde. El tercer grupo nunca se daba por vencido. Se habrían picoteado a sí mismas hasta morir, antes que renunciar. Quién sabe cuál era la causa.

Me gustaría tener una de esas pelotas para cerdos.

Me echo en la alfombra trenzada. Siempre puedes entrenarte, decía Tía Lydia. Varias sesiones al día, mientras estás inmersa en la rutina cotidiana. Los brazos a los lados, las rodillas flexionadas, levantas la pelvis y bajas la columna. Ahora hacia arriba, y otra vez. Cuentas hasta cinco e inspiras, aguantas el aire y lo sueltas. Lo hacíamos en lo que solía ser la sala de Economía Doméstica, ahora libre de lavadoras y secadoras; al unísono, tendidas en pequeñas esterillas japonesas, mientras sonaba una casete de *Les Sylphides*. Eso es lo que ahora resuena en mi mente, mientras subo, bajo y respiro. Detrás de mis ojos cerrados, unas etéreas bailarinas revolotean graciosamente entre los árboles y agitan las piernas como si fueran las alas de un pájaro enjaulado.

Por las tardes nos acostamos en nuestras camas, en el gimnasio, durante una hora: de tres a cuatro. Decían que era un momento de descanso y meditación. En aquel entonces yo creía que lo hacían porque querían librarse de nosotras durante un rato, descansar de las clases, y sé que fuera de las horas de servicio las Tías se iban a la habitación de los profesores a tomar una taza de café, o lo que llamaban así, fuera lo que fuese. Pero ahora pienso que el descanso también era un entrenamiento. Nos estaban dando la oportunidad de acostumbrarnos a las horas en blanco.

Una siestecita, la llamaba Tía Lydia en su estilo remilgado.

La extraño es que necesitábamos descansar. Casi todas nos íbamos a dormir. Estábamos cansadas la mayor parte del tiempo. Supongo que nos daban algún tipo de pastillas, o drogas, que las ponían en la comida para mantenernos tranquilas. O tal vez no. Quizás era el lugar. Después de la primera impresión, una vez que te habías adaptado, era mejor permanecer en un estado letárgico. Podías decirte a ti misma que estabas ahorrando fuerzas.

Cuando Moira llegó, yo debía de llevar allí tres semanas. Entró en el gimnasio acompañada por dos de las Tías, como era habitual, a la hora de la siesta. Aún llevaba puesta su ropa —tejanos y un chándal azul— y tenía el pelo corto —para desafiar a la moda, como de costumbre—, por eso la reconocí de inmediato. Ella me vio, pero se giró: ya sabía qué era lo más prudente. Tenía una magulladura de color púrpura en la mejilla izquierda. Las Tías la llevaron a una cama vacía, donde ya estaba preparado el vestido rojo. Se desnudó, y empezó a vestirse otra vez, en silencio, mientras las Tías esperaban de pie en un extremo de la cama y nosotras la observábamos con los ojos apenas abiertos. Cuando se volvió, vi las protuberancias de su columna vertebral.

No pude hablar con ella durante varios días; solamente nos echábamos breves miradas, a modo de prueba. La amistad era sospechosa, lo sabíamos, así que nos evitábamos mutuamente durante las horas de la comida, en las colas de la cafetería y en los pasillos, entre una clase y otra. Pero al cuarto día estaba a mi lado durante el paseo que hacíamos de dos en dos alrededor del campo de fútbol. Hasta que nos graduábamos no nos daban la toca blanca, y llevábamos solamente el velo, así que pudimos hablar, con la precaución de hacerlo en voz baja y de no mover la cabeza para mirarnos. Las Tías caminaban al principio y al final de la fila, por lo que el único peligro eran las demás. Algunas eran creyentes y podían delatarnos.

Esto es una casa de locos, afirmó Moira.

Estoy tan contenta de verte..., le dije.

¿Dónde podemos hablar?, me preguntó.

En los lavabos, respondí. Vigila el reloj. El último retrete, a las dos y media.

Fue todo lo que dijimos.

El hecho de que Moira esté aquí me hace sentir más segura. Podemos ir al lavabo siempre que levantemos la mano, porque existe un máximo de veces al día, y lo apuntan en un gráfico. Miro el reloj, eléctrico y redondo, que está enfrente, encima de la pizarra verde. Cuando dan las dos y media estamos en sesión de Testimonio. Aquí está Tía Helena, además de Tía Lydia, porque la sesión de Testimonio es algo especial. Tía Helena es gorda; una vez, en Iowa, dirigió una campaña para obtener licencias de Vigilantes de Peso. Se le dan bien las sesiones de Testimonio.

Le toca el turno a Janine, que cuenta cómo a los catorce años fue violada por una pandilla y tuvo un aborto. La semana pasada contó lo mismo, y parecía casi orgullosa de ello. Incluso podría no ser verdad. En las sesiones de Testimonio es más seguro inventarse algo que decir que no tienes nada que revelar. Aunque tratándose de Janine, probablemente sea más o menos verdad.

¿Pero de *quién* fue la culpa?, pregunta Tía Helena mientras levanta un dedo regordete.

La culpa es *suya, suya, suya*, cantamos al unísono.

¿Quién la arrastró a eso? Tía Helena sonríe, satisfecha de nosotras.

Fue *ella, ella, ella*.

¿Por qué Dios permitió que ocurriera semejante atrocidad?

Para darle una *lección*. Para darle una *lección*. Para darle una *lección*.

La semana pasada, Janine rompió a llorar. Tía Helena la hizo arrodillar en el frente de la clase, con las manos a la espalda, para que todas pudiéramos ver su cara roja y su nariz goteante. Y su pelo rubio pajizo, sus pestañas tan claras que parece que no las tuviera, como si se le hubieran quemado en un incendio. Ojos quemados. Se la veía disgustada: débil, molesta, sucia y rosada como un ratón recién nacido. Ninguna de nosotras querría verse así, jamás. Por un momento, y aunque sabíamos lo que iban a hacerle, la despreciamos.

Llorona. Llorona. Llorona.

Y lo peor es que lo dijimos en serio.

Yo solía tener un buen concepto de mí misma. Pero en aquel momento no.

Eso ocurrió la semana pasada. Esta semana, Janine no espera a que la insultemos. Fue culpa mía, dice. Sólo mía. Yo los incité. Me merecía el sufrimiento.

Muy bien, Janine, dice Tía Lydia. Has dado el ejemplo.

Antes de levantar la mano tengo que esperar a que esto termine. A veces, si pides permiso en un momento inadecuado, te dicen que no. Y si realmente tienes que ir, puede ser terrible. Ayer Dolores mojó el suelo. Se la llevaron entre dos Tías, cogiéndola por las axilas. No apareció para el paseo de la tarde, pero a la noche volvió a meterse en su cama. La oímos quejarse durante toda la noche.

¿Qué le hicieron?, era el murmullo que corría de cama en cama.

No lo sé.

Y el hecho de no saber lo hace todavía peor.

Levanto la mano y Tía Lydia asiente. Me levanto y salgo al pasillo, procurando no llamar la atención. Tía Elizabeth monta guardia fuera del lavabo. Mueve la cabeza, en señal de que puedo entrar.

Este lavabo era para los chicos. Aquí también han reemplazado los espejos por rectángulos de metal gris opaco, pero los urinarios aún están, contra una de las paredes, y el esmalte blanco está manchado de amarillo. Extrañamente, parecen ataúdes de bebés. Vuelvo a asombrarme por la desnudez que caracteriza la vida de los hombres: las duchas abiertas, el cuerpo expuesto a las miradas y las comparaciones, las partes íntimas expuestas en público. ¿Para qué? ¿Tiene algún propósito tranquilizador? La ostentación de un distintivo común a todos ellos, que les hace pensar que todo está en orden, que están donde deben estar. ¿Por qué las mujeres no necesitan demostrarse mutuamente que son mujeres? Cierta manera de desabrocharse, de abrir la entrepierna despreocupadamente. Una actitud perruna.

El colegio es antiguo, los retretes son de madera, de un tipo de madera aglomerada. Entro en el segundo empezando por el final, haciendo balancear la puerta. Por supuesto, ya no hay cerraduras. En la parte de atrás de la madera, cerca de la pared y a la altura de la cintura, hay un agujerito, recuerdo del vandalismo de otros tiempos, o legado de un mirón. En el Centro todas sabemos de la existencia de este agujero; todas excepto las Tías.

Tengo miedo de haber llegado demasiado tarde a causa del Testimonio de Janine: tal vez Moira ya ha estado aquí, tal vez tuvo que marcharse. No te dan mucho tiempo. Miro cuidadosamente por debajo de la pared del retrete, y veo un par de zapatos rojos. ¿Pero cómo puedo saber a quién pertenecen?

Acerco la boca al agujero.

¿Moira?, susurro.

¿Eres tú?, me pregunta.

Sí, le digo. Siento un enorme alivio.

Dios mío, necesito un cigarrillo, comenta Moira.

Yo también, respondo.

Me siento ridículamente feliz.

Me sumerjo en mi cuerpo como en una ciénaga en la que sólo yo sé guardar el equilibrio. Es un terreno movedizo, mi territorio. Me convierto en la tierra en la que apoyo la oreja para escuchar los rumores del futuro. Cada punzada, cada murmullo de ligero dolor, ondas de materia desprendida, hinchazones y contracciones del tejido, secreciones de la carne: todos éstos son signos, son las cosas de las que necesito saber algo. Todos los meses espero la sangre con temor, porque si aparece representa un fracaso. Otra vez he fracasado en el intento de satisfacer las expectativas de los demás, que se han convertido en las mías.

Solía pensar en mi cuerpo como en un instrumento de placer, o como en un medio de transporte, o un utensilio para la ejecución de mi voluntad. Podía usarlo para correr, apretar botones de un tipo u otro, y hacer que las cosas ocurrieran. Existían límites, pero sin embargo mi cuerpo era ágil, suelto, sólido, formaba una unidad conmigo.

Ahora el cuerpo se las arregla por sí mismo de un modo diferente. Soy una nube solidificada alrededor de un objeto central, en forma de pera, que es patente y más real que yo y brilla en toda su rojez dentro de su envoltura translúcida. En el interior hay un espacio inmenso, oscuro y curvo como el cielo nocturno, pero rojo en lugar de negro. Miríadas de luces diminutas brillan, centellean y titilan en su interior. Todos los meses aparece una luna gigantesca, redonda y profunda como un presagio. Culmina, se detiene, continúa y se oculta de la vista, y siento que la desesperación se apodera de mí como un hambre voraz. Sentir ese vacío una y otra vez. Oigo mi corazón, ola tras ola, salada y roja, incesantemente, marcando el tiempo.

Estoy en el dormitorio de nuestro primer apartamento. Estoy de pie frente al armario de puertas plegables de madera. Sé que a mi alrededor todo está vacío, los muebles han desaparecido, los suelos están desnudos, no hay ni siquiera una alfombra; pero a pesar de ello, el armario está lleno de ropa. Creo que son mis ropas, aunque no lo parecen, nunca las he visto. Quizá sean las ropas de la esposa de Luke, a quien tampoco he visto nunca; sólo unas fotos y su voz en el teléfono una noche que nos llamó gritándonos y acusándonos, antes del divorcio. Pero no, son mis ropas. Necesito un vestido, necesito algo para ponerme. Saco vestidos, negros, azul, púrpura, chaquetas, faldas; ninguno de ellos me sirve, ni siquiera me van bien, son demasiado grandes o demasiado pequeños.

Luke está detrás de mí y me vuelvo para mirarlo. No me mira a mí; mira el suelo, donde el gato se limpia las patas y maúlla una y otra vez lastimeramente. Quiere comida, ¿pero cómo puede haber comida en un apartamento tan vacío?

Luke, digo. No me responde. Tal vez no me oye. Se me ocurre pensar que quizá no está vivo.

Estoy corriendo con ella, sujetándola de la mano, estirándola, arrastrándola entre el helecho, ella apenas está despierta a causa de la píldora que le di para que no grite ni diga nada que pueda delatarnos, ella no sabe dónde está. El terreno es desparejo, hay piedras, ramas secas, olor a tierra mojada, hojas viejas, ella puede correr muy rápido, yo sola podría correr más, soy buena corredora. Ahora llora, está asustada, quiero cogerla pero me resultaría demasiado pesada. Llevo puestas las botas de ir de excursión y pienso que cuando lleguemos al agua tendré que sacármelas de un tirón, y si estará demasiado fría, y si ella podrá nadar hasta allí, y qué pasará con la corriente, no nos esperábamos esto. *Silencio*, le digo enfadada. Pienso que se puede ahogar, y la sola idea me hace aflojar el paso. Oigo los disparos a nuestras espaldas, no muy fuertes, no como petardos sino cortantes y claros como el crujido de una rama seca. Suenan mal, las cosas nunca suenan como uno cree que deberían sonar, y oigo una voz que grita *Al suelo*, ¿es una voz real o una voz que suena dentro de mi cabeza, o soy yo misma que lo digo en voz alta?

La tiro al suelo y me echo sobre ella para cubrirla y protegerla. *Silencio*, vuelvo a decirle; tengo la cara mojada de sudor o de lágrimas, me siento serena y flotando, como si ya no estuviera dentro de mi cuerpo; cerca de mis ojos hay una hoja roja caída prematuramente y puedo ver todas sus nervaduras brillantes. Es la cosa más hermosa que jamás he visto. Disminuyo la presión, no quiero asfixiarla; me acurruco sobre ella, sin sacar la mano de encima de su boca. Oigo la respiración, y el golpeteo de mi corazón como si llamara a la puerta de una casa durante la noche, pensando que allí estaría a salvo. *Todo está bien, estoy aquí,* le digo en un susurro, *Por favor, quédate callada,* ¿pero lo logrará? Es muy pequeña, ya es muy tarde, nos separamos, me sujetan de los brazos, todo se oscurece y no queda nada salvo una pequeña ventana, muy pequeña, como el extremo opuesto de un telescopio, como la ventanita de una postal de Navidad de las de antes, afuera todo noche y hielo, adentro una vela, un árbol con luces, una familia, incluso oigo las campanadas, son las campanas de un trineo y una música antigua en la radio, pero a través de esta ventana puedo verla a ella —pequeña pero muy nítida— alejándose de mí entre los árboles que ya han cambiado al rojo y al amarillo, tendiéndome los brazos mientras se la llevan.

Me despierta la campanada; y luego Cora, que llama a mi puerta. Me siento en la alfombra y me seco la cara con la manga. De todos los sueños que he tenido, éste es el peor.

VI

LA FAMILIA

CAPÍTULO 14

Cuando deja de sonar la campana, bajo la escalera: en el ojo de vidrio que cuelga de la pared del piso de abajo, un diminuto animal extraviado desciende conmigo. El tic-tac del reloj suena al compás del péndulo; mis pies, calzados con los pulcros zapatos rojos, siguen el ritmo escalera abajo.

La puerta de la sala está abierta de par en par. Entro: de momento no hay nadie más. No me siento, pero ocupo mi lugar, de rodillas, cerca de la silla y el escabel en los que dentro de poco Serena Joy se entronizará, apoyándose en su bastón mientras se sienta. Probablemente se apoyará en mi hombro para mantener el equilibrio, como si yo fuera un mueble. Lo ha hecho otras veces.

Tal vez en otros tiempos, la sala se llamó salón, y más tarde sala de estar. O quizás es un salón de recibir, de esos que tienen arañas y moscas. Pero ahora, oficialmente, es una sala para sentarse porque eso es lo que hacen aquí, al menos algunos. Para otros sólo es una sala para estar de pie. La postura del cuerpo es importante: las incomodidades sin importancia son aleccionadoras.

La sala es apagada y simétrica; ésta es una de las formas que adopta el dinero cuando se congela. El dinero ha corrido por esta habitación durante años y años, como si atravesara una caverna subterránea, incrustándose y endureciéndose como estalactitas. Las diversas superficies se presentan a sí mismas mudamente: el terciopelo rosa negruzco de las cortinas echadas, el brillo de las sillas dieciochescas a juego, en el suelo la lengua de vaca que asoma de la alfombrilla china de borlas con sus peonías de color melocotón, el cuero suave de la silla del Comandante y el destello de la caja de latón que hay junto a aquélla.

La alfombrilla es auténtica. En esta habitación hay algunas cosas que son auténticas y otras que no lo son. Por ejemplo, dos cuadros, los retratos de dos mujeres, cada uno a un costado de la chimenea. Ambas llevan vestidos oscuros, como las de los cuadros de la iglesia, aunque de una época posterior. Probablemente los cuadros son auténticos. Supongo que cuando Serena Joy los adquirió —una vez que para ella fue obvio que tenía que encauzar sus energías en una dirección convincentemente doméstica— lo hizo con la intención de fingir que eran antepasadas suyas. O quizás estaban en la casa cuando el Comandante la compró. No hay manera de saberlo. En cualquier caso, allí están colgadas, con la espalda recta y la boca rígida, el pecho oprimido, el rostro atenazado, el tocado tieso, la piel grisácea, vigilando la sala con los ojos entrecerrados.

Entre ambas, sobre el manto de la chimenea, hay un espejo ovalado, flanqueado por dos pares de candeleros de plata, y en medio de éstos un Cupido de porcelana blanca que con sus brazos rodea el cuello de un cordero. Los gustos de Serena Joy son una mezcla rara: lujuria exquisita o sensiblería fácil. En cada extremo de la chimenea hay un arreglo de flores secas y, en la marquetería lustrada de la mesa que hay junto al sofá, un vasija con narcisos naturales.

La sala está impregnada de olor a aceite de limón, telas pesadas, narcisos marchitos, de los olores que quedan después de cocinar —y que se han filtrado desde la cocina o el comedor— y del perfume de Serena Joy: Lirio de los Valles. El perfume es un lujo, ella debe de tener un proveedor secreto. Inspiro, pensando que podría reconocerlo. Es una de esas esencias que usan las chicas que aún no han llegado a la adolescencia, o que los niños regalan a sus madres para el día de la madre; el olor de calcetines y enaguas de algodón blanco, de polvos de limpieza, de la inocencia del cuerpo femenino aún libre de vellosidad y sangre. Esto me hace sentir ligeramente enferma, como si estuviera encerrada en un coche, un día bochornoso, con una mujer mayor que usara demasiado polvo facial. Eso es lo que parece la sala de estar, a pesar de su elegancia.

Me gustaría robar algo de esta habitación. Me gustaría coger algún objeto pequeño —el cenicero de volutas, quizá la cajita de plata para las píldoras que está en la repisa, o una flor seca— y ocultarlo entre los pliegues de mi vestido o en el bolsillo de mi manga, hasta la noche, y esconderlo en mi habitación, debajo de la cama o en un zapato, o en un rasgón del cojín de la FE. De vez en cuando lo sacaría para mirarlo. Me daría la sensación de que tengo poder.

Pero semejante sensación sería ilusoria, y demasiado riesgosa. Dejo las manos donde están, cruzadas sobre mi regazo. Los muslos juntos, los talones pegados debajo de mi cuerpo, presionándolo. La cabeza gacha. Tengo en la boca el gusto de la pasta dentífrica: sucedáneo de menta y yeso.

Espero a que se reúna la familia. Una *familia*: eso es lo que somos. El Comandante es el cabeza de familia. Él nos alimenta a todos, como haría una nodriza.

Un buque nodriza. Sálvese quien pueda.

Primero entra Cora y detrás Rita, secándose las manos en el delantal. También ellas acuden al llamado de la campana, de mala gana, porque tienen otras cosas que hacer, por ejemplo lavar los platos. Pero tienen que estar aquí. Todos tienen que estar aquí, la Ceremonia lo exige. Tenemos la obligación de quedarnos hasta el final.

Rita me mira con el ceño fruncido y se coloca detrás de mí. Que ella pierda el tiempo es culpa mía. No mía, sino de mi cuerpo, si es que existe alguna diferencia. Hasta el Comandante está sujeto a los caprichos de su cuerpo.

Entra Nick, nos saluda a las tres con un movimiento de cabeza y mira a su alrededor. También se instala detrás de mí, de pie. Está tan cerca que me toca el pie con la punta del zapato. ¿Lo hace adrede? Sea cómo fuere, nos estamos tocando. Siento que mi zapato se ablanda, que la sangre fluye en su interior, se calienta, se transforma en una piel. Aparto el pie ligeramente.

—Ojalá se diera prisa —comenta Cora.

—Date prisa y espera —bromea Nick y ríe. Mueve el pie de manera tal que vuelve a tocar el mío. Nadie puede ver lo que hay debajo de mi falda desplegada. Me muevo, aquí hace demasiado calor, el olor a perfume rancio me hace sentir enferma. Aparto el pie.

Oímos los pasos de Serena que baja la escalera y se acerca por el pasillo, el golpecito seco de su bastón sobre la alfombra y el ruido sordo de su pie sano. Atraviesa la puerta cojeando y nos echa una mirada, como si nos contara, pero sin vernos. Dedica a Nick un movimiento de cabeza, pero no dice nada. Lleva puesto uno de sus mejores vestidos, de color azul celeste, con un adorno blanco en los bordes del velo: flores y grecas. Incluso a su edad experimenta el deseo de adornarse con flores. Es inútil que lo hagas, le digo mentalmente, sin mover un solo músculo de la cara, ya no puedes usarlas, te has marchitado. Las flores son los órganos genitales de las plantas; lo leí una vez en alguna parte.

Avanza hasta la silla y el escabel, se gira, baja y deja caer el cuerpo torpemente. Sube el pie izquierdo hasta el escabel y hurga en el bolsillo de su manga. Oigo el crujido, luego el chasquido de su encendedor, percibo el olor del humo y aspiro profundamente.

—Tarde, como de costumbre —dice. No respondemos. Busca a tientas la lámpara de la mesa y la enciende; se oye un chasquido y el televisor empieza a funcionar.

Un coro de hombres de piel amarillo verdosa —el color necesita su adaptación— canta «Venid a la Iglesia del Bosque Virgen». Venid, venid, venid, venid, cantan los bajos. Serena pulsa el selector de canales. Ondas, zigzags de colores, y un sonido que se apaga: es la estación satélite de Montreal, que ha quedado bloqueada. Entonces aparece un pastor, serio, de brillantes ojos oscuros, que se dirige a nosotros desde detrás de un escritorio. En estos tiempos, los pastores se parecen mucho a los hombres de negocios. Serena le concede unos pocos segundos y sigue buscando.

Pasa varios canales en blanco, y por fin aparecen las noticias. Esto es lo que ella estaba buscando. Se echa hacia atrás y aspira profundamente. Yo, en cambio, me inclino hacia adelante, como un niño al que le han permitido quedarse levantado hasta tarde con los adultos. Esto es lo bueno de estas veladas, las veladas de la Ceremonia: que me permiten escuchar las noticias. Es como si en esta casa hubiera una regla tácita: nosotros siempre llegamos puntualmente, él siempre llega tarde, y Serena siempre nos deja ver las noticias.

Tal como son las cosas, ¿quién sabe si algo de esto es verdad? Podrían ser fragmentos antiguos, o una falsificación. Pero de todos modos las escucho, con la esperanza de poder leer entre líneas. Ahora, una noticia —sea la que fuere— es mejor que ninguna.

Primero, el frente de batalla. En realidad no hay frente:

la guerra parece desarrollarse simultáneamente en varios sitios.

Colinas boscosas vistas desde arriba, árboles de un amarillo enfermizo. Si al menos ella ajustara el color... «Los Montes Apalaches», dice la voz fuera de la pantalla, «donde la Cuarta División de los Ángeles del Apocalipsis está desalojando con bombas de humo a un foco de la guerrilla baptista, con el soporte aéreo del Vigesimotercer Batallón de los Ángeles de la Luz». Nos muestran dos helicópteros negros, con alas plateadas pintadas a los lados. Debajo de ellos, un grupo de árboles estalla.

Ahora vemos un primer plano de un prisionero barbudo y sucio, escoltado por dos Ángeles vestidos con sus pulcros uniformes negros. El prisionero acepta el cigarrillo que le ofrece uno de los Ángeles, y se lo pone torpemente en la boca con las manos atadas. En su rostro se dibuja una breve sonrisa torcida. El locutor está diciendo algo, pero no lo oigo; estoy mirando los ojos de ese hombre, intentando descifrar lo que piensa. Sabe que la cámara lo enfoca: ¿la sonrisa es una muestra de desafío o de sumisión? ¿Se siente molesto al ser captado por la cámara?

Ellos sólo nos muestran las victorias, nunca las derrotas. ¿A quién le interesan las malas noticias?

Probablemente es un actor.

Ahora aparece el consejero. Su actitud es amable, paternal, nos mira fijamente desde la pantalla; tiene la piel bronceada, el pelo blanco y ojos de mirada sincera, rodeados de sabias arrugas: la imagen ideal que todos tenemos de un abuelo. Su ecuánime sonrisa da a entender que lo que nos dice es por nuestro propio bien. Las cosas se pondrán bien muy pronto. Os lo prometo. Tendremos paz. Debéis creerlo. Ahora debéis ir a dormir, como niños buenos.

Nos dice lo que ansiamos oír. Y es muy convincente.

Lucho contra él. Me digo a mí misma que es como una vieja estrella de cine, con dentadura postiza y cara de ficción. Al mismo tiempo, ejerce sobre mí cierta influencia, como si me hipnotizara. Si fuera verdad, si pudiera creerle...

Ahora nos está explicando que una red clandestina de espionaje ha sido desarticulada por un equipo de Ojos que trabajaba con un informante infiltrado. La red se dedicaba a sacar clandestinamente valiosos recursos nacionales por la frontera de Canadá.

«Han sido arrestados cinco miembros de la secta herética de los Cuáqueros», anuncia, sonriendo afablemente, «y se esperan más arrestos».

En la pantalla aparecen dos cuáqueros, un hombre y una mujer. Parecen aterrorizados, pero intentan conservar cierta dignidad delante de la cámara. El hombre tiene una marca grande y oscura en la frente; a la mujer le han arrancado el velo y el pelo le cae sobre la cara. Ambos tienen alrededor de cincuenta años.

Ahora nos muestran una panorámica aérea de una ciudad. Antes era Detroit. Por debajo de la voz del locutor se oye el bramido de la artillería. En el cielo se dibujan columnas de humo.

—El restablecimiento de los Chicos del Jamón continúa como estaba previsto —dice el tranquilizador rostro rosado desde la pantalla—. Esta semana han llegado tres mil a la Patria Nacional Uno, y hay otros dos mil en tránsito.

¿Cómo hacen para transportar tanta gente de una sola vez? ¿En trenes, en autobuses? No nos muestran ninguna foto de esto. La Patria Nacional Uno es en Dakota del Norte. Sabrá Dios lo que se supone que tienen que hacer una vez que lleguen. Dedicarse a las granjas, teóricamente.

Serena Joy ya se ha hartado de noticias. Pulsa el botón impacientemente para cambiar de canal y aparece un bajo barítono, un anciano cuyas mejillas parecen ubres secas. Está cantando «Susurro de Esperanza». Serena apaga el televisor.

Esperamos. Se oye el tic-tac del reloj del vestíbulo, Serena enciende otro cigarrillo, yo subo al coche. Es la mañana de un sábado de septiembre, aún tenemos coche. Otras personas han tenido que vender el suyo. Mi nombre no es Defred, tengo otro nombre, un nombre que ahora nadie menciona porque está prohibido. Me digo a mí misma que no importa, el nombre es como el número de teléfono, sólo es útil para los demás; pero lo que me digo a mí misma no es correcto, y esto sí que importa. Guardo este nombre como algo secreto, como un tesoro que algún día desenterraré. Pienso en él como si estuviera sepultado. Está rodeado de un aura, como un amuleto, como un sortilegio que ha sobrevivido a un pasado inimaginablemente lejano. Por la noche me acuesto en mi cama individual, cierro los ojos, y el nombre flota exactamente allí, detrás de mis ojos, fuera del alcance, resplandeciendo en la oscuridad.

Es una mañana de sábado, en septiembre, y me pongo mi resplandeciente nombre. La niña que ahora está muerta se sienta en el asiento de atrás, con sus dos muñecas preferidas, su conejo de felpa, sucio de años y caricias. Conozco todos los detalles. Son detalles sentimentales, pero no puedo evitarlo. Sin embargo, no pensar demasiado en el conejo porque no puedo echarme a llorar aquí, sobre la alfombrilla china, respirando el humo que estuvo en el cuerpo de Serena. Aquí no, ahora no, puedo hacerlo más tarde.

Ella creía que salíamos de excursión, y de hecho en el asiento trasero, junto a ella, había un cesto con comida, huevos duros, un termo y todo. No queríamos que ella supiera a dónde íbamos realmente, no queríamos que, si nos paraban, cometiera el error de hablar y revelar algo. No queríamos que pesara sobre ella la carga de nuestra verdad.

Yo llevaba las botas de ir de excursión y ella sus zapatos de lona. Los cordones de sus zapatos tenían dibujados corazones de color rojo, púrpura, rosado y amarillo. Hacía calor para la época del año en que estábamos, algunas hojas ya empezaban a caer. Luke conducía, yo iba a su lado, el sol brillaba, el cielo era azul, las casas se veían confortables y normales, y cada una quedaba desvanecida en el pasado, desmoronada en un instante como si nunca hubiera existido, porque jamás volvería a verlas; al menos eso pensaba entonces.

No nos llevamos casi nada, no queremos dar la impresión de que nos vamos a algún lugar lejano o permanente. Los pasaportes son falsos, pero están garantizados: valen lo que hemos pagado por ellos. No podíamos pagarlos con dinero, por supuesto, ni ponerlos en la Compucuenta, pero usamos otras cosas: algunas joyas de mi madre, una colección de sellos que Luke había heredado de su tío. Este tipo de cosas pueden cambiarse por dinero en otros países. Cuando lleguemos a la frontera fingiremos que sólo haremos un viaje de un día; los visados falsos sólo sirven para un día. Antes de eso le daré a ella una píldora para dormir, y así cuando crucemos ya estará dormida. De ese modo no nos traicionará. No se puede esperar que un niño resulte convincente mintiendo.

No quiero que ella se asuste, ni que sienta el miedo que ahora me atenaza los músculos, tensa mi columna, me deja tan tirante que estoy segura de que si me tocan me romperé. Cada semáforo en rojo es como un agonía. Pasaremos la noche en un motel, o mejor dormiremos en el coche, a un costado de la carretera, y nos evitaremos las preguntas suspicaces. Cruzaremos por la mañana, pasaremos por el puente con toda tranquilidad, como si fuéramos al supermercado.

Entramos en la autopista sin peaje, rumbo al norte, y circulamos con poco tránsito. Desde que empezó la guerra, la gasolina es cara y escasea. Una vez fuera de la ciudad, pasamos el primer control. Sólo quieren ver el permiso. Luke supera la prueba: el permiso concuerda con el pasaporte; ya habíamos pensado en eso.

Otra vez en la carretera, me coge la mano con fuerza y me mira. Estás blanca como un papel me dice.

Así es como me siento: blanca, aplastada, delgada. Me siento transparente. Seguro que se puede ver a través de mí. Peor aún, ¿cómo podré apoyar a Luke y a ella si estoy tan aplastada, tan blanca? Siento que ya no me quedan fuerzas; se me escaparán de las manos, como si yo fuera de humo, o como si fuera un espejismo que se desvanece ante sus ojos. *No pienses así*, diría Moira. *Si lo piensas, lograrás que ocurra.*

Ánimo, dice Luke. Está conduciendo demasiado rápido. El nivel de adrenalina de su cabeza ha bajado. Está cantando. Oh, qué hermoso día, canta.

Incluso su canto me preocupa. Nos advirtieron que no debemos mostrarnos demasiado alegres.

CAPÍTULO 15

El Comandante golpea a la puerta. La llamada es obligatoria: se supone que la sala es territorio de Serena Joy, y que él debe pedir permiso para entrar. A ella le gusta hacerlo esperar. Es un detalle insignificante, pero en esta casa los detalles insignificantes tienen mucha importancia. Sin embargo, esta noche ella ni siquiera tiene tiempo de hacerlo porque, antes de que pueda pronunciar una palabra, él ha entrado. Quizá simplemente olvidó el protocolo, pero quizás lo ha hecho deliberadamente. Quién sabe lo que ella le dijo mientras cenaban, sentados a la mesa incrustada en plata. O lo que no le dijo.

El Comandante lleva puesto el uniforme negro, con el cual parece el guarda de un museo. O un hombre semirretirado, cordial pero precavido, que se dedica a matar el tiempo. Pero ésa es la impresión que da a primera vista. Si lo miras bien, parece un presidente de banco del Medio Oeste, con su caballo plateado liso y prolijamente cepillado, su actitud seria y la espalda un poco encorvada. Y además está su bigote, también plateado, y su mentón, un rasgo imposible de pasar por alto. Si sigues más abajo de la barbilla, parece un anuncio de vodka de una de esas revistas de papel satinado de los viejos tiempos.

Sus modales son suaves, sus manos grandes, de dedos gruesos y pulgares codiciosos, sus ojos azules y reservados, falsamente inofensivos. Nos echa un vistazo, como si hiciera el inventario: una mujer de rojo arrodillada, una de azul sentada, dos de verde de pie, un hombre solo, de rostro delgado, al fondo. Se las arregla para parecer desconcertado, como si no pudiera recordar exactamente cuántos somos. Como si fuéramos algo que ha heredado, por ejemplo un órgano victoriano, y no supiera qué hacer con nosotros. Ni para qué servimos.

Inclina la cabeza en dirección a Serena Joy, que no emite ni un solo sonido. Avanza hacia la silla grande de cuero reservada para él, se saca la llave del bolsillo y busca a tientas en la caja chapada en cobre y con tapa de cuero que está en la mesa, junto a la silla. Introduce la llave, abre la caja y saca un ejemplar de la Biblia de tapas negras y páginas de bordes dorados. La Biblia está guardada bajo llave, como hacía mucha gente en otros tiempos con el té para que los sirvientes no lo robaran. Es una estratagema absurda: ¿quién sabe qué haríamos con ella si alguna vez le pusiéramos las manos encima? Él nos la puede leer, pero nosotros no podemos hacerlo. Giramos la cabeza en dirección a él, expectantes: vamos a escuchar un cuento para irnos a dormir.

El Comandante se sienta y cruza las piernas, mientras lo contemplamos. Los señaladores están en su sitio. Abre el libro. Carraspea, como si se sintiera incómodo.

—¿Podría tomar un poco de agua? —dice dejando la pregunta suspendida en el aire—. Por favor —agrega.

A mis espaldas, Rita o Cora —alguna de las dos— abandona su sitio en el cuadro familiar y camina silenciosamente hasta la cocina. El Comandante espera, con la vista baja. Suspira; del bolsillo interior de la chaqueta saca un par de gafas para leer, de montura dorada, y se las pone. Ahora parece un zapatero salido de un viejo libro de cuentos. ¿No tendrán fin sus disfraces de hombre benevolente?

Observamos cada uno de sus gestos, cada uno de sus rasgos.

Un hombre observado por varias mujeres. Debe de sentir algo muy extraño. Ellas observándolo todo el tiempo y preguntándose ¿y ahora qué hará? Retrocediendo cada vez que él se mueve, incluso aunque sea un movimiento tan inofensivo como estirarse para coger un cenicero. Juzgándolo, pensando: no puede hacerlo, no servirá, tendrá que servir, y haciendo esta última afirmación como si él fuera una prenda de vestir pasada de moda o de mala calidad que de todos modos hay que ponerse porque no hay ninguna otra cosa.

Ellas se lo ponen, se lo prueban, mientras él, a su vez, se las pone como quien se pone un calcetín, se las calza en su propio apéndice, su sensible pulgar de repuesto, su tentáculo, su acechante ojo de babosa que sobresale, se expande, retrocede y se repliega sobre sí mismo cuando lo tocan incorrectamente y vuelve a crecer agrandándose un poco en la punta, avanzando como si se internara en el follaje, dentro de ellas, ávido de visiones. Alcanzar la visión de este modo, mediante este viaje en la oscuridad que está compuesta de mujeres, de una mujer que puede ver en la oscuridad mientras él se encorva ciegamente hacia delante.

Ella lo observa desde el interior. Todas lo observamos. Es ago que realmente podemos hacer, y no en vano: ¿qué sería de nosotras si él se quebrara o muriera? No me extrañaría que debajo de su dura corteza exterior se ocultara un ser tierno. Pero esto sólo es una expresión de deseos. Lo he estado observando durante algún tiempo y no ha dado muestras de blandura.

Pero ten cuidado, Comandante, le digo mentalmente. No te pierdo de vista. Un movimiento en falso y soy mujer muerta.

Sin embargo, debe de parecer increíble ser un hombre así.

Debe de ser fantástico.

Debe de ser increíble.

Debe de ser muy silencioso.

Llega el agua, y el Comandante bebe.

—Gracias —dice.

Cora vuelve a instalarse en su sitio.

El Comandante hace una pausa y baja la vista para buscar la página. Se toma su tiempo, como si no se diera cuenta de nuestra presencia. Es como alguien que juguetea con un bistec, sentado junto a la ventana de un restaurante, fingiendo no ver los ojos que lo miran desde la hambrienta oscuridad a menos de un metro de distancia. Nos inclinamos un poco hacia él, como limaduras de hierro que reaccionan ante su magnetismo. Él tiene algo que nosotros no tenemos, tiene la palabra. Cómo la malgastábamos en otros tiempos.

El Comandante empieza a leer, pero parece que lo hiciera de mala gana. No es muy bueno leyendo. Quizá simplemente se aburre.

Es el relato de costumbre, los relatos de costumbre. Dios hablando a Adán. Dios hablando a Noé. Creced y multiplicaos y poblad la tierra. Después viene toda esa tontería aburrida de Raquel y Leah que nos machacaban en el Centro. *Dame hijos, o me moriré. ¿Soy yo, en lugar de Dios, quien te impide el fruto de tu vientre? He aquí a mi sierva Bilhah. Ella parirá sobre mis rodillas, y yo también tendré hijos de ella.* Etcétera, etcétera. Nos lo leían todos los días durante el desayuno, cuando nos sentábamos en la cafetería de la escuela a comer gachas de avena con crema y azúcar moreno. Tenéis todo lo mejor, decía Tía Lydia. Estamos en guerra y las cosas están racionadas. Sois unas niñas consentidas, proseguía, como si riñera a un gatito. Minino travieso.

Durante el almuerzo eran las bienaventuranzas. Bienaventurado esto, bienaventurado aquello. Ponían un disco, cantado por un hombre. *Bienaventurados los pobres de espíritu porque de ellos será el reino de los cielos. Bienaven-*

turados los dóciles. Bienaventurados los silenciosos. Sabía que ellos se lo inventaban, que no era así, y también que omitían palabras, pero no había manera de comprobarlo. *Bienaventurados los que lloran, porque ellos serán consolados.*

Nadie decía cuándo.

Mientras comemos el postre —peras en conserva con canela, lo normal para el almuerzo—, miro el reloj y busco a Moira, que se sienta a dos mesas de distancia. Ya se ha ido. Levanto la mano para pedir permiso. No lo hacemos muy a menudo, y siempre elegimos diferentes horas del día.

Una vez en los lavabos, me meto en el penúltimo retrete, como de costumbre.

¿Estás ahí?, susurro.

Me responde Moira en persona.

¿Has oído algo?, le pregunto.

No mucho. Tengo que salir de aquí, o me volveré loca.

Siento pánico. No, Moira, le digo, no lo intentes. Y menos aún tú sola.

Simularé que estoy enferma. Envían una ambulancia, ya lo he visto.

Como máximo llegarás al hospital.

Al menos será un cambio. No tendré que oír a esa vieja bruja.

Te descubrirán.

No te preocupes, se me da muy bien. Cuando iba a la escuela secundaria, dejé de tomar vitamina C, y cogí escorbuto. En un primer momento no pueden diagnosticarlo. Después empiezas otra vez con las vitaminas, y te pones bien. Esconderé mis vitaminas.

Moira, no lo hagas.

No podía soportar la idea de no tenerla conmigo, para mí.

Te envían con dos tipos en la ambulancia. Piénsalo bien. Esos tipos están hambrientos, mierda, ni siquiera les permiten ponerse las manos en los bolsillos, existe la posibilidad de...

Oye, tú, se te ha acabado el tiempo, dijo la voz de Tía Elizabeth, al otro lado de la puerta. Me levanté y tiré de la cadena. Por el agujero de la pared aparecieron dos dedos de Moira. Tenía el tamaño justo para dos dedos. Acerqué mis dedos a los de ella y los cogí rápidamente. Luego los solté.

—Y Leah dijo: Dios me ha recompensado porque le he dado mi sierva a mi esposo —dice el Comandante. Deja caer el libro, que produce un ruido ahogado, como una puerta acolchada que se cierra sola, a cierta distancia: una ráfaga de aire. El sonido sugiere la suavidad de las finas páginas de papel cebolla, y del tacto contra los dedos. Suave y seco, como el *papier poudre*, gastado y polvoriento, antiguo, el que te daban con los folletos de propaganda en las tiendas donde vendían velas y jabón de diferentes formas: conchas marinas, champiñones. Como el papel de cigarrillos. Como pétalos.

El Comandante se queda con los ojos cerrados, como si estuviera cansado. Trabaja muchas horas. Sobre él recaen muchas responsabilidades.

Serena se ha echado a llorar. Logro oírla, a mis espaldas. No es la primera vez. Lo hace todas las noches en que se celebra la Ceremonia. Intenta no hacer ruido. Intenta conservar la dignidad delante de nosotros. La tapicería y las alfombrillas amortiguan el sonido, pero a pesar de ello podemos oírla claramente. La tensión que existe entre su falta de control y su intento por superarlo, es horrible. Es como tirarse un pedo en la iglesia. Como siempre, siento la necesidad imperiosa de soltar una carcajada, pero no porque piense que es divertido. El olor de su llanto se extiende sobre todos nosotros, y fingimos ignorarlo.

El Comandante abre los ojos, se da cuenta, frunce el ceño y hace caso omiso.

—Recemos un momento en silencio —dice el Comandante—. Pidamos la bendición y el éxito de todas nuestras empresas.

Inclino la cabeza y cierro los ojos. Oigo a mis espaldas la respiración contenida, los jadeos casi inaudibles, las sacudidas. Cómo debe de odiarme, pienso.

Rezo en silencio: *Nolite te bastardes carborundorum*. No sé qué significa, pero suena bien y además tendrá que servir porque no sé qué otra cosa puedo decirle a Dios. Al menos no lo sé ahora mismo. O, como solían decir antes, en esta coyuntura. Ante mis ojos flota la frase grabada en la pared de mi armario, escrita por una mujer desconocida con el rostro de Moira. La vi salir en dirección a la ambulancia, encima de una camilla transportada por dos Ángeles.

¿Qué le pasa?, le pregunté en voz muy baja a la mujer que tenía a mi lado; una pregunta bastante prudente para cualquiera, excepto para una fanática.

Fiebre, dijo moviendo apenas los labios. Apendicitis, dicen.

Esa tarde yo estaba cenando albóndigas y picadillo. Mi mesa estaba junto a la ventana y pude ver lo que ocurría afuera, en el portal principal. Vi que la ambulancia volvía, esta vez sin hacer sonar la sirena. Uno de los Ángeles bajó de un salto y le habló al guarda. Éste entró en el edificio; la ambulancia seguía aparcada y el Ángel aguardaba de espaldas a nosotras, como le habían enseñado. Del edificio salieron dos Tías, con el guarda, y caminaron hacia la parte posterior de la ambulancia. Sacaron a Moira del interior, atravesaron el portal arrastrándola y la hicieron subir la escalinata sosteniéndola de las axilas, una a cada costado. Ella no podía caminar. Dejé la comida, no pude seguir; en ese momento, todas las que estábamos sentadas de ese lado de la mesa, mirábamos por la ventana. La ventana era de color verdoso, el mismo color de la tela metálica de gallinero que solían poner del lado de adentro del cristal. Seguid comiendo, dijo Tía Lydia. Se acercó a la ventana y bajó la persiana.

La llevaron a una habitación que hacía las veces de Laboratorio Científico. Ninguna de nosotras entraba allí voluntariamente. Después de eso, estuvo una semana sin poder caminar; tenía los pies tan hinchados que no le cabían en los zapatos. A la primera infracción, se dedicaban a tus pies. Usaban cables de acero con las puntas deshilachadas. Después le tocaba el turno a las manos. No les importaba lo que te hacían en los pies y en las manos, aunque fuera un daño irreversible. Recordadlo, decía Tía Lydia. Vuestros pies y vuestras manos no son esenciales para nuestros propósitos.

Moira tendida en la cama para que sirviera de ejemplo. No tendría que haberlo intentado, y menos con los Ángeles, dijo Alma desde la cama contigua. Teníamos que llevarla a las clases. En la cafetería, a la hora de las comidas, robábamos los sobres de azúcar que nos sobraban y se los hacíamos llegar por la noche, pasándolos de cama en cama. Probablemente no necesitaba azúcar, pero era lo único que podíamos robar. Para regalárselo.

Sigo rezando, pero lo que veo son los pies de Moira tal como los tenía cuando la trajeron. No parecían pies. Eran como un par de pies ahogados, inflados y deshuesados, aunque por el color cualquiera habría jurado que eran pulmones.

Oh, Dios, rezo. *Nolite te bastardes carborundorum.*

¿Era esto lo que estabas pensando?

El Comandante carraspea. Es lo que hace siempre para comunicarnos que, en su opinión, es hora de dejar de rezar.

—Que los ojos del Señor recorran la tierra a lo largo y a lo ancho, y que su fortaleza proteja a todos aquellos que le entregan su corazón —concluye.

Es la frase de despedida. Él se levanta. Podemos retirarnos.

CAPÍTULO 16

La Ceremonia prosigue como de costumbre.

Me tiendo de espaldas, completamente vestida salvo el saludable calzón blanco de algodón. Si abriera los ojos, vería el enorme dosel blanco de la cama de Serena Joy —de estilo colonial y con cuatro columnas—, suspendido sobre nuestras cabezas como una nube combada, una nube salpicada de minúsculas gotas de lluvia plateada que, si las miras atentamente, podrían llegar a ser flores de cuatro pétalos. No vería la alfombra blanca, ni las cortinas adornadas, ni el tocador con su juego de espejo y cepillo de dorso plateado; sólo el dosel, que con su tela diáfana y su marcada curva descendente sugiere una cualidad etérea y al mismo tiempo material.

O la vela de un barco. Las velas hinchadas, solían decir, como un vientre hinchado. Como empujadas por un vientre.

Nos invade una niebla de Lirio de los Valles, fría, casi helada. Esta habitación no es nada cálida.

Detrás de mí, junto al cabezal de la cama, está Serena Joy, estirada y preparada. Tiene las piernas abiertas, y entre éstas me encuentro yo, con la cabeza apoyada en su vientre, la base de mi cráneo sobre su pubis, y sus muslos flanqueando mi cuerpo. Ella también está completamente vestida.

Tengo los brazos levantados; ella me sujeta las dos manos con las suyas. Se supone que esto significa que somos una misma carne y un mismo ser. Pero el verdadero sentido es que ella controla el proceso y el producto de éste, si es que existe alguno. Los anillos de su mano izquierda se clavan en mis dedos, cosa que podría ser una venganza. O no.

Tengo la falda roja levantada, pero sólo hasta la cintura. Debajo de ésta, el Comandante está follando. Lo que está follando es la parte inferior de mi cuerpo. No digo haciendo el amor, porque no es lo que hace. Copular tampoco sería una expresión adecuada, porque supone la participación de dos personas, y aquí sólo hay una implicada. Pero tampoco es una violación: no ocurre nada que yo no haya aceptado. No había muchas posibilidades, pero había algunas, y ésta es la que yo elegí.

Por lo tanto, me quedo quieta y me imagino el dosel por encima de mi cabeza. Recuerdo el consejo que la Reina Victoria le dio a su hija: *Cierra los ojos y piensa en Inglaterra.* Pero esto no es Inglaterra. Ojalá él se diera prisa.

Quizás estoy loca, y esto es una forma nueva de terapia.

Ojalá fuera verdad, porque entonces me pondría bien y esto se acabaría.

Serena Joy me aprieta las manos como si fuera a ella —y no a mí— a quien están follando, como si sintiera placer o dolor, y el Comandante sigue follando con un ritmo regular, como si marcara el paso, como un grifo que gotea sin parar. Está preocupado, como un hombre que canturrea bajo la ducha sin darse cuenta de que canturrea, como si tuviera otras cosas en la cabeza. Es como si estuviera en otro sitio, esperándose a sí mismo y tamborileando con los dedos sobre la mesa mientras espera. Ahora su ritmo se vuelve un tanto impaciente. ¿Acaso estar con dos mujeres al mismo tiempo no es el sueño de todo hombre? Eso decían, lo consideraban excitante.

Pero lo que ocurre en esta habitación, bajo el dosel plateado de Serena Joy, no es excitante. No tiene nada que ver con la pasión, ni el amor, ni el romance, ni ninguna de esas ideas con las que solíamos estimularnos. No tiene nada que ver con el deseo sexual, al menos para mí, y tampoco para Serena. La excitación y el orgasmo ya no se consideran necesarios; sería un síntoma de simple frivolidad, como las ligas de colores y los lunares postizos: distracciones superfluas para las mentes vacías. Algo pasado de moda. Parece mentira que antes las mujeres perdieran tanto tiempo y energías leyendo sobre este tipo de cosas, pensando en ellas, preocupándose por ellas, escribiendo sobre ellas. Evidentemente, no son más que pasatiempos.

Esto no es un pasatiempo, ni siquiera para el Comandante. Es un asunto serio. El Comandante también está cumpliendo con su deber.

Si abriera los ojos —aunque fuera levemente— podría verlo, podría ver su nada desagradable rostro suspendido sobre mi torso, algunos mechones de su pelo plateado quizá cayendo sobre su frente, absorto en su viaje interior, el lugar hacia el cual avanza de prisa y que, como en un sueño, retrocede a la misma velocidad a la cual él se acerca. Vería sus ojos abiertos.

¿Si él fuera más guapo, yo disfrutaría más?

Al menos es un progreso con respecto al primero, que olía como el guardarropas de una iglesia, igual que tu boca cuando el dentista empieza a hurgar en ella, como una nariz. El Comandante, en cambio, huele a naftalina, ¿o acaso este olor es una forma punitiva de la loción para después de afeitarse? ¿Por qué tiene que llevar ese estúpido uniforme? Sin embargo, ¿me gustaría más su cuerpo blanco y desnudo?

Entre nosotros está prohibido besarse, lo cual hace que esto sea más llevadero.

Te encierras en ti misma, te defines.

El Comandante llega al final dejando escapar un gemido sofocado, como si sintiera cierto alivio. Serena Joy, que ha estado conteniendo la respiración, suspira. El Comandante, que estaba apoyado sobre sus codos y separado de nuestros cuerpos unidos, no se permite penetrar en nosotras. Descansa un momento, se aparta, retrocede y se sube la cremallera. Asiente con la cabeza, luego se gira y sale de la habitación, cerrando la puerta con exagerada cautela, como si nosotras dos fuéramos su madre enferma. En todo esto hay algo hilarante, pero no me atrevo a reírme.

Serena Joy me suelta las manos.

—Ya puedes levantarte —me indica—. Levántate y vete.

Se supone que debe dejarme reposar durante diez minutos con los pies sobre un cojín para aumentar las posibilidades. Para ella debe ser un momento de meditación y silencio, pero no está de humor para ello. En su voz hay un deje de repugnancia, como si el contacto con mi piel la enfermara y la contaminara. Me despego de su cuerpo y me pongo de pie; el jugo del Comandante me chorrea por las piernas. Antes de girarme veo que ella se arregla la falda azul y aprieta las piernas; se queda tendida en la cama, con la mirada fija en el dosel, rígida y tiesa como una efigie.

¿Para cuál de las dos es peor, para ella o para mí?

CAPÍTULO 17

Esto es lo que hago cuando vuelvo a mi habitación:

Me quito la ropa y me pongo el camisón.

Busco la ración de mantequilla en la punta de mi zapato derecho, donde la escondí después de cenar. El interior del armario estaba demasiado caliente y la mantequilla ha quedado casi líquida. La mayor parte fue absorbida por la servilleta que usé para envolverla. Ahora tendré mantequilla en el zapato. No es la primera vez, me ocurre siempre que tengo mantequilla, o incluso margarina. Mañana limpiaré el forro del zapato con una toallita, o con un poco de papel higiénico.

Me unto las manos con mantequilla y me froto la cara. Ya no existe la loción para las manos ni la crema para la cara, al menos para nosotras. Estas cosas se consideran una vanidad. Nosotras somos recipientes, lo único importante es el interior de nuestros cuerpos. El exterior puede volverse duro y arrugado como una cáscara de nuez, y a ellos no les importa. El hecho de que no haya loción para las manos se debe a un decreto de las Esposas, que no quieren que seamos atractivas. Para ellas, las cosas son bastante malas tal como están.

Lo de la mantequilla es un truco que aprendí en el Centro Raquel y Leah. Le llamábamos el Centro Rojo, porque casi todo era rojo. Mi antecesora en esta habitación, mi amiga la de las pecas y la risa contagiosa, también debe de haber hecho esto con la mantequilla. Todas lo hacemos.

Mientras lo hagamos, mientras nos untemos la piel con mantequilla para mantenerla tersa, podremos creer que algún día nos liberaremos de esto, que volveremos a ser tocadas con amor o deseo. Tenemos nuestras ceremonias privadas.

La mantequilla es grasienta, se pondrá rancia y yo oleré a queso pasado; pero al menos es orgánica, como solían decir.

Hemos llegado al punto de tener que recurrir a estas estratagemas.

Una vez enmantequillada, me tiendo en mi cama individual, aplastada como una tostada. No puedo dormir. Envuelta en la semipenumbra, fijo la vista en el ojo de yeso del cielo raso, que también me mira pero que no puede verme. No corre ni la más leve brisa, las cortinas blancas son como vendas de gasa que cuelgan flojas, brillando bajo el aura que proyecta el reflector que ilumina la casa durante la noche, ¿o es la luna?

Aparto la sábana y me levanto cautelosamente; voy hasta la ventana, descalza para no hacer ruido, igual que un niño; quiero mirar. El cielo está claro, aunque el brillo de los reflectores no permite verlo bien; pero en él flota la luna, una luna anhelante, el fragmento de una antigua roca, una diosa, un destello. La luna es una piedra y el cielo está lleno de armas mortales, pero de todos modos es hermoso.

Me muero por tener a Luke a mi lado. Deseo que alguien me abrace y pronuncie mi nombre. Quiero ser valorada de un modo en que ahora nadie lo hace, quiero ser algo más que valiosa. Repito mi antiguo nombre, me recuerdo a mí misma lo que hacía antes, y cómo me veían los demás.

Quiero robar algo.

La lamparilla del vestíbulo está encendida y en la amplia estancia brilla una suave luz rosada. Camino por la alfombra apoyando cuidadosamente un pie, luego el otro, intentando no hacer ruido, como si me internara en un bosque a hurtadillas y el corazón me late aceleradamente mientras avanzo en la oscuridad de la casa. No debo estar aquí, esto es totalmente ilegal.

Paso junto al ojo de pescado de la pared del vestíbulo y veo mi figura blanca, el pelo que cae por mi espalda como una cascada, mis ojos brillantes. Me gusta. Hago algo por mi cuenta. En tiempo presente. Estoy presente. Lo que me gustaría robar es un cuchillo de la cocina, pero no estoy preparada para eso.

Llego a la sala de estar; la puerta está entornada, entro y vuelvo a dejarla un poco abierta. La madera cruje, y me pregunto si alguien lo habrá oído. Me detengo y espero a que mis pupilas se dilaten, como las de un gato o un búho. Huelo a perfume viejo y a trapos. Por las rendijas de las cortinas entra el leve resplandor de los reflectores de afuera, donde seguramente dos hombres hacen la ronda, desde arriba, desde detrás de las cortinas, he visto sus figuras recortadas, oscuras. Ahora logro ver los contornos de los objetos como leves destellos: el espejo, los pies de las lámparas, las vasijas, el sofá que se perfila como una nube en el crepúsculo.

¿Qué podría coger? Algo que nadie eche en falta. Una flor mágica de un bosque envuelto en la oscuridad. Un narciso marchito, no del ramo de flores secas. Tendrán que tirar estos narcisos muy pronto, porque empiezan a oler, igual que el humo de Serena y la peste de su tejido.

Avanzo a tientas, encuentro la punta de una mesa y la toco. Se oye un tintineo, debo de haber golpeado algo. Encuentro los narcisos, que tienen los bordes secos y crujientes y los tallos blandos, y corto uno con los dedos. Lo dejaré secar en algún sitio. Debajo del colchón. Lo dejaré allí para que lo encuentre la mujer que venga después.

En la habitación hay alguien más.

Oigo los pasos, tan sigilosos como los míos, y el crujido de la madera. La puerta se cierra a mis espaldas con un leve chasquido, impidiendo el paso de la luz. Me quedo petrificada. Fue un error venir hasta aquí vestida de blanco: soy como la nieve a la luz de la luna, incluso en la oscuridad.

Por fin oigo un susurro:

—No grites. Todo está bien.

Como si yo fuera a gritar; como si todo estuviera bien. Me vuelvo: todo lo que veo es una silueta y el reflejo apagado de una mejilla pálida.

Da un paso en dirección a mí. Es Nick.

—¿Qué haces aquí?

No respondo. Él tampoco puede estar aquí, conmigo, así que no me entregará. Ni yo a él; de momento, estamos igualados. Me pone la mano en el brazo y me atrae hacia él, su boca contra la mía, ¿qué más podría ocurrir? Sin pronunciar una sola palabra. Los dos sacudiéndonos en la sala de Serena, con las flores secas, sobre la alfombrilla china, su cuerpo delgado tocando el mío. Un hombre totalmente desconocido. Sería lo mismo que gritar, como dispararle a alguien. Deslizo la mano hacia abajo, podría desabotonarlo, y entonces... Pero es demasiado peligroso, él lo sabe, y nos separamos un poco. Demasiada confianza, demasiado riesgo, demasiada precipitación.

—Venía a buscarte —me dice, casi me susurra al oído. Me gustaría estirarme y probar su piel; él despierta mis deseos. Sus dedos recorren mi brazo por debajo de la manga del camisón, como si su mano no atendiera a razones. Es tan agradable ser tocada por alguien, sentirte deseada, desear. Tú lo comprenderías, Luke, eres tú el que está aquí, en el cuerpo de otro.

Mierda.

—¿Por qué? —pregunto. ¿Tan terrible es para él que corre el riesgo de venir a mi habitación durante la noche? Pienso en los ahorcados, los que están colgados en el Muro. Apenas puedo soportarlo. Tengo que irme, subir corriendo la escalera antes de desintegrarme por completo. Ahora me pone la mano en el hombro, una mano que me oprime, pesada como el plomo. ¿Moriría por esto? Soy una cobarde, no soporto la idea del dolor.

—Él me lo dijo —me explica Nick—. Quiere verte, en su despacho.

—¿Qué quieres decir? —le digo. Debe de referirse al Comandante. ¿Verme? ¿Qué quiere decir *verme*? ¿No ha tenido bastante?

—Mañana —agrega Nick en tono casi inaudible.

En la oscuridad de la sala, nos apartamos, lentamente,

como si una corriente oculta nos uniera y al mismo tiempo nos separara con igual fuerza.

Encuentro la puerta; hago girar el pomo sintiendo el frío de la porcelana en los dedos, y abro. Es todo lo que puedo hacer.

VII

LA NOCHE

Capítulo 18

Aún temblando, me tiendo en la cama. Si humedeces el borde de un vaso y pasas un dedo alrededor de aquél, se produce un sonido. Así es como me siento: como ese sonido. Me siento hecha añicos. Quiero estar con alguien.

Tendida en la cama con Luke, su mano sobre mi vientre redondeado. Los tres estamos en la cama, ella pateando y moviéndose en mi interior. Afuera se ha desencadenado una tormenta, por eso ella está despierta, ellos pueden oír, duermen, pueden asustarse incluso en el sosiego de ese interior, como olas que lamieran la orilla que los circunda. Un relámpago bastante cercano hace que los ojos de Luke se vuelvan blancos durante un instante.

No estoy asustada. Estamos completamente despiertos, ahora la lluvia golpea, lo haremos lentamente y con cuidado.

Si pensara que esto jamás volverá a ocurrir, me moriría.

Pero es falso, nadie muere por falta de sexo. Es por falta de amor por lo que morimos. Aquí no hay nadie a quien yo pueda amar, toda la gente a la que yo amo está muerta, o en otra parte. ¿Quién sabe dónde estarán o cuáles serán ahora sus nombres? También podrían no estar en ninguna parte, como debo estarlo yo según ellos. Yo también soy una persona desaparecida.

De vez en cuando vislumbro sus rostros en medio de la oscuridad, parpadeando como imágenes de santos en antiguas catedrales extranjeras, a la luz de las velas vacilantes; unas velas encendidas para rezar de rodillas, con la frente contra la barandilla de madera, esperando una respuesta. Puedo conjurarlos, pero sólo son espejismos, no

95

perduran. ¿Puedo ser censurada por desear un cuerpo verdadero para rodearlo con mis brazos? Sin él también yo soy incorpórea. Puedo oír mis propios latidos contra los muelles del colchón, acariciarme bajo las secas sábanas blancas, en la oscuridad, pero yo también estoy seca, blanca, pétrea, granulosa; es como si deslizara la mano sobre un plato de arroz; como la nieve. En esto hay cierta dosis de muerte, de abandono. Soy como una habitación en la que una vez ocurrieron cosas pero en la que ya no sucede nada, salvo el polen de las hierbas que crecen al otro lado de la ventana, que se esparce por el suelo como el polvo.

Esto es lo que creo.

Creo que Luke está tendido boca abajo en un matorral, una maraña de helechos, las ramas del año anterior debajo de las verdes apenas desarrolladas, tal vez de cicuta, aunque es demasiado pronto para las bayas. Lo que queda de él: su pelo, sus huesos, la camisa escocesa de lana de color verde y negro, el cinturón de cuero, las botas. Sé exactamente lo que llevaba puesto. Veo sus ropas mentalmente, brillantes como una litografía o un anuncio a todo color de una revista antigua, pero no me imagino su rostro, no tan claramente. Éste empieza a desvanecerse, probablemente porque nunca era el mismo: su rostro tenía diferentes expresiones, y sus ropas no.

Ruego que el agujero, o los dos o tres —porque hubo más de un disparo— estuvieran muy juntos, ruego que al menos un agujero se haya abierto limpia, rápidamente, atravesando el cráneo hasta el lugar donde se forman las imágenes, para que se haya producido un único destello de oscuridad o dolor, espero que blando, como un ruido sordo, sólo uno y luego el silencio.

Lo creo así.

También creo que Luke está erguido sobre un rectángulo de cemento gris, en algún lugar, sobre la saliente o el borde de algo, una cama o una silla. Sabrá Dios lo que lleva puesto. Sabrá Dios lo que le habrá tocado. Dios no es el único que lo sabe, así que tal vez habrá un modo de descubrirlo. Hace un año que no se afeita, aunque cuando a ellos les da la gana te cortan el pelo, para evitar los piojos, según dicen. Tendré que pensar en ello: si le cortaran el pelo para evitar los piojos, también tendrían que cortarle la barba. Habría que pensarlo.

De cualquier manera, no lo hacen bien, el corte es descuidado, la nuca le queda despareja, aunque eso no es lo peor; parece diez años mayor, está encorvado como un viejo, tiene bolsas en los ojos; en las mejillas tiene unas venitas reventadas, de color púrpura, y una cicatriz, no, una herida que aún no está curada, del color de los tulipanes cerca del tallo, en el costado izquierdo de su cara, donde la carne acaba de desgarrársele. Tiene el cuerpo muy lastimado y maltratado, no es más que agua y sustancias químicas, apenas algo más que una medusa secándose sobre la arena.

Le resulta doloroso mover las manos, le duele moverse. No sabe de qué lo acusan. Es un problema. Tiene que haber algo, alguna acusación. De lo contrario, ¿por qué lo retienen, por qué todavía no está muerto? Debe de saber algo que ellos quieren averiguar. No logro imaginármelo. No logro imaginarme que no lo haya dicho, sea lo que fuere. Yo lo habría hecho.

Él está rodeado de un olor, su olor, el olor de un animal encerrado en una jaula sucia. Me lo imagino descansando, porque no soporto imaginármelo en otro momento, así como no puedo imaginarme que tenga algo debajo del cuello, o en los puños. No quiero ni pensar en lo que han hecho con su cuerpo. ¿Tendrá zapatos? No, y el suelo es frío y húmedo. ¿Sabe que estoy aquí, viva, y que estoy pensando en él? Tengo que creer que sí. Cuando te encuentras en una situación apurada, tienes que creer todo tipo de cosas. Ahora creo en la transmisión del pensamiento, en las vibraciones del éter y en esa clase de tonterías. Nunca había creído en ellas.

También creo que no lo cogieron, que después de todo no lo alcanzaron, que él lo logró, que llegó a la orilla, atravesó el río a nado, cruzó la frontera y se arrastró hasta la orilla opuesta, que era una isla, y los dientes le castañeteaban; consiguió llegar a una granja cercana y lo dejaron entrar, al principio con suspicacia pero después, cuando comprendieron quién era, se mostraron amistosos, no eran el tipo de personas que lo entregarían; tal vez eran cuáqueros y lo hicieron entrar clandestinamente en el territorio, haciéndolo pasar de casa en casa, y la mujer le preparó un café caliente y le dio una muda de ropa de su marido. Me imagino la ropa. Me consolaría saber que estaba abrigado.

Entró en contacto con los demás, debe de haber una resistencia, un gobierno en el exilio. Por allí debe de haber alguien que se ocupa de las cosas. Creo en la resistencia del mismo modo que creo que no puede haber luz sin sombra o, mejor dicho, no hay sombra a menos que también haya luz. Tiene que existir una resistencia porque de lo contrario, ¿de dónde salen todos los delincuentes que aparecen en la televisión?

Cualquier día de éstos puede llegar un mensaje de él. Vendrá de la manera más inesperada, de la persona que uno menos se imagina, alguien de quien jamás lo habría sospechado. ¿Quizás estará debajo de mi plato, en la bandeja de la comida? ¿O lo deslizarán en mi mano mientras entrego los vales por encima del mostrador en Todo Carne?

El mensaje dirá que debo tener paciencia: tarde o temprano él me rescatará, la encontrará, dondequiera que la tengan. Ella nos recordará, y estaremos los tres juntos. Mientras tanto, debo resistir, mantenerme a salvo para después. Lo que me ha ocurrido a mí, lo que me está ocurriendo ahora, no tendrá importancia para él, él me ama de cualquier manera, sabe que no es culpa mía. El mensaje también hablará de eso. Es este mensaje —que tal vez nunca llegue— lo que me mantiene viva. Creo en el mensaje.

Puede que las cosas que yo creo no sean todas ciertas, aunque alguna debe de serlo. Pero yo creo en todas, creo en las tres versiones de lo que le ocurrió a Luke, en las tres al mismo tiempo. Esta manera contradictoria de creer me parece, en este momento, el único modo que tengo de creer en algo. Sea cual fuere la verdad, estaré preparada.

Esto también es una creencia mía. Esto también puede ser falso.

Una de las lápidas del cementerio cercano a la iglesia tiene tallada un ancla y un reloj de arena, y las palabras: *Con esperanza.*

Con esperanza. ¿Por qué dedicaron esas palabras a una persona muerta? ¿Era el cadáver el que abrigaba esperanzas, o los que aún están vivos?

¿Luke tiene esperanzas?

VIII

EL DÍA DEL NACIMIENTO

Capítulo 19

Estoy soñando que estoy despierta.

Sueño que me levanto de la cama y atravieso la habitación, no esta habitación, y salgo por la puerta, no esta puerta. Estoy en casa, una de mis casas, y ella corre a mi encuentro vestida con su camisoncito verde con un girasol en el delantero, descalza, y la cojo y siento sus brazos y sus piernas rodeando mi cuerpo y me echo a llorar porque comprendo que no estoy despierta. Estoy otra vez en esta cama, intentando despertarme, y me despierto y me siento en el borde de la cama, y mi madre viene con una bandeja y me pregunta si me encuentro mejor. De niña, cuando me enfermaba, ella tenía que faltar al trabajo. Pero esta vez tampoco estoy despierta.

Después de estos sueños me despierto de verdad y sé que estoy realmente despierta porque veo la guirnalda del cielo raso y mis cortinas, que cuelgan como una cabellera blanca empapada. Me siento drogada. Pienso que tal vez me están drogando. Tal vez la vida que yo creo vivir es una ilusión paranoica.

Ni una posibilidad. Sé dónde estoy, quién soy y qué día es. Éstas son las pruebas, y estoy sana. La salud es un bien inapreciable. Yo la atesoro del mismo modo que una vez la gente atesoró el dinero. La guardo, porque así tendré suficiente cuando llegue el momento.

Por la ventana entra un reflejo gris, un brillo apagado, hoy no hay mucho sol. Me levanto de la cama, voy hasta la ventana y me arrodillo en el asiento, sobre el duro cojín de la FE, y miro hacia afuera. No hay nada para ver.

Me pregunto qué habrá pasado con los otros dos cojines. Alguna vez tuvieron que existir tres. ESPERANZA y

CARIDAD, ¿dónde los habrán guardado? Serena Joy es una mujer de orden. No tiraría nada a menos que estuviera muy gastado. ¿Uno para Rita y uno para Cora?

Suena la campana; yo ya estoy levantada, me he levantado antes de tiempo. Me visto, sin mirar hacia abajo.

Me siento en la silla y pienso en esta palabra: *silla*. También significa sede papal, y existe la silla eléctrica. En inglés, se dice *chair*, y *chair* en francés significa carne. Ninguna de estas cosas tiene relación con el resto.

Éste es el tipo de letanías a las que recurro para calmarme.

Delante de mí tengo una bandeja, y en la bandeja hay un vaso de zumo de manzana, una píldora de vitamina, una cuchara, un plato con tres rodajas de pan tostado, una fuentecilla con miel y otro plato con una huevera —de esas que parecen el torso de una mujer— tapada con una funda. Debajo de la funda, para que se mantenga caliente, está el segundo huevo. La huevera es de porcelana blanca con una raya azul.

El primer huevo es blanco. Muevo un poco la huevera de modo tal que ahora queda bajo la pálida luz del sol que entra por la ventana y que cae sobre la bandeja brillando, debilitándose, volviendo a brillar. La cáscara del huevo es lisa y al mismo tiempo granulosa. Bajo la luz del sol se dibujan diminutos guijarros de calcio, como los cráteres de la luna. Es un paisaje árido, aunque perfecto; es el tipo de desierto que recorrían los santos para que la abundancia no dispersara sus mentes. Creo que a esto debe de parecerse Dios: a un huevo. Puede que la vida en la Luna no tenga lugar en la superficie sino en el interior.

Ahora el huevo resplandece, como si tuviera energía propia. Mirarlo me produce un placer intenso.

El sol se va y el huevo se desvanece.

Saco el huevo de la huevera y lo toco. Está caliente. Las mujeres solían llevar huevos como éstos entre sus pechos, para incubarlos. Debía de ser una sensación agradable.

La mínima expresión de vida. El placer condensado en un huevo. Bendiciones que pueden contarse con los dedos de una mano. Pero probablemente así es como se espera que yo reaccione. Si tengo un huevo, ¿qué más puedo querer?

En una situación apurada, el deseo de vivir se aferra a objetos extraños. Me gustaría tener un animal doméstico: digamos un pájaro, o un gato. Un amigo. Cualquier cosa que me resultara familiar. Incluso una rata serviría, si algún día cazara una, pero no existe la posibilidad: esta casa es demasiado limpia.

Rompo la parte superior del huevo con la cuchara y me como el interior.

Mientras como el segundo huevo, oigo la sirena, al principio muy lejos —serpenteando en dirección a mí entre las enormes casas con el césped recortado—, un sonido agudo como el zumbido de un insecto, luego aproximándose y abriéndose como el sonido que florece en una trompeta. Esta sirena es toda una proclama. Dejo la cuchara; el corazón se me acelera y vuelvo a acercarme a la ventana: ¿será azul, y no para mí? Veo que gira en la esquina, baja por la calle y se detiene frente a la casa sin dejar de hacer sonar la sirena. Es roja. El día se viste de fiesta, algo raro en estos tiempos. Dejo el segundo huevo a medio comer y corro hasta el armario para coger mi capa; ya puedo oír los pasos en la escalera y las voces.

—Date prisa —me apremia Cora—, no van a esperarte todo el día —me ayuda a ponerme la capa; está sonriendo.

Avanzo por el pasillo, casi corriendo; la escalera es como una pista de esquí, la puerta principal es ancha, hoy puedo atravesarla; junto a ella está el Guardián, que me hace un saludo. Ha empezado a llover, sólo es una llovizna, y el aire queda impregnado de olor a tierra y a hierba.

El Birthmobile rojo está aparcado en el camino de entrada. La puerta de atrás está abierta y subo trepando por ella. La alfombra es roja, igual que las cortinas de las ventanillas. En el interior ya hay tres mujeres, sentadas en los bancos instalados a lo largo de los costados de la furgoneta. El Guardián cierra y echa llave a la puerta doble y sube de un salto al asiento delantero, junto al conductor; a través de la rejilla de alambre que protege el cristal, podemos ver sus nucas. Arrancamos con una sacudida, mientras por encima de nuestras cabezas la sirena grita: ¡Abrid paso, abrid paso!

—¿Quién es? —le pregunto a la mujer que tengo a mi lado; tengo que hablarle al oído, o donde sea que esté su oído bajo el tocado blanco. Hay tanto ruido, que casi tengo que gritar.

—Dewarren —me responde gritando. Como movida por un impulso, me coge la mano, me la aprieta. Al girar en la esquina, la furgoneta da un bandazo; la mujer se vuelve hacia mí y puedo ver su rostro y las lágrimas que corren por sus mejillas. ¿Por qué llorará? ¿Será envidia o disgusto? Pero no, está riendo, me echa los brazos al cuello, no la conozco, me abraza, noto sus grandes pechos debajo del vestido rojo; se seca la cara con la manga. En un día como éste, podemos hacer lo que queremos.

Rectifico: dentro de ciertos límites.

Frente a nosotras, en el otro banco, una mujer reza con los ojos cerrados y tapándose la boca con las manos. Quizá no está rezando, sino mordiéndose las uñas de los pulgares. Tal vez está intentando calmarse. La tercera mujer ya se ha calmado. Está sentada con los brazos cruzados y sonríe levemente. La sirena suena sin cesar. Éste era el sonido de la muerte, el que usaban las ambulancias o los bomberos. Probablemente hoy también sea el sonido de la muerte. Pronto lo sabremos. ¿Qué será lo que Dewarren dará a luz? ¿Un bebé, como todas esperamos? ¿O alguna otra cosa, un No Bebé, con una cabeza muy pequeña, o un hocico como el de un perro, o dos cuerpos, o un agujero en el corazón, o sin brazos, o con los dedos de las manos y los pies unidos por una membrana? Es imposible saberlo. Antes podía detectarse con aparatos, pero ahora eso está prohibido. De todos modos, ¿qué sentido tendría saberlo? No puedes deshacerte de él; sea lo que fuere, tienes que llevarlo dentro hasta que se cumpla el plazo.

En el Centro nos enseñaron que existe una posibilidad entre cuatro. En un tiempo, el aire quedó saturado de sustancias químicas, rayos y radiación, y el agua se convirtió en un hervidero de moléculas tóxicas; lleva años limpiar todo esto a fondo, y mientras tanto la contaminación entra poco a poco en tu cuerpo y se aloja en tu tejido adiposo. Quién sabe, tu misma carne puede estar contaminada como una playa sucia, una muerte segura para los pájaros de las costas o los bebés en gestación. Si un buitre te comiera, quizá se moriría. Tal vez te encenderías en la oscuridad, como un reloj antiguo. Como un reloj de la muerte, que también es el nombre de un escarabajo que se oculta en la carroña.

A veces no puedo pensar en mí misma y en mi cuerpo sin ver mi esqueleto: me pregunto qué aspecto debo de tener para un electrón. Una armazón de vida, hecha con huesos; y en el interior, peligros, proteínas deformadas, cristales mellados como el vidrio. Las mujeres tomaban medicamentos, píldoras, los hombres rociaban los árboles, las vacas comían hierba, y todas estas meadas se filtraban en los ríos. Para no hablar del estallido de las centrales atómicas de la falla de San Andreas, el fallo no fue de nadie, durante los terremotos, ni del tipo de sífilis mutante que rompía todos los moldes. Algunos se las arreglaron por su cuenta, se cerraron las heridas con catgut o las cicatrizaron con productos químicos. ¿Cómo pudieron?, decía Tía Lydia, oh, ¿cómo pudieron hacer eso? ¡Jezebeles! ¡Despreciar los dones de Dios! Y se retorcía las manos.

Es un riesgo que corréis, decía Tía Lydia, pero vosotras sois las tropas de choque, marcharéis a la vanguardia por territorios peligrosos. Cuanto más grande sea el riesgo, mayor será la gloria. Se apretaba las manos, radiante con nuestro falso coraje. Nosotras clavábamos la vista en el pupitre. Pasar por todo eso y dar a luz un harapo: no era un pensamiento agradable. No sabíamos exactamente lo que les ocurría a los bebés que no superaban la prueba y eran declarados No Bebés. Pero sabíamos que los llevaban a algún sitio y los quitaban rápidamente de en medio.

No había ningún motivo, dice Tía Lydia. Está de pie en el frente de la clase, con su vestido color caqui y un puntero en la mano. En la pizarra, donde alguna vez debió de haber un mapa, han desplegado un gráfico que muestra el índice de natalidad expresado en miles, a lo largo de varios años: un marcado declive que desciende hasta traspasar la línea del cero y continúa descendiendo.

Por supuesto, algunas mujeres creían que no habría futuro, pensaban que el mundo estallaría. Es la excusa que ponían, dice Tía Lydia. Decían que no tenía sentido tener descendencia. A Tía Lydia se le ensanchaban las fosas nasales: cuánta perversidad. Eran unas perezosas, decía. Unas puercas.

En la tabla de mi pupitre hay grabadas unas iniciales y unas fechas. Las iniciales a veces van en dos pares, unidas por la palabra *ama. J. H. ama a B. P., 1954; O. R. ama a L. T.* Me recuerdan las inscripciones que solía ver grabadas en las paredes de piedra de las cuevas, o dibujadas con una mezcla de hollín y grasa animal. Me parecen increíblemente antiguas. La tabla del pupitre es de madera clara, inclinada, y tiene un brazo en el costado derecho en el que uno se apoya para escribir con papel y lapicera. Dentro del pupitre se pueden guardar cosas: libros y libretas. Estas costumbres de otros tiempos ahora me parecen lujosas, casi decadentes; inmorales, como las orgías de los regímenes bárbaros. *M. ama a G., 1972.* Este grabado, hecho hundiendo un lápiz varias veces en el barniz gastado del pupitre, tiene el patetismo de todas las civilizaciones extinguidas. Es como grabar algo a mano sobre una piedra. Quienquiera que lo haya hecho, alguna vez estuvo vivo.

No hay fechas posteriores a la década de los ochenta. Ésta debió de ser una de las escuelas que cerraron definitivamente por falta de niños.

Cometieron errores, dice Tía Lydia. No queremos repetirlos. Su voz es piadosa, condescendiente, es la voz de una persona cuya función consiste en decirnos cosas desagradables por nuestro propio bien. Me gustaría estrangularla. Aparto la idea de mi mente en cuanto se me ocurre.

Las cosas se valoran, dice, sólo cuando son raras y difíciles de conseguir. Nosotras queremos ser apreciadas, niñas. Es fértil haciendo pausas y las saborea lentamente. Imaginad que sois perlas. Nosotras, sentadas en fila, con la mirada baja, la hacemos salivar moralmente. Somos suyas y puede definirnos, debemos soportar sus adjetivos.

Pienso en las perlas. Las perlas son escupitajos de ostras congelados. Más tarde se lo diré a Moira; si puedo.

Todos nosotros vamos a poneros a punto, dice Tía Lydia, con regocijo y satisfacción.

La furgoneta se detiene, se abren las puertas traseras y el Guardián nos hace salir como si fuéramos una manada. Junto a la puerta delantera hay otro Guardián, con una de

104

esas ametralladoras sin retroceso colgada del hombro. Marchamos en fila hacia la puerta delantera, bajo la llovizna, y los Guardianes nos hacen un saludo. La enorme furgoneta de emergencia, la que transporta los aparatos y los médicos ambulantes, está aparcada un poco más lejos, en el camino de entrada. Veo que uno de los médicos mira por la ventanilla de la furgoneta. Me pregunto qué hará allí dentro, esperando. Lo más probable es que esté jugando a las cartas, o leyendo; o dedicado a algún pasatiempo masculino. La mayor parte de las veces no se los necesita para nada; sólo se les permite entrar cuando su presencia es inevitable.

Antes era diferente, ellos se ocupaban. Era una vergüenza, decía Tía Lydia. Vergonzoso. Lo único que nos mostró fue una película rodada en un hospital antiguo: una mujer embarazada, conectada a un aparato, con electrodos que le salen de todas partes y le dan el aspecto de un robot destrozado, y una sonda en el brazo que la alimenta por vía intravenosa. Un hombre con un reflector mira entre sus piernas —donde la han afeitado dejándola realmente como a una niña imberbe—; se ve una bandeja con brillantes bisturíes esterilizados; todos llevan la cara tapada por una mascarilla. Una paciente colaboradora. Una vez que la han drogado y han provocado el parto, le hacen una incisión y la cosen. Eso es todo. Ni siquiera usan anestesia. Tía Elizabeth decía que para el bebé era mejor, y que: *Aumentaré enormemente el dolor de tu concepción: parirás con dolor*. Nos lo daban durante el almuerzo, en un bocadillo de pan moreno y lechuga.

Mientras subo la escalera, una escalera amplia con un jarrón de piedra a cada lado —el Comandante de Dewarren debe de tener una posición social más alta que el nuestro—, oigo otra sirena. Es el Birthmobile azul, el de las Esposas. Ésta debe de ser Serena Joy, que hace su entrada triunfal. Ellas no tienen que sentarse en bancos, sino en asientos de verdad, tapizados. Pueden mirar hacia delante y no llevan las cortinas cerradas. Saben a dónde van.

Probablemente Serena Joy ha estado antes en esta casa, tomando el té. Tal vez Dewarren, antes la putita llorona Janine, se paseaba delante de ella y de las otras Esposas para que pudieran ver su vientre, quizá tocarlo, y felicitar a la Esposa. Una chica fuerte, con buenos músculos. Ningún Agente Naranja en su familia, comprobamos los archivos, ninguna precaución es excesiva. Y tal vez alguna frase amable: ¿Quieres una galleta, querida?

Oh, no, le haría daño, no les hace bien comer demasiado azúcar.

Una no le hará daño, sólo una, Mildred.

Y la pelotillera Janine: Oh, sí, ¿puedo comer una, señora? Por favor.

Qué ejemplar, tan modosita, nada hosca como algunas otras, cumple con su trabajo y eso es todo. Como una hija para ti, como tú dirías. Una de la familia. Una ahogada risita de matrona. Eso es todo, querida, puedes volver a tu habitación.

Y cuando ella se ha ido: Son todas unas putitas, pero al menos tú no puedes quejarte. Coges lo que te dan, ¿verdad, chicas? Eso diría la Esposa del Comandante.

Oh, pero tú has sido muy *afortunada*. Vaya, algunas de ellas ni siquiera son limpias. Y jamás te sonreirían, se encierran en su habitación, no se lavan el pelo, y qué olor. Yo tengo que mandar a las Marthas a que limpien, casi tengo que llevarla a la rastra hasta la bañera, prácticamente tengo que sobornarla incluso para lograr que se dé un baño, tengo que amenazarla.

Yo tuve que tomar medidas severas con la mía, y ahora no come como debería; y en cuanto a lo otro, ni pizca, y eso que hemos sido muy regulares. Pero la tuya, es toda una garantía para ti. Y cualquiera de estos días, oh, debes de estar tan nerviosa, está gordísima, ¿a que estás impaciente?

¿Un poco más de té?, cambiando discretamente de tema.

Ya sé lo que viene después.

¿Y qué hace Janine en su habitación? Estará sentada, con el sabor del azúcar aún en la boca, lamiéndose los labios. Mirando por la ventana. Aspirando y espirando. Acariciándose los pechos hinchados. Sin pensar en nada.

CAPÍTULO 20

La escalera central es más ancha que la nuestra, y tiene una barandilla curva a cada lado. Desde arriba me llega el sonsonete de las mujeres que ya han llegado. Subimos la escalera en fila india, con todo cuidado, para no pisar el borde del vestido de la que va adelante. A la izquierda se ven las puertas dobles del comedor —que ahora están plegadas—, y en el interior la larga mesa cubierta con un mantel blanco y llena de platos fríos: jamón, queso, naranjas —¡tienen naranjas!—, panecillos recién horneados y tartas. En cuanto a nosotras, más tarde nos servirán una bandeja con leche y bocadillos. Pero ellos tienen una cafetera y botellas de vino porque, ¿acaso las Esposas no pueden emborracharse un poquito en un día tan jubiloso? Primero esperarán los resultados y luego se hartarán como cerdos. Ahora están reunidas en la sala, al otro lado de la escalera, animando a la Esposa de este Comandante, la Esposa de Warren. Es una mujer menuda; está tendida en el suelo, vestida con un camisón de algodón blanco, y su cabellera canosa extendida sobre la alfombra como una mancha de humedad; le masajean el vientre, como si realmente estuviera a punto de dar a luz.

El Comandante, por supuesto, no está a la vista. Se ha ido a donde se van los hombres en estas ocasiones, a algún escondrijo. Probablemente está calculando el momento en que será anunciada su presentación, si todo sale bien. Ahora está seguro de haberlo logrado.

Dewarren está en la habitación principal, una buena manera de definirla: allí es donde se acuestan el Comandante y su Esposa. Está sentada en la enorme cama, apuntalada con cojines: es Janine, hinchada pero reducida, despojada de su nombre original. Lleva un vestido recto de algodón blanco, levantado por encima de los muslos; su larga cabellera castaña está peinada hacia atrás y recogida en la nuca, para que no moleste. Tiene los ojos apretados; viéndola así, casi me resulta agradable. Al fin y al cabo, es una de nosotras, ¿qué pretende, sino vivir lo más agradablemente posible? ¿Qué otra cosa quiere cualquiera de nosotras? El inconveniente está en lo *posible*. Teniendo en cuenta las circunstancias, ella no lo hace mal.

Se encuentra flanqueada por dos mujeres que no conozco y que le sujetan las manos, o quizás es ella la que sujeta las manos de las mujeres. Una tercera mujer le levanta el camisón, le pone aceite para bebé en el montículo que forma su barriga y le hace fricciones en sentido descendente. A sus pies está Tía Elizabeth, vestida con el traje color caqui de los bolsillos en el pecho. Ella era una de las que daban clases de Educación Ginecológica. Sólo puedo ver un costado de su cabeza, su perfil, pero sé que es ella, por su inconfundible nariz prominente y su considerable y severa barbilla. A su lado se ve la silla de partos con su asiento doble, uno de ellos levantado como un trono detrás del otro. No colocarán a Janine en la silla hasta que llegue el momento. Las sábanas están preparadas, lo mismo que la pequeña bañera y el bol con cubos de hielo para que Janine los chupe.

Las demás mujeres están sentadas en la alfombra con las piernas cruzadas; forman una multitud, se supone que todas las mujeres del distrito están aquí. Debe de haber veinticinco o treinta. No todos los Comandantes tienen Criada: las Esposas de algunos de ellos tienen hijos. *De cada uno*, dice la frase, *según sus capacidades; a cada uno según sus necesidades*. La recitábamos tres veces al día, después del postre. Era una frase de la Biblia, o eso decían. Otra vez San Pablo, de los Hechos.

Sois una generación de transición, decía Tía Lydia. Es lo más difícil. Sabemos cuántos sacrificios tendréis que hacer. Resulta difícil cuando los hombres os injurian. Será más fácil para las que vengan después de vosotras. Ellas aceptarán su obligación de buena gana.

Pero no decía: Porque no habrán conocido otro modo de vida.

Decía: Porque no querrán las cosas que no puedan tener.

Una vez por semana teníamos cine, después del almuerzo y antes de la siesta. Nos sentábamos en el suelo de la sala de Economía Doméstica, en nuestras esteras grises, mientras Tía Helena y Tía Lydia luchan con el equipo de proyección. Si teníamos suerte, no cargaban la película del revés. Esto me recordaba las clases de geografía, cuando iba a la escuela, miles de años atrás, y nos pasaban películas del resto del mundo; mujeres vestidas con faldas largas o vestidos baratos de algodón estampado, que llevaban haces de leña, o cestos, o cubos de plástico con agua que cogían de algún río, y bebés que les colgaban de los chales o de cabestrillos de red. Miraban a la cámara de reojo, o con expresión asustada, sabiendo que algo les estaban haciendo con una máquina de un solo ojo de cristal, pero sin saber qué. Aquellas películas eran reconfortantes y terriblemente aburridas. Me hacían sentir sueño, incluso cuando en la pantalla aparecían hombres enseñando los músculos, picando la dura tierra con azadones y palas rudimentarios y trasladando rocas. Yo prefería las películas en las que se veían danzas, cantos, máscaras de ceremonia y objetos tallados convertidos en instrumentos musicales: plumas, botones de latón, conchas de caracoles marinos, tambores. Me gustaba ver a esta gente cuando era feliz, no cuando eran desgraciados y estaban muertos de hambre, demacrados, o se agotaban hasta la muerte por cualquier tontería como cavar un pozo o regar la tierra, problemas que las naciones civilizadas habían resuelto hacía tiempo. Pensaba que bastaba con que alguien les proporcionara los medios tecnológicos y los dejara utilizarlos.

Tía Lydia no nos pasaba este tipo de películas.

En ocasiones nos ponía una antigua película pornográfica, de la década de los setenta o los ochenta. Mujeres arrodilladas chupando penes o pistolas, mujeres atadas o encadenadas o con collares de perro en el cuello, mujeres colgadas de árboles, o cabeza abajo, desnudas, con las piernas abiertas, mujeres a las que violaban o golpeaban o mataban. Una vez tuvimos que ver cómo descuartizaban a una mujer, le cortaban los dedos y los pechos con tijeras de podar, le abrían el estómago y le arrancaban los intestinos.

Considerad las posibilidades, decía Tía Lydia. ¿Veis cómo solían ser las cosas? Eso era lo que pensaban entonces de las mujeres. Le temblaba la voz de indignación.

Más tarde, Moira dijo que no era real, que estaba filmado con modelos; pero era difícil saberlo.

A veces, sin embargo, la película era lo que Tía Lydia llamaba un documental sobre No Mujeres. Imaginaos, decía Tía Lydia, lo que representa perder el tiempo de esa manera, cuando tendrían que haber estado haciendo algo útil. Antes, las No Mujeres siempre estaban perdiendo el tiempo. Las animaban para que lo hicieran. El gobierno les proporcionaba dinero para que hicieran exactamente eso. La verdad es que tenían algunas ideas bastante buenas, proseguía, con el tono autosuficiente de quien está en condiciones de juzgar. Incluso actualmente tendríamos que permitir que continuaran algunas de sus ideas. Sólo algunas, en realidad, decía tímidamente, levantando el dedo índice y agitándolo delante de nosotras. Pero ellas eran ateas, y ahí está la gran diferencia, ¿no os parece?

Me siento en mi estera, con las manos cruzadas; Tía Lydia se hace a un lado, apartándose de la pantalla; las luces se apagan y me pregunto si en la oscuridad podré inclinarme hacia la derecha sin que me vean y susurrar algo a la mujer que tengo a mi lado. ¿Pero qué puedo susurrarle? Le preguntaré si ha visto a Moira. Porque nadie la ha visto, no apareció a la hora del desayuno. Pero la sala, aunque en penumbras, no está lo suficientemente oscura, así que cambio de actitud, fingiendo que presto atención. En las películas de este tipo no conectan la banda sonora, pero sí lo hacen en el caso de las películas porno. Quieren que oigamos los gritos, los gemidos y los chillidos de lo que podría ser el dolor extremo o el placer extremo, o ambos a la vez, pero no quieren que oigamos lo que dicen las No Mujeres.

Primero aparecen el título y algunos nombres —que están tachados con carboncillo para que no podamos leerlos—, y entonces veo a mi madre. Mi madre de joven, más joven de lo que yo la recuerdo, tan joven como debía de ser antes de que yo naciera. Lleva el tipo de vestimenta que, según Tía Lydia, era típica de las No Mujeres en aquella época: un mono de tela tejana, debajo una camisa de cuadros verdes y malva, y zapatos de lona; es el tipo de vestimenta que en un tiempo llevaba Moira, el tipo de ropa que recuerdo haberme puesto yo misma hace mucho tiempo. Lleva el pelo recogido en la nuca con un pañuelo de color malva. Su joven rostro es muy serio, aunque bonito. Había olvidado que alguna vez mi madre fue tan bonita y tan ardiente. Está reunida con otras mujeres que van vestidas de la misma manera; lleva un palo, no, es el mango de una pancarta. La cámara toma una vista panorámica y vemos la inscripción, pintada en lo que debió de haber sido una sábana: DEVOLVEDNOS LA NOCHE. Ésta no ha sido tachada, pero se supone que nosotras no leemos. Las mujeres que están a mi alrededor jadean y en la sala se produce un movimiento semejante al de la hierba cuando es agitada por el viento. ¿Es un descuido, y por eso nos hemos librado de un castigo? ¿O ha sido algo deliberado, para recordarnos los viejos tiempos en los que no había ninguna seguridad?

Detrás de este cartel hay otros, y la cámara los capta

brevemente: LIBERTAD PARA ELEGIR. QUEREMOS BEBÉS DESEA-
DOS. RESCATEMOS NUESTROS CUERPOS. ¿CREES QUE EL LUGAR
DE LA MUJER ES LA COCINA? Debajo del último cartel se ve
dibujado el cuerpo de una mujer sobre una mesa, y la
sangre que le sale a chorros.

Ahora mi madre avanza, está sonriendo, riendo, todos
avanzan con los puños en alto. La cámara se mueve en dirección al cielo, donde se elevan cientos de globos con los
hilos colgando: globos rojos que tienen pintado un círculo, un círculo con un rabo como el de una manzana, pero
el rabo es una cruz. La cámara vuelve a descender; ahora
mi madre forma parte de la multitud y ya no la veo.

Te tuve cuando tenía treinta y siete años, me dijo mi madre. Era un riesgo, podrías haber salido deformada, o algo
así. Eras un bebé deseado, eso sí, y recibí críticas de mucha gente. Mi antigua amiga Tricia Foreman me acusó de
pronatalista, la muy puta. Yo se lo atribuí a los celos. Algunos, sin embargo, se portaron bien. Pero cuando estaba en
el sexto mes de embarazo, muchos de ellos empezaron a
enviarme esos artículos acerca de cómo después de los
treinta y cinco años aumenta el riesgo de tener hijos con
taras congénitas. Exactamente lo que necesitaba. Y tonterías acerca de lo difícil que era ser una madre soltera.
Llevaos de aquí esa mierda, les dije, he empezado esto y
voy a terminarlo. En el gráfico del hospital escribieron:
«Primípara de edad», los sorprendí mientras lo apuntaban.
Así llaman a las mujeres mayores de treinta años, que esperan su primer bebé. Todo eso es basura, les dije, bioló-
gicamente tengo veintidós años, podría daros cien vueltas
a todos vosotros. Podría tener trillizos y salir de aquí caminando mientras vosotros aún estaríais intentando levantaros de la cama.

Mientras lo decía, la barbilla le sobresalía. La recuerdo
así, con la barbilla sobresaliente y una copa delante de ella,
en la mesa de la cocina; no tan joven, ardiente y bonita
como aparecía en la película, pero fuerte, valiente, el tipo
de anciana que no permitiría que alguien se colara delante
de ella en la cola del supermercado. Le gustaba venir a mi
casa a tomar un trago mientras Luke y yo preparábamos
la cena, y contarnos lo que funcionaba mal en su vida,
que siempre se convertía en lo que funcionaba mal en la

nuestra. En aquel tiempo tenía el pelo canoso, por supuesto. Jamás se lo habría teñido. Por qué aparentar, decía. De todos modos, para qué lo quiero, no quiero a ningún hombre a mi lado, para qué sirven, excepto por los diez segundos que emplean en hacer medio bebé. Un hombre es simplemente el instrumento de una mujer para hacer otras mujeres. No digo que tu padre no fuera un buen chico y todo eso, pero no estaba preparado para la paternidad. Y no es que yo pretendiera eso de él. Solamente haz tu trabajo, y luego puedes esfumarte, le dije, yo tengo un sueldo decente y puedo ocuparme de ella. Así que se fue a la costa y me enviaba postales de Navidad. Tenía unos hermosos ojos azules. Pero a todos ellos les falta algo, incluso a los guapos. Es como si estuvieran permanentemente distraídos, como si no pudieran recordar exactamente quiénes son. Miran mucho al cielo. Y pierden el contacto con la realidad. No tienen ni punto de comparación con las mujeres, salvo que son mejores arreglando coches y jugando al fútbol, que es justamente lo que necesitamos para el progreso de la raza humana, ¿verdad?

Así es como hablaba, incluso delante de Luke. A él no le importaba y le tomaba el pelo fingiendo ser un macho, le decía que las mujeres no estaban capacitadas para el pensamiento abstracto, y ella se tomaba otro trago y le dedicaba una sonrisa burlona.

Cerdo chauvinista, le decía.

¿No te parece anticuada?, me preguntaba Luke a mí, y mi madre lo miraba con cierta malicia, casi furtivamente.

Tengo derecho, le respondía. Soy lo suficientemente vieja, he pagado todas mis deudas, ahora me toca ser anticuada. Tú aún no sabes limpiarte los mocos. Cochinillo tendría que haberte dicho.

En lo que se refiere a ti, me decía, no eres más que un juego para él. Una llamarada que en seguida se extingue. El tiempo me dará la razón.

Pero este tipo de cosas sólo las decía después del tercer trago.

Vosotros los jóvenes no sabéis apreciar las cosas, proseguía. No sabéis lo que hemos tenido que pasar para lograr que estéis donde estáis. Míralo, es él quien pela las zanahorias. ¿Sabéis cuántas vidas de mujeres, cuántos *cuerpos* de mujeres han tenido que arrollar los tanques para llegar a esta situación?

112

La cocina es mi pasatiempo predilecto, decía Luke. Disfruto cocinando.

Un pasatiempo muy original, replicaba mi madre. No tienes por qué darme explicaciones. En otros tiempos no te habrían permitido tener semejante pasatiempo, te habrían llamado marica.

Vamos, madre, le decía yo. No discutamos por tonterías.

Tonterías, repetía amargamente. Las llamas tonterías. Veo que no entiendes. No entiendes nada de lo que estoy diciendo.

A veces se echaba a llorar. Estaba tan sola..., decía. No tienes idea de lo sola que estaba. Y tenía amigos, era afortunada, pero igual estaba sola.

En ciertos aspectos admiraba a mi madre, aunque las cosas entre nosotras nunca eran fáciles. Yo sentía que ella esperaba demasiado de mí. Esperaba que yo reivindicara su vida y las elecciones que ella había hecho. Yo no quería vivir mi vida según sus términos. No quería ser una hija modelo, la encarnación de sus ideas. Solíamos discutir por eso. No soy la justificación de tu existencia, le dije una vez.

Quiero tenerla a mi lado otra vez. Quiero tenerlo todo otra vez, tal como era. Pero este deseo no tiene sentido.

CAPÍTULO 21

Aquí hace calor, y hay mucho ruido. Las voces de las mujeres se elevan a mi alrededor en un cántico suave que para mí es aún demasiado fuerte, después de tantos y tantos días de silencio. En un rincón de la habitación hay una sábana manchada de sangre, hecha un bulto y tirada, de cuando Janine rompió aguas. No me había dado cuenta hasta ahora.

La habitación también huele, el aire está cargado, tendrían que abrir una ventana. El olor que se siente es el de nuestra propia carne, un olor orgánico, a sudor con un matiz de olor a hierro que debe de salir de la sangre de la sábana, y otro olor, más animal, que seguramente sale de Janine: olor a guarida, a cueva habitada, el olor de la manta de cuadros encima de la cual una vez parió la gata, antes de que la esterilizaran. Olor a matriz.

—Aspira, aspira —cantamos, tal como nos han enseñado—. Aguanta, aguanta. Expele, expele, expele —cantamos hasta llegar a cinco. Cinco para coger aire, cinco para retenerlo y cinco para expulsarlo. Janine, con los ojos cerrados, intenta aminorar el ritmo de su respiración. Tía Elizabeth tantea en busca de las contracciones.

Ahora Janine está intranquila y quiere caminar. Las dos mujeres la ayudan a bajar de la cama y la sostienen una a cada lado mientras ella camina. Le sobreviene una contracción que la obliga a doblarse. Una de las mujeres se arrodilla y le fricciona la espalda. Todas nosotras sabemos hacerlo, hemos recibido lecciones. Reconozco a Deglen, mi compañera de compras, a dos asientos de distancia del mío. El suave cántico nos envuelve como una membrana.

Llega una Martha con una bandeja: una jarra con zumo de frutas, como el que venía en polvo, y que parece de uva, y un montón de vasos de cartón. La deja sobre la alfombra, delante de las mujeres que cantan. Deglen, sin perder el ritmo, sirve el zumo y los vasos recorren la fila.

Recibo un vaso, me inclino hacia un costado para pasarlo y la mujer que está a mi lado me pregunta al oído:

—¿Estás buscando a alguien?

—Moira —le digo, también en voz baja—. Pelo oscuro y pecas.

—No —responde la mujer—. No la conozco, no estaba conmigo en el Centro, aunque la he visto comprando. Pero te la buscaré.

—¿Quién eres? —le pregunto.

—Alma —responde—. ¿Cuál es tu verdadero nombre?

Quiero decirle que en el Centro había otra Alma. Quiero decirle mi nombre, pero Tía Elizabeth levanta la cabeza y recorre la habitación con la mirada; debe de haber notado una alteración en el cántico, así que no tengo tiempo. A veces, en los Días de Nacimiento, te enteras de cosas. Pero no tendría sentido preguntar por Luke. No debe de haber estado en ningún sitio en el que alguna de estas mujeres pudiera verlo.

El cántico prosigue, y empieza a contagiarme. Es difícil, tienes que concentrarte. Identificaos con vuestro cuerpo, decía Tía Elizabeth. Ya puedo sentir ligeros dolores en el vientre y pesadez en los pechos. Janine grita, es un grito débil, una mezcla de grito y gemido.

—Está entrando en trance —dice Tía Elizabeth.

Una de las ayudantes le limpia la frente a Janine con un paño húmedo. Janine está sudando, algunos mechones de pelo se le sueltan de la banda elástica y otros más pequeños le quedan pegados en la frente y el cuello. Tiene la piel húmeda, empapada y lustrosa.

—¡Jadea! ¡Jadea! ¡Jadea! —cantamos.

—Quiero salir —dice Janine—. Quiero dar un paseo. Me siento bien. Tengo que ir al retrete.

Todas sabemos que está en un momento de transición, que no sabe lo que hace. ¿Cuál de estas afirmaciones es verdad? Probablemente la última. Tía Elizabeth hace una señal; dos mujeres se colocan junto al lavabo portátil y ayudan a Janine a sentarse en él. Ahora otro olor se añade a los que ya había en la habitación. Janine vuelve a gruñir e inclina la cabeza de modo tal que sólo podemos ver su pelo. Así encogida, parece una muñeca con los brazos en jarras, una muñeca vieja a la que han maltratado y abandonado en un rincón.

Janine está otra vez de pie y camina.

—Quiero sentarme —dice. ¿Cuánto tiempo hace que estamos aquí? Minutos u horas. Estoy sudando, tengo el vestido empapado debajo de las axilas, mi labio superior sabe a sal; me sobrevienen los falsos dolores, las demás también los sienten: lo sé por el modo en que se mueven. Janine está chupando un cubo de hielo. Luego, a unos pasos o a kilómetros de distancia, grita—: No. Oh no, oh no, oh no —éste es su segundo bebé, tuvo un hijo, una vez. Me enteré en el Centro porque solía llamarlo a gritos por la noche, igual que las demás pero más ruidosamente. De modo que debería ser capaz de recordar esto, de recordar cómo es y qué ocurrirá. ¿Pero quién puede recordar el dolor, una vez que éste ha desaparecido? Todo lo que queda de él es una sombra, ni siquiera en la mente ni en la carne. El dolor deja una marca demasiado profunda como para que se vea, una marca que queda fuera del alcance de la vista y de la mente.

Alguien ha terminado el zumo de uva y alguien ha birlado una botella. No es la primera vez que ocurre algo así en una reunión de este tipo; pero ellos harán la vista gorda. Nosotras también necesitamos nuestras orgías.

—Bajad las luces —dice Tía Elizabeth—. Decidle que ha llegado el momento.

Alguien se levanta, camina hasta la pared y la luz se hace más débil hasta que la habitación queda en penumbras; el tono de nuestras voces disminuye hasta convertirse en un coro de crujidos, de murmullos roncos, como saltamontes en la noche. Dos mujeres salen de la habitación; otras dos conducen a Janine a la Silla de Partos, y ella se sienta en el asiento más bajo. Ahora está más tranquila, el aire penetra en sus pulmones a ritmo uniforme; nosotras nos inclinamos hacia delante, estamos tan tensas que nos duelen los músculos de la espalda y el vientre. Está llegando, está llegando, como el sonido de un clarín que llama a tomar las armas, como una pared que se derrumba, nos produce la misma sensación que una piedra que desciende en el interior de nuestros cuerpos, y pensamos que vamos a estallar. Nos cogemos de las manos, ya no estamos solas.

La Esposa del Comandante entra a toda prisa; todavía lleva puesto el ridículo camisón de algodón blanco, por debajo del cual asoman sus larguiruchas piernas. Dos Esposas, vestidas con traje y velo azul, la sostienen de los brazos, como si ella lo necesitara. En su rostro se dibuja una sonrisa tensa, como la de una anfitriona durante una fiesta que habría preferido no celebrar. Debe de saber lo que pensamos de ella. Trepa a la Silla de Partos y se sienta en el asiento que está detrás y encima de Janine, de manera tal que rodea el cuerpo de ésta: sus piernas delgaduchas quedan colocadas a los costados, como los brazos de un excéntrico sillón. Por extraño que parezca, lleva calcetines de algodón blanco y zapatillas azules de un material velloso, como las fundas de las tapas de inodoro. Pero nosotras no prestamos atención a la Esposa, apenas la vemos, tenemos la mirada clavada en Janine. Bajo la luz tenue, ataviada con su traje blanco, brilla como una luna que asoma entre las nubes.

Ahora Janine gruñe a causa del esfuerzo.

—Empuja, empuja, empuja —susurramos—. Relájate. Jadea. Empuja, empuja, empuja —la acompañamos, somos una con ella, estamos ebrias. Tía Elizabeth se arrodilla; en las manos tiene una toalla extendida para coger al bebé, he aquí la coronación de todo, la gloria, la cabeza de color púrpura y manchada de yogur, otro empujón y se deslizará hacia afuera, untada de flujo y sangre, colmando nuestra espera. Oh, alabado sea.

Mientras Tía Elizabeth lo inspecciona, contenemos la respiración; es una niña, muy pequeña, pero de momento está bien, no tiene ningún defecto, eso ya se ve, manos, pies, ojos, los contamos en silencio, todo está en su sitio. Con el bebé en brazos, Tía Elizabeth nos mira y sonríe. Nosotras también sonreímos, somos una sola sonrisa, las lágrimas caen por nuestras mejillas, somos muy felices.

Nuestra felicidad es, en parte, recuerdo. Lo que yo recuerdo es a Luke cuando estaba conmigo en el hospital, de pie junto a mi cabeza, sujetándome la mano, vestido con la bata verde y la mascarilla blanca que le habían proporcionado. Oh, exclamó, oh, Jesús, con un suspiro de sorpresa. Dijo que aquella noche se sentía tan importante que no pudo pegar ojo.

Tía Elizabeth está lavando con mucho cuidado al bebé, que no llora demasiado. Lo más silenciosamente posible, para no asustarlo, nos levantamos, nos apiñamos alrededor de Janine, la abrazamos, le damos palmaditas en la espalda. Ella también está llorando. Las dos Esposas de azul ayudan a la tercera Esposa, la Esposa de la familia, a bajar de la Silla de Partos y a subir a la cama, donde la acuestan y la arropan. El bebé, ahora limpio y tranquilo, es colocado ceremoniosamente entre sus brazos. Las Esposas que están en el piso de abajo suben en tropel, empujándonos y haciéndonos a un lado. Hablan en voz muy alta, algunas de ellas aún llevan sus platos, sus tazas de café, sus vasos de vino, algunas todavía están masticando, se apiñan alrededor de la cama, de la madre y de la niña, felicitando y haciendo gorgoritos. La envidia emana de ellas, puedo olerla, como débiles vestigios de ácido mezclado con su perfume. La Esposa del Comandante mira al bebé como si éste fuera un ramo de flores, algo que ella ha ganado, un tributo.

Las Esposas están aquí como testigos de la elección del nombre. Son ellas quienes lo eligen.

—Ángela —dice la Esposa del Comandante.

—Ángela, Ángela —repiten las Esposas en tono nervioso—. ¡Qué nombre tan dulce! ¡Oh, ella es perfecta! ¡Oh, es maravillosa!

Nos quedamos de pie entre Janine y la cama, para que ella no pueda verlo. Alguien le da un trago de zumo de uva, espero que le hayan agregado vino; ella aún siente los dolores posteriores al parto, llora desconsoladamente, con-

sumida por las lágrimas. Sin embargo, nos sentimos albo-
rozadas; esto es una victoria de todas nosotras. Lo hemos
conseguido.

Le permitirán alimentar al bebé durante algunos meses.
Ellos creen en la leche materna. Después Janine será trasladada, para comprobar si puede hacerlo otra vez con
algún otro que necesite un cambio. Pero nunca será enviada a las Colonias, nunca la declararán No Mujer. Ésa es
su recompensa.

El Birthmobile está afuera, esperando para devolvernos
a nuestras casas. Los médicos aún están en la furgoneta;
por la ventanilla vemos sus rostros como manchas blancas, como el rostro de un niño enfermo encerrado en su
casa. Uno de ellos abre la puerta y se acerca a nosotras.

—¿Todo salió bien? —pregunta en tono ansioso.

—Sí —respondo. En este momento me siento desgarra-
da, exhausta. Me duelen los pechos, incluso me gotean; es
un sucedáneo de la leche, a algunas nos ocurre. Nos sentamos en nuestros bancos, frente a frente, mientras nos
transportan; nos hemos quedado sin emoción, casi sin
sensaciones, debemos de ser como manojos de tela roja.
Nos duele todo. En nuestros regazos llevamos un espectro, un bebé fantasma. Ahora que el nerviosismo ha pasado, debemos hacer frente al fracaso. Madre, pienso. Estés
donde estés, ¿puedes oírme? Querías una cultura de mujeres. Bien, aquí la tienes. No es lo que tú pretendías, pero
existe. Tienes algo que agradecer.

CAPÍTULO 22

El Birthmobile llega a la casa a última hora de la tarde. El sol brilla débilmente entre las nubes y en el aire flota el olor de la hierba húmeda que empieza a calentarse.
He pasado todo el día en la ceremonia del Nacimiento, y he
perdido la noción del tiempo. La compra de hoy debe de
haberla hecho Cora, porque yo estoy eximida de toda obligación. Subo la escalera levantando pesadamente los pies
de un escalón a otro y sujetándome de la barandilla. Me
siento como si hubiera estado en pie durante varios días,
corriendo todo el tiempo; me duele el pecho y los músculos se me acalambran como si me faltara azúcar. Por una
vez en la vida, ansío estar sola.

Me echo en la cama. Me gustaría descansar, dormirme, pero estoy demasiado fatigada y al mismo tiempo tan excitada que no podría cerrar los ojos. Contemplo el cielo raso, siguiendo con la mirada las hojas de la guirnalda. Hoy me recuerda un sombrero, uno de esos de ala ancha que usaban las mujeres en tiempos pasados: sombreros como enormes aureolas, adornados con frutas y flores y plumas de pájaros exóticos; sombreros que representaban la idea del paraíso flotando exactamente encima de la cabeza, un pensamiento solidificado.

Dentro de un minuto, la guirnalda empezará a colorearse y yo empezaré a ver cosas. A este extremo llega mi cansancio: igual que cuando has conducido durante toda la noche, en la oscuridad, por alguna razón, ahora no debo pensar en eso, contando cuentos para mantenernos despiertos y turnándonos para conducir, y a medida que saliera el sol empezaras a ver cosas por el rabillo del ojo: animales atroces en los arbustos de la carretera, desdibujadas siluetas de hombres que desaparecen cuando los miras directamente.

Estoy demasiado cansada para continuar con este cuento. Estoy demasiado cansada para pensar dónde estoy. Aquí va un cuento diferente, uno mejor. Éste es el cuento de lo que le ocurrió a Moira.

Puedo completar parte de él por mi cuenta, de la otra parte me enteré por Alma, que se enteró por Dolores, que se enteró por Janine. Janine se enteró por Tía Lydia. Incluso en sitios de este tipo existen alianzas, incluso bajo tales circunstancias. Esto es algo de lo que puedes estar segura: siempre habrá alianzas, de un tipo o de otro.

Tía Lydia llamó a Janine a su despacho.

Bendito sea el fruto, Janine, debió de haber dicho Tía Lydia, sin levantar la vista del escritorio, ante el cual estaba sentada escribiendo algo. Todas las reglas tienen siempre una excepción: de esto también puedes estar segura. A las Tías se les permite leer y escribir.

Que el Señor permita que madure, habría respondido Janine en tono apagado, con su voz transparente, su voz de clara de huevo cruda.

Siento que puedo confiar en ti, Janine, debió de haber dicho Tía Lydia, levantando por fin los ojos de la página y clavándolos en Janine con esa expresión tan característica, mirándola a través de las gafas, una mirada que lograba ser al mismo tiempo amenazadora y suplicante. Ayúdame, decía esa mirada, estamos juntas en esto. Tú eres una chica de confianza, proseguía, no como algunas otras.

Pensó que todos los lloriqueos y arrepentimientos de Janine significaban algo, pensó que Janine se había quebrado, pensó que Janine era una auténtica creyente. Pero en aquel entonces Janine era como un cachorro que ha sido pateado muchas veces, por mucha gente, sin motivo alguno: se habría dejado llevar por cualquiera, habría dicho cualquier cosa, sólo por un momento de aprobación.

De modo que Janine debió de haber dicho: eso espero, Tía Lydia. Espero haberme hecho digna de tu confianza. O algo por el estilo.

Janine, dijo Tía Lydia, ha ocurrido algo terrible.

Janine clavó la vista en el suelo. Fuera lo que fuese, sabía que a ella no podrían culparla, ella era inocente. ¿Pero para qué le sirvió ser inocente en el pasado? Así que al mismo tiempo se sintió culpable, y como si estuviera a punto de ser castigada.

¿Sabes algo de eso, Janine?, le preguntó Tía Lydia suavemente.

No, Tía Lydia, dijo Janine. Sabía que en este momento resultaba imprescindible levantar la vista y mirar a Tía Lydia a los ojos. Lo logró al cabo de un momento.

Porque si lo sabes me sentiré muy defraudada, dijo Tía Lydia.

Pongo al Señor por testigo, repuso Janine en una muestra de su fervor.

Tía Lydia hizo una de sus pausas. Jugueteó con la pluma. Moira ya no está con nosotras, dijo finalmente.

Oh, se asombró Janine. Era neutral con respecto a esto. Moira no era amiga suya. ¿Ha muerto?, preguntó.

Entonces Tía Lydia le contó la historia. Durante los Ejercicios, Moira había levantado la mano para ir al lavabo. Y había desaparecido. Tía Elizabeth estaba de servicio en el lavabo. Se encontraba del lado de afuera, como de costumbre; Moira entró. Un momento después, Moira llamó a Tía Elizabeth: el retrete se estaba inundando, ¿podría Tía Elizabeth entrar y arreglarlo? Era verdad que a veces los retretes se inundaban. Personas no identificadas los llenaban de montones de papel higiénico para que ocurriera exactamente eso. Las Tías habían estado probando algún sistema infalible para evitarlo, pero los recursos eran escasos y en este momento se las tenían que arreglar con lo que tenían a mano, y no se les había ocurrido ningún modo de guardar el papel higiénico bajo llave. Probablemente deberían tenerlo al otro lado de la puerta, encima de una mesa, y entregar a cada persona una o varias hojas en el momento de entrar. Pero eso sería en el futuro. Lleva tiempo cogerle el truco a algo nuevo.

Tía Elizabeth, sin sospechar nada malo, entró en el lavabo. Tía Lydia tenía que admitir que había sido un poco insensato de su parte. Por otro lado, en anteriores ocasiones había entrado para arreglar algún retrete y no le había ocurrido ningún contratiempo.

Moira no estaba sentada, el agua se había derramado por el suelo, junto con varios trozos de materia fecal desintegrada. No era nada agradable, y Tía Elizabeth estaba enfadada. Moira se quedó amablemente a su lado y Tía Elizabeth se apresuró a entrar en el cubículo que Moira le había indicado y se inclinó sobre la parte posterior del retrete. Intentó levantar la tapa de porcelana y toquetear el dispositivo de la bola y la varilla del interior. Tenía ambas manos en la tapa cuando sintió que algo duro, puntiagudo y probablemente metálico se le clavaba en las costillas desde atrás. No te muevas, dijo Moira, o te lo clavaré hasta el fondo, te perforaré los pulmones.

Más tarde descubrieron que había desarmado el interior de uno de los retretes y había quitado la palanca puntiaguda y delgada, la parte que va unida por un extremo al brazo y por el otro a la cadena. No resulta muy difícil si sabes cómo hacerlo, y Moira tenía capacidad para la mecánica, ella misma arreglaba su coche cuando se trataba de algo sencillo. Inmediatamente después de este incidente, los retretes quedaron provistos con cadenas que sujetaban la parte superior, de manera tal que cuando se inundaban llevaba mucho tiempo abrirlos. De ese modo se inundaban a menudo.

Tía Elizabeth no podía ver con qué le apuntaba Moira. Es una mujer valiente...

Oh, sí, dijo Janine.

... pero no temeraria, dijo Tía Lydia frunciendo el ceño. Janine se había mostrado excesivamente entusiasta, cosa que a veces tenía la fuerza de una negación. Hizo lo que

Moira le dijo, prosiguió Tía Lydia. Moira cogió el aguijón y el silbato de Tía Elizabeth y le ordenó que los desengancharan de su cinturón. Luego la obligó a bajar la escalera de prisa hasta el sótano. No estaban en el segundo piso sino en el primero, de modo que sólo tuvieron que bajar dos tramos de escalera. Era la hora en que tenían lugar las clases, así que los pasillos estaban vacíos. Vieron a otra de las Tías, pero ésta se encontraba en el extremo opuesto del pasillo y miraba en otra dirección. En ese momento Tía Elizabeth podría haber gritado, pero sabía que Moira hablaba en serio; ésta había adquirido mala fama.

Oh, sí, dijo Janine.

Moira hizo avanzar a Tía Elizabeth a lo largo del pasillo de vestuarios vacíos, le hizo trasponer la puerta del gimnasio y entrar en la sala del horno. Le dijo que se desnudara.

Oh, dijo Janine en tono débil, como si protestara por este sacrilegio.

... y Moira se quitó sus ropas y se puso las de Tía Elizabeth, que no eran exactamente de su talla pero le quedaban bastante bien. No fue demasiado cruel con Tía Elizabeth, ya que le permitió ponerse su vestido rojo. Rompió el velo en tiras y con éstas ató a Tía Elizabeth detrás del horno. Le metió un montón de tela en la boca y se la ató con otra tira. Le rodeó el cuello con una tira y le ató el otro extremo a los pies, por detrás. Es una persona astuta y peligrosa, dijo Tía Lydia.

Janine preguntó: ¿Puedo sentarme?, como si todo esto fuera demasiado para ella. Por fin tenía algo con qué negociar, al menos algo que le servía como vale.

Sí, Janine, respondió Tía Lydia sorprendida, pero sabiendo que en este momento no podía negarse. Buscaba la atención de Janine, su colaboración. Señaló la silla del rincón. Janine la colocó más adelante.

Cuando Tía Elizabeth estuvo bien escondida y fuera de la vista, detrás del horno, Moira le dijo: Sabes que podría matarte. Y hacerte tanto daño que nunca más volverías a tener el cuerpo sano. Podría golpearte con esto, o clavártelo en el ojo. Simplemente, si alguna vez se presenta la ocasión, recuerda que no lo hice.

Tía Lydia no le contó esto último a Janine, pero yo supongo que Moira dijo algo así. De cualquier manera, no mató ni mutiló a Tía Elizabeth quien, unos días más tarde, una vez que se recuperó de las siete horas pasadas detrás del horno, y probablemente del interrogatorio —porque ni las Tías ni los demás habían descartado la posibilidad de que existiera complicidad—, volvió al Centro a trabajar.

Moira se irguió y miró resueltamente hacia delante. Puso los hombros hacia atrás, enderezó la columna y apretó los labios. Ésta no era nuestra postura habitual. Generalmente caminábamos con la cabeza baja, con la vista clavada en nuestras manos o en el suelo. Moira no se parecía mucho a Tía Elizabeth, ni siquiera con el griñón marrón puesto; pero su postura rígida era aparentemente suficiente para convencer a los Ángeles que estaban de guardia y que nunca nos habían visto muy de cerca, ni siquiera a las Tías, y a ellas quizá menos que a nadie. Así que Moira avanzó directamente hacia la puerta delantera, con el porte de una persona que sabe a dónde va; los Ángeles la saludaron y ella presentó el pase de Tía Elizabeth, que no se molestaron en examinar porque nadie insultaría de ese modo a una de las Tías. Y desapareció.

Oh, dijo Janine. ¿Quién sabe lo que sintió? Quizá se alegró. Si fue así, lo disimuló muy bien.

Así que, Janine, dijo Tía Lydia, esto es lo que quiero que hagas.

Janine abrió los ojos desmesuradamente e intentó parecer inocente y atenta.

Quiero que abras bien los ojos. Tal vez alguna de las otras estaba complicada en esto.

Sí, Tía Lydia, dijo Janine.

Y que si oyes algo, vengas y me lo cuentes, ¿lo harás, querida?

Sí, Tía Lydia, dijo Janine. Sabía que no tendría que arrodillarse nunca más en el frente de la clase, ni oír que todas le gritábamos que había sido culpa suya. Ahora le tocaría el turno a otra. De momento, salía del apuro.

El hecho de que le contara a Dolores todo acerca de la entrevista en el despacho de Tía Lydia, no significaba nada. No significaba que no atestiguaría contra nosotras, contra cualquiera de nosotras, si se le presentaba la oportunidad. Lo sabíamos. En ese entonces la tratábamos del mismo modo en que la gente solía tratar a una de esas personas sin piernas que venden lápices en las esquinas. La evitábamos siempre que podíamos y éramos caritativas con ella cuando no teníamos más remedio. Ella representaba un peligro para nosotras, lo sabíamos.

Dolores probablemente le palmeó la espalda y le dijo que era una buena compañera al contárnoslo. ¿Dónde tuvo lugar este intercambio? En el gimnasio, mientras nos preparábamos para acostarnos. La cama de Dolores estaba al lado de la de Janine.

Esa noche, el relato de lo ocurrido se extendió entre nosotras, en la semipenumbra, en voz baja, de cama en cama.

Moira estaba afuera, en algún lugar. Estaba en libertad, o muerta. ¿Qué haría? El pensamiento de lo que haría se expandió hasta ocupar toda la habitación. En cualquier momento podía producirse una explosión que lo destrozara todo, los cristales de la ventana caerían hacia adentro, las puertas se abrirían de par en par... Ahora Moira tenía poder, la habían puesto en libertad, se había puesto a sí misma en libertad. Ahora era una mujer libre.

Creo que nos pareció espantoso.

Moira era como un ascensor con los costados abiertos. Nos producía vértigo. Ya estábamos perdiendo el gusto por la libertad, ya nos parecía que estas paredes eran seguras. En las capas más altas de la atmósfera podrías desintegrarte, vaporizarte, no habría presión para mantenerte unida.

De todos modos, Moira era nuestra fantasía. La abrazábamos y estaba con nosotras en secreto, como una risita ahogada. Era como la lava debajo de la corteza de la vida cotidiana. A la luz de Moira, las Tías resultaban menos temibles y más absurdas. Su poder tenía grietas. Podían ser secuestradas en los lavabos. La audacia era lo que nos gustaba.

Suponíamos que en cualquier momento la traerían a la rastra, como habían hecho anteriormente. No podíamos imaginar lo que le harían esta vez. Fuera lo que fuese, sería terrible.

Pero no ocurrió nada. Moira no volvió a aparecer. Por ahora.

CAPÍTULO 23

Esto es una reconstrucción. Todo esto es una reconstrucción. Es una reconstrucción que tiene lugar ahora, en mi cabeza, mientras estoy tendida en mi cama individual, repasando lo que debería o no debería haber dicho, lo que debería o no debería haber hecho, cómo debería haber actuado. Si alguna vez salgo de aquí...

Detengámonos en este punto. Tengo la intención de salir de aquí. Esto no puede durar toda la vida. Otros han pensado lo mismo anteriormente, en épocas malas, y siempre tuvieron razón, salieron de una u otra forma, y no duró toda la vida. Aunque para ellos haya durado toda su vida.

Cuando salga de aquí, si alguna vez soy capaz de dejar constancia de esto de alguna manera, incluso relatándoselo a alguien, también será una reconstrucción e incluso otra versión. Es imposible contar una cosa exactamente tal como ocurrió, porque lo que uno dice nunca puede ser exacto, siempre se deja algo, hay muchas partes, aspectos, contracorrientes, matices; demasiados detalles que podrían significar esto o aquello, demasiadas formas que no pueden ser totalmente descritas, demasiados aromas y sabores en el aire o en la lengua, demasiados colores. Pero si llegas a ser un hombre, alguna vez, en el futuro, si logras llegar tan lejos, por favor recuerda esto: nunca estarás tan atado como una mujer a la tentación de perdonar a un hombre. Es difícil resistirse, créeme. Pero recuerda que el perdón también es un signo de poder. Implorarlo es un signo de poder, y negarlo o concederlo es un signo de poder, tal vez el más grande.

Quizá nada de esto se puede verificar. Quizá no se trata realmente de quién puede poseer a quién, de quién puede hacer qué a quién, incluso la muerte, sin ser castigado. Quizá no se trata de quién puede sentarse y quién tiene que arrodillarse o estar de pie o acostarse con las piernas abiertas. Quizá se trata de quién puede hacer qué a quién y ser perdonado por ello. No me digáis que significa lo mismo.

Quiero que me beses, dijo el Comandante.

Bien, naturalmente ocurrió algo después de eso. Semejantes peticiones nunca caen como llovidas del cielo.

Después de todo me fui a dormir, y soñé que llevaba pendientes, y uno de ellos estaba roto; nada más que eso, simplemente el cerebro examinando sus archivos más recónditos, y Cora me despertó al traerme la bandeja de la cena, y el tiempo seguía su curso.

—¿Es un bebé bonito? —pregunta Cora mientras deja la bandeja. Ya debe de saberlo, ellas tienen una especie de telegrafía oral, que difunde las noticias de casa en casa; pero a ella le produce placer oírlas, como si mis palabras las hicieran más reales.

—Es bonito —respondo—. Un encanto. Es una niña.

Cora me sonríe, la suya es una sonrisa abarcadora. Éstos son los momentos que la llevan a pensar que lo que hace merece la pena.

—Eso está muy bien —comenta. Su voz es casi melancólica, y yo pienso: por supuesto. A ella le habría gustado estar allí. Es como una fiesta a la que no pudo ir.

—Quizá nosotras pronto tendremos uno —dice en tono tímido. Cuando dice *nosotras* se refiere a mí. A mí me corresponde pagar la recompensa, justificar la comida y los cuidados que recibo, como una hormiga reina con los huevos. Rita me desaprobaría, pero Cora no. Por el contrario, depende de mí. Tiene esperanzas, y yo soy el vehículo de sus esperanzas.

Lo que ella espera es algo muy simple. Quiere que haya un Día de Nacimiento, aquí, con invitados, comida y regalos, quiere un niño para malcriarlo en la cocina, plancharle la ropa, y darle galletas cuando nadie la vea. Yo tengo que proporcionarle estas alegrías. Preferiría su desaprobación, siento que merezco algo mejor.

La cena se compone de guiso de ternera. Tengo problemas para terminarla, porque al llegar a la mitad recuerdo lo que el día de hoy había borrado completamente de mi cabeza. Lo que dicen es verdad, es un estado de trance, tanto dar a luz como estar allí, pierdes la noción del resto de tu vida, te concentras sólo en ese instante. Pero ahora me vuelve a la mente, y sé que no estoy preparada.

El reloj del pasillo del piso de abajo da las nueve. Aprieto las manos contra los costados de mis muslos, tomo aliento, camino por el pasillo y bajo las escaleras silenciosamente. Serena Joy aún debe de estar en la casa donde tuvo lugar el Nacimiento; eso se llama tener suerte, porque él no pudo haberlo previsto. En días como éste, las Esposas haraganean durante horas, ayudando a abrir los regalos, chismorreando, emborrachándose. Tienen que hacer algo para disipar su envidia. Retrocedo por el pasillo del piso de abajo, paso junto a la puerta de la cocina y camino hasta la puerta siguiente, la suya. Espero afuera, sintiéndome como una criatura que ha sido llamada al despacho del director de la escuela. ¿Qué es lo que he hecho mal?

Mi presencia aquí es ilegal. Nosotras tenemos prohibido estar a solas con los Comandantes. Nuestra misión es la de procrear: no somos concubinas, ni geishas, ni cortesanas. Por el contrario, han hecho todo lo posible para apartarnos de esa categoría. No debe existir la diversión con respecto a nosotras. no hay lugar para que florezcan deseos ocultos; no se pueden conseguir favores especiales, ni por parte de ellos ni por parte nuestra, no hay ninguna base en la que pueda asentarse el amor. Somos matrices de dos piernas, eso es todo: somos vasos sagrados, cálices ambulantes.

Así que, ¿por qué querrá verme, de noche y a solas?

Si me sorprendieran, caería en las manos despiadadas de Serena. Él no debe entrometerse en la disciplina de la casa, eso es asunto de las mujeres. Después de esto, vendría la reclasificación. Podría convertirme en una No Mujer.

Pero si me negara a verlo, podría ser peor. No hay ninguna duda acerca de quién ostenta el poder real.

Debe de haber algo que él desea de mí. Desear es tener alguna debilidad. Es esta debilidad, fuera la que fuese, lo que me atrae. Es como una pequeña grieta en una pared hasta ahora impenetrable. Si pego el ojo a ella, a esta debilidad suya, tal vez sea capaz de ver claramente cómo debo actuar.

Quiero saber lo que quiere.

Levanto la mano y golpeo la puerta de esta habitación prohibida en la que nunca he estado, una habitación en la que las mujeres no entran. Ni siquiera Serena Joy entra aquí, y la limpieza la hacen los Guardianes. ¿Qué secretos, qué tótems masculinos se guardan aquí?

Me dicen que pase. Abro la puerta y entro.

Lo que encuentro al otro lado es algo normal. Debería decir: lo que me encuentro al otro lado parece algo normal. Hay un escritorio, por supuesto, con un Compucomunicador, y una silla de cuero negro. Sobre el escritorio hay un tiesto con una planta, un juego de portaplumas y papeles En el suelo, una alfombra oriental; y una chimenea en la que no hay fuego, un pequeño sofá de felpa marrón, un aparato de televisión, una mesa y un par de sillas.

Todas las paredes están cubiertas de estanterías con libros. Y están llenas de libros. Libros, libros y más libros, perfectamente a la vista, sin llaves ni cajones. No me extraña que no podamos entrar aquí. Esto es un oasis de lo prohibido. Intento no dejar la mirada fija en ellos.

El Comandante está de pie delante de la chimenea apagada, de espaldas a ella, con un codo apoyado en la repisa de madera tallada y la otra mano en el bolsillo. Es una pose estudiada, de galán, sacada de una de esas revistas masculinas de papel satinado. Probablemente decidió de antemano que se pondría así cuando yo entrara. Y cuando llamé a la puerta, seguramente corrió hasta la chimenea y se instaló en esa posición. Tendría que tener un ojo tapado con un parche negro y un pañuelo con un dibujo de herraduras.

Me hace bien pensar estas cosas, tan rápidamente como un repiqueteo, un temblor de la mente. Como una burla para mis adentros. Pero esto es pánico. La verdad es que estoy aterrorizada.

No digo nada.

—Cierra la puerta —me dice, en tono amable. Hago lo que me dice, y me giro—. Hola —me saluda.

Es la manera antigua de saludarse. Hacía mucho tiempo, años, que no la oía. Dadas las circunstancias, parece fuera de lugar, incluso cómica, un retroceso en el tiempo, un estancamiento. No se me ocurre nada apropiado para responder.

Creo que voy a gritar.

Él debe de haberlo notado porque me mira sorprendido y frunce un poco el ceño, cosa que yo decido interpretar como preocupación, aunque podría ser simplemente irritación.

—Ven aquí —dice—. Puedes sentarte —acerca una silla y la coloca frente a su escritorio. Luego camina hasta el otro lado y se sienta lentamente y, a mi modo de ver, de una manera estudiada. Esto me demuestra que no me ha hecho venir aquí para tocarme contra mi voluntad, ni nada parecido. Sonríe. No es una sonrisa siniestra ni depredadora. Es simplemente una sonrisa, una sonrisa formal, amistosa pero un poco distante, como si yo fuera un gatito en un escaparate, un gato al que mira pero que no tiene intención de comprar.

Me siento en la silla, erguida y con las manos cruzadas sobre el regazo. Tengo la sensación de que mis pies, calzados con los zapatos rojos bajos, no tocan el suelo. Pero lo tocan, por supuesto.

—Esto debe de parecerte extraño —comenta.

Yo me limito a mirarlo. El eufemismo del año, una frase que mi madre usa. Usaba.

Me siento como un caramelo de algodón: azúcar y aire. Si me estrujaran, quedaría convertida en una pequeña bolita de color rosado, húmeda y rezumante.

—Supongo que es un poco extraño —prosigue, como si yo hubiera respondido.

Creo que debería llevar puesto un sombrero atado con un lazo debajo de mi barbilla.

—Quiero... —dice.

Intento no inclinarme hacia delante. ¿Sí? ¿Sí, sí? ¿Qué? ¿Qué quiere? Pero no revelaré mi ansiedad. Es una sesión de negociaciones, están a punto de intercambiarse cosas. La que no vacila está perdida. No voy a regalar nada: sólo vendo.

—Me gustaría... —continúa—. Parecerá una tontería —y de verdad parece incómodo, tímido sería la palabra, tal como solían ser los hombres en otros tiempos. Él es lo suficientemente tímido para recordar cómo dar esa impresión, y para recordar también lo atractivo que le resultaba a las mujeres en otros tiempos. Los jóvenes no conocen esos trucos. Nunca han tenido que usarlos.

—Me gustaría que jugaras conmigo una partida de Intelect —afirma.

Me quedo absolutamente rígida. No muevo ni un solo músculo de la cara. ¡De modo que eso es lo que hay en la habitación prohibida! ¡Un Intelect! Tengo ganas de reírme, de reírme a carcajadas hasta caerme de la silla. Alguna vez éste fue un juego que jugaban las viejas y los viejos en verano o en las residencias de jubilados, cuando no había nada bueno en la televisión. O los adolescentes, en un tiempo, hace muchos muchos años. Mi madre tenía uno guardado en la parte de atrás del armario del pasillo, junto con las cajas de cartón donde guardaba los adornos del árbol de Navidad. Una vez, cuando yo tenía trece años y era negligente y desdichada, mi madre intentó que me interesara por él.

Ahora, por supuesto, es algo diferente. Ahora está prohibido para nosotras. Ahora es peligroso. Ahora es indecente. Ahora es algo que él no puede hacer con su Esposa. Ahora es atractivo. Ahora él se ha comprometido. Es como si me hubiera ofrecido droga.

—De acuerdo —respondo en tono indiferente. En realidad apenas puedo hablar.

No me dice por qué quiere jugar al Intelect conmigo. Y yo no se lo pregunto. Él se limita a sacar una caja de uno de los cajones de su escritorio, y la abre. Allí están las fichas de madera plastificada tal como las recuerdo, el tablero dividido en cuadros y los pequeños soportes para apoyar las letras. El Comandante vuelca las fichas encima del escritorio y empieza a ponerlas boca abajo. Lo ayudo.

—¿Sabes jugar? —me pregunta.

Asiento.

Jugamos dos partidas. Formo la palabra *laringe. Doselera. Membrillo. Cigoto.* Sostengo las fichas brillantes de bordes suaves y paso el dedo por las letras. Me produce una sensación voluptuosa. Esto es la libertad, haciendo la vista gorda. Formo la palabra *cojear. Hartar.* Qué placer. Las fichas son como caramelos de menta, igual de frescos. De niños les llamábamos «camelos». Me gustaría ponérmelas en la boca. También deben de tener sabor a lima. La letra C. Crujiente, ligeramente ácido al paladar, delicioso.

Gano la primera partida, y le dejo ganar la segunda: aún no he descubierto cuáles son las condiciones, qué podré pedir yo a cambio.

Finalmente me dice que ya es hora de volver a casa. Ésa es la expresión que utiliza: volver a casa. Se refiere a mi habitación. Me pregunta si llegaré bien, como si la escalera fuera una calle oscura. Le digo que sí. Abrimos la puerta de su despacho, sólo una rendija, para saber si se oye algo en el pasillo.

Esto es como tener una cita. Es como entrar a hurtadillas en el dormitorio, después de hora.

Esto es una conspiración.

—Gracias —me dice—. Por la partida —y luego agrega—: Quiero que me beses.

Pienso cómo podría arrancar la parte de atrás del retrete, el retrete de mi cuarto de baño, una de las noches en las que tomo un baño, rápida y silenciosamente para que Cora, que está afuera sentada en la silla, no pueda oírme. Podría sacar la varilla y ocultarla en mi manga, y traerla escondida la próxima vez que venga al despacho del Comandante, porque después de una petición como ésta siempre existe una próxima vez, al margen de que uno diga sí o no. Pienso cómo podría acercarme al Comandante y besarlo, aquí, a solas, y quitarle la chaqueta como si le permitiera o lo invitara a algo más, como una aproximación al amor verdadero, y rodearlo con los brazos y sacar la varilla de mi manga y súbitamente clavarle la punta afilada entre las costillas. Pienso en la sangre que derramaría, caliente como la sopa y llena de sexo, sobre mis manos.

En realidad no pienso en nada por el estilo. Es simplemente algo que agrego después. Tal vez tendría que haberlo pensado en ese momento, pero no lo hice. Como dije antes, esto es una reconstrucción.

—De acuerdo —le digo. Me acerco a él y pongo mis labios cerrados contra los suyos. Percibo el olor de la loción de afeitar, la de siempre, con una pizca de olor a naftalina, bastante familiar para mí. Pero él es como alguien a quien acabo de conocer.

Se aparta y me mira. Vuelve a sonreír con esa sonrisa tímida. Qué sinceridad.

—Así no —me dice—. Como si lo hicieras de verdad.

Él estaba muy triste.

Esto también es una reconstrucción.

IX

LA NOCHE

CAPÍTULO 24

Regreso por el pasillo en penumbras, subo la escalera alfombrada y entro a hurtadillas en mi habitación. Me siento en la silla, con las luces apagadas, con el vestido rojo abrochado y abotonado. Sólo se puede pensar claramente con la ropa puesta.

Lo que necesito es una perspectiva. La ilusión de profundidad creada por un marco, la disposición de las formas sobre una superficie plana. La perspectiva es necesaria. De lo contrario, sólo habría dos dimensiones. De lo contrario, uno viviría con la cara aplastada contra una pared, todo sería un enorme primer plano de detalles, pelos, el tejido de la sábana, las moléculas de la cara. La propia piel como un mapa, un gráfico de inutilidad entrecruzado por pequeñas carreteras que no conducen a ninguna parte. De lo contrario, uno viviría el momento. Que no es donde yo quiero estar.

Pero ahí es donde estoy, no hay escapatoria. El tiempo es una trampa en la que estoy cogida. Debo olvidarme de mi nombre secreto y del camino de retorno. Ahora mi nombre es Defred, y aquí es donde vivo.

Vive el presente, saca el mayor partido de él, es todo lo que tienes.

Tiempo para hacer el inventario.

Tengo treinta y tres años y el pelo castaño. Mido uno setenta descalza. Tengo dificultades para recordar el aspecto que tenía. Tengo ovarios sanos. Me queda una posibilidad.

Pero ahora, esta noche, algo ha cambiado. Las circunstancias se han modificado.

Puedo pedir algo. Tal vez no mucho, pero sí algo.

Los hombres son máquinas de sexo, decía Tía Lydia, y poca cosa más. Sólo quieren una cosa. Debéis aprender a influir en ellos para obtener vuestro propio beneficio. Llevadlos de las narices; ésa es una metáfora. Es lo natural, un recurso de Dios. Así son las cosas.

En realidad, Tía Lydia no dijo esto, pero estaba implícito en sus palabras. Flotaba sobre su cabeza, como las divisas doradas que llevaban los santos en la noche de los tiempos. Y al igual que ellos, era angulosa y descarnada.

¿Pero cómo encajar al Comandante en esto, tal como él vive en su despacho, con sus juegos de palabras y sus deseos, para qué? Para que juegue con él, para que lo bese suavemente, como si lo hiciera de verdad.

Sé que necesito considerar seriamente este deseo suyo. Podría ser importante, podría ser un pasaporte, podría ser mi perdición. Debo ser seria con respecto a esto, tengo que meditarlo. Pero haga lo que haga, aquí sentada en la oscuridad, con los reflectores iluminando el rectángulo de mi ventana desde afuera y a través de las cortinas diáfanas como un vestido de novia, como un ectoplasma, con una de mis manos sujetando la otra, balanceándome un poco hacia atrás y hacia delante, haga lo que haga, en todo esto hay algo gracioso.

Quería que jugara al Intelect con él, y que lo besara como si lo hiciera de verdad.

Ésta es una de las cosas más curiosas que jamás me han ocurrido.

El contexto es todo.

Recuerdo un programa de televisión que vi una vez, una reposición de un programa hecho varios años antes. Yo debía de tener siete u ocho años, era demasiado joven para entenderlo. Era el tipo de programa que a mi madre le encantaba ver: histórico, educativo. Más tarde intentó explicármelo, contarme que las cosas que allí aparecían habían ocurrido realmente, pero para mí sólo era un cuento. Yo creía que alguien se lo había inventado. Supongo que todos los niños piensan lo mismo de cualquier historia anterior a su propia época. Si sólo es un cuento, parece menos espantoso.

El programa consistía en un documental sobre una de aquellas guerras. Entrevistaban a la gente y mostraban fragmentos de películas de la época, en blanco y negro, y fotografías. No recuerdo mucho del documental, pero sí recuerdo la calidad de las imágenes, cómo en ellas todo parecía cubierto con una mezcla de luz del sol y polvo, y lo oscuras que eran las sombras de debajo de las cejas y de los pómulos.

Las entrevistas a las personas que aún estaban vivas, estaban rodadas en color. La que mejor recuerdo es la que le hacían a una mujer que había sido amante de un hombre que supervisaba uno de los campos donde encerraban a los judíos antes de matarlos. En hornos, según decía mi madre; pero no había ninguna imagen de los hornos, de modo que me formé la idea de que esas muertes habían tenido lugar en la cocina. Para un niño, esta idea encierra algo especialmente aterrador. Los hornos sirven para cocinar, y cocinar es lo que se hace antes de comer. Me imaginaba que a aquellas personas se las habían comido. Y supongo que, en cierto modo, es lo que les ocurrió.

Por lo que decían, aquel hombre había sido cruel y brutal. Su amante —mi madre me explicó el significado de la palabra *amante*, no le gustaban los misterios; cuando yo tenía cuatro años, me compró un libro sobre los órganos sexuales— había sido una mujer muy hermosa. Se veía una foto en blanco y negro de ella y de otra mujer, vestidas con el bañador de dos piezas, los zapatos de plataforma y la pamela que se usaban en esa época; llevaban gafas de sol con forma de ojos de gato y estaban tendidas en unas tumbonas junto a la piscina. La piscina estaba junto a la casa, que estaba cerca del campo donde tenían los hornos. La mujer dijo que no había notado nada fuera de lo normal. Negó estar enterada de la existencia de los hornos.

En el momento de la entrevista, cuarenta o cincuenta años más tarde, se estaba muriendo de un enfisema. Tosía mucho y se la veía muy delgada, casi demacrada. Pero aún se sentía orgullosa de su aspecto. (Mírala, decía mi madre un poco a regañadientes y con cierto tono de admiración. Aún se siente orgullosa de su aspecto.) Estaba cuidadosamente maquillada, con mucho rímel en las pestañas y colorete en los pómulos, y tenía la piel estirada como un guante de goma inflado. Llevaba joyas.

No era un monstruo, decía. La gente dice que él era un monstruo, pero no es verdad.

¿En qué debía de estar pensando? Supongo que en nada; no en el pasado, no en ese momento. Estaba pensando en cómo no pensar. Era una época anormal. Ella estaba orgullosa de su aspecto. No creía que él fuera un monstruo. No lo era, para ella. Probablemente tenía algún rasgo atractivo: silbaba desafinadamente bajo la ducha, le gustaban las trufas, llamaba Liebchen a su perro y lo hacía sentar para darle trocitos de carne cruda. Qué fácil resulta inventar la humanidad de cualquiera. Qué tentación realizable. Un niño grande, debe de haberse dicho a sí misma. Se le debió de ablandar el corazón, debió de apartarle el pelo de la frente y le besó la oreja, no precisamente para obtener algo de él. Era el instinto tranquilizador, el instinto de mejorar las cosas. Vamos, vamos, le diría cuando él se despertaba a causa de una pesadilla. Esto es muy duro para ti. Esto es lo que ella debía de creer porque de lo contrario, ¿cómo pudo seguir viviendo? Debajo de esa belleza se ocultaba una mujer normal. Creía en la decencia, era amable con la criada judía, o bastante amable, o más amable de lo que la criada se merecía.

Algunos días después de que se rodara esta entrevista, se suicidó. Lo dijeron por la televisión.

Nadie le preguntó si lo había amado o no.

Lo que ahora recuerdo, más claramente que cualquier otra cosa, es el maquillaje.

Me pongo de pie en la oscuridad y empiezo a desabotonarme. Entonces oigo algo dentro de mi cuerpo. Me he roto, algo se me ha partido, debe de ser eso. El ruido sube y sale desde el lugar roto hasta mi cara. Sin advertencia: yo no estaba pensando en nada. Si dejo que este sonido salga al aire, se convertirá en una carcajada demasiado fuerte, alguien podría oír y entonces habría idas y venidas, órdenes y quién sabe qué más. Conclusión: emoción inadecuada a las circunstancias. El útero que desvaría, solían pensar. Histeria. Y luego una aguja, una píldora. Podría ser fatal.

Me pongo las dos manos delante de la boca, como si estuviera a punto de vomitar; caigo de rodillas, la carcajada hierve en mi garganta como si fuera lava. Gateo hasta el armario y subo las rodillas; me voy a ahogar aquí dentro. Me duelen las costillas de tanto contener la risa. Tiemblo, me sacudo, sísmica, voy a estallar como un volcán. El armario queda completamente rojo, carcajada rima con preñada, oh, morirse de risa.

Oculto la cara en los pliegues de la capa colgada, cierro con fuerza los ojos y me empiezan a brotar las lágrimas. Intento calmarme.

Al cabo de un rato se me pasa, como si se tratara de un ataque de epilepsia. Aquí estoy, dentro del armario. *Nolite te bastardes carborundorum.* No puedo verlo en la oscuridad, pero sigo las diminutas letras con la punta de los dedos, como si se tratara de un código en Braille. Ahora resuena en mi cabeza, no tanto como una oración sino como una orden, ¿pero para hacer qué? En cualquier caso, para mí es inútil, es como un antiguo jeroglífico cuya clave se ha perdido. ¿Por qué lo escribió, por qué se molestó en hacerlo? No hay manera de salir de aquí.

Me quedo acostada en el suelo, respirando aceleradamente, luego más despacio, nivelando la respiración, como en los ejercicios para el parto. Lo único que oigo ahora es el sonido de mi corazón, que se abre y se cierra, se abre y se cierra, se abre

X

LOS PERGAMINOS ESPIRITUALES

Capítulo 25

Lo primero que oí a la mañana siguiente fue un grito y un estrépito. Era Cora, que había dejado caer la bandeja del desayuno. Me despertó. Todavía tenía medio cuerpo dentro del armario, y la cabeza sobre la capa, que no era más que un bulto. Seguramente la descolgué de la percha y me quedé dormida encima de ella. Al principio no pude recordar dónde me encontraba. Cora estaba arrodillada a mi lado, sentí que me tocaba la espalda. Cuando me moví, volvió a gritar.

¿Qué pasa?, le pregunté. Di una vuelta y me incorporé.

Oh, dijo. Creí...

¿Qué creyó?

Como..., agregó.

Los huevos estaban en el suelo, rotos, y había zumo de naranja y cristales hechos añicos.

Tendré que traer otro, dijo. Qué desperdicio. ¿Qué hacías tirada en el suelo? Me cogió para ayudarme a levantarme y ponerme de pie.

No quise decirle que no me había acostado en toda la noche. No habría sabido cómo explicárselo. Le dije que debía de haberme desmayado. Fue casi peor, porque empezó a sacar sus conclusiones.

Es uno de los primeros síntomas, dijo en tono de satisfacción. Eso, y los vómitos. Tendría que haberse dado cuenta de que no había pasado el tiempo suficiente; pero tenía muchas esperanzas.

No, no es eso, le dije. Estaba sentada en la silla. Estoy segura de que no es eso. Simplemente me mareé. Estaba aquí, y todo empezó a oscurecerse.

Debe de haber sido por la tensión de ayer, dijo. Quítate esto.

Se refería al Nacimiento, y yo le dije que sí. En ese

momento yo estaba sentada en la silla y ella arrodillada a mi lado, recogiendo los trozos de huevo y los cristales rotos y juntándolos en la bandeja. Secó parte del zumo de naranja con la servilleta de papel.

Tendré que traer un paño, comentó. Querrán saber por qué traigo más huevos. A menos que te arregles sin ellos. Me miró de reojo, furtivamente, y comprendí que sería mejor que ambas fingiéramos que yo me había tomado todo el desayuno. Si ella decía que me había encontrado tirada en el suelo, habría demasiadas preguntas. De cualquier manera, tendría que explicar la rotura del vaso; pero Rita se pondría de mal humor si tenía que preparar el desayuno por segunda vez.

Me las arreglaré sin ellos, le aseguré. No tengo mucho hambre. Fue perfecto, porque encajaba con lo del mareo. Pero me comeré la tostada, agregué. No quería quedarme totalmente en ayunas.

Está en el suelo, me advirtió.

No importa, le dije. Me senté a comer la tostada mientras ella entraba en el cuarto de baño y tiraba en el retrete el puñado de huevo que no había podido recuperar. Luego volvió a salir.

Diré que al salir se me cayó la bandeja, anunció.

Me gustó que estuviera dispuesta a mentir por mí, incluso en algo tan insignificante, aunque fuera en su propio beneficio. Era una manera de estar unidas.

Le sonreí. Espero que nadie te haya oído, le dije.

Me llevé un buen susto, dijo, deteniéndose en la entrada, con la bandeja en la mano. Al principio pensé que sólo eran tus ropas. Luego me dije ¿qué hacen sus ropas en el suelo? Pensé que tal vez te habías...

Fugado, agregué.

Bueno, casi, reconoció. Pero eras tú.

Sí, afirmé. Lo era.

Y lo era, y ella salió con la bandeja y volvió con un paño para limpiar el resto de zumo de naranja, y esa tarde Rita hizo un comentario malhumorado acerca de que algunas personas eran unas manazas. Tienen demasiadas cosas en la cabeza, no miran por dónde caminan, protestó, y seguimos así, como si nada hubiera ocurrido.

Esto sucedió en mayo. Ahora ha pasado la primavera, los tulipanes han dejado de florecer y empiezan a perder los pétalos uno a uno, como si fueran dientes. Un día tropecé con Serena Joy, que estaba en el jardín, arrodillada sobre un cojín, y tenía el bastón a su lado, en la hierba. Se dedicaba a cortar los capullos con unas tijeras. Yo llevaba mi cesto con naranjas y chuletas de cordero, y al pasar la miré de reojo. Ella estaba concentrada, ajustando las hojas de la tijera, y al cortar lo hacía con un espasmo convulsivo de las manos. ¿Sería la artritis que se apoderaba de sus manos? ¿O una guerra relámpago, un kamikaze lanzándose sobre los hinchados órganos genitales de las flores? El cuerpo fructífero. Cortando los capullos se consigue que el bulbo acumule energía.

Santa Serena, arrodillada, haciendo penitencia.

A menudo me divierto así, con bromas malintencionadas y agrias con respecto a ella; pero no durante mucho tiempo. No es conveniente perder el tiempo mirando a Serena Joy desde atrás.

Lo que yo miraba codiciosamente eran las tijeras.

Bien. Además teníamos los lirios, que crecen hermosos y frescos sobre sus largos tallos, como vidrio soplado, como una acuarela momentáneamente congelada en una mancha, azul claro, malva claro, y los más oscuros, aterciopelados y purpúreos, como las orejas de un gato negro iluminadas por el sol, una sombra añil, y los de centro sangriento, de formas tan femeninas que resultaba sorprendente que una vez arrancados no duraran. Hay algo subversivo en el jardín de Serena, una sensación de cosas enterradas que estallan hacia arriba, mudamente, bajo la luz, como si señalaran y dijeran: Aquello que sea silenciado, clamará para ser oído, aunque silenciosamente. Un jardín de Tennyson, impregnado de aroma, lánguido; el retorno de la palabra *desvanecimiento*. La luz del sol se derrama sobre él, es verdad, pero el calor brota de las flores mismas, se puede sentir: es como sostener la mano un centímetro por encima de un brazo o de un hombro. Emite calor, y también lo recibe. Atravesar en un día como hoy este jardín de peonías, de claveles y clavellinas, me hace dar vueltas la cabeza.

El sauce luce un follaje abundante y deja oír su insi-

nuante susurro. *Cita*, dice, *terrazas*; los silbidos recorren
mi columna, como un escalofrío producido por la fiebre.
El vestido de verano me roza la piel de los muslos, la
hierba crece bajo mis pies y por el rabillo del ojo veo que
algo se mueve en las ramas; plumas, un revoloteo, gracio-
sos sonidos, el árbol dentro del pájaro, la metamorfosis
se desboca. Es posible que existan diosas, y el aire queda
impregnado de deseo. Incluso los ladrillos de la casa se
ablandan y se vuelven táctiles; si me apoyo contra ellos,
quedarán calientes y flexibles. Es sorprendente lo que puede lograr una negación. ¿Acaso el hecho de ver mi tobillo,
ayer, en el puesto de control, cuando dejé caer mi pase
para que él lo cogiera, hizo que se mareara y se desvane-
ciera? Nada de pañuelos ni abanicos, uso lo que tengo a
mano.

El invierno no es tan peligroso. Necesito la insensibili-
dad, el frío, la rigidez; no esta pesadez, como si yo fuera un
melón sobre un tallo, esta madurez líquida.

El Comandante y yo tenemos un acuerdo. No es el primero
de este tipo en la historia, aunque la forma que está adop-
tando no es la habitual.

Visito al Comandante dos o tres veces por semana,
siempre después de la cena, pero solamente cuando recibo
la señal. Y la señal es Nick. Si cuando yo salgo a hacer
la compra, o cuando vuelvo, él está lustrando el coche, y
tiene la gorra ladeada o no la tiene bien puesta, entonces
acudo a la cita. Si él no está, o tiene la gorra puesta como
corresponde, me quedo en mi habitación, como de costumbre. Por supuesto, nada de esto se aplica durante las noches de Ceremonia.

Como siempre, la dificultad es la Esposa. Después de
cenar se va al dormitorio de ambos, desde donde podría
oírme mientras yo me escabullo por el pasillo, aunque
tengo cuidado de no hacer ruido. O se queda en la sala, tejiendo una de sus interminables bufandas para los Ángeles, elaborando metros y metros de intrincadas e inútiles
personas de lana: debe de ser la manera que ella tiene de
procrear. Normalmente, cuando está en la sala, la puerta
queda entreabierta, de modo que no me atrevo a pasar
junto a ella. Si he recibido la señal pero no puedo bajar
la escalera ni pasar junto a la puerta de la sala, el Coman-

dante comprende. Él, mejor que nadie, conoce mi situación. Conoce todas las reglas.

Sin embargo, a veces Serena Joy está fuera, visitando a alguna Esposa enferma; es el único sitio al que podría ir sola, por la noche. Se lleva comida, por ejemplo una tarta, o un pastel, o un pan amasado por Rita, o un tarro de jalea preparada con las hojas de menta que crecen en su jardín. Las Esposas de los Comandantes se enferman a menudo; esto añade interés a sus vidas. En cuanto a nosotras, las Criadas e incluso las Marthas, evitamos la enfermedad. Las Marthas no quieren verse obligadas a retirarse porque ¿quién sabe a dónde irían? Ya no se ven muchas ancianas por ahí. Y en cuanto a nosotras, cualquier enfermedad real, cualquier cosa crónica o debilitamiento, una pérdida de peso o de apetito, la caída del cabello, un fallo de las glándulas, sería decisivo. Recuerdo que a principios de la primavera Cora corría por la casa a pesar de la gripe, y se cogía de las puertas cuando creía que nadie la veía, haciendo esfuerzos para no toser. Cuando Serena le preguntó qué le pasaba, dijo que sólo era un ligero resfriado.

La misma Serena a veces se toma unos días de descanso y se queda en la cama. Entonces es ella la que recibe visitas; las otras Esposas suben ruidosamente la escalera y parlotean alegremente; ella recibe las tartas y los pasteles, la jalea y los ramos de flores de los jardines de las demás.

Se turnan. Hay una especie de lista invisible y tácita. Cada una se cuida de no acaparar la atención más de lo que le corresponde.

En las noches en que es seguro que Serena saldrá, yo estoy segura de que seré citada.

La primera vez estaba confundida. Las necesidades de él eran desconocidas para mí, y lo que yo podía recibir a cambio me pareció ridículo, risible, como un fetiche para atar los zapatos.

También había habido una especie de decepción. ¿Qué era lo que yo esperaba la primera vez, detrás de la puerta cerrada? ¿Algo inenarrable, quizá posturas en cuatro patas, perversiones, azotes, mutilaciones? Como mínimo alguna manipulación sexual menor, algún pecadillo pasado que ahora le estaba negado, prohibido por ley y que podía castigarse con la amputación. En cambio, el hecho de que me pidiera que jugara al Intelect, como si fuéramos una pareja de ancianos o un par de niños, me pareció extremadamente raro, a su manera también una violación. Como requerimiento, fue obtuso.

De modo que cuando abandoné la habitación, aún no tenía claro lo que él quería, ni por qué, ni si yo podría cumplir algo de eso. Cuando se trata de un negocio, deben enunciarse los términos del intercambio. Ciertamente, esto era algo que él no había hecho. Pensé que estaba jugando al gato y al ratón, pero ahora creo que sus motivos y sus deseos no eran obvios ni siquiera para él. Aún no habían alcanzado el nivel verbal.

La segunda noche empezó igual que la primera. Fui hasta su puerta —que estaba cerrada—, llamé, y él me dijo que entrara. Luego siguieron las dos partidas con las suaves fichas de color beige. *Prolijo*, *cuarzo*, *quicio*, *sílfide*, *ritmo*, todos los viejos trucos que logré imaginar o recordar para usar las consonantes. Sentía la lengua pesada a causa del esfuerzo de deletrear. Era como usar un idioma que alguna vez supe pero que casi había olvidado, un idioma que tiene que ver con las costumbres que hace mucho tiempo desaparecieron: *café au lait* en una terraza, con un brioche, ajenjo servido en un vaso largo o camarones en un cucurucho de papel; cosas acerca de las cuales había leído, pero que nunca había visto. Era como intentar caminar sin muletas, como aquellas riñas falsas de las antiguas películas de la televisión. *Puedes hacerlo. Sé que puedes.* Así se tambaleaba y tropezaba mi mente entre las angulosas *erres* y *tes*, deslizándose sobre las vocales ovoides como si lo hiciera sobre guijarros.

El Comandante se mostraba paciente cuando yo dudaba o le preguntaba cuál era la ortografía correcta de una palabra. Siempre estamos a tiempo de consultar el diccionario, dijo. Dijo *podemos*. Me di cuenta de que la primera vez me había dejado ganar.

Esperaba que aquella noche todo fuera igual, incluyendo el beso de buenas noches. Pero cuando terminamos la partida, se echó hacia atrás en la silla. Apoyó los codos en los brazos de la silla, juntó las yemas de los dedos y me miró.

Tengo un pequeño regalo para ti, anunció.

Sonrió levemente. Luego abrió el cajón superior de su escritorio y sacó algo. Lo sostuvo un momento entre sus manos, como decidiendo si dármelo o no. Aunque desde donde yo estaba la veía del revés, la reconocí de inmediato. En un tiempo habían sido algo muy común. Era una revista, una revista femenina, según deduje al ver la foto sobre el papel satinado: una modelo con el pelo ahuecado, el cuello envuelto por una bufanda, los labios pintados; la moda de otoño. Yo creía que todas esas revistas habían sido destruidas, pero quedaba una y estaba aquí, en el despacho privado del Comandante, donde menos esperabas encontrarte algo así. Miró a la modelo, que estaba de cara a él; aún sonreía, con esa sonrisa melancólica que lo caracterizaba. Su mirada fue la misma que uno dedicaría a un animal del zoológico cuya especie está casi extinguida.

Clavé la mirada en la revista, mientras él la balanceaba delante de mí como si se tratara de un anzuelo, y la deseé. La deseé con tanta fuerza que sentí dolor en las puntas de los dedos. Al mismo tiempo, mi ansia me pareció frívola y absurda porque en otros tiempos me había tomado bastante a la ligera este tipo de revistas. Las leía en la consulta del dentista y a veces en los aviones; las compraba para llevarlas a las habitaciones de los hoteles, como una manera de llenar el tiempo libre mientras esperaba a Luke. Una vez que las había hojeado las tiraba, porque eran absolutamente desechables, y uno o dos días más tarde era incapaz de recordar lo que había leído en ellas.

Sin embargo, en aquel momento lo recordé. Lo que había en ellas era una promesa. Comerciaban con la transformación; sugerían una interminable serie de posibilidades extendiéndose como una imagen en dos espejos enfrentados, multiplicándose, réplica tras réplica hasta desaparecer. Sugerían una aventura tras otra, un guardarropa tras otro, una reforma tras otra, un hombre tras otro. Sugerían el rejuvenecimiento, la derrota y la superación del dolor, el amor infinito. La verdadera promesa que encerraban era la inmoralidad.

Esto era lo que él sostenía entre sus manos, sin saberlo. Pasó rápidamente las páginas, y noté que me inclinaba hacia delante.

Es antigua, comentó, una especie de curiosidad. De la década de los setenta, creo. Es una *Vogue*, dijo como un

143

experto en vinos que deja caer un nombre. Pensé que te gustaría mirarla.

Me eché hacia atrás. Él podía estar sometiéndome a una prueba para saber cuán profundamente había calado en mí el adoctrinamiento. No está permitida, respondí.

Aquí sí, dijo serenamente. Comprendí de inmediato. Si se había quebrado el tabú principal, ¿por qué dudar ante uno menos importante? Y ante otro, y otro. ¿Quién podía saber dónde terminarían? Detrás de esta puerta, el tabú quedaba desterrado.

Cogí la revista de sus manos y la di vuelta. Aquí estaban, otra vez, las imágenes de mi niñez: atrevidas, arrolladoras, seguras de sí mismas, con los brazos abiertos como si exigieran espacio, con las piernas abiertas y los pies firmemente apoyados en el suelo. Había algo de *Renaissance* en la pose, pero yo pensaba en los príncipes y no en las doncellas con cofias y rizos. Aquellos ojos sinceros, sombreados con maquillaje, sí, pero iguales a los ojos de los gatos, fijos y esperando el momento para saltar. Sin retroceder ni aferrarse, no con esas capas y esos trajes de *tweed* basto y esas botas hasta la rodilla. Esas mujeres eran como piratas, con sus elegantes carteras para guardar el botín y sus dentaduras caballunas y codiciosas.

Noté que el Comandante me observaba mientras yo pasaba las páginas. Yo sabía que estaba haciendo algo que no tenía que estar haciendo, y que a él le producía placer mirar cómo lo hacía. Tendría que haberme sentido perversa; a los ojos de Tía Lydia, era una perversa. Pero no me sentía así. Por el contrario, me sentía como una antigua postal eduardiana de la costa: atrevida. ¿Qué me daría a continuación? ¿Una faja?

¿Por qué la guarda?, le pregunté.

Algunos de nosotros, explicó, conservamos el aprecio por las cosas antiguas.

Pero se suponía que éstas habían sido quemadas, argumenté. Se hicieron registros casa por casa, hogueras...

Lo que representa un peligro en manos de las masas, prosiguió, cosa que en algunos casos ha sido una ironía, y en otros no, está a salvo en manos de aquellos cuyos motivos son...

Impecables, concluí.

Asintió con expresión grave. Era imposible saber si hablaba en serio o no.

¿Pero por qué me la enseña?, le pregunté y de inmediato me sentí estúpida. ¿Qué podía responderme? ¿Que se estaba divirtiendo a costa mía? Porque él debía de saber lo doloroso que para mí resultaba recordar el pasado.

No estaba preparada para lo que en realidad respondió. ¿A qué otra persona podría enseñársela?, me dijo mostrando otra vez una expresión de tristeza.

¿Y si fuera más lejos?, pensé. No quería apremiarlo ni presionarlo. Sabía que yo era prescindible. Sin embargo, le pregunté muy suavemente: ¿Y su Esposa?

Pareció reflexionar. No, dijo. Ella no comprendería. De todos modos, ya no me habla mucho. Parece que ahora no tenemos muchas cosas en común.

Lo había dicho, había revelado lo que pensaba: su esposa no lo comprendía.

Entonces yo estaba allí por esa razón. Lo mismo de siempre. Demasiado trivial para ser cierto.

La tercera noche le pedí un poco de loción para las manos. No quería parecer pedigüeña, pero necesitaba saber lo que podía conseguir.

¿Un poco de qué?, me preguntó en tono amable, como de costumbre. Él estaba frente a mí, al otro lado del escritorio. Nunca me tocaba mucho, salvo para el beso obligatorio. Ni manoseos, ni jadeos, ni nada de eso; habría sido algo fuera de lugar, en cierto sentido, tanto para él como para mí.

Loción para las manos, repetí. O para la cara. Se nos seca mucho la piel. Por alguna razón, dije *nos* en lugar de *me*. Me habría gustado pedirle también unas sales de baño, de esas que se conseguían antes, que parecían pequeños globos de colores, y que me resultaban algo tan mágico cuando las veía en casa, en el bol redondo de cristal que mi madre tenía en el cuarto de baño. Pero pensé que él no sabría de qué se trataba. De cualquier manera, probablemente ya no las fabricaban.

¿Se os seca?, preguntó el Comandante, como si nunca hubiera pensado en ello. ¿Y qué hacéis para remediarlo?

Usamos mantequilla, le expliqué. Cuando la conseguimos. O margarina. La mayor parte de las veces es margarina.

145

Mantequilla, repitió en tono reflexivo. Una idea muy inteligente. Mantequilla. Y se echó a reír.

Sentí deseos de abofetearlo.

Creo que podría conseguir un poco, comentó, como quien complace a un niño que pide un chicle de globo. Pero ella podría notar el olor.

Me pregunté si este temor se basaría en alguna experiencia pasada. Mucho tiempo atrás: lápiz labial en el cuello de la camisa, perfume en los puños, una escena a altas horas de la noche, en la cocina o en el dormitorio. Un hombre que no hubiera vivido semejante experiencia, no pensaría en eso. A menos que fuera más astuto de lo que parecía.

Tendré cuidado, le aseguré. Además, ella nunca está tan cerca de mí.

A veces, sí, aclaró.

Bajé la mirada. Lo había olvidado. Sentí que me ruborizaba. Esas noches no la usaré, le dije.

La cuarta noche me trajo la loción de manos en un frasco de plástico sin etiqueta. No era de muy buena calidad, olía ligeramente a aceite vegetal. Para mí no existía el Lirio de los Valles. Esta loción debía de ser algo que fabricaban para usar en los hospitales, para curar las llagas. Pero de todas maneras se lo agradecí.

El problema, le dije, es que no tengo dónde guardarla.

En tu habitación, dijo, como si fuera obvio.

La encontrarían, repuse. Alguien la encontraría.

¿Por qué?, preguntó, como si realmente no lo supiera. Y tal vez no lo sabía. No era la primera vez que daba muestras de ignorar realmente las condiciones reales en las que vivíamos.

Nos revisan, expliqué. Revisan nuestras habitaciones.

¿Para qué?, me preguntó.

Creo que en ese momento perdí ligeramente los estribos. Hojas de afeitar, le espeté. Libros, escritos, cosas del mercado negro. Cualquiera de las cosas que no debemos tener. Jesucristo, usted debería saberlo. Mi voz sonaba más furiosa de lo que yo quería, pero él ni siquiera pestañeó.

Entonces tendrás que guardarla aquí, concluyó.

Y eso hice.

Mientras yo extendía la loción por mis manos y luego por mi cara, me miró con la misma expresión de quien mira a través de unos barrotes. Quise girarme de espaldas a él —era como si estuviera conmigo en el cuarto de baño—, pero no me atreví.

Para él, debo recordarlo, sólo soy un capricho.

CAPÍTULO 26

Dos o tres semanas más tarde, cuando llegó la noche de la Ceremonia, tuve la impresión de que las cosas eran diferentes. Había una incomodidad que nunca había existido. Antes yo la consideraba un trabajo, un trabajo desagradable que había que hacer lo más rápido posible para quitárselo de encima. Insensibilízate, solía decir mi madre antes de los exámenes por los que yo no quería pasar, o de los baños en agua fría. En aquel momento no pensé mucho en lo que la frase significaba, pero tenía algo que ver con el metal, con una armadura, y eso es lo que debería hacer, debería insensibilizarme. Simularé no estar presente, que mi cuerpo no está presente.

Supe que ese estado de ausencia, de existir separado del cuerpo, también era verdad en el caso del Comandante. Probablemente pensaba en otras cosas cuando estaba conmigo; con nosotras, porque por supuesto Serena Joy también estaba allí aquellas noches. Debía de pensar en lo que había hecho durante el día, o en las partidas de golf, o en lo que había comido para cenar. El acto sexual —aunque lo ejecutaba de una manera mecánica— para él debía de ser, en gran parte, algo inconsciente, igual que rascarse.

Pero aquella noche, la primera después de este nuevo acuerdo entre nosotros —fuera lo que fuese, no sabía cómo llamarle—, sentí vergüenza hacia él. Lo primero que sentí fue que me miraba realmente, y no me gustó. Las luces estaban encendidas como de costumbre —puesto que Serena Joy siempre anulaba cualquier cosa que hubiera podido crear una aureola de romance o erotismo—, pero eran tenues: luces encima de nuestras cabezas, luces que resultaban molestas a pesar del dosel. Era como estar sobre una mesa de operaciones bajo un foco deslumbrante; como estar en un escenario. Era consciente de que tenía las piernas llenas de vello, con ese vello disperso que crece en las piernas que ya han sido afeitadas. También era consciente del vello de mis axilas, aunque por supuesto él no podía verlo. El acto de la cópula, la fecundación tal vez —que para mí no tendría que haber sido más de lo que una abeja es para una flor—, se había convertido a mi modo de ver en algo indecoroso, en una incorrección, cosa que nunca había sentido.

Él ya no era una cosa para mí. Ahí estaba el problema. Me di cuenta aquella noche, y esta comprensión no me ha abandonado. Las cosas se complican.

Serena Joy también ha cambiado para mí. Antes simplemente la odiaba por su participación en lo que me hacían; y porque ella también me odiaba y tomaba a mal mi presencia, y porque sería la que criaría a mi hijo, si era capaz de tener uno. Pero en aquel momento, aunque la odiaba —no más que cuando me apretaba las manos con tanta fuerza que sus anillos me pellizcaban la piel, y al mismo tiempo me las sujetaba, cosa que debía de hacer adrede para que me sintiera tan incómoda como ella—, ya no sentía por ella un odio puro y simple. En parte sentía celos de ella; pero, ¿cómo podía estar celosa de una mujer tan obviamente marchita y desgraciada? Uno sólo puede sentir celos de una persona que tiene algo que debería pertenecerle a uno. De todos modos, estaba celosa.

Pero también me sentía culpable con respecto a ella. Sentía que era una intrusa que invadía un territorio que debería haber sido suyo. Ahora que veía al Comandante a escondidas, aunque sólo fuera para jugar sus juegos y oírlo hablar, nuestros roles ya no eran tan diferentes como deberían de haber sido en teoría. Aunque ella no lo supiera, yo le estaba quitando algo. Estaba robando. No importaba que se tratara de algo que ella aparentemente no quería o no necesitaba, o incluso rechazaba; de todos modos, era suyo, y si yo se lo quitaba, si le quitaba esta misteriosa cosa que me resulta imposible definir —porque el Comandante no estaba enamorado de mí, me negaba a creer que sintiera por mí algo tan extremo—, ¿qué le quedaría?

¿Por qué preocuparme?, me dije. Ella no significa nada para mí, no le gusto, si pudiera inventar alguna excusa, me echaría de esta casa de inmediato. Si lo descubriera, por ejemplo. Él no estaría en condiciones de intervenir para salvarme; las transgresiones de las mujeres de la casa —sea una Martha o una Criada— están únicamente bajo la jurisdicción de las Esposas. Yo sabía que ella era una mujer maliciosa y vengativa. Sin embargo no podía librarme de este pequeño remordimiento con respecto a ella.

Además, aunque Serena Joy no lo sabía, yo tenía cierto poder sobre su persona. Y disfrutaba. ¿Por qué fingir? Disfrutaba muchísimo.

Pero el Comandante podría haberme descubierto muy fácilmente, con una mirada, un gesto, algún pequeño desliz que revelara que había algo entre nosotros. Estuvo a punto de hacerlo la noche de la Ceremonia. Estiró la mano como si fuera a tocarme la cara; yo moví la cabeza hacia un lado, abrigando la esperanza de que Serena Joy no lo hubiera notado, y él apartó la mano y se concentró en sus pensamientos y en su viaje interior.

No vuelva a hacerlo, le dije cuando volvimos a encontrarnos a solas.

¿Hacer qué?, preguntó.

Intentar tocarme de esa manera cuando estamos... cuando ella está allí.

¿Eso hice?, se asombró.

Podría lograr que me trasladaran, le dije. A las Colonias, ya lo sabe. O algo peor. Yo pensaba que delante de los demás, él seguiría actuando como si yo fuera un enorme florero, o una ventana: parte del decorado, inanimada o transparente.

Lo siento, se disculpó. No era mi intención. Pero me resulta...

¿Qué?, lo insté a que concluyera la frase.

Impersonal, afirmó.

¿Y ahora lo descubre?, le pregunté. Por mi manera de hablar, habréis advertido que nuestras relaciones ya habían cambiado.

Para las generaciones venideras, dijo Tía Lydia, todo será más fácil. Las mujeres vivirán juntas y en armonía, formando una sola familia. Para ellas seréis como hijas, y cuando el nivel de la población se haya estabilizado otra vez, no tendremos que trasladaros de una casa a otra, porque seréis suficientes. Bajo tales condiciones podrán crearse verdaderos lazos afectivos, dijo guiñándonos un ojo zalameramente. ¡Las mujeres estarán unidas por un único objetivo! Se ayudarán mutuamente en las faenas cotidia-

nas mientras recorren juntas el sendero de la vida, cada
una cumpliendo con la tarea que le ha sido asignada. ¿Por
qué dejar que una sola mujer cargue con todas las tareas
necesarias para la correcta administración de una casa?
No es razonable, ni humano. Vuestras hijas gozarán de
mayor libertad. Estamos luchando con el fin de poder darle
un pequeño jardín a cada una, a cada una de vosotras
—volvía a juntar las manos y bajaba la voz—, y eso es
sólo *un ejemplo*. Levantaba el dedo y lo agitaba delante
de nuestras narices. Pero hasta que esto pueda realizarse,
no podemos comportarnos como tragonas y pedir demasiado, ¿no os parece?

La realidad es que soy su amante. Los hombres de la alta
sociedad siempre han tenido amantes, ¿por qué ahora sería
diferente? Los acuerdos no son exactamente los mismos,
por supuesto. Antes las amantes solían vivir en una casa
más pequeña, o en un apartamento de su propiedad, pero
ahora las cosas se han amalgamado. Aunque en el fondo
es lo mismo, más o menos. En algunos países las llamaban
mujeres independientes. Yo soy una mujer independiente.
Mi trabajo consiste en proporcionar lo que, por otra parte,
falta. Incluso el Intelect. Es una situación absurda y, al
mismo tiempo, ignominiosa.

A veces pienso que ella lo sabe. A veces se me ocurre
que están en connivencia. A veces creo que ella lo incita
a esto, y que se ríe de mí; como yo misma, de vez en
cuando, me río de mí misma con cierta ironía. Dejémosla
que cargue con lo más pesado, debe de decir para sus
adentros. Tal vez se ha apartado de él casi por completo;
tal vez ésta es su versión de la libertad.

Pero incluso así, y de una manera bastante estúpida, soy
más feliz que antes. En primer lugar, es algo que se puede
hacer. Algo para llenar el tiempo por las noches, en lugar
de sentarme sola en mi habitación. Es algo más en lo que
pensar. No amo al Comandante, ni nada por el estilo, pero
me interesa, ocupa un espacio, es algo más que una
sombra.

Y yo a él. Para él ya no soy solamente un cuerpo uti-
lizable. Para él no soy simplemente un buque sin carga,
un cáliz sin vino, un horno —que no cuece— al que le
faltan los bollos. Para él no estoy simplemente vacía.

Capítulo 27

Recorro la calle con Deglen, bajo el sol. Hace calor y hay humedad. Antes, en esta época del año, nos habríamos puesto un traje de playa y sandalias. En nuestros cestos llevamos fresas —ahora es la época, de modo que comeremos fresas y más fresas, hasta hartarnos— y pescado envasado. El pescado lo compramos en Panes y Peces, que también tiene su letrero de madera con el dibujo de un pez sonriente y con pestañas. Sin embargo, no venden pan. La mayoría de las familias hornean su propio pan aunque, cuando se les acaba, en El Pan de Cada Día se pueden conseguir panecillos secos y buñuelos pasados. Panes y Peces casi nunca está abierta. ¿Para qué molestarse en abrir si no tienen qué vender? La pesca marina dejó de existir hace años; el poco pescado que hay ahora proviene de las piscifactorías, y sabe a fango. Las noticias dicen que las áreas costeras están «en reposo». Recuerdo el lenguado, el abadejo, el pez espada, las vieiras, el atún; y la langosta al horno y rellena, y el salmón, rosado y graso, asado a la parrilla. ¿Es posible que se hayan extinguido todos, igual que las ballenas? He oído ese rumor, me lo transmitieron con palabras mudas, con un movimiento apenas perceptible de los labios, mientras estábamos afuera haciendo cola, esperando que abrieran la tienda, en cuyo escaparate se veía el dibujo de unos suculentos filetes de pescado blanco. Cuando tienen algo, ponen el dibujo en el escaparate; si no, lo quitan. Un lenguaje de señales.

Hoy, Deglen y yo caminamos lentamente; tenemos calor con nuestros vestidos largos, nos sudan las axilas y estamos cansadas. Al menos con este calor no llevamos puestos los guantes. En algún punto de esta manzana había una heladería. No logro recordar el nombre. Las cosas pueden cambiar tan rápidamente, los edificios pueden ser derrumbados o transformados en cualquier otra cosa, y resulta difícil recordarlos tal como eran. Podías coger cucuruchos dobles, y si querías te ponían ralladura de chocolate por encima. Éstos tenían un nombre de hombre, ¿Johnnies? ¿Jackies? No logro recordarlo.

Íbamos cuando ella era pequeña, y yo la levantaba en brazos para que pudiera ver a través del mostrador de cristal, donde estaban expuestas las cubas con los helados de colores suaves: naranja pálido, verde pálido, rosa pálido, y yo le leía los nombres para que ella pudiera escoger. De todos modos, no los elegía por el nombre, sino por el color. Sus vestidos y sus guardapolvos también eran de esos colores. Helados al pastel.

Jimmies, así se llamaban.

Ahora, Deglen y yo nos sentimos más cómodas, nos hemos acostumbrado a estar juntas. Como hermanas siamesas. Ya no nos molestamos en cumplir con las formalidades del saludo; sonreímos y echamos a andar, en tándem, recorriendo serenamente nuestra ruta diaria. De vez en cuando variamos el itinerario; no hay nada que lo prohíba, siempre que permanezcamos dentro del límite de las barreras. Una rata que está dentro de un laberinto es libre de ir a cualquier sitio, siempre que permanezca dentro del laberinto.

Ya hemos ido a las tiendas, y a la iglesia; ahora estamos frente al Muro. Hoy no hay nada, en verano no dejan los cadáveres colgados tanto tiempo como en invierno, por las moscas y el olor. En otra época esto fue el reino de los ambientadores, Pino y Floral, y la gente conserva la afición por ellos; sobre todo los Comandantes, que aconsejan la pureza de todas las cosas.

—¿Tienes todo lo de tu lista? —me pregunta Deglen, aunque sabe que lo tengo. Nuestras listas nunca son largas. Ella ha abandonado su pasividad de los primeros días, parte de su melancolía. A menudo es ella la que inicia la conversación.

—Sí —respondo.

—Entonces demos una vuelta —propone. Quiere decir que bajemos hasta el río. Hace tiempo que no vamos allí.

—Fantástico —digo. Sin embargo, no me doy vuelta de inmediato sino que me quedo donde estoy, echando un último vistazo al Muro. Ahí están los ladrillos rojos, los reflectores, la alambrada de púas, los ganchos. De alguna manera, el Muro resulta aún más agorero cuando está vacío, como hoy. Cuando hay alguien colgado, por lo menos se sabe lo peor. Pero vacío también es algo en potencia, como una tormenta que se aproxima. Cuando veo los cuerpos, los cuerpos reales, cuando logro adivinar por los tamaños y las formas que ninguno de ellos es Luke, también puedo pensar que aún está vivo.

No sé por qué espero verlo en este muro. Hay cientos de lugares diferentes en donde podrían haberlo matado. Pero no puedo sacarme de la cabeza la idea de que en este momento está allí, detrás de los ladrillos rojos vacíos.

Intento imaginar en qué edificio se encuentra. Recuerdo la distribución de los edificios, al otro lado del Muro; antes, cuando era una universidad, podíamos caminar libremente por el interior. Aún entramos, de vez en cuando, para los Salvamentos de Mujeres. La mayor parte de los edificios también son de ladrillos rojos; algunos tienen puertas arqueadas, un efecto románico del siglo diecinueve. Ya no nos permiten la entrada a los edificios, pero ¿a quién le interesa entrar? Pertenecen a los Ojos.

Tal vez está en la Biblioteca. En algún lugar de las bóvedas. En las estanterías.

La Biblioteca es como un templo. Hay una larga escalinata blanca que conduce a la hilera de puertas. En el interior, otra escalera blanca. A ambos lados de ésta, en la pared, se ven ángeles. También hay unos hombres luchando, o a punto de luchar, de aspecto limpio y noble y no sucios, ensangrentados y malolientes, como deberían de haber parecido. A un lado de la puerta interior se ve la Victoria, guiándolos, y al otro lado la Muerte. Es un mural en honor de alguna guerra. Los hombres que se encuentran junto a la Muerte, aún están vivos. Se van al Cielo. La Muerte es una mujer hermosa que lleva alas y un pecho casi descubierto. ¿O ésa es la Victoria? No me acuerdo.

Esto no han querido destruirlo.

Giramos de espaldas al Muro y caminamos hacia la izquierda. Aquí hay varios almacenes vacíos que tienen los cristales de los escaparates garabateados con jabón. Intento recordar lo que en otros tiempos vendían. ¿Cosméticos? ¿Joyas? La mayor parte de las tiendas que vendían artículos para hombre, aún están abiertas; solamente han sido cerradas las que vendían lo que ellos llaman vanidades.

En la esquina existe una tienda llamada Pergaminos Espirituales. Es un santuario: hay Pergaminos Espirituales en el centro de cada ciudad, en cada suburbio, o eso dicen. Deben de producir pingües beneficios.

El escaparate de Pergaminos Espirituales es de cristal inastillable. Detrás de éste se ven filas y filas de máquinas impresoras; estas máquinas se conocen con el nombre de Rollos Sagrados, pero sólo entre nosotras, porque es un nombre irrespetuoso, un mote. Lo que las máquinas imprimen son plegarias, rollos y más rollos que nunca terminan de salir. Los pedidos se hacen por Compufono; un día, por casualidad, oí que la Esposa del Comandante lo hacía. El hecho de pedir plegarias a Pergaminos Espirituales es una muestra de piedad y lealtad al régimen; así que, naturalmente, las Esposas de los Comandantes lo hacen muy a menudo. Esto sustenta las carreras de sus esposos.

Existen cinco tipos diferentes de plegarias: para la salud, la riqueza, una muerte, un nacimiento, un pecado. Escoges la que quieres, pulsas tu propio número para que tu cuenta quede cargada, y pulsas el número de copias que quieres de la plegaria.

Mientras imprimen las plegarias, las máquinas hablan; si quieres, puedes entrar y escuchar sus voces inexpresivas y metálicas que repiten la misma cantinela una y otra vez. Cuando las plegarias han sido pronunciadas e impresas, se enrolla otro papel en la ranura y el ciclo vuelve a comenzar. En el interior del edificio no hay nadie: las máquinas funcionan solas. Desde afuera no se pueden oír las voces; sólo se oye un murmullo, un canturreo, como el de una devota multitud arrodillada. Cada máquina tiene pintado un ojo dorado al costado, flanqueado por dos pequeñas alas doradas.

Intento recordar lo que vendían aquí cuando esto era una tienda, antes de que se convirtiera en Pergaminos Espirituales. Creo que era una lencería. ¿Estuches rosados y plateados, medias de colores, sujetadores de encaje, fulares de seda? Todo se ha perdido.

Deglen y yo nos detenemos en Pergaminos Espirituales; miramos el escaparate de cristal inastillable, observamos las plegarias que brotan de las máquinas y desaparecen nuevamente a través de la ranura, de regreso al reino de lo innombrado. Aparto la mirada. Lo que veo no son las máquinas sino a Deglen, reflejada en el cristal del escaparate. Me mira fijamente.

Nos estamos mirando a los ojos. Es la primera vez que miro a Deglen directamente a los ojos, sosteniendo la mirada, no de reojo. Su rostro es ovalado, rosado, relleno sin ser gordo, y sus ojos son redondos.

Mira mis ojos en el cristal, penetrante y firmemente. Ahora resulta difícil apartar la vista. Esta visión me produce cierto sobresalto. Es como ver a alguien desnudo por primera vez. Súbitamente, entre nosotras se instala un peligro que antes no había existido. Incluso el hecho de mirarse a los ojos supone un riesgo. Sin embargo, no hay nadie cerca de nosotras.

Por fin, Deglen rompe el silencio.

—¿Crees que Dios oye estas máquinas? —pregunta en un susurro, como acostumbrábamos hacer en el Centro.

En el pasado, esta observación habría sido bastante trivial, una especie de especulación erudita. En este momento es una traición.

Podría empezar a gritar. Podría salir corriendo. Podría apartarme de ella silenciosamente, demostrarle que no toleraré este tipo de conversación en mi presencia. Subversión, sedición, blasfemia, herejía, todo en uno.

Me insensibilizo.

—No —respondo.

Deja escapar un suspiro, un largo suspiro de alivio. Hemos atravesado juntas un límite invisible.

—Yo tampoco —afirma.

—De todos modos supongo que es un tipo de fe —comento—. Como los molinillos de oraciones tibetanos.

—¿Qué es eso? —pregunta.

—Sólo sé lo que he leído —explico—. Funcionaban movidos por el viento. Ya no existen.

—Igual que todo lo demás —replica. Sólo ahora dejamos de mirarnos.

—¿Este lugar es seguro? —susurro.

—Supongo que es el más seguro —dice—. Es como si estuviéramos rezando, eso es todo.

—¿Y qué me dices de ellos?

—¿Ellos? —pregunta, aún en un susurro—. La calle siempre es más segura, no hay micros, y además, ¿por qué iban a poner uno justamente aquí? Deben de pensar que nadie se atrevería. Pero ya hemos estado aquí demasiado tiempo. No tiene sentido llegar tarde —nos giramos al mismo tiempo—. Mantén la cabeza baja mientras caminamos —me indica—, e inclínate un poco hacia mí. Así podré oírte mejor. Si se acerca alguien, no hables.

Caminamos con la cabeza gacha, como de costumbre. Estoy tan excitada que me resulta difícil respirar, pero avanzo con paso firme. Ahora más que nunca debo evitar llamar la atención.

—Creí que eras una auténtica creyente —dice Deglen.

—Yo pensaba lo mismo de ti —respondo.

—Siempre te mostrabas asquerosamente piadosa.

—Tú también —replico. Siento deseos de reír, de gritar, de abrazarla.

—Podemos unirnos —propone.

—¿Unirnos? —pregunto. Entonces hay un *nos*, existe un *nosotros*. Lo sabía.

—No creerás que soy la única.

No lo creía. Se me ocurre pensar que ella podría ser una espía, una estratagema para atraparme; éste es el terreno en el que nos movemos. Pero no puedo creerlo. La esperanza brota en mi interior, como la savia de un árbol. O la sangre en una herida. Hemos abierto una brecha.

Quiero preguntarle si ha visto a Moira, si alguien puede averiguar lo que le ha ocurrido a Luke, a mi hija, incluso a mi madre, pero ya no hay tiempo. Nos acercamos a la esquina de la calle principal, donde se encuentra la primera barrera. Habrá demasiada gente.

—No digas una sola palabra —me advierte Deglen, aunque no es necesario—. Bajo ningún concepto.

—Claro que no —la tranquilizo—. ¿A quién iba a decírselo?

Caminamos en silencio por la calle principal, pasamos junto a Azucenas y a Todo Carne. Esta tarde, en las aceras se ve más gente que de costumbre: debe de ser el calor. Mujeres vestidas de verde, de azul, de rojo, de rayas; también hay hombres, algunos de uniforme y otros con traje de paisano. El sol es de todos, aún sigue allí para disfrutar de él. Aunque ahora nadie toma baños de sol, al menos en público.

También hay más coches, Whirlwinds con sus chóferes y sus apoltronados ocupantes, coches de menor categoría conducidos por hombres de menor categoría.

Está ocurriendo algo: se produce un alboroto, una agitación entre los coches. Algunos se colocan a un costado, como apartándose del camino. Echo una mirada rápida:

es una furgoneta negra con el ojo blanco a un costado. No lleva conectada la sirena, pero de todos modos los otros coches la eluden. Atraviesa la calle lentamente, como si buscara algo: un tiburón al acecho.

Me quedo inmóvil y un escalofrío recorre mi cuerpo de pies a cabeza. Debía de haber micrófonos, entonces nos oyeron.

Cubriéndose la mano con la manga, Deglen me coge del brazo.

—No te detengas —murmura—. Haz como si no hubieras visto nada.

Pero no puedo dejar de mirar. La furgoneta frena exactamente delante de nosotras. Dos Ojos vestidos con traje gris saltan desde las puertas traseras, ahora abiertas. Cogen a un hombre que va caminando, un hombre con una cartera, un hombre de aspecto corriente, y lo empujan contra el costado de la furgoneta. Él se queda allí un momento, aplastado contra el metal, como si estuviera pegado. Entonces uno de los Ojos se acerca a él y realiza un movimiento brusco y brutal que hace que el hombre se doble y caiga convertido en un trapo. Lo levantan y lo arrojan en la parte posterior de la furgoneta, como si fuera una saca del correo. Luego suben ellos, las puertas se cierran y la furgoneta arranca.

Todo ocurre en cuestión de segundos y el tránsito se reanuda como si nada hubiera sucedido.

Siento alivio. No se trataba de mí.

Capítulo 28

Esta tarde no tengo ganas de dormir la siesta, aún tengo muy alto el nivel de adrenalina. Me instalo en el asiento de la ventana y miro a través de las cortinas semitransparentes. Camisón blanco. La ventana está abierta al máximo, por ella penetra una leve brisa, caliente a causa del sol, y la tela blanca me golpea la cara. Desde afuera —con la cara cubierta por la cortina y sólo el perfil a la vista, la nariz, la boca vendada, los ojos ciegos— seguramente parezca un capullo, un espectro. Me gusta la sensación que me produce la tela suave al rozarme la piel. Es como estar en una nube.

Me han proporcionado un ventilador eléctrico pequeño,

que disipa la humedad del aire. Está en un rincón, en el suelo, y sus paletas —enmarcadas por una rejilla— emiten un zumbido. Si yo fuera Moira, sabría cómo desarmarlo para utilizar sus bordes cortantes. No tengo destornillador, aunque si fuera Moira no lo necesitaría. Pero no soy Moira.

¿Qué opinaría del Comandante, si estuviera aquí? Seguramente no le gustaría. Tampoco le gustaba Luke, en aquel entonces. No es que no le gustara Luke, sino el hecho de que estuviera casado. Dijo que yo era como un pescador furtivo, y que me estaba metiendo en el terreno de otra mujer. Le respondí que Luke no era un pez, ni un trozo de tierra, que era un ser humano y podía tomar sus decisiones propias. Argumentó que yo estaba racionalizando el problema, y le expliqué que estaba enamorada. Me dijo que eso no era una justificación. Moira siempre fue más lógica que yo.

Le dije que puesto que ahora prefería a las mujeres, ya no tenía ese problema y que, por lo que yo veía, no tenía escrúpulos en robarlas o tomarlas prestadas cuando le apetecía. Respondió que era diferente, porque entre las mujeres el poder quedaba equilibrado de manera tal que el sexo se convertía en una transacción cojonuda. Afirmé que, si era por eso, ella empleaba una expresión sexista, y que de todos modos ese argumento estaba pasado de moda. Me reprochó que yo había trivializado el tema y que, si pensaba que el argumento era anticuado, vivía en otro mundo.

Decíamos todo esto en la cocina de mi casa, bebiendo café, sentadas a la mesa, en aquel tono de voz bajo y profundo que empleábamos para este tipo de discusiones cuando apenas teníamos veinte años; una costumbre de nuestra época de colegialas. La cocina estaba en un apartamento ruinoso de una casa de madera, cerca del río, el tipo de casa de tres pisos con una desvencijada escalera exterior en la parte de atrás. Yo vivía en el segundo piso, lo que significaba que tenía que soportar los ruidos del piso de arriba y los del piso de abajo, como dos tocadiscos estereofónicos que yo no había pedido y que retumbaban a altas horas de la noche. Estudiantes, lo sabía. Yo tenía mi primer empleo, en el que no me pagaban mucho: llevaba el ordenador de una compañía de seguros. Por lo tanto, cuando iba con Luke a los hoteles, éstos no sólo significaban amor y ni siquiera sólo sexo para mí. También suponían que me libraba por un rato de las cucarachas, del grifo que goteaba, del linóleo que se despegaba del suelo a trozos, incluso de mis propios intentos por alegrar la casa pegando carteles en la pared y colgando prismas en las ventanas. También tenía plantas, aunque siempre quedaban plagadas de insectos, o se morían por falta de agua. Yo salía con Luke y me olvidaba de ellas.

Dije que había más de una manera de vivir en otro mundo, y que si Moira pensaba que podría crear Utopía encerrándose en un círculo formado exclusivamente por mujeres, estaba lamentablemente equivocada. Los hombres no van a desaparecer así como así, le advertí. No puedes ignorarlos.

Eso es lo mismo que decir que vas a coger la sífilis simplemente porque existe, argumentó Moira.

¿Estás diciendo que Luke es un mal social?, le pregunté.

Moira se echó a reír. ¿Oyes lo que estamos diciendo?, reflexionó. Mierda. Hablamos como tu madre.

Entonces ambas reímos, y cuando se fue nos abrazamos como de costumbre. Hubo una época en que nos abrazábamos, cuando me contó que era gay; pero después me dijo que yo no la excitaba, me tranquilizó, y retomamos la costumbre. Podíamos pelearnos, discutir y ponernos verdes, pero en el fondo nada cambiaba. Ella aún era mi mejor amiga.

Es.

Después conseguí un apartamento mejor, en el que viví los dos años que a Luke le llevó independizarse. Lo pagaba yo misma con lo que ganaba en mi nuevo empleo. Trabajaba en una biblioteca, no tan grande como la de la Muerte y la Victoria, sino más pequeña.

Mi trabajo consistía en pasar los libros a discos de ordenador con el fin de reducir el espacio de almacenamiento y los costes de reposición, según decían. Nos llamábamos disqueros, y a la biblioteca le llamábamos discoteca, en broma. Una vez que los libros quedaban grabados, iban a parar a una desfibradora, pero yo a veces me los llevaba a casa. Me gustaba su textura y su aspecto. Luke decía que yo tenía mentalidad de anticuaria. A él le gustaba, le encantaban las cosas antiguas.

Ahora resulta extraño pensar en tener una faena. Faena: es una palabra rara. Faenas son los trabajos de la casa. Haz tus faenitas, les decían a los niños cuando les enseñaban a hacer sus necesidades en el lavabo. O de los perros: ha hecho sus faenas en la alfombra. Mi madre decía que había que pegarles con un periódico enrollado. Recuerdo la época en que había periódicos, pero nunca tuve perros, sino gatos.

Menuda faena nos hicieron.

Había tantas mujeres que trabajaban... ahora resulta difícil pensarlo, pero había miles, millones de mujeres que trabajaban. Se consideraba una cosa normal. Ahora es lo mismo que pensar en la época en que todavía tenían dinero de papel. Mi madre pegó algunos billetes en su álbum de recortes, junto con las primeras fotos. En aquel entonces ya eran obsoletos, no podías usarlos para comprar nada. Trozos de papel basto, grasosos al tacto, de color verde, con fotos a ambos lados, un anciano con peluca en una de las caras, y en la otra una pirámide con un ojo encima. Llevaba impresa la frase *Confiamos en Dios*. Mi madre decía que, por hacer una broma, los comerciantes ponían junto a las cajas registradoras carteles en los que se leía: *Confiamos en Dios, todos los demás pagan al contado*. Ahora, eso sería una blasfemia.

Cuando ibas a comprar tenías que llevar esos billetes de papel, aunque cuando yo tenía nueve o diez años la mayoría de la gente usaba tarjetas de plástico. Pero no para comprar en las tiendas de comestibles, eso fue después. Parece tan primitivo, incluso totémico, como las conchas de cauri. Yo misma debo de haber usado ese tipo de dinero durante algún tiempo, antes de que todo pasara por el Compubanco.

Me imagino que eso es lo que posibilitó las cosas, el hecho de que lo hicieran de repente, sin que nadie lo supiera con antelación. Si aún hubiera existido el dinero en efectivo, habría resultado más difícil.

Fue después de la catástrofe, cuando le dispararon al presidente y ametrallaron el Congreso, y el ejército declaró el estado de emergencia. En aquel momento culparon a los fanáticos islámicos.

Hay que mantener la calma, aconsejaban por la televisión. Todo está bajo control.

Yo estaba anonadada. Como todo el mundo, ya lo sé.

Era difícil de creer. El gobierno entero desaparecido de ese modo. ¿Cómo lo lograron, cómo ocurrió?

Fue entonces cuando suspendieron la Constitución. Dijeron que sería algo transitorio. Ni siquiera había disturbios callejeros. Por la noche la gente se quedaba en su casa mirando la televisión y esperando instrucciones. Ni siquiera existía un enemigo al cual denunciar.

Ten cuidado, me advirtió Moira por teléfono. Se acerca.

¿Qué es lo que se acerca?, le pregunté.

Espera y verás, repuso. Lo tienen todo montado. Tú y yo terminaremos en el paredón, querida. Estaba citando una frase típica de mi madre, pero no pretendía resultar graciosa.

Las cosas continuaron durante semanas en ese estado de suspensión momentánea, aunque en realidad algo ocurrió. Los periódicos fueron sometidos a censura y algunos quedaron clausurados, según dijeron por razones de seguridad. Empezaron a levantarse barricadas y a aparecer los pases de identificación. Todo el mundo lo aprobó, dado que resultaba obvio que ninguna precaución era excesiva. Dijeron que se celebrarían nuevas elecciones, pero que llevaría algún tiempo prepararlas. Lo que hay que hacer, declararon, es continuar como de costumbre.

Sin embargo, se clausuraron las tiendas porno y dejaron de circular las furgonetas de Sensaciones sobre Ruedas y los Buggies de los Bollos. A mí no me dio pena que desaparecieran. Ya sabíamos que eran una tontería.

Ya era hora de que alguien hiciera algo, dijo la mujer que estaba detrás del mostrador de la tienda donde yo solía comprar los cigarrillos. Estaba en una esquina y pertenecía a una cadena de quioscos en los que vendían periódicos, golosinas y cigarrillos. La vendedora era una mujer mayor, de pelo canoso, de la generación de mi madre.

¿Los han prohibido, o qué ocurrió?, pregunté.

La mujer se encogió de hombros. Nadie lo sabe y a nadie le importa, comentó. Tal vez se los llevaron a algún otro sitio. Intentar librarse de eso por completo es como pretender eliminar a los ratones, ya se sabe. Pulsó mi Compunúmero en la caja registradora, casi sin mirarlo. En ese entonces yo era una clienta habitual. La gente empezaba a quejarse, afirmó.

A la mañana siguiente, de camino a la biblioteca, me detuve en la misma tienda para comprar otro paquete de cigarrillos, porque se me habían terminado. Aquellos días estaba fumando más que de costumbre, a causa de la tensión que se percibía como un murmullo subterráneo, aunque aparentemente reinaba la calma. También bebía más café, y tenía problemas para dormir. Todo el mundo estaba un poco alterado. En la radio se oía más música que nunca, y menos palabras.

Ya nos habíamos casado, parecía que hacía años; ella tenía tres o cuatro, e iba a la guardería.

Recuerdo que nos habíamos levantado y habíamos desayunado como de costumbre, con galletas, y Luke la había llevado en coche a la escuela. Iba vestida con el conjunto que le había comprado hacía dos semanas, el guardapolvo de rayas y una camiseta azul. ¿Qué mes era? Debía de ser septiembre. La escuela tenía un servicio de recogida de niños, pero por alguna razón yo prefería que la llevara Luke; incluso el servicio de la escuela me preocupaba. Los niños ya no iban a la escuela a pie, había habido muchos casos de desaparecidos.

Cuando llegué a la tienda de la esquina, vi que la vendedora de siempre no estaba. En su lugar había un hombre, un joven que no debía de tener más de veinte años.

¿Está enferma?, le pregunté mientras le entregaba la tarjeta.

¿Quién?, me preguntó en un tono que me pareció agresivo.

La vendedora que está siempre aquí, aclaré.

¿Cómo quiere que yo lo sepa?, me respondió. Pulsaba mi código utilizando un solo dedo, y estudiaba cada número con detenimiento. Evidentemente, era la primera vez que lo hacía. Yo tamborileaba los dedos sobre el mostrador, impaciente por fumar, y me preguntaba si alguna vez alguien le habría dicho cómo eliminar los granos que tenía en el cuello. Recuerdo claramente su aspecto: alto, ligeramente encorvado, pelo oscuro y corto, ojos castaños —que parecían fijos en algún punto situado detrás de mi tabique nasal—, y granos. Supongo que lo recuerdo tan claramente por lo que dijo a continuación.

Lo siento. Este número no es válido.

Qué ridiculez, protesté. Tiene que serlo, tengo varios

miles en la cuenta. Pedí un extracto hace dos días. Vuelva a probar.

No es válido, repitió obstinadamente. ¿Ve la luz roja? Significa que no es válido.

Debe de haber cometido un error, insistí. Vuelva a probar.

Se encogió de hombros y me dedicó una sonrisa de autosuficiencia, pero volvió a pulsar el número. Esta vez observé sus dedos y comprobé los números que aparecían en la pantalla. Era mi número, pero la luz roja volvió a encenderse.

¿Lo ve?, me dijo mostrando la misma sonrisa, como si supiera algún chiste que no pensaba contarme.

Les telefonearé desde la oficina, afirmé. El sistema había fallado en otras ocasiones, pero normalmente después de una llamada telefónica se arreglaba. De todos modos, estaba furiosa, como si me hubieran acusado injustamente de algo que ni siquiera sabía qué era. Como si yo hubiera cometido el error.

Hágalo, repuso en tono indiferente. Dejé los cigarrillos sobre el mostrador, porque no los había pagado. Pensé que en el trabajo podría pedir uno prestado.

Al llegar a la oficina telefoneé, pero me respondió un contestador automático. Las líneas están sobrecargadas, decía la grabación. ¿Podría llamar más tarde?

Por lo que sé, las líneas estuvieron sobrecargadas durante toda la mañana. Volví a llamar varias veces, pero sin éxito. Tampoco eso era demasiado raro.

Alrededor de las dos, después del almuerzo, el director entró en la sala de discos.

Tengo algo que comunicaros, dijo. Tenía un aspecto terrible: el pelo revuelto y los ojos rojos y turbios, como si hubiera estado bebiendo.

Todos levantamos la vista de nuestras máquinas. Debíamos de ser ocho o diez en la sala.

Lo lamento, anunció, pero es la ley. Lo lamento de veras.

¿Qué es lo que lamenta?, preguntó alguien.

Tengo que dejaros ir, explicó. Es la ley, tengo que hacerlo. Tengo que dejaros ir a todos vosotros. Lo dijo casi amablemente, como si fuéramos animales salvajes o ranas que él tenía encerradas en un recipiente, como si quisiera ser humanitario.

¿Nos está echando?, le pregunté, y me puse de pie. ¿Pero por qué?

No os echo, puntualizó. Os dejo ir. No podéis trabajar más aquí, es la ley. Se pasó las manos por el pelo, y yo pensé que se había vuelto loco. Ha soportado demasiada tensión y ha terminado por perder los estribos.

No puede hacerlo así, sin más, dijo la mujer que se sentaba a mi lado. La frase sonó falsa, improbable, como una frase que uno diría por televisión.

No soy yo, argumentó. No comprendéis. Por favor, marchaos ya. Estaba elevando el tono de voz. No quiero problemas. Si surgieran problemas, podrían perderse los libros, todo quedaría destrozado... Miró por encima del hombro. Ellos están afuera, explicó, en mi despacho. Si no os marcháis ahora, vendrán ellos mismos. Me dieron diez minutos. En ese momento parecía más loco que nunca.

Está turulato, dijo alguien en voz alta; todos debíamos de pensar lo mismo.

Pero pude ver que en el pasillo había dos hombres de pie, con uniforme y ametralladoras. Era demasiado teatral para ser verdad, y sin embargo allí estaban, como repentinas apariciones, como marcianos. Estaban rodeados de un aura de ensueño; eran demasiado vívidos, demasiado incongruentes con el entorno.

Dejad las máquinas, añadió mientras recogíamos nuestras cosas y salíamos en fila. Como si hubiéramos podido llevárnoslas.

Nos reunimos en la escalera de la entrada a la biblioteca. No sabíamos qué decirnos. Como nadie entendía lo que había ocurrido, no era mucho lo que podíamos decir. Nos miramos mutuamente y sólo vimos consternación en nuestros rostros, y algo de vergüenza, como si nos hubieran sorprendido haciendo algo que no debíamos.

No hay derecho, dijo una mujer, pero sin convicción. ¿Qué era lo que nos hacía sentir como si nos lo mereciéramos?

Cuando llegué a casa, no había nadie. Luke todavía estaba en su trabajo, y mi hija en la escuela. Me sentía cansada, absolutamente agotada, pero cuando me senté volví a levantarme, no podía quedarme quieta. Di vueltas por la casa, de una habitación a otra. Recuerdo que tocaba las cosas, no de una manera consciente sino simplemente poniendo los dedos sobre ellas; cosas como la tostadora, el azucarero, el cenicero de la sala. Un rato después cogí a la gata y seguí dando vueltas con ella en brazos. Quería que Luke volviera a casa. Pensé que tenía que hacer algo, tomar alguna decisión; pero no sabía qué decisión podía tomar.

Intenté llamar nuevamente al banco, pero volví a oír la misma grabación. Me serví un vaso de leche —me dije a mí misma que estaba demasiado aterrorizada como para tomarme otro café— y fui hasta la sala; me senté en el sofá y puse el vaso cuidadosamente sobre la mesa, sin beber ni un trago. Tenía la gata contra mi pecho y la oía ronronear.

Un rato después telefoneé a mi madre a su apartamento, pero no obtuve respuesta. En aquella época había sentado cabeza y ya no se mudaba muy a menudo; vivía al otro lado del río, en Boston. Esperé un poco y telefoneé a Moira. Tampoco estaba, pero volví a probar media hora más tarde y la encontré. Durante el tiempo transcurrido entre una llamada y otra, me quedé sentada en el sofá. Pensaba en los almuerzos de mi hija en la escuela. Se me ocurrió que tal vez le había estado dando demasiados bocadillos de manteca de cacahuete.

Me habían echado, se lo conté a Moira cuando hablé con ella por teléfono. Dijo que vendría. En aquel momento ella trabajaba con un colectivo de mujeres, en el departamento editorial. Publicaban libros sobre el control de la natalidad, las violaciones y temas de ese tipo, aunque no había tanta demanda como antes.

En seguida vengo, me tranquilizó. Por el tono de mi voz debió de darse cuenta de que eso era lo que yo quería.

Llegó a casa poco después. Veamos, dijo. Se quitó la chaqueta y se dejó caer en el enorme sillón. Cuéntame. Pero primero tomaremos un trago.

Se levantó, fue a la cocina y sirvió un par de whiskis; volvió, se sentó y yo intenté contarle lo que me había sucedido. Cuando concluí, me preguntó: ¿Hoy has intentado comprar algo con tu Computarjeta?

Sí, respondí, y también le conté lo ocurrido.

Las han congelado, me explicó. La mía también. La del colectivo también. Todas las cuentas que tienen una H en lugar de una V. Todo lo que tuvieron que hacer es tocar unos cuantos botones. Estamos aisladas.

Pero yo tenía más de dos mil dólares en el banco, me lamenté, como si mi cuenta fuera la única que importaba.

Las mujeres ya no podemos tener nada de nuestra propiedad, me informó. Es una nueva ley. ¿Hoy encendiste el televisor?

No, repuse.

Lo anunciaron. En todo el país. Ella no estaba tan asombrada como yo. De algún modo, extrañamente, estaba alegre, como si esto fuera lo que ella estaba esperando desde hacía tiempo y ahora demostrara que tenía razón. Incluso se la veía más llena de energía, más decidida. Luke puede usar tu Compucuenta por ti, puntualizó. Le traspasarán tu número a él, al menos eso dijeron. Al marido o al pariente masculino más cercano.

¿Y qué harán en tu caso?, pregunté. Ella no tenía a nadie.

Me pasaré a la clandestinidad, apuntó. Algunos gays pueden hacerse cargo de nuestros números y comprarnos lo que necesitemos.

¿Pero por qué?, me indigné. ¿Por qué lo hicieron?

Ya no hay que averiguar el porqué, concluyó Moira. Tenían que hacerlo de ese modo, las Compucuentas y los empleos al mismo tiempo. De lo contrario, ¿te imaginas lo que habría ocurrido en los aeropuertos? No quieren que vayamos a ningún sitio, te apuesto lo que quieras.

Fui a buscar a mi hija al colegio. Conduje con un cuidado exagerado. Cuando Luke llegó a casa, yo estaba junto a la mesa de la cocina. Ella estaba dibujando con los rotuladores en su mesita del rincón en el que habíamos pegado sus pinturas, junto a la nevera.

Luke se arrodilló a mi lado y me rodeó con sus brazos. Lo oí en la radio del coche, dijo, mientras venía. No te preocupes, estoy seguro de que es algo transitorio.

¿Dijeron por qué?, le pregunté.

No me respondió. Saldremos de esto, me aseguró mientras me abrazaba.

No tienes idea de lo que representa, le dije. Me siento como si me hubieran amputado los pies. No lloraba. Y tampoco podía abrazarlo.

No es más que un contratiempo, dijo intentando calmarme.

Supongo que te quedarás con todo mi dinero, comenté. Y eso que aún no estoy muerta. Quería hacer una broma, pero me salió una frase macabra.

Calla, me pidió. Aún estaba arrodillado en el suelo. Sabes que siempre te cuidaré.

Ya empieza a tratarme con aire protector, pensé. Y tú ya empiezas a ponerte paranoica, me dije.

Lo sé, respondí. Te quiero.

Más tarde, cuando ella estaba acostada y nosotros cenábamos, y yo dejé de temblar, le relaté lo que me había sucedido esa tarde. Le hablé de la aparición del director y de su inesperado anuncio. Si no fuera tan espantoso, habría resultado divertido, comenté. Pensé que estaba borracho. Tal vez era así. Pero el ejército estaba allí.

Luego recordé algo que había visto pero en lo que, sin embargo, no me había fijado. No era el ejército. Era otro ejército.

Por supuesto se organizaron marchas de montones de mujeres y algunos hombres. Pero fueron menos importantes que lo que cualquiera podría pensar. Creo que la gente sentía pánico. Y cuando se supo que la policía, o el ejército, o quien fuera, abriría fuego apenas empezara una sola de esas marchas, éstas se irrumpieron. Volaron dos o tres edificios, oficinas de correos y estaciones de metro. Pero uno ni siquiera podía estar seguro de quién estaba haciendo todo eso. Podría haber sido el ejército, para justificar los registros por computadora y los otros, puerta por puerta.

No formé parte de ninguna de esas marchas. Luke opinaba que era inútil, y que yo tenía que pensar en ellos, en mi familia, en él y en ella. Y yo pensaba en mi familia. Empecé a dedicarme más a las tareas domésticas, a guisar. Intentaba no llorar a la hora de comer. Pero aquella vez me eché a llorar inesperadamente y me senté junto a la ventana de la habitación, mirando hacia afuera. Prácticamente no conocía a los vecinos, y cuando nos encontrábamos en la calle nos cuidábamos muy bien de no intercambiar ni una palabra más que el saludo de costumbre. Nadie quería ser denunciado por deslealtad.

Al rememorar esta época, también recuerdo a mi madre, años atrás. Yo debía de tener catorce o quince años, la edad en que las hijas tienen más conflictos con su madre. Recuerdo que regresó a uno de sus muchos apartamentos con un grupo de mujeres que formaban parte de su siempre renovado círculo de amistades. Aquel día habían asistido a una marcha; era la época de los disturbios a causa de la pornografía, o a causa de los abortos, iban muy unidos. Hubo unos cuantos bombardeos: clínicas, tiendas de vídeo; era difícil seguir de cerca los acontecimientos.

Mi madre tenía un morado en la cara y un poco de sangre. No puedes atravesar un cristal con la mano y no cortarte, comentó. Jodidos cerdos.

Jodidos naceristas, la corrigió una de sus amigas. Llamaban *naceristas* a sus contrarios por las pancartas que llevaban: *Dejadlos nacer*. Entonces debía de ser un disturbio por el tema del aborto.

Me fui a mi dormitorio para apartarme de ellas. Hablaban demasiado, y en voz muy alta. Me ignoraban y yo me ofendía. Mi madre y sus alborotadoras amigas. No entendía por qué tenía que vestirse de esa manera, con mono, como si fuera joven; y usar esas palabrotas.

Eres una mojigata, me decía, en general en un tono de satisfacción. Le gustaba ser más escandalosa que yo, más rebelde. Las adolescentes siempre son unas mojigatas.

Estoy segura de que parte de mi desaprobación se debía a eso: la negligencia, la rutina. Pero además esperaba de ella una vida más ceremoniosa, menos sujeta a la improvisación y a la huida constante.

Sabe Dios que fuiste un hijo deseado, me aseguraba en otros momentos, mientras se entretenía con los álbumes de fotos donde me tenía guardada. Esos álbumes estaban llenos de bebés gordos, pero mis réplicas se estilizaban a medida que yo crecía, como si la población de mis dobles hubiera quedado asolada por alguna plaga. Lo decía con cierto pesar, como si yo no hubiera resultado exactamente lo que ella esperaba. Las madres nunca se ajustan absolutamente a la idea que un niño tiene de lo que debería ser una madre, y supongo que en el caso inverso ocurre lo mismo. Pero a pesar de todo, no nos llevábamos mal, la mayor parte del tiempo lo pasábamos bien.

Me gustaría que estuviera aquí, para decirle que al final lo he descubierto.

Alguien ha salido. Oigo una puerta que se cierra a lo lejos, en algún punto del costado de la casa, y unos pasos en el camino. Es Nick, ahora lo veo; baja por el sendero hasta el césped para respirar el aire húmedo impregnado de olor a flores, a vegetación pulposa, a polen arrojado al viento en manojos, como huevas de ostras en el mar. Qué derroche de vida. Él se estira bajo el sol, noto la ondulación de sus músculos, como un gato arqueando el lomo. Va en mangas de camisa, y sus brazos desnudos asoman descaradamente por debajo de la tela doblada. ¿Dónde terminará su bronceado? Desde aquella noche de ensueño en la sala iluminada por la luna, no he vuelto a hablar con él. Él sólo es mi bandera, mi semáforo. El nuestro es un lenguaje corporal.

En este momento tiene la gorra ladeada, o sea que me mandan llamar.

¿Qué obtiene él de todo esto, jugando el papel de paje? ¿Qué siente haciendo este ambiguo papel de alcahuete del Comandante? ¿Le disgusta, o le hace desear algo más de mí, desearme más? Porque no tiene ni idea de lo que ocurre realmente allí dentro, entre los libros. Actos de perversión, por lo que sabe. El Comandante y yo cubriéndonos mutuamente de tinta y limpiándonosla con la lengua, o haciendo el amor sobre montones de papeles de periódicos prohibidos. Bueno, no debe de ir muy desencaminado.

Pero seguramente obtiene algún beneficio de ello. De alguna manera, cada uno va a la suya. ¿Algún paquete demás de cigarrillos? ¿Alguna libertad que normalmente no se concede? De todos modos, ¿qué puede probar? Es su palabra contra la del Comandante, a menos que pretenda presentarse con un grupo de gente. Una patada a la puerta, y ¿qué os dije? Sorprendidos durante una pecaminosa partida de Intelect. Vamos, tráguese esas palabras.

Tal vez le produce satisfacción el simple hecho de saber algo secreto. O tener alguna información sobre mí, como solían decir. Es el tipo de poder que sólo se puede usar una vez.

Me gustaría tener mejor opinión de él.

Aquella noche, después de perder mi trabajo, Luke quiso que hiciéramos el amor. ¿Por qué no quise hacerlo? Debió de ser la desesperación. Pero aún me sentía paralizada. Apenas podía sentir sus manos sobre mi cuerpo.

¿Qué ocurre?, me preguntó.

No sé, dije.

Aún tenemos... Pero no dijo qué era lo que aún teníamos. Se me ocurrió pensar que quizá no quería decir *aún tenemos*, puesto que, por lo que yo sabía, a él no le habían quitado nada.

Aún nos tenemos el uno al otro, concluí. Y era verdad. ¿Entonces por qué parecía, incluso a mis ojos, tan indiferente?

Me besó, como si después de que yo pronunciara esa frase, las cosas pudieran volver a la normalidad. Pero algo había cambiado, ya no existía el mismo equilibrio. Sentí que me encogía, de manera tal que cuando me rodeó con sus brazos eran tan pequeña como una muñeca. Sentí que el amor se alejaba sin mí.

A él no le importa, pensé. No le importa en lo más mínimo. Quizás incluso le gusta. Ya no nos pertenecemos el uno al otro. Por el contrario, yo soy suya.

Indigno, injusto, falso. Pero eso es lo que ocurrió.

Por eso, Luke, lo que quiero preguntarte, lo que necesito saber es si estaba en lo cierto. Porque nunca hablamos del tema. Cuando podría haberlo hecho, tuve miedo. No podía permitirme el lujo de perderte.

CAPÍTULO 29

Estoy sentada en el despacho del Comandante, al otro lado de su escritorio, como si fuera un cliente de un banco solicitando un préstamo de gran envergadura. Pero aparte de mi situación en el despacho, entre nosotros no existe nada de toda esa formalidad. Ya no me siento rígida y con la espalda recta, ni los pies juntos y la mirada alerta. Por el contrario, tengo el cuerpo relajado e incluso estoy cómoda. Me he quitado los zapatos rojos y tengo las piernas recogidas debajo de mi cuerpo, tapadas por la falda roja, es verdad, pero cruzadas, como si estuviera sentada delante del fuego de un campamento, como solíamos hacer en los tiempos en que íbamos de picnic. Si la chimenea estuviera encendida, su luz parpadearía sobre las superficies lustrosas, y brillaría suavemente sobre nuestra carne. La luz del hogar la añado yo.

En cuanto al Comandante, esta noche se muestra excesivamente desenfadado. Se ha quitado la chaqueta y tiene los codos apoyados en la mesa. Sólo le falta un palillo a un costado de la boca para ser igual que un anuncio de la democracia rural, como salido de un aguafuerte. Una cagadita de mosca, un viejo libro quemado.

Los cuadros del tablero que tengo delante empiezan a llenarse: estoy jugando la penúltima partida de la noche. Formo la palabra *asaz*, el mejor modo que tengo de usar la valiosa *z*.

—¿Ésa es una palabra? —pregunta el Comandante.

—Podríamos consultar el diccionario —propongo—. Es un arcaísmo.

—De acuerdo —responde y sonríe. Al Comandante le gusta que yo me distinga, que demuestre precocidad como un animalito doméstico siempre atento, con las orejas levantadas y ansioso por actuar. Su aprobación me envuelve cálidamente. No percibo en él nada de la animosidad que solía notar en los hombres, incluso en Luke, a veces. No me está diciendo mentalmente *puta*. De hecho, es verdaderamente paternal. Le gusta pensar que lo estoy pasando bien; y así es, así es.

Suma hábilmente nuestra puntuación final en su computadora de bolsillo.

—Ganas tú por varios puntos —señala. Sospecho que me engaña para halagarme, para ponerme de buen humor. ¿Pero por qué? Aún queda una pregunta. ¿Qué pretende obtener mimándome de ese modo? Debe de haber algo.

Se echa hacia atrás en su silla y junta las yemas de los dedos, un gesto que ahora me resulta familiar. Entre nosotros se ha creado todo un repertorio de gestos y familiaridades. Ahora me está mirando, no de una manera poco benevolente sino con curiosidad, como si yo fuera un rompecabezas que tiene que resolver.

—¿Qué te gustaría leer esta noche? —me pregunta. Esto también se ha convertido en una costumbre. Hasta aquel momento había leído todo un número de la revista *Mademoiselle*, un antiguo *Esquire*, de la década de los ochenta, y una *Ms.* —una revista que recuerdo vagamente haber visto rondar en alguno de los muchos apartamentos de mi madre cuando yo era una niña—, y un número del *Reader's Digest*. Incluso tiene novelas. He leído una de Raymond Chandler, y ahora estoy en la mitad de *Tiempos difíciles*, de Charles Dickens. En estas ocasiones leo rápida, vorazmente, casi echando una ojeada e intentando llenar mi cabeza al máximo antes del prolongado ayuno que me espera. Si se tratara de comida, sería la glotonería del famélico; si se tratara de sexo, sería rápido, furtivo y realizado de pie en algún callejón.

Mientras leo, el Comandante se queda sentado y me observa, sin decir nada, pero también sin quitarme los ojos de encima. El acto de mirarme es un acto curiosamente sexual, y mientras él lo hace me siento desnuda. Me gustaría que se girara de espaldas, que se paseara por la habitación, que también él leyera algo. Entonces quizá yo podría relajarme más, tomarme mi tiempo. En cambio así, este ilícito acto de leer parece una especie de representación.

—Creo que prefiero hablar —comento. Yo misma me sorprendo al oír lo que digo.

Él vuelve a sonreír. No parece sorprendido. Probablemente estaba esperando esto, o algo parecido.

—Oh —dice—. ¿De qué te gustaría hablar?

Vacilo.

—De cualquier cosa, supongo. Bueno, de usted, por ejemplo.

—¿De mí? —vuelve a sonreír—. Oh, no hay mucho que hablar sobre mí. Soy un tío normal y corriente.

La falsedad de la frase, e incluso el modo de decir «tío», me resultan chocantes. Normalmente los tíos corrientes no llegan a ser Comandantes.

—Debe de tener alguna característica especial —señalo. Sé que lo estoy provocando, adulando, desatándole la lengua, y yo misma me desagrado, de hecho esto es nauseabundo. Pero nos tiramos la pelota. Si él no habla, lo haré yo. Lo sé, puedo sentir las palabras que retroceden en mi interior, hace mucho tiempo que no hablo realmente con alguien. El breve susurro intercambiado hoy con Deglen durante nuestro paseo, apenas cuenta; pero fue una incitación, un preludio. Después del alivio que sentí, incluso con una conversación tan breve, quiero más.

Pero si hablo, diré algo que no debo, revelaré algo. Incluso lo noto, como una traición a mí misma. No quiero que él sepa demasiado.

—Oh, para empezar me dedicaba a la investigación de mercado —explica en tono tímido—. Después amplié el campo de actividades.

Me sorprende el hecho de que, aunque sé que es un Comandante, no sé de qué es Comandante. ¿Qué controla, cuál es su campo, como solían decir? No tienen títulos específicos.

—Ah —digo, fingiendo entender.

—Se podría decir que soy una especie de científico —añade—. Dentro de ciertos límites, por supuesto.

Después no dice nada durante un rato, y yo tampoco. Nos esperamos mutuamente.

Por fin soy yo quien rompe el silencio.

—Bueno, tal vez podría explicarme algo que me pregundo desde hace tiempo.

Se muestra interesado.

—¿Qué es?

Estoy corriendo un riesgo, pero no puedo reprimirme.

—Es una frase que recuerdo de algún sitio —es mejor no decir de dónde—. Creo que es en latín, y pensé que tal vez... —sé que tiene un diccionario de latín. Tiene varios diccionarios en el estante superior, a la izquierda de la chimenea.

—Dime —me apremia, distante, pero más alerta, ¿o es mi imaginación?

—*Nolite te bastardes carborundorum* —recito.

—¿Qué? —se asombra.

No la he pronunciado correctamente. No sé cómo se pronuncia.

—Podría deletrearla —propongo—. O escribirla.

Vacila ante esta novedosa idea. Quizá no recuerda que sé escribir. Jamás he cogido una pluma ni un lápiz dentro de esta habitación, ni siquiera para sumar los puntos. Las mujeres no saben sumar, dijo él una vez, en broma. Cuando le pregunté qué quería decir, me respondió: Para ellas, uno más uno más uno más uno no es igual a cuatro.

—¿A qué es igual? —le pregunté, suponiendo que diría cinco, o tres.

—Simplemente uno más uno más uno más uno —concluyó.

Pero ahora me responde:

—De acuerdo —y me lanza su pluma por encima del escritorio en actitud casi desafiante, como si aceptara un reto. Miro a mi alrededor buscando algo donde escribir y él me pasa el bloc de los puntos, un taco de papeles con una pequeña sonrisa impresa en la parte superior de la hoja. Aún fabrican esas cosas.

Escribo la frase cuidadosamente, revisando en mi archivo mental. *Nolite te bastardes carborundorum*. En este contexto no es ni una plegaria ni una orden, sino una triste inscripción alguna vez garabateada y luego olvidada. Percibo la sensualidad de la pluma entre mis dedos, casi como si estuviera viva, noto su energía, el poder de las palabras que contiene. Pluma es sinónimo de Envidia, decía Tía Lydia citando otro lema del Centro, advirtiéndonos que nos mantuviéramos apartadas de semejantes objetos. Y tenían razón, es sinónimo de envidia. El solo hecho de cogerla produce envidia. Tengo envidia de la pluma del Comandante. Es otra de las cosas que me gustaría robar.

El Comandante coge la hoja de la sonrisa de mi mano y la mira. Entonces se echa a reír, ¿se ruboriza?

—No es auténtico latín —afirma—. Sólo es un chiste.

—¿Un chiste? —pregunto, desconcertada. No puede ser sólo un chiste. ¿He corrido este riesgo, he hecho preguntas sólo por un chiste?—. ¿Qué clase de chiste?

—Ya sabes cómo son los colegiales —comenta. Ahora comprendo que su risa es nostálgica, es una risa de indulgencia hacia su antiguo yo. Se pone de pie, se acerca a la librería y coge un libro de su botín; pero no es el diccionario. Es un libro viejo, parece un libro de texto, con las esquinas de las páginas dobladas y sucio de tinta. Antes de enseñármelo, lo hojea en actitud contemplativa y evocadora; entonces dice—: Aquí —y lo deja abierto sobre el escritorio, delante de mí.

Lo primero que veo es una ilustración, una foto en blanco y negro de la Venus de Milo, con un bigote, un sujetador negro y pelos en las axilas torpemente dibujados. En la página siguiente se ve el Coliseo de Roma, con una leyenda escrita en inglés, y debajo una conjugación: *sum es est, sumus estis sunt*.

—Allí —dice señalando el margen, donde se ve escrito con la misma tinta empleada para el pelo de la Venus: *Nolite te bastardes carborundorum*.

—Es un poco difícil de explicar dónde está la gracia, a menos que sepas latín —puntualiza—. Solíamos escribir todo tipo de cosas de esta manera. No sé de dónde lo sacamos, de los chicos mayores, tal vez —deja pasar las páginas, olvidándose de mí y de sí mismo—. Mira esto —sugiere. La ilustración se llama Las Sabinas, y en el margen se ve la inscripción: *chul chus chut, chulum chuchus chupat*—. Y había otra —añade—. *Pim pis pit...* —se interrumpe, retornando al presente, turbado. Vuelve a sonreír; esta vez es como una mueca. Me lo imagino con pecas y un remolino en el pelo. En este momento casi me gusta.

—¿Pero qué significaba? —pregunto.

—¿Cuál? —dice—. Oh. Significaba «No dejes que los bastardos te carbonicen». Supongo que entonces nos creíamos muy inteligentes.

Fuerzo una sonrisa, pero ahora todo me parece claro. Comprendo por qué ella escribió la frase en la pared del armario, pero también comprendo que ella debe de haberla aprendido aquí, en esta habitación. ¿Qué otra explicación podría haber? Ella nunca fue un colegial. Con él, durante alguna etapa previa de recuerdos de su infancia, de intercambio de confidencias. Entonces no soy la primera en penetrar en su silencio, en jugar con él juegos infantiles de palabras.

—¿Qué le ocurrió a ella?

Apenas comprende mi pregunta...

—¿La conocías?

—Un poco —le miento.

—Se colgó —dice en tono reflexivo más que apesadumbrado—. Por eso sacamos la instalación de la luz de tu habitación —hace una pausa—. Serena lo descubrió —prosigue, como si fuera una explicación. Y lo es.

Si se te muere el perro, cómprate otro.

—¿Con qué? —le pregunto.

No quiere darme ninguna idea.

—¿Qué importa? —responde. Con un trozo de sábana, me imagino. Ya he considerado las posibilidades.

—Supongo que fue Cora quien lo encontró —comento. Por eso gritó.

—Sí —dice—. Pobrecilla —se refiere a Cora.

—Tal vez no debería venir nunca más —sugiero.

—Creí que lo pasabas bien —dice en voz apenas audible y mirándome atentamente. Si no lo conociera, pensaría que es miedo—. Eso es lo que pretendía.

—Quiere hacerme la vida llevadera —señalo. No suena como una pregunta sino como una afirmación categórica, sin dimensiones. Si mi vida es llevadera, tal vez lo que ellos están haciendo es lo correcto, después de todo.

—Sí —admite—. Así es. Lo preferiría.

—Pues bien —prosigo. Las cosas han cambiado. Ahora sé algo sobre él. Lo que sé es la posibilidad de mi propia muerte. Lo que sé de él es su culpabilidad. Por fin.

—¿Qué quieres? —pregunta, aún en voz baja, como si fuera simplemente una transacción comercial, y además insignificante: golosinas, cigarrillos.

—¿Quiere decir además de la loción de manos? —pregunto.

—Además de la loción de manos —confirma.

—Me gustaría... Me gustaría saber —suena como una frase indefinida, incluso estúpida, le digo sin pensar.

—¿Saber qué?

—Todo lo que hay que saber —afirmo, pero eso es demasiado petulante—. Lo que está ocurriendo.

XI

LA NOCHE

CAPÍTULO 30

Cae la noche. O ha caído. ¿Por qué la noche cae, en lugar de levantarse, como el amanecer? Porque si uno mira al este, al ocaso, puede ver cómo la noche se levanta, en lugar de caer; y la oscuridad elevándose en el cielo, desde el horizonte, como un sol negro detrás de un manto de nubes. Como el humo de un incendio invisible, una línea de fuego exactamente debajo del horizonte, una pincelada de fuego o una ciudad en llamas. Tal vez la noche cae porque es pesada, una gruesa cortina echada sobre los ojos. Un manto de lana. Me gustaría ver en la oscuridad mejor de lo que veo.

La noche ha caído, entonces. Siento que me aplasta, como una lápida. No corre ni una brisa. Me siento junto a la ventana parcialmente abierta, con las cortinas recogidas —porque afuera no hay nadie, y no es necesario actuar con recato—; llevo puesto el camisón que incluso en verano es de manga larga para mantenernos apartadas de las tentaciones de nuestra propia carne, para evitar que nos acariciemos los brazos desnudos. Todo permanece inmóvil bajo la luz de la luna. El perfume del jardín asciende como el calor emitido por un cuerpo, debe de haber flores que se abren por la noche, por eso es tan fuerte. Casi puedo verlo, una radiación roja vacilando en dirección ascendente como el resplandor trémulo del alquitrán de la carretera a la hora del mediodía.

Abajo, en el césped, alguien emerge de debajo del manto de oscuridad proyectada por el sauce, y da unos pasos hacia la luz, con su larga sombra pegada obstinadamente a los talones. ¿Es Nick, o es otra persona, alguien sin importancia? Se detiene, mira mi ventana, logro ver el rectángulo blanco de su cara. Nick. Nos miramos. Yo no tengo ninguna rosa para tirarle, y él no tiene laúd. Pero es el mismo tipo de anhelo.

Cosa que no puedo consentir. Estiro la cortina de la izquierda y ésta cae entre delante de mi cara, y un momento después él sigue caminando y se pierde de vista en la esquina de la casa.

Lo que dijo el Comandante es verdad. Uno más uno más uno más uno no es igual a cuatro. Cada uno sigue siendo único, no hay manera de unirlos. No se pueden cambiar el uno por el otro. No se pueden reemplazar uno por otro. Nick por Luke, o Luke por Nick. Aquí no se aplica el condicional.

Uno no puede evitar sentir lo que siente, dijo Moira una vez, pero puede reparar sus actos.

Lo cual está muy bien.

El contexto es todo; ¿o era la madurez? Uno u otro.

La noche antes de dejar nuestra casa por última vez, yo estaba vagabundeando por las habitaciones. No empaquetamos nada porque no íbamos a llevarnos muchas cosas, e incluso entonces no podíamos permitirnos el lujo de dar la más mínima impresión de que nos marchábamos. Así que simplemente me paseaba de aquí para allá, mirando las cosas, el orden que juntos habíamos creado en nuestra vida. Se me ocurrió pensar que más adelante sería capaz de recordar cómo habían sido.

Luke estaba en la sala. Me cogió entre sus brazos. Ambos nos sentíamos desgraciados. ¿Cómo supimos que éramos felices, incluso entonces? Porque al menos teníamos eso: nuestros abrazos.

La gata, es lo que dijo.

¿La gata?, le pregunté, apretada contra la lana de su jersey.

No podemos dejarla aquí, sin más.

Yo no había pensado en la gata. Ninguno de los dos había pensado. Habíamos tomado la decisión súbitamente, y luego habíamos tenido que planificar las cosas. Debí de haber pensado que la llevaríamos con nosotros. Pero no podíamos, uno no se lleva el gato cuando cruza la frontera por un día, para dar un paseo.

¿Por qué no la dejamos afuera?, propuse. Podríamos abandonarla.

Rondaría la casa y se pondría a maullar junto a la puerta. Alguien podría notar que nos hemos ido.

Podríamos regalarla, sugerí. A algún vecino. Mientras lo decía, me di cuenta de que habría sido una estupidez.

Yo me ocuparé de eso, decidió Luke. Dijo *eso* en lugar de *ella*, y supe que quería decir *matarla*. Eso es lo que uno tiene que hacer antes de matar, pensé. Tiene que crear algo donde antes no había nada. Primero se hace mentalmente, y luego en la realidad. Entonces es así como lo hacen, pensé. Me pareció que nunca lo había sabido.

Luke encontró a la gata, que estaba escondida debajo de la cama. Ellos siempre lo saben. Se la llevó al garaje. No sé qué hizo, y nunca se lo pregunté. Me quedé sentada en la sala, con las manos cruzadas sobre el regazo. Debería haber salido con él, asumir esa pequeña responsabilidad. Al menos tendría que habérselo preguntado después, para que él no tuviera que soportar la carga solo; porque ese pequeño sacrificio, esa aniquilación del amor, se hacía también por mí.

Ésa es una de las cosas que hacen. Te obligan a matar en tu interior.

Inútilmente, como se demostró. Me pregunto quién les informó. Pudo haber sido un vecino que nos vio salir en el coche por la mañana y que tuvo una corazonada y dejó caer la información para añadir una estrella de oro a la lista de alguien. Incluso pudo haber sido el tipo que nos consiguió los pasaportes; ¿por qué no cobrar dos veces? Incluso poniendo ellos mismos a los falsificadores de pasaportes, una trampa para los incautos. Los Ojos de Dios recorren la tierra en toda su extensión.

Porque estaban preparados para cogernos, y esperándonos. El momento de la traición es lo peor, el momento en que uno sabe, más allá de toda duda, que ha sido traicionado: que otro ser humano le ha deseado a uno tantas desgracias.

Fue como estar en un ascensor al que le cortan los cables. Caer y caer sin saber cuándo va a chocar.

Intento conjurar, evocar mis propios espíritus, estén donde estén. Necesito recordar qué aspecto tenían. Intento que se queden inmóviles detrás de mis ojos, sus rostros como las fotos de un álbum. Pero se niegan a quedarse quietos, se mueven, una sonrisa y en seguida desaparece, sus rasgos se curvan y se doblan como un papel que se quema, la negrura los devora. Una visión momentánea, un pálido resplandor en el aire; arrebol, aurora, danza de electrones, otra cara, caras. Pero se desvanecen, y aunque estiro mis brazos hacia ellas, se escabullen como fantasmas al amanecer, retornando al sitio del cual vinieron. Quedaos conmigo, tengo ganas de decir. Pero no me oyen.

Es culpa mía. Estoy olvidando demasiadas cosas.

Esta noche diré mis oraciones.

Ya no me arrodillo a los pies de la cama, sobre la dura madera del suelo del gimnasio, mientras Tía Elizabeth está de pie junto a las puertas dobles, con los brazos cruzados y el aguijón colgado del cinturón, y Tía Lydia se pasea a lo largo de las filas de mujeres arrodilladas y vestidas con camisón, golpeándonos la espalda o los pies o el trasero o los brazos ligeramente, sólo un toque, un golpecito con el puntero de madera si nos aflojábamos o nos relajábamos. Quería que tuviéramos la cabeza inclinada perfectamente, las puntas de los pies juntas y los codos formando el ángulo correcto. En parte, su interés era estético: le gustaba la apariencia de la cosa. Quería que pareciéramos algo anglosajón, tallado sobre una tumba; o ángeles de una postal de Navidad, uniformadas con nuestras túnicas de pureza. Pero también conocía el valor de la rigidez corporal, la tirantez del músculo: el dolor clarifica la mente, decía.

Rezábamos por la vacuidad, para hacernos dignas de ser llenadas: de gracia, de amor, de abnegación, de semen y niños.

Oh Dios, Rey del universo, gracias por no haberme hecho hombre.

Oh Dios, destrúyeme. Hazme fértil. Mortifica mi carne para que pueda multiplicarme. Permite que me realice...

Algunas se exaltaban con las oraciones. Era el éxtasis de la degradación. Algunas gemían y lloraban.

No es necesario que des un espectáculo, Janine, dijo Tía Lydia.

Ahora rezo sentada junto a la ventana, mirando el jardín vacío a través de la cortina. Ni siquiera cierro los ojos. Allí afuera, o dentro de mi cabeza, reina la misma oscuridad. O la luz.

Dios mío, Tú que estás en el Reino de los Cielos, que es adentro.

Me gustaría que me dijeras Tu Nombre, quiero decir el verdadero. Aunque Tú también servirá.

Me gustaría saber que Tú estás allí arriba. Pero sea donde fuere, ayúdame a superar esto, por favor. Aunque tal vez no sea tarea Tuya; no creo ni remotamente que lo que está ocurriendo aquí sea lo que Tú querías.

Tengo suficiente pan cada día, así que no perderé el tiempo en eso. No es el principal problema. El problema está en tragártelo sin que te asfixie.

Ahora llega el perdón. No te molestes en perdonarme ahora mismo. Hay cosas más importantes. Por ejemplo: mantén a los demás a salvo, si es que están a salvo. No permitas que sufran demasiado. Si tienen que morir, procura que sea algo rápido. Incluso puedes hacer un Cielo para ellos. Para eso Te necesitamos. El infierno podemos hacerlo nosotros mismos.

Supongo que debería decir que perdono a quien ha hecho esto, sea quien fuere, y lo que hacen ahora, sea lo que fuere. Lo intentaré, aunque no es fácil.

Luego llega la tentación. En el Centro, la tentación significaba mucho más que comer o dormir. Aquello que no conozcáis, no os tentará, solía decir Tía Lydia.

Quizá no quiero saber realmente lo que está ocurriendo. Quizá será mejor que no lo sepa. Quizá no podría soportar saberlo. La Caída fue una caída de la inocencia al conocimiento.

Pienso mucho en la araña, aunque ahora ya no está. Pero podría usar una percha del armario. He analizado las posibilidades. Todo lo que habría que hacer después de atarse, sería inclinar el peso hacia adelante y no ofrecer resistencia.

Líbranos del mal.

Entonces existe un Reino, poder y gloria. Resulta difícil creer ahora en eso. Pero de todos modos lo intentaré. *Con esperanza*, como decía en la lápida.

Debes de sentirte bastante desgarrado. Supongo que no es la primera vez.

Si yo fuera Tú, estaría harta. Me enfermaría realmente. Supongo que ésa es la diferencia entre nosotros.

Me siento irreal hablándote de este modo. Siento lo mismo que si le hablara a una pared. Me gustaría que Tú me contestaras. Me siento tan sola.

Completamente sola junto al teléfono. Salvo que no tengo teléfono. Y si lo tuviera, ¿a quién podría llamar?

Oh Dios. Esto no es ninguna broma. Oh Dios oh Dios. ¿Cómo puedo seguir viviendo?

XII

JEZEBEL'S

Capítulo 31

Todas las noches, cuando me voy a dormir, pienso:
Mañana por la mañana me despertaré en mi propia casa
y las cosas volverán a ser como eran.

Esta mañana tampoco ha ocurrido.

Me visto con mi ropa de verano, todavía estamos en verano; es como si el tiempo se hubiera detenido en el verano.
Julio: durante el día no se puede respirar y por la noche
parece que uno está en una sauna, resulta difícil dormir.
Me impongo la obligación de no perder la noción del
tiempo. Tendría que marcar rayas en la pared, una por
cada día de la semana, y tacharlas con una línea al llegar
a siete. Pero qué sentido tendría, esto no es una condena
en la cárcel; no se trata de algo que termina después de
cumplido cierto tiempo. De todos modos, lo que tengo que
hacer es preguntar, averiguar qué día es. Ayer fue 4 de
julio, que solía ser el Día de la Independencia, antes de que
lo abolieran. El 1.° de septiembre será el Día de la Madre,
que todavía se celebra. Aunque antes no tenía nada que
ver con la procreación.

Pero sé la hora por la luna. Hora lunar, no solar.

Me agacho para atarme los zapatos; en esta época son más
ligeros, con discretas aberturas, aunque no tan atrevidos
como unas sandalias. Agacharse supone un esfuerzo; a pesar de los ejercicios, siento que mi cuerpo se va agarrotan-
do poco a poco y que se vuelve inservible. Así es como yo
solía imaginar que sería la vida cuando llegara a vieja.
Siento que incluso camino como una vieja: encorvada, con

la columna doblada como un signo de interrogación, los huesos debilitados por la falta de calcio y porosos como la piedra caliza. Cuando era joven y me imaginaba la vejez, pensaba: Tal vez uno aprecia más las cosas cuando le queda poco tiempo de vida. Pero olvidaba incluir la pérdida de energía. En ocasiones aprecio más las cosas: los huevos, las flores, pero luego decido que sólo se trata de un ataque de sentimentalismo, y de que mi cerebro se convierte en una película en tecnicolor de tonos pastel, como las postales de puestas de sol que en California solían abundar. Corazones de oropel.

El peligro es gris.

Me gustaría que Luke estuviera aquí, en esta habitación, mientras me visto, y tener una pelea con él. Parece absurdo, pero es lo que quiero. Una discusión acerca de quién pone los platos en el lavavajillas, a quién le toca ordenar la ropa sucia, fregar el lavabo; algo cotidiano e insignificante sobre la programación de las cosas. Incluso podríamos discutir sobre eso, lo *importante* y lo *insignificante*. Sería todo un placer. No es que lo hiciéramos muy a menudo. En los últimos tiempos redacto mentalmente toda la discusión, y también la reconciliación posterior.

Me siento en la silla; la corona del cielo raso flota encima de mi cabeza como un halo congelado, como un cero. Un agujero en el espacio, donde estalló una estrella. Un círculo en el agua, donde ha caído una piedra. Todas las cosas blancas y circulares. Espero que el día se despliegue, que la tierra gire de acuerdo con la cara redonda del reloj implacable. Días geométricos que dan la vuelta una y otra vez, suavemente lubricados. Mi labio superior empapado en sudor, espero la llegada del inevitable huevo, que estará tibio como la habitación y que tendrá la yema cubierta por una película verde y tendrá un horrible sabor a sulfuro.

Hoy, más tarde, con Deglen, durante nuestra caminata para hacer la compra:

Vamos a la iglesia, como de costumbre, y miramos las lápidas. Luego visitamos el Muro. Hoy sólo hay dos colgados: un católico —que no es un sacerdote—, con una cruz puesta boca abajo, y otro de una secta que no reconozco. El cuerpo está marcado solamente con una J de color rojo. No significa judío: en ese caso pondrían estrellas amarillas. De todos modos, no había habido muchos judíos. Como los declararon Hijos de Jacob, y por lo tanto algo especial, les dieron una alternativa. Podían convertirse o emigrar a Israel. La mayor parte de ellos emigraron, si es que se puede creer en las noticias. Los vi por la televisión, embarcados en un carguero, apoyados en las barandillas, vestidos con sus abrigos y sus sombreros negros y sus largas barbas, intentando parecer lo más judíos posible, con vestimentas rescatadas del pasado, las mujeres con las cabezas cubiertas por chales, sonriendo y saludando con la mano, un poco rígidas, eso sí, como si estuvieran posando. Y otra imagen: la de los más ricos, haciendo cola para coger el avión. Deglen dice que mucha gente escapó así, haciéndose pasar por judíos; pero que no era fácil, a causa de las pruebas a las que los sometían, y a que ahora se habían vuelto más estrictos.

De todos modos, no cuelgan a nadie sólo por ser judío. Cuelgan al que es un judío ruidoso, que no ha hecho su elección. O que ha fingido convertirse. Eso también lo han pasado por televisión: redadas nocturnas, tesoros secretos de objetos judíos sacados de debajo de las camas, Toras, taleds, estrellas de David. Y los propietarios de estas cosas, taciturnos, impenitentes, empujados por los Ojos contra las paredes de sus habitaciones mientras la apesadumbrada voz del locutor nos habla fuera de la pantalla de la perfidia y la ingratitud de esa gente.

O sea que la J no significa judío. ¿Qué podría significar? ¿Testigo de Jehová? ¿Jesuita? Sea lo que fuere, éste está muerto.

Después de esta visita ritual, seguimos nuestro camino, buscando como de costumbre algún espacio abierto para poder conversar. Si es que se puede llamar conversación a estos susurros entrecortados, proyectados a través del embudo de nuestras tocas blancas. Se parece más a un telegrama, a un semáforo verbal. Un diálogo amputado.

Nunca podemos permanecer mucho tiempo en un solo sitio. No queremos que nos cojan por merodear.

Hoy giramos en dirección opuesta a Pergaminos Espirituales, hacia donde hay una especie de parque abierto, con un edificio viejo y enorme, de estilo victoriano tardío, con vidrios de colores. Solía llamarse Memorial Hall, aunque nunca supe en memoria de qué. De los muertos por algo.

Moira me contó una vez que era el sitio donde comían los estudiantes, en los primeros tiempos de la universidad. Si entraba una mujer, me dijo, le arrojaban bollos.

¿Por qué?, le pregunté. Con el tiempo, Moira se volvió cada vez más versada en anécdotas de este tipo. A mí no me entusiasmaba mucho este resentimiento hacia el pasado.

Para hacerla salir, respondió Moira.

Más bien era como tirarle cacahuetes a los elefantes, comenté.

Moira lanzó una carcajada; siempre podía hacerlo. Monstruos exóticos, dijo.

Nos quedamos mirando este edificio, cuya forma es más o menos como la de una iglesia, una catedral. Deglen dice:

—Oí decir que aquí es donde los Ojos organizan sus banquetes.

—¿Quién te lo dijo? —le pregunto. No hay nadie cerca, podemos hablar más libremente, pero lo hacemos en voz baja, por la fuerza de la costumbre.

—Un medio de comunicación —responde. Hace una pausa, me mira de reojo, siento un reflejo blanco mientras mueve la toca—. Hay una contraseña —añade.

—¿Una contraseña? ¿Para qué?

—Para saber —me explica—. Quién es y quién no es.

Aunque no comprendo qué sentido tiene que yo la sepa, le pregunto:

—¿Cuál es?

—Mayday —dice—. Una vez la probé contigo.

—Mayday —repito—. Recuerdo el día. *M'aidez*.

—No la uses a menos que sea necesario —me advierte Deglen—. No nos conviene saber demasiado de los otros que forman la red. Por si nos cogen.

Me resulta difícil creer en estos rumores, en estas revelaciones, aunque al mismo tiempo lo creo. Después me parecen improbables, incluso pueriles, como algo que uno haría para divertirse; como un club de chicas, como los secretos en la escuela. O como las novelas de espionaje que yo solía leer los fines de semana, cuando debería haber estado terminando los deberes, o como ver televisión a altas horas de la noche. Contraseñas, cosas que no se podían contar, personas con identidades secretas, vinculaciones turbias: no parece que deba ser éste el verdadero aspecto del mundo. Pero es mi propia ilusión, los restos de una versión de la realidad que conocí en otros tiempos.

Y las redes. El *trabajo de red*, una de las antiguas frases de mi madre, una jerga de antaño, pasada de moda. Incluso a sus sesenta años hacía algo que llamaba así, aunque por lo que pude ver, no significaba otra cosa que almorzar con alguna otra mujer.

Me despido de Deglen en la esquina.

—Hasta pronto —me saluda. Se aleja por la acera y yo subo por el sendero, en dirección a la casa. Veo a Nick, que lleva la gorra ladeada; hoy ni siquiera me mira. De todos modos, debe de haber estado esperándome para entregarme su mudo mensaje, porque en cuanto se da cuenta de que lo he visto, da al Whirlwind un último toque con la gamuza y se marcha a paso vivo hacia la puerta del garaje.

Camino por el sendero de grava, entre los parterres de césped. Serena Joy está sentada debajo del sauce, en su silla, con el bastón apoyado a su lado. Lleva un vestido de fresco algodón. El color que le corresponde a ella es el azul, un tono acuarela, no el rojo que yo llevo, que absorbe el calor y al mismo tiempo arde con él. Está sentada de perfil a mí, tejiendo. ¿Cómo soporta tocar la lana con el calor que hace? Tal vez su piel se ha vuelto insensible, tal vez no nota nada, como si se hubiera escaldado.

Bajo la vista hasta el sendero y paso junto a ella con la esperanza de ser invisible, sabiendo que me ignorará. Pero no esta vez.

—Defred —me llama.

Me detengo, insegura.

—Sí, tú.

Vuelvo hacia ella mi mirada fragmentada por la toca.

—Ven aquí. Te necesito.

Camino por el césped y me detengo delante de ella, con la mirada baja.

—Puedes sentarte —me comunica—. Aquí, en el cojín. Necesito que me aguantes la lana —tiene un cigarrillo; el cenicero está junto a ella, sobre el césped, y también tiene una taza de algo, té o café—. Aquella habitación está endemoniadamente cerrada. Necesitas un poco de aire —comenta. Me siento, dejo el cesto (otra vez fresas, otra vez pollo) y tomo nota de la palabrota: algo nuevo. Ella ajusta la madeja alrededor de mis dos manos extendidas y empieza a devanar. Parece que yo estuviera atada, esposada; mejor dicho, cubierta de telarañas. La lana es gris y ha absorbido la humedad del ambiente, es como la sábana mojada de un bebé y huele terriblemente a cordero húmedo. Al menos las manos me quedarán untadas de lanolina.

Serena sigue devanando; sostiene el cigarrillo encendido a un costado de la boca, chupándolo y echando tentadoras bocanadas de humo. Ovilla la lana lenta y dificultosamente —a causa de la parálisis progresiva de sus manos— pero con decisión. Quizá para ella el tejido supone una especie de ejercicio de la voluntad; quizá incluso le hace daño. Tal vez lo hace por prescripción médica: diez vueltas diarias del derecho y diez del revés. Aunque debe de hacer más que eso. Veo esos árboles de hoja perenne y los chicos y chicas geométricos bajo otra óptica: como una prueba de su obstinación, como algo no totalmente despreciable.

Mi madre no hacía punto, ni nada por el estilo. Pero cada vez que retiraba las cosas de la tintorería —sus blusas buenas, sus chaquetas de invierno—, se guardaba los imperdibles y hacía con ellos una cadena. Pinchaba la cadena en algún sitio —su cama, la almohada, el respaldo de una silla, la manopla para abrir el horno—, para no perderla. Luego se olvidaba de los imperdibles. Yo tropezaba con ellos en cualquier parte de la casa, de las casas; eran las huellas de su presencia, los restos de alguna intención olvidada, como las señales de una carretera que no conduce a ninguna parte. Un retorno a la domesticidad.

—Pues bien —dice Serena. Interrumpe la tarea, dejándome las manos enguirnaldadas de pelo animal, y se saca el cigarrillo de la boca cogiéndolo de la punta—. ¿Todavía nada?

Sé de qué está hablando. Entre nosotras no hay tantos temas de conversación; no tenemos muchas cosas en común, excepto este detalle misterioso e incierto.

—No —respondo—. Nada.

—Eso es malo —afirma. Es difícil imaginarla con un bebé. Pero las Marthas cuidarían de él la mayor parte del tiempo. Le gustaría que yo estuviera embarazada, que todo hubiera terminado y yo me quitara de en medio y se acabaran los sudorosos y humillantes enredos, los triángulos de la carne bajo el dosel estrellado de flores plateadas. Paz y quietud. No logro imaginar otra explicación al hecho de que me desee tan buena suerte.

—Se te termina el tiempo —señala. No es una pregunta, sino una realidad.

—Sí —replico en tono neutro.

Enciende otro cigarrillo toqueteando torpemente el encendedor. Definitivamente, el estado de sus manos es cada vez peor. Pero sería un error ofrecerle ayuda, se ofendería. Sería un error notar alguna debilidad en ella.

—Quizás él no puede —sugiere.

No sé a quién se refiere. ¿Se refiere al Comandante o a Dios? Si hablara de Dios, diría que no quiere. De cualquier manera, sería una herejía. Son las mujeres las únicas que no pueden, las que quedan obstinadamente cerradas, dañadas, defectuosas.

—No —digo—. Quizás él no puede.

Levanto la vista; ella la baja. Es la primera vez en mucho tiempo que nos miramos a los ojos. Desde que nos conocimos. El momento se prolonga, frío y penetrante. Ella está intentando descifrar si yo estoy o no a la altura de las circunstancias.

—Quizás —repite, sujetando el cigarrillo, que no se le ha encendido—. Tal vez deberías probar de otra manera.

¿Querrá decir en cuatro patas?

—¿De qué manera? —le pregunto. Debo mantener la seriedad.

—Con otro hombre —declara.

—Sabe que no puedo —respondo, cuidado de no revelar mi irritación—. Va contra la ley. Sabe cuál es el castigo.

—Sí —afirma. Estaba preparada para esto, lo tiene todo pensado—. Sé que oficialmente no puedes. Pero se hace. Las mujeres lo hacen a menudo. Constantemente.

—¿Quiere decir con los médicos? —pregunto, recordando los amables ojos pardos, la mano despojada del guante. La última vez que fui, había otro médico. Quizás alguien descubrió al primero, o alguna mujer lo delató. Aunque no habrían creído en su palabra sin tener pruebas.

—Algunas hacen eso —me explica en tono casi afable, pero distante; es como si estuviéramos decidiendo la elección de un esmalte de uñas—. Así es como lo hizo Dewarren. La esposa lo sabía, por supuesto —hace una pausa, para que yo asimile sus palabras—. Yo te ayudaría. Me aseguraría de que nada saliera mal.

Reflexionó.

—No con un médico —digo.

—No —coincide, y al menos durante un instante somos como dos amigas, esto podría ser la mesa de la cocina, podríamos estar hablando sobre un novio, sobre alguna estratagema femenina de diversión y coqueteo—. A veces hacen chantaje. Pero no tiene por qué ser un médico. Podría ser alguien en quien confiemos.

—¿Quién? —pregunto.

—Estaba pensando en Nick —propone en un tono de voz casi suave—. Hace mucho que está con nosotros. Es leal. Yo podría arreglarlo con él.

Entonces él es quien le hace los recados en el mercado negro. ¿Es esto lo que él consigue siempre, a cambio?

—¿Y el Comandante? —pregunto.

—Bien —dice en tono firme y con una mirada definitiva, como el chasquido de un bolso al cerrarse—. No le diremos nada, ¿verdad?

La idea queda suspendida entre nosotras, casi invisible, casi palpable: pesada, informe, oscura, como una especie de connivencia, una especie de traición. Ella quiere a ese bebé.

—Es un riesgo —apunto—. Más que eso —es mi vida la que está en juego; pero así estará tarde o temprano, de una manera u otra, lo haga o no. Ambas lo sabemos.

—Más vale que lo hagas —me aconseja. Y yo pienso lo mismo.

—De acuerdo —acepto—. Sí.

Se inclina hacia delante.

—Quizá podría conseguir una cosa para ti —me informa. Porque he sido buena chica—. Una cosa que tú quieres —añade, casi en tono zalamero.

—¿Qué es? —pregunto. No se me ocurre nada que yo realmente quiera y que ella sea capaz de darme.

—Una foto —anuncia, como si me propusiera algún placer juvenil, un helado o un paseo por el zoo. Vuelvo a levantar la vista para mirarla, desconcertada—. De ella —puntualiza—. De tu pequeña. Pero solo quizá.

Entonces ella sabe dónde se la han llevado, dónde la tienen. Lo supo todo el tiempo. Algo me obstruye la garganta. La muy zorra, no decirme nada, no traerme noticias, ni la más mínima noticia. Ni siquiera sugerirlo. Es como una piedra, o de hierro, no tiene la menor idea. Pero no puedo decirle todo esto, no puedo perder de vista ni siquiera algo tan pequeño. No puedo dejar escapar esta posibilidad. No puedo hablar.

Ella está sonriendo con expresión coqueta; una sombra de su atractivo original de maniquí de la pequeña pantalla parpadea en su rostro como una interferencia pasajera.

—Hace un calor endemoniado para trabajar con esto, ¿no te parece? —me dice. Aparta la lana de mis manos, donde la tuve todo el tiempo. Luego coge el cigarrillo con el que ha estado jugueteando y con un movimiento un tanto torpe lo coloca en mi mano y cierra mis dedos alrededor de él—. Agénciate una cerilla —sugiere—. Están en la cocina; puedes pedirle una a Rita. Dile que yo te lo dije. Pero sólo una —agrega en tono travieso—. ¡No queremos echar a perder tu salud!

CAPÍTULO 32

Rita está sentada ante la mesa de la cocina. Frente a ella, sobre la mesa, hay un bol de cristal con cubos de hielo. En el interior flotan rabanitos convertidos en flores, rosas o tulipanes. Está cortando algunos más sobre la tabla de picar, con un cuchillo de mondar, y sus manos se muestran hábiles pero indiferentes. El resto de su cuerpo está inmóvil, igual que la cara. Es como si lo hiciera dormida. Sobre la superficie de esmalte blanco hay una pila de rabanitos, lavados y sin cortar. Como corazones aztecas.

Cuando entro, apenas se molesta en levantar la vista.

—Habrás traído todo, supongo —dice mientras saco los paquetes para que ella los examine.

—¿Me puedes dar una cerilla? —le pregunto. Es sorprendente, pero su expresión imperturbable y su entrecejo fruncido me hacen sentir como una criatura pequeña y pedigüeña, fastidiosa y llorona.

—¿Cerillas? —pregunta—. ¿Para qué quieres cerillas?

—Ella dijo que podía coger una —respondo, sin admitir que es para el cigarrillo.

—¿Quién lo dijo? —continúa cortando rabanitos, sin quebrar el ritmo—. No hay ningún motivo para que tengas cerillas. Podrías quemar la casa.

—Si quieres, puedes preguntárselo —sugiero—. Está en el jardín.

Pone los ojos en blanco y mira el cielo raso, como si consultara en silencio a alguna deidad. Luego suspira, se levanta pesadamente y se seca las manos en el delantal con movimientos ostentosos, para mostrarme lo molesta que resulto. Se acerca al armario que hay encima del fregadero, lentamente, busca el manojo de llaves en su bolsillo y abre la puerta.

—En verano las guardamos aquí —dice, como hablando consigo misma—. Con este tiempo no hace falta encender el fuego —recuerdo que en abril, cuando el tiempo es más frío, Cora enciende los fuegos de la sala y del comedor.

Las cerillas son de madera y vienen en una caja de cartón con tapa corredera, como las que yo guardaba y convertía en cajones para las muñecas. Rita abre la caja y la inspecciona, como decidiendo cuál me dejará coger.

—Es asunto de ella —refunfuña—. No tiene sentido decirle nada —mete su enorme mano en la caja, escoge una cerilla y me la entrega—. Ahora no le prendas fuego a nada —me advierte—. Ni a las cortinas de tu habitación. Ya hace demasiado calor así.

—No lo haré —la tranquilizo—. No es para eso.

Ni siquiera se digna preguntarme para qué es.

—Me da igual si te la comes, o haces otra cosa —afirma—. Ella dijo que podías tener una, así que te la doy, eso es todo.

Se aparta de mí y vuelve a sentarse ante la mesa. Luego coge un cubo de hielo del bol y se lo mete en la boca.

Esto es algo inusual en ella. Nunca la vi picar mientras trabaja.

—Tú también puedes coger uno —sugiere—. Es una pena que te hagan llevar todas esas fundas en la cabeza, con este calor.

Estoy sorprendida: casi nunca me ofrece cosas. Tal vez siente que, si he sido ascendida a una categoría suficiente para que me den una cerilla, ella puede permitirse el lujo de tener conmigo un detalle. ¿Me habré convertido súbitamente en una de esas personas a las que hay que apaciguar?

—Gracias —respondo. Me guardo la cerilla cuidadosamente en el bolsillo de la manga donde tengo el cigarrillo, para que no se moje, y cojo un cubito—. Estos rabanitos son preciosos —le digo en recompensa por el regalo que me ha hecho tan espontáneamente.

—Me gusta hacer las cosas bien, y punto —afirma, otra vez en tono malhumorado—. De otro modo no tendría sentido.

Camino por el pasillo a toda prisa y subo la escalera. Paso silenciosamente junto al espejo curvado del vestíbulo, una sombra roja en el extremo de mi propio campo visual, un espectro de humo rojo. El humo está en mi mente, pero ya puedo sentirlo en mi boca, bajando hasta mis pulmones y llenándome en un prolongado y lascivo suspiro de canela, y luego el arrebato mientras la nicotina golpea mi torrente sanguíneo.

Después de tanto tiempo, podría hacerme daño. No me sorprendería. Pero incluso esa idea me gusta.

Mientras avanzo por el pasillo me pregunto dónde podría hacerlo. ¿En el cuarto de baño, dejando correr el agua para que el aire se despejara, o en la habitación, dejando escapar las bocanadas por la ventana abierta? ¿Alguien me descubrirá? ¿Quién sabe?

Mientras me deleito de este modo pensando en lo que va a ocurrir, anticipando el sabor en mi boca, pienso en algo más.

No necesito fumar este cigarrillo.

Podría deshacerlo y tirarlo al retrete. O comérmelo y drogarme de esa manera, también podría funcionar, un poco cada vez, y guardar el resto.

De ese modo podría guardar la cerilla. Podría hacer un pequeño agujero en el colchón y deslizarla en el interior cuidadosamente. Nadie repararía jamás en una cosa tan pequeña. Y por la noche, al acostarme, la tendría debajo de mí. Dormiría encima de ella.

Podría incendiar la casa. Es una buena idea, me hace temblar.

Y yo me escaparía por los pelos.

Me echo en la cama y finjo dormitar.

Anoche el Comandante, juntando los dedos, me miraba mientras yo me friccionaba las manos con loción. Lo raro es que pensé pedirle un cigarrillo y después decidí no hacerlo. Sé que no debo pedir demasiadas cosas al mismo tiempo. No quiero que piense que lo estoy utilizando. Tampoco quiero que se canse.

Anoche se sirvió un vaso de whisky escocés con agua. Se ha acostumbrado a beber en mi presencia, para relajarse de la tensión del día, dice. Deduzco que recibe presiones. De todos modos, nunca me ofrece una copa, ni yo se la pido: ambos sabemos para qué es mi cuerpo. Cuando le doy el beso de buenas noches, como si lo hiciera de verdad, su aliento huele a alcohol, y yo lo aspiro como si fuera humo. Admito que disfruto con esta pizca de disipación.

En ocasiones, después de unos tragos se pone tonto y hace trampas en el Intelect. Me anima a que yo también lo haga, y entonces cogemos algunas letras más y formamos palabras que no existen, como *chucrete* y *sucundún*, y nos reímos con ellas. A veces enciende su radio de onda corta y me hace oír uno o dos minutos de Radio América Libre, para mostrarme que puede hacerlo. Luego la apaga. Malditos cubanos, protesta. Y toda esa inmundicia cotidiana universal.

A veces, después de las partidas, se sienta en el suelo, junto a mi silla, y me coge la mano. Su cabeza queda un poco por debajo de la mía, de manera que cuando me mira muestra un ángulo juvenil. Debe de divertirle esta falsa subordinación.

Él está arriba, dice Deglen. Él está en lo alto, y me refiero a lo más alto.

En momentos como ése es difícil imaginárselo.

De vez en cuando intento ponerme en su lugar. Lo hago como una táctica, para adivinar anticipadamente cómo se siente inclinado a tratarme. Me resulta difícil creer que tengo sobre él algún tipo de poder, pero lo hago. Sin embargo, es algo equívoco. De vez en cuando pienso que puedo verme a mí misma, aunque borrosa, tal como él me ve. Hay cosas que él quiere demostrarme, regalos que quiere darme, favores que quiere hacerme, ternura que quiere inspirar.

Quiere, muy bien. Sobre todo después de unos tragos.

En ocasiones se torna quejumbroso, y en otros momentos filosófico; o desea explicar cosas, justificarse. Como anoche.

El problema no sólo lo tenían las mujeres, dice. El problema principal era el de los hombres. Ya no había nada para ellos.

¿Nada?, le pregunto. Pero tenían...

No tenían nada que hacer, puntualiza.

Podían hacer dinero, replico en un tono algo brusco. Ahora no le temo. Resulta difícil temerle a un hombre que está sentado mirando cómo te pones loción en las manos. Esta falta de temor es peligrosa.

No es suficiente, dice. Es algo demasiado abstracto. Me refiero a que no tenían nada que hacer con las mujeres.

¿Qué quiere decir?, le pregunto. ¿Y los Pornorrincones? Estaban por todas partes, incluso los habían motorizado.

No estoy hablando del sexo, me aclara. El sexo era una parte, y algo demasiado accesible. Cualquiera podía comprarlo. No había nada por lo que trabajar, nada por lo que luchar. Tenemos las declaraciones de aquella época. ¿Sabes de qué se quejaba la mayoría? De incapacidad para sentir. Los hombres incluso se desvincularon del sexo. Se les quitaron las ganas de casarse.

¿Y ahora sienten?, pregunto.

Sí, afirma, mirándome. Claro que sienten. Se pone de pie y rodea el escritorio hasta quedar junto a mi silla, detrás de mí. Pone sus manos sobre mis hombros. No puedo verlo.

Me gustaría saber lo que piensas, dice su voz a mis espaldas.

No pienso mucho, respondo débilmente. Lo que quiere son relaciones íntimas, pero eso es algo que no puedo darle.

Lo que yo piense no tiene mucha importancia, ¿verdad?, insinúo. Lo que yo piense no cuenta.

Que es la única razón por la cual me cuenta cosas.

Vamos, me anima, presionándome ligeramente los hombros. Estoy interesado en tu opinión. Eres inteligente, debes tener una opinión.

¿Sobre qué?, pregunto.

Sobre lo que hemos hecho, especifica. Sobre cómo han salido las cosas.

Me quedo muy quieta. Intento vaciar mi mente. Pienso en el cielo, por la noche, cuando no hay luna. No tengo opinión, afirmo.

Él suspira, afloja las manos pero las deja sobre mis hombros. Sabe lo que pienso.

No se puede nadar y guardar la ropa, sentencia. Pensamos que podíamos hacer que todo fuera mejor.

¿Mejor?, repito en voz baja. ¿Cómo puede creer que esto es mejor?

Mejor nunca significa mejor para todos, comenta. Para algunos siempre es peor.

Me acuesto; el aire húmedo me cubre como si fuera una tapa. Como la tierra. Me gustaría que lloviera. Mejor aún, que se desatara una tormenta con relámpagos, nubes negras y ruidos ensordecedores. Y que se cortara la luz. Entonces yo bajaría a la cocina, diría que tengo miedo y me sentaría con Rita y Cora junto a la mesa, y comprenderían mi miedo porque es el mismo que ellas sienten, y me dejarían quedarme. Habría unas velas encendidas y miraríamos nuestros rostros yendo y viniendo bajo el parpadeo y los destellos de la luz mellada que entraría por la ventana. Oh Señor, diría Cora. Oh Señor, protégenos.

Después de eso, el aire se despejaría y sería más claro.

Miro el cielo raso, el círculo de flores de yeso. Dibuja un círculo y métete en él, que te protegerá. En el centro estaba la araña, y de la araña colgaba un trozo de sábana retorcida. Allí es donde ella se balanceaba, ligeramente,

como un péndulo; de la misma manera que se balancearía
un niño cogido a la rama de un árbol. Cuando Cora abrió
la puerta, ella estaba a salvo, completamente protegida.
A veces pienso que aún está aquí, conmigo.

Me siento como si estuviera enterrada.

CAPÍTULO 33

A última hora de la tarde, el cielo se cubre de nubes
y la luz del sol se difunde pesadamente, como bronce en
polvo. Me deslizo por la acera, con Deglen; nosotras dos,
y frente a nosotras otro par, y en la acera de enfrente, otro
más. Vistas desde la distancia, debemos de formar una
bonita imagen: una imagen pictórica, como lecheras ho-
landesas de una cenefa de papel pintado, como una estan-
tería llena de saleros y pimenteros de cerámica con el
diseño de trajes de época, como una flotilla de cisnes,
o cualquier otra cosa que se repite con un mínimo de
gracia y sin variación. Relajante para la vista, para los
ojos, para los Ojos, porque esta demostración es para
ellos. Salimos en Peregrinación, para demostrar lo obe-
dientes y piadosas que somos.

No se ve ni un solo diente de león, los céspedes han
sido limpiados cuidadosamente. Me gustaría que hubiera
uno, sólo uno, insignificante y descaradamente suelto, difícil de librarse de él y perennemente amarillo, como el sol.
Alegre y plebeyo, brillando para todos por igual. Con ellos
hacíamos anillos, coronas y collares, manchas de leche
agria sobre nuestros dedos. O lo sostenía debajo de su
barbilla: *¿Te gusta la mantequilla?* Y al olerlos se le me-
tería el polen en la nariz. (¿O era la pelusa?) La veo correr
por el césped, ese césped que está exactamente frente a mí,
a los dos o los tres años, agitándolo como si fuera una
bengala, una pequeña varilla de fuego blanco, y el aire
se llenaba de diminutos paracaídas. *Sopla y mira la hora.*
Todo el tiempo arrastrado por la brisa del verano. Pero
eran margaritas, y las deshojábamos.

Formamos una fila ante el puesto de control, para que
nos procesen, siempre de a dos, como niñas de un colegio
privado que se han ido a dar un paseo y han estado fuera

demasiado tiempo, años y años, y todo les ha crecido demasiado, las piernas, los cuerpos, y junto con éstos, los vestidos. Como si estuvieran encantadas. Como si fuera un cuento de hadas, me gustaría creerlo. En cambio a nosotras nos registran, de a pares, y continuamos caminando.

Un rato después giramos a la derecha, pasamos junto a Azucenas y bajamos en dirección al río. Me gustaría llegar hasta allí, hasta sus amplias orillas, donde solíamos echarnos a tomar el sol, donde se levantan los puentes. Si bajabas por el río lo suficiente, por sus serpenteantes curvas, llegabas al mar; ¿y qué podías hacer allí? Juntar conchas y recostarte sobre las piedras lisas.

Sin embargo, nosotras no vamos al río, no veremos las pequeñas cúpulas de los edificios del camino, blanco con azul y un adorno dorado, una sobria expresión de alegría. Giramos en un edificio más moderno, que encima de la puerta tiene una enorme bandera adornada, en la que se lee: HOY, PEREGRINACIÓN DE MUJERES. La bandera tapa el nombre original del edificio, el de algún presidente al que mataron a balazos. Debajo de las letras rojas hay una línea de letras más pequeñas, en negro, con el perfil de un ojo alado en cada extremo, y que reza: DIOS ES UNA RESERVA NACIONAL. A cada lado de la entrada se encuentran los inevitables Guardianes, dos parejas, cuatro en total, con los brazos a los costados y la vista al frente. Casi parecen maniquíes, con el pelo limpio, los uniformes planchados y sus jóvenes rostros de yeso. Éstos no tienen granos en la cara. Cada uno lleva una metralleta preparada para cualquier acto peligroso o subversivo que pudiéramos cometer en el interior.

La ceremonia de la Peregrinación se celebrará en un patio cubierto en el que hay un espacio rectangular y un techo con tragaluz. No es una Peregrinación de toda la ciudad, en ese caso se celebraría en el campo de fútbol; sólo es para este distrito. A lo largo del costado derecho se han colocado hileras de sillas plegables de madera, para las Esposas y las hijas de los oficiales o funcionarios de alto rango, no hay mucha diferencia. Las galerías de arriba, con sus barandillas de hormigón, son para las mujeres de rango inferior, las Marthas, las Econoesposas con sus rayas multicolores. La asistencia a la Peregrinación no es obligatoria para ellas, sobre todo si se encuentran de servicio o tienen hijos pequeños, pero de todos modos las galerías están abarrotadas. Supongo que es una forma de distracción, como un espectáculo o un circo.

Ya hay muchas Esposas sentadas, vestidas con sus mejores trajes azules bordados. Mientras caminamos con nuestros vestidos rojos, de dos en dos, hasta el costado opuesto, podemos sentir sus miradas fijas en nosotras. Somos observadas, evaluadas, hacen comentarios sobre nosotras; y nosotras lo notamos como si fueran diminutas hormigas que se pasean sobre nuestra piel desnuda.

Aquí no hay sillas. Nuestra zona está acordonada con cuerda de seda retorcida, de color escarlata, como la que solían poner en los cines para impedir el paso al público. Esta cuerda nos aísla, nos distingue, impide que los demás se contaminen de nosotras, forma un corral, una pocilga en la que entramos y nos distribuimos en filas, arrodillándonos sobre el suelo de cemento.

—Ven hasta la parte de atrás —murmura Deglen a mi lado—. Podremos hablar mejor. Nos arrodillamos e inclinamos ligeramente la cabeza; oigo un susurro a mi alrededor, como el susurro de los insectos sobre la hierba seca: una nube de murmullos. Éste es uno de los sitios donde podemos intercambiarnos noticias más libremente, pasándolas de una a otra. A ellos les resulta difícil individualizarnos u oír lo que decimos. Y no les interesa interrumpir la ceremonia, menos aún delante de las cámaras de televisión.

Deglen me golpea con el codo para llamar mi atención, y yo levanto la vista, lenta y cautelosamente. Desde donde estamos arrodilladas tenemos una buena perspectiva de la entrada al patio, a donde sigue llegando gente. Deglen debe querer decir que mire a Janine, que forma pareja con una mujer que no es la de siempre, es una a la que no reconozco. Entonces Janine debe de haber sido trasladada a una nueva casa, a un nuevo destacamento. Es muy pronto para eso, ¿o habrá fallado algo en la leche de sus pechos? Ése sería el único motivo para que la trasladaran, a menos que hubiera habido alguna pelea por el bebé, eso ocurre con más frecuencia de lo que uno se imagina. Después de tenerlo, podría haberse negado a entregarlo. Es comprensible. Debajo del vestido rojo, su cuerpo parece muy delgado, casi enjuto, y ha perdido el brillo del embarazo. Tiene el rostro blanco y macilento, como si hubieran extraído todo el líquido de su cuerpo.

—No salió bien, ¿sabes? —me cuenta Deglen acercando su cabeza a la mía—. Era como un harapo.

Se refiere al bebé de Janine, al bebé que pasó por la vida de Janine en su camino a alguna otra parte. El bebé Ángela. Fue un error darle un nombre tan pronto. Siento un dolor en la boca del estómago. No es un dolor, es un vacío. No quiero saber qué es lo que salió mal.

—Dios mío —exclamo. Pasar por todo eso para nada. Peor que nada.

—Es el segundo —me explica Deglen—. Sin contar el que había tenido antes. Tuvo un aborto a los ocho meses, ¿lo sabías?

Observamos a Janine, que atraviesa el recinto acordonado, vestida con su velo de intocable, de mala suerte. Me mira, debe de mirarme a mí, pero no me ve. Ya no sonríe triunfalmente. Se vuelve y se arrodilla, ahora todo lo que veo es su espalda y sus hombros delgados y caídos.

—Ella piensa que es culpa suya —susurra Deglen—. Dos seguidos. Por haber pecado. Dicen que lo hizo con un médico, que no era de su Comandante.

No puedo decirle a Deglen que lo sé, porque me preguntaría cómo me enteré. Por lo que sabe, ella es mi única fuente para este tipo de información; y es sorprendente lo mucho que sabe. ¿Cómo se habrá enterado de lo de Janine? ¿Por las Marthas? ¿Por la compañera de compras de Janine? O escuchando detrás de las puertas, cuando las Esposas se reúnen a tomar el té o el vino y a tejer sus telas. ¿Acaso Serena Joy hablará así de mí, si hago lo que ella quiere? *Estuvo de acuerdo en seguida, realmente no le importó, cualquier cosa con dos piernas y una buena ya-sabes-qué les parece bien. No tienen escrúpulos, no tienen los mismos sentimientos que nosotras.* Y las demás, sentadas en sus sillas, echadas hacia delante, *Dios mío*, todo horror y lascivia. ¿Cómo pudo? ¿Dónde? ¿Cuándo?

Como sin duda hicieron con Janine.

—Es terrible —digo.

De todos modos, es muy propio de Janine cargar con la responsabilidad, decidir que el fallo del bebé sólo fue culpa suya. Pero la gente es capaz de cualquier cosa antes que admitir que sus vidas no tienen sentido. Es inútil. No hay conspiración que valga.

Una mañana, mientras nos vestíamos, noté que Janine todavía tenía puesto el camisón. Se había quedado sentada en el borde de su cama.

Eché un vistazo a las puertas dobles del gimnasio, donde solía haber alguna Tía, para comprobar si había reparado en ello, pero no había ninguna Tía. En aquella época confiaban más en nosotras, y de vez en cuando nos dejaban durante unos minutos sin vigilancia en la clase, e incluso en la cafetería. Probablemente desaparecían para fumarse un cigarrillo, o tomarse una taza de café.

Mira, le dije a Alma, cuya cama estaba junto a la mía.

Alma miró a Janine. Entonces las dos nos acercamos a ella. Vístete, Janine, dijo Alma a sus espaldas. No queremos rezar el doble por tu culpa. Pero Janine no se movió.

Moira también se había acercado. Fue antes de que se escapara por segunda vez. Aún cojeaba a causa de lo que le habían hecho en los pies. Rodeó la cama para poder ver el rostro de Janine.

Venid, nos dijo a Alma y a mí. Las demás también empezaban a reunirse formando una pequeña multitud. Apartaos, les dijo Moira. No hay que darle importancia. Si *ella* entrara...

Yo miraba a Janine. Tenía los ojos abiertos y desorbitados, pero no me veía; la boca, abierta en una sonrisa fija. A través de la sonrisa, a través de sus dientes, susurraba algo para sus adentros. Tuve que inclinarme hacia ella.

Hola, dijo, sin dirigirse a mí. Me llamo Janine. Esta mañana soy tu servidora. ¿Te traigo un poco de café para empezar?

Cristo, dijo Moira a mi lado.

No blasfemes, le advirtió Alma.

Moira cogió a Janine por los hombros y la sacudió. Olvídalo, Janine, dijo en tono brusco. Y no pronuncies esa *palabra*.

Janine sonrió. Es un hermoso día, dijo.

Moira le dio dos bofetadas, con el dorso y el envés de la mano. Vuelve, insistió. ¡Vuelve ahora mismo! No puedes quedarte *allí*, ya no estás allí. Todo eso ha terminado.

La sonrisa de Janine se quebró. Se llevó la mano a la mejilla. ¿Por qué me golpeaste?, preguntó. ¿No era bueno? Puedo traerte otro. No necesitabas golpearme.

¿No sabes lo que harán?, prosiguió Moira. Hablaba en voz baja pero áspera, profunda. Mírame. Mi nombre es Moira y éste es el Centro Rojo. Mírame.

Janine empezó a centrar la mirada. ¿Moira?, dijo. No conozco a ninguna Moira.

No te van a enviar a la Enfermería, ni lo sueñes, continuó Moira. No se complicarán la vida intentando curarte. Ni siquiera se molestarán en trasladarte a las Colonias. Como máximo te subirán al Laboratorio y te pondrán una inyección. Luego te quemarán junto con la basura, como a una No Mujer. Así que olvídalo.

Quiero irme a casa, dijo Janine. Y rompió a llorar.

Jesús, protestó Moira. Ya basta. Ella estará de vuelta en un minuto, puedes estar segura. Así que ponte tu maldita ropa y cierra el pico.

Janine siguió sollozando, pero se puso de pie y empezó a vestirse.

Si vuelve a hacerlo y yo no estoy aquí, me dijo Moira, sólo tienes que abofetearla. No hay que permitirle que pierda la noción de la realidad. Esa mierda es contagiosa.

Entonces ya debía de estar planeando su fuga.

CAPÍTULO 34

El espacio del patio destinado a las sillas, ya se ha llenado; nos agitamos en nuestros sitios, impacientes. Por fin llega el Comandante que está a cargo del servicio. Es calvo y de espaldas anchas, y parece un entrenador de fútbol de cierta edad. Va vestido con su uniforme sobriamente negro y con varias hileras de insignias y condecoraciones. Es difícil no quedar impresionado, pero hago un esfuerzo: intento imaginármelo en la cama con su Esposa y su Criada, fertilizando como un loco, como un salmón en celo, fingiendo que no obtiene ningún placer. Cuando el Señor dijo creced y multiplicaos, ¿se refería a este hombre?

El Comandante sube la escalera que conduce al podio, adornada con una tela roja que lleva bordado un enorme ojo blanco con alas. Recorre la sala con la mirada y nuestras voces se apagan. Ni siquiera tiene que levantar las manos. Su voz entra por el micrófono y sale por los altavoces despojada de sus tonos más graves, de modo tal que suena ásperamente metálica, como si no la emitiera su boca, su cuerpo, sino los propios altavoces. Su voz tiene el color del metal y la forma de un cuerno.

—Hoy es un día de acción de gracias —comienza—, un día de plegaria.

Desconecto mis oídos de la parrafada sobre la victoria y el sacrificio. Luego hay una larga plegaria acerca de las vasijas indignas, y después un himno: «En Gilead hay un bálsamo.»

«En Gilead hay una bomba», solía llamarle Moira.

Ahora viene lo más importante. Entran los veinte Ángeles recién llegados de los frentes, recién condecorados, acompañados por la guardia de honor, marchando uno-dos uno-dos hacia el espacio central. Atención, en posición de descanso. Y entonces las veinte hijas con sus velos blancos avanzan tímidamente, cogidas del brazo por sus madres. Ahora son las madres, y no los padres, las que entregan a las hijas y facilitan los arreglos de las bodas. Los matrimonios, por supuesto, están arreglados. Hace años que a estas chicas no se les permite estar a solas con un hombre; de alguna manera durante muchos años a todas nos ha ocurrido lo mismo.

¿Tienen edad suficiente para recordar algo de los tiempos pasados, como jugar al béisbol, vestirse con tejanos y zapatos de lona, montar en bicicleta? ¿Y leer libros, ellas solas? Aunque algunas de ellas no tienen más de catorce años —*Iniciadlas pronto*, es la norma, *no hay un momento que perder*—, igualmente recordarán. Y las que vengan después de ellas, durante tres o cuatro o cinco años, también recordarán; pero después no. Habrán vestido siempre de blanco y formado grupos de chicas; siempre habrán guardado silencio.

Les hemos dado más de lo que les hemos quitado, dijo el Comandante. Piensa en los problemas que tenían antes. ¿Acaso no recuerdas las dificultades de los solteros, la indignidad de las citas con desconocidos en los institutos de segunda enseñanza? El mercado de la carne. ¿No recuerdas la enorme diferencia entre las que podían conseguir un hombre fácilmente y las que no podían? Algunas llegaban a la desesperación, se morían de hambre para adelgazar, se llenaban los pechos de silicona, se achicaban la nariz. Piensa en la miseria humana.

Movió la mano en dirección a las estanterías de revistas antiguas. Siempre se estaban quejando. Problemas por esto, problemas por aquello. Recuerda los anuncios de la columna personal: *Mujer alegre y atractiva, treinta y cinco años...* De este modo todas conseguían un hombre, sin excluir a ninguna. Y luego, si llegaban a casarse, podían ser abandonadas con un niño, dos niños, sus maridos podían hartarse e irse, desaparecer, y ellas tenían que vivir de la asistencia social. O de lo contrario, él se quedaba y los golpeaba. O, si tenían trabajo, debían dejar a los niños en la guardería o al cuidado de alguna mujer cruel e ignorante, y tenían que pagarlo de su bolsillo, con sus sueldos miserables. El dinero era la única medida valiosa para todos que no respetaba a las madres. No me extraña que renunciaran a todo el asunto. De este modo están protegidas, pueden cumplir con su destino biológico en paz. Con pleno apoyo y estímulo. Ahora dime. Eres una persona inteligente, me gustaría saber lo que piensas. ¿Qué es lo que pasamos por alto?

El amor, afirmé.

¿El amor?, se extrañó el Comandante. ¿Qué clase de amor?

El enamorarse, repuse.

El Comandante me miró con su mirada franca e infantil. Oh sí, dijo. He leído las revistas, es lo que ellas fomentaban, ¿verdad? Pero considera los testimonios, querida. ¿Realmente valía la pena *enamorarse*? Los matrimonios arreglados siempre han funcionado perfectamente bien, como mínimo.

Amor, dijo Tía Lydia en tono disgustado. Que yo no os sorprenda en eso. Nada de estar en la luna, niñas. Moviendo el dedo delante de nosotras. El *amor* no cuenta.

Históricamente hablando, aquellos años eran simplemente una anomalía, argumentó el Comandante. Un fiasco. Todo lo que hemos hecho es devolver las cosas a los cauces de la Naturaleza.

La Peregrinación de las Mujeres se organiza generalmente para casamientos en grupo, como éste. Las de los hombres son para las victorias militares. Ésta es una de las cosas que más nos deben regocijar. Sin embargo en ocasiones, y en el caso de las mujeres, se organizan cuando una monja decide retractarse. La mayor parte de estos casos tuvieron lugar al principio, cuando las acorralaban; pero incluso en estos tiempos descubren a algunas, y las hacen abandonar la clandestinidad, donde han estado ocultándose como topos. Y tienen el mismo aspecto: los ojos debilitados, la mirada estupefacta por el exceso de luz. A las mayores las envían directamente a las Colonias, pero a las jóvenes y fértiles intentan convertirlas y, cuando lo logran, todas venimos aquí para verlas cómo celebran la ceremonia de renunciar al celibato y sacrificarse por el bien común. Se arrodillan y el Comandante reza y luego ellas toman el velo rojo, tal como hemos hecho todas nosotras. Sin embargo, no se les permite convertirse en Esposas. Aún se las considera demasiado peligrosas como para que accedan a posiciones de tanto poder. Parecen rodeadas de olor a bruja, algo misterioso y exótico; algo que permanece en ellas a pesar del fregado y de las llagas de los pies, y del tiempo que han pasado aisladas. Siempre tienen llagas, ya las tenían en aquel tiempo, o eso se rumorea: no se les quitan con facilidad. De todos modos, muchas de ellas eligen las Colonias. A ninguna de nosotras le gusta tenerlas como compañeras de compra. Están más destrozadas que el resto de nosotras; es difícil sentirse a gusto con ellas.

Las madres han colocado en su sitio a las niñas tocadas con velos blancos, y han regresado a sus sillas. Entre ellas se produce un breve lloriqueo, mutuas palmaditas y estrechamientos de manos, y el uso ostentoso de los pañuelos. El Comandante prosigue con el servicio:

—Deseo que las mujeres se adornen con indumentarias modestas —dice—, con recato y sobriedad; que no lleven el cabello trenzado, ni oro, ni perlas, ni atavíos costosos;

»Sino (lo cual se aplica a las mujeres que se declaran devotas) buenas obras.

»Dejad que la mujer aprenda en silencio, con un sometimiento total —en este punto nos dedica una mirada—. Total —repite.

»No tolero que una mujer enseñe, ni que usurpe la autoridad del hombre, sólo que guarde silencio.

»Porque primero fue creado Adán, y luego Eva.

»Y Adán no fue engañado, pero la mujer, siendo engañada, cometió una transgresión.

»No obstante, se salvará mediante el alumbramiento si continúa en la fe y la caridad y la santidad con sobriedad.

Salvarse mediante el alumbramiento, pienso. ¿Y qué es lo que nos salvaba antes?

—Eso debe decírselo a las Esposas —murmura Deglen—, cuando se dedican a beber —se refiere al párrafo acerca de la sobriedad. Ahora podemos volver a hablar, el Comandante ha concluido el ritual principal y se ponen los anillos y levantan los velos. Tongo, digo mentalmente. Fijaos bien, porque ahora es demasiado tarde. Los Ángeles tendrán derecho a las Criadas, más adelante, sobre todo si sus nuevas Esposas no pueden reproducirse. Pero a vosotras, niñas, os han timado. Lo que conseguís es lo que veis, con todas sus consecuencias. Pero nadie espera que lo améis. Lo descubriréis muy pronto. Simplemente cumplid con vuestra obligación en silencio. Cuando dudéis, cuando os tendáis de espaldas, podéis mirar el cielo raso. Quién sabe lo que veréis allí arriba. Coronas funerarias y ángeles, constelaciones de polvo, estelar o del otro, los rompecabezas que dejan las arañas. Una mente inquieta siempre tiene algo en qué ocuparse.

¿Algo va mal, querida?, decía un viejo chiste.

No, ¿por qué?

Te has movido.

No os mováis.

Lo que pretendemos lograr, dice Tía Lydia, es un espíritu de camaradería entre las mujeres. Todas debemos actuar de común acuerdo.

Camaradería, una mierda, dice Moira por el agujero del retrete. Que se vaya a hacer puñetas la Tía Lydia, como solían decir. ¿Qué apuestas a que logra que Janine se ponga de rodillas? ¿Qué crees que traman en su despacho? Apuesto a que la hace trabajar en ese reseco peludo viejo y marchito...

¡Moira!, exclamo.

¿Moira, qué?, susurra. Sabes que tú también lo has pensado.

No es bueno hablar de ese modo, afirmo, sintiendo sin embargo el impulso de reír. Pero en aquel entonces yo imaginaba que debíamos intentar preservar algo parecido a la dignidad.

Siempre fuiste una mojigata, dice Moira, en tono afectado. Claro que es bueno. Lo es.

Y tiene razón, lo sé ahora, mientras estoy arrodillada en este suelo irremediablemente duro, escuchando el ronroneo de la ceremonia. Hay algo convincente en el hecho de susurrar obscenidades sobre los que están en el poder. Hay algo delicioso, algo atrevido, sigiloso, prohibido, emocionante. Es como un maleficio, en cierto modo. Los rebaja, los reduce al común denominador en el que pueden ser encuadrados. Sobre la pintura del retrete alguien desconocido había garabateado: *Tía Lydia chupa.* Era como una bandera agitada desde una colina durante una rebelión. La sola idea de que Tía Lydia hiciera semejante cosa era alentadora.

Así que ahora, entre estos Ángeles y sus blancas esposas desecadas, imagino gruñidos y sudores trascendentales, encuentros húmedos y peludos; o, mejor aún, fracasos ignominiosos, pollas semejantes a zanahorias pasadas, angustiosos toqueteos de la carne, fría e insensible como un pescado crudo.

Cuando por fin la ceremonia concluye y salimos, Deglen me dice en un débil pero penetrante susurro:

—Sabemos que lo ves a solas.

—¿A quién? —le pregunto, resistiendo el impulso de mirarla. Sé a quién se refiere.

—A tu Comandante —aclara—. Sabemos que lo has estado viendo —le pregunto cómo—. Simplemente lo sabemos —responde—. ¿Qué busca? ¿Perversiones sexuales?

Sería difícil explicarle lo que él quiere, porque aún no sé cómo denominarlo. ¿Cómo describirle lo que realmente ocurre entre nosotros? En primer lugar, ella se reiría. Me resulta más fácil decir:

—En cierto modo —esta respuesta tiene, al menos, la dignidad de la coerción.

Ella reflexiona.

—Te sorprendería —comenta— saber cuántos lo hacen.

—No puedo evitarlo —me justifico—. No puedo decirle que no iré —ella debería saberlo.

Ya estamos en la acera y no es conveniente hablar, estamos muy cerca del resto y ya no contamos con la protección del murmullo de la multitud. Caminamos en silencio, rezagadas, hasta que ella cree prudente decir:

—Claro que no puedes. Pero averigua y cuéntanos.

—¿Que averigüe qué? —me extraño.

Casi me parece percibir el ligero movimiento de su cabeza.

—Todo lo que puedas.

Capítulo 35

Ahora, en la atmósfera caliente de mi habitación, tengo un espacio por llenar, y también un tiempo; un espacio-tiempo, entre el aquí y el ahora, el allí y el después, interrumpido por la cena. La llegada de la bandeja, subida por las escaleras como si fuera un inválido. Un inválido, alguien que ha sido invalidado. Sin pasaporte válido. Sin salida.

Eso fue lo que ocurrió el día que intentamos cruzar la frontera, con nuestros flamantes pasaportes que demostraban que no éramos quienes éramos: que Luke, por ejemplo, nunca había estado divorciado, que por lo tanto era legal, según la nueva ley.

Después que le explicamos que íbamos de picnic y de echar una mirada al interior del coche y ver a nuestra hija dormida, rodeada por su zoo de sucios animales, el hombre se fue adentro con nuestros pasaportes; Luke me dio unas palmaditas en el brazo y bajó del coche fingiendo que salía a estirar las piernas, y observó al hombre a través de la ventana del edificio de inmigración. Yo me quedé en el coche. Encendí un cigarrillo para tranquilizarme y aspiré el humo, una larga bocanada de falsa relajación. Me dediqué a mirar a los soldados vestidos con esos uniformes desconocidos que, para ese entonces, empezaban a resultar familiares; estaban ociosamente de pie junto a la barrera de rayas amarillas y negras, que se encontraba levantada. No hacían gran cosa. Uno de ellos miraba una bandada de pájaros que alzaban el vuelo, se arremolinaban y se posaban sobre la barandilla del puente, al otro lado. Yo lo miraba a él, y al mismo tiempo a ellas. Todo tenía el color de siempre, sólo que más brillante.

Todo saldrá bien, me dije, rezando mentalmente. Oh, permítelo. Permítenos cruzar, permítenos cruzar. Sólo esta vez, y después haré cualquier cosa. No tendría ningún sentido, y ni siquiera interés, saber lo que pensé que podría hacer por quien me estaba escuchando.

Entonces Luke volvió a subir al coche, muy rápidamente, puso la llave del encendido y dio marcha atrás. Iba a hablar por teléfono, dijo. Y empezó a conducir a toda prisa, y después un camino de tierra, el bosque, y saltamos del coche y echamos a correr. Una casa donde ocultarnos, una barca, no sé lo que pensamos. Él dijo que los pasaportes eran seguros, y tuvimos muy poco tiempo para planificarlo. Tal vez él tenía un plan, algún tipo de mapa mental. En cuanto a mí, me limité a correr y correr.

No quiero contar esta historia.

No tengo que contarla. No tengo que contar nada, ni a mí misma ni a nadie. Simplemente podría quedarme sentada aquí, en paz. Podría apartarme. Es posible llegar muy lejos, hacia adentro, hacia abajo y hacia atrás, podrían no encontrarte nunca.

Nolite te bastardes carborundorum. Vaya si la hizo buena.

¿Por qué luchar?

Jamás servirá.

¿Amor?, dijo el Comandante.

Eso está mejor. Es algo que conozco. Podemos hablar del tema.

Enamorarse, repetí. Caer en las garras del amor, a todos nos ocurrió, de un modo u otro. ¿Cómo pudo haberlo convertido en algo tan vacío? Incluso socarrón. Como si para nosotros fuera algo trivial, una pose, un capricho.

Por el contrario, era un camino difícil. Era el problema central, la manera de entenderse a uno mismo; si nunca te ocurría, jamás, podías llegar a ser como un mutante, una criatura de otra galaxia. Cualquiera lo sabía.

Caer en las garras del amor, dijimos; *yo caí en los brazos de él*. Éramos mujeres caídas. Creíamos en ello, en este movimiento descendente: tan hermoso como volar, y sin embargo, al mismo tiempo, tan terrible, tan extremo, tan improbable. *Dios es amor*, dijeron alguna vez, pero nosotras pusimos la frase del revés y el amor, como el Cielo, estaba siempre a la vuelta de la esquina. Cuanto más creíamos en el Amor abstracto y total, más difícil nos resultaba amar al hombre que teníamos a nuestro lado. Siempre esperábamos una encarnación. Esa palabra, hecha carne.

Y en ocasiones ocurría, por una vez. Esa clase de amor viene y se va y después es difícil recordarlo, como el dolor. Un día mirabas a ese hombre y pensabas *Te amé*, y lo pensabas en tiempo pasado, y te sentías maravillada porque haberlo hecho era una tontería, algo sorprendente y precario; y también comprendías por qué en aquel momento tus amigos se habían mostrado evasivos.

Ahora, al recordar esto, siento un gran consuelo.

O a veces, incluso cuando aún estabas amando, te levantabas en mitad de la noche, cuando la luna entraba por la ventana e iluminaba su rostro dormido, oscureciendo las sombras de las cuencas de sus ojos y volviéndolas más cavernosas que durante el día, y pensabas: ¿Quién sabe lo que hacen cuando están a solas, o con otros hombres? ¿Quién sabe lo que dicen, o a dónde van? ¿Quién puede decir lo que son realmente? En la cotidianeidad.

Probablemente, en esos momentos pensarías: ¿Y si no me ama?

O recordarías historias que habías leído en los periódicos sobre mujeres que habían aparecido —a menudo eran mujeres, pero a veces también hombres, o niños, lo cual es terrible— en zanjas, o en bosques, o en neveras de habitaciones alquiladas y abandonadas, con la ropa puesta o no, vejadas sexualmente o no; pero de todos modos asesinadas. Existían lugares por los que no querías caminar, precauciones que tomabas y que tenían que ver con las cerraduras de ventanas y puertas, con el hecho de echar las cortinas y de dejar las luces encendidas. Estas cosas que hacías eran como plegarias; las hacías y esperabas que te salvaran. Y en gran parte lo hacían. O algo lo hacía; podías asegurarlo por el hecho de que aún estabas viva.

Pero todo eso era oportuno sólo por la noche y no tenía nada que ver con el hombre al que amabas, al menos a la luz del día. Con ese hombre querías trabajar, que la cosa funcionara para no desentrenarte. Y el entrenamiento era algo que hacías con el fin de mantener tu cuerpo en forma para ese hombre. Si te entrenabas lo suficiente, tal vez el hombre también lo hacía. Tal vez erais capaces de entrenaros juntos, como si ambos fuerais un rompecabezas que podía resolverse; de lo contrario, uno de vosotros —lo más probable es que fuera el hombre— se alejaría tomando su propio rumbo, llevándose consigo su cuerpo adicto y dejándote con una angustia de abandono que podías contrarrestar mediante el ejercicio. Si no funcionabais, era porque uno de los dos adoptaba una actitud incorrecta. Se pensaba que todo lo que ocurría en vuestras vidas se debía a alguna fuerza positiva o negativa que emanaba del interior de vuestras mentes.

Si no te gusta, cámbialo, nos decíamos mutuamente y a nosotras mismas. Y así, cambiábamos a ese hombre por otro. Estábamos seguras de que el cambio siempre se hacía para mejorar. Éramos revisionistas; nos revisábamos a nosotras mismas.

Resulta extraño recordar lo que solíamos pensar, como si lo tuviéramos todo al alcance, como si no existieran las contingencias, ni los límites; como si fuéramos libres de modelar y remodelar eternamente los siempre expansibles perímetros de nuestras vidas. Yo también era así, también lo hacía. Luke no fue el primer hombre en mi vida, y podría no haber sido el último. Si no hubiera quedado congelado de ese modo. Parado en seco en el tiempo, en el aire, entre los árboles, en mitad de la caída.

En otros tiempos te enviaban un pequeño paquete con sus pertenencias: lo que llevaba consigo en el momento de morir. Según mi madre, eso es lo que hacían en tiempos de guerra. ¿Durante cuánto tiempo se suponía que debías llevar luto, qué decían ellos? Haz de tu vida un tributo al amado. Y lo fue, el amado. Él.

Es, me digo. *Es, es*, sólo dos letras, estúpida, ¿acaso no eres capaz de recordar una palabra tan corta como ésa?

Me seco la cara con la manga. Antes no lo habría hecho por miedo a mancharme, pero ahora es imposible que ocurra. Cualquier expresión que exista, invisible para mí, es real.

Tendréis que perdonarme. Soy una refugiada del pasado y, como otros refugiados, sigo las costumbres y hábitos que abandoné o que fui obligada a abandonar, y todo esto parece muy pintoresco, y yo soy muy obsesiva con respecto a ello. Como un ruso blanco tomando el té en París, aislado en el siglo veinte, retrocedo intentando recuperar aquellos senderos distantes; me vuelvo demasiado sensiblera, me pierdo. Me lamento. Lamentarse es lo que es, no es llorar. Me siento en esta silla y rezumo, como una esponja.

Entonces. Más espera. La dulce espera: así solían llamarle las tiendas en las que podías comprar ropa de maternidad. Espera a secas parece más apropiado a alguien que está en una estación de tren. La espera también es un lugar: es donde se espera. Para mí, lo es esta habitación. Yo soy un espacio entre paréntesis. Entre otras personas.

Llaman a mi puerta. Es Cora, con la bandeja.

Pero no es Cora.

—Te he traído esto —dice Serena Joy.

Entonces levanto la vista, miro a mi alrededor, me levanto de mi silla y camino en dirección a ella. La sostiene entre sus manos, es una copia de una Polaroid, cuadrada y brillante. Entonces aún fabrican esas cámaras. Y también habrá álbumes familiares, llenos de niños; sin embargo, ni una sola Criada. Desde el punto de vista de la historia futura, seremos invisibles. Pero los niños sí existirán, serán algo para que las Esposas miren en el piso de abajo mientras esperan el nacimiento mordisqueando en el bar.

—Sólo puedes tenerla cinco minutos —me dice Serena Joy, en tono bajo y conspirador—. Tengo que devolverla antes de que noten que ha desaparecido.

Debe de haber sido una Martha la que se la consiguió. Ellas forman una red de la que obtienen algo. Es bueno saberlo.

La cojo de sus manos, y la doy vuelta para verla del derecho. Es ella, ¿éste es su aspecto? Mi tesoro.

Tan alta y cambiada. Sonriendo un poco, con su vestido blanco, como si fuera vestida para tomar la primera comunión, como en los viejos tiempos.

El tiempo no ha quedado estancado. Me ha mojado, me ha erosionado, como si yo no fuera más que una mujer de arena abandonada por un niño descuidado cerca del agua. Para ella he quedado borrada. Ahora sólo soy una sombra lejana en el tiempo, detrás de la superficie lisa y brillante de esta fotografía. La sombra de una sombra, que es lo que terminan siendo las madres muertas. Se ve en sus ojos: no estoy allí.

Pero ella existe, con su vestido blanco. Crece y vive. ¿No es algo bueno? ¿No es una bendición?

Sin embargo, no puedo soportar haber quedado borrada de esa manera. Mejor sería que no me hubiera traído nada.

Me siento a la mesa pequeña a comer copos con crema con un tenedor. Me dan tenedor y cuchara, pero nunca cuchillo. Cuando hay carne, me la cortan con antelación, como si yo no supiera manejar las manos, o no tuviera dientes. Pero no carezco de ninguna de las dos cosas. Por eso no me permiten usar cuchillo.

CAPÍTULO 36

Llamo a su puerta, oigo su voz, me arreglo la cara y entro. Él está de pie junto a la chimenea; en la mano tiene un vaso casi vacío. Normalmente espera a que yo llegue para empezar a beber alcohol, aunque sé que con la cena beben vino. Tiene la cara ligeramente colorada. Intento calcular lo que ha bebido.

—Bienvenida —me saluda—. ¿Cómo está la pequeña esta noche?

Por la elaborada sonrisa que me dedica, calculo que poco. Está en la fase de la cortesía.

213

—Estoy bien —respondo.

—¿Preparada para una pequeña emoción?

—¿Cómo? —le pregunto. Detrás de sus palabras siento una incomodidad, una incertidumbre acerca de lo lejos que puede ir conmigo, y en qué dirección.

—Esta noche tengo una pequeña sorpresa para ti —anuncia y se echa a reír. Es más bien una risita. Noto que esta noche todo es *pequeño*. Desea disminuir las cosas, incluso a mí misma—. Algo que te gustará.

—¿Qué es? —pregunto—. ¿Cuadros chinos? —puedo tomarme estas libertades; a él parecen divertirle, sobre todo después de un par de tragos. Prefiere que sea frívola.

—Algo mejor —puntualiza, intentando parecer seductor.

—Estoy impaciente.

—Bien —dice. Va hasta su escritorio y revuelve en un cajón. Luego se acerca a mí, con una mano a la espalda.

—Adivina —propone.

—¿Animal, vegetal o mineral? —pregunto.

—Oh, animal —afirma con burlona gravedad—. Definitivamente animal, diría yo —aparta la mano de detrás de su espalda. Sostiene algo semejante a un puñado de plumas color malva y rosa. Las despliega. Es una prenda de vestir, según parece, y de mujer: se ven las dos copas para los pechos, cubiertas de lentejuelas color púrpura. Las lentejuelas son estrellas diminutas. Las plumas están colocadas alrededor del agujero para las piernas y a lo largo de la parte de arriba. O sea que después de todo no estaba equivocada con respecto a la faja.

Me pregunto dónde la habrá encontrado. Se supone que toda la ropa de ese tipo ha sido destruida. Recuerdo haberlo visto en la televisión, en fragmentos filmados en diversas ciudades. En Nueva York se llamaba Limpieza de Manhattan. En Times Square había hogueras y las multitudes cantaban alrededor de ellas, mujeres que levantaban los brazos, agradecidas, cada vez que sentían que las cámaras las enfocaban, hombres jóvenes de rostro pétreo y bien afeitado que arrojaban objetos a las llamas: prendas de seda, nylon y piel de imitación, ligas verdes, rojas y violetas, raso negro, lamé dorado, plata brillante; bragas bikini, sujetadores transparentes con corazones rosados de raso cosidos para tapar los pezones. Y los fabricantes, importadores y vendedores, arrodillados, arrepintiéndose en público, con las cabezas cubiertas con sombreros de papel, de forma cónica —como unas orejas de burro— con la palabra VERGÜENZA pintada en rojo.

Pero algunas cosas deben de haberse salvado de las llamas, lo más probable es que no las encontraran todas. Él debe de haberla conseguido del mismo modo que consiguió las revistas: deshonestamente; apesta a mercado negro. Y no es nueva, ha sido usada con anterioridad, debajo de los brazos, la prenda está arrugada y ligeramente manchada con el sudor de alguna otra mujer.

—Tuve que adivinar la talla —me advierte—. Espero que te siente bien.

—¿Pretende que me ponga esto? —me asombro. Sé que mi voz suena mojigata y desaprobadora. Sin embargo, hay algo atractivo en la idea. Nunca me he puesto nada ni remotamente parecido, tan brillante y teatral, y eso es lo que debe de ser, una vieja prenda de teatro, o algo de un número de un club nocturno desaparecido; lo más parecido que me puse alguna vez fueron trajes de baño y un conjunto de cubrecorsé con encajes de color melocotón que Luke me compró una vez. Sin embargo, hay algo seductor en esta prenda, encierra el pueril atractivo de ponerse de tiros largos. Y sería tan ostentoso, como una burla a las Tías, tan pecaminoso, tan libre... La libertad, como todo lo demás, es relativo.

—Bien —acepto, intentando no parecer demasiado ansiosa. Quiero que él sienta que le estoy haciendo un favor. Tal vez hemos llegado a su verdadero y profundo deseo. ¿Tendrá un látigo escondido detrás de la puerta? ¿Se sacará las botas y se arrojará o me arrojará a mí sobre el escritorio?

—Es un disfraz —me explica—. También tendrás que pintarte la cara; traje todo lo que hace falta. No podrías entrar sin esto.

—¿Dónde? —pregunto.

—Esta noche voy a llevarte afuera.

—¿Afuera? —es una expresión arcaica. Seguramente ya no queda ningún sitio donde llevar a una mujer.

—Fuera de aquí —afirma.

Sé, sin necesidad de que me lo diga, que lo que propone es arriesgado para él, pero especialmente para mí; de todos modos, quiero ir. Quiero cualquier cosa que rompa la monotonía, que subvierta el respetable orden de las cosas.

Le digo que no quiero que me mire mientras me pongo la prenda; delante de él, aún tengo vergüenza de mi cuerpo. Dice que se volverá de espaldas, y lo hace; me quito los zapatos y los calcetines, los leotardos de algodón y me pongo las plumas bajo la protección del vestido. Luego me quito el vestido y deslizo sobre mis hombros los finos tirantes con lentejuelas. También hay un par de zapatos de color malva con tacones absurdamente altos. Nada me sienta a la perfección: los zapatos son un poco grandes y la cintura del traje es demasiado ceñida, pero servirán.

—Ya está —anuncio, y él se da vuelta. Me siento estúpida; quiero verme en un espejo.

—Encantadora —comenta—. Y ahora tu cara.

Todo lo que tiene es un lapiz labial viejo, blando y con olor a uvas artificiales, un delineador y maquillaje. Ni sombra para párpados, ni colorete. Por un momento pienso que no recordaré cómo se hace, y mi primer intento con el delineador me deja un párpado manchado de negro, como si me lo hubiera hecho en una pelea; pero me lo limpio con la loción de manos de aceite vegetal y vuelvo a probar. Me froto ligeramente los pómulos con el lápiz labial y lo extiendo. Mientras realizo la operación, él me sostiene un enorme espejo de mano con dorso de plata. Reconozco el espejo de Serena Joy. Él debe de haberlo cogido de su habitación.

No puedo hacer nada con mi pelo.

—Estupendo —afirma. A estas alturas, está bastante excitado; es como si nos estuviéramos vistiendo para ir a una fiesta.

Va hasta el armario y saca una capa con una caperuza. Es de color azul claro, el color de las Esposas. También debe de ser de Serena.

—Échate la caperuza sobre la cara —indica—. Intenta no estropear el maquillaje. Es para pasar por los controles.

—¿Y mi pase? —pregunto.

—No te preocupes por eso —me tranquiliza—. Te he conseguido uno.

Y nos disponemos a salir.

Nos deslizamos juntos por las calles envueltas en penumbras. El Comandante me ha cogido de la mano derecha, como los adolescentes en las películas. Me cierro bien la capa de color azul claro, como haría una buena Esposa. A través del túnel formado por la caperuza puedo ver la nuca de Nick. Lleva la gorra en la posición correcta, está sentado en una postura recta y con el cuello estirado, todo su cuerpo está erguido. ¿Su postura desaprueba mi conducta, o yo me lo imagino? ¿Sabe lo que llevo puesto debajo de la capa, él mismo lo consiguió? Si fuera así, ¿está enfadado, siente algún deseo, envidia o alguna otra cosa? Tenemos una cosa en común: ambos debemos ser invisibles, ambos somos funcionarios. Me pregunto si él lo sabe. Cuando le abrió la puerta del coche al Comandante, y por extensión a mí, intenté captar su mirada, hacer que me mirara, pero él actuó como si no me viera. ¿Por qué no? Para él es un trabajo fácil: pequeños recados, favores, y no creo que quiera arriesgar su situación.

En los puestos de control no surge ningún problema, todo sale tan bien como dijo el Comandante, a pesar del pesado golpeteo y de la presión de la sangre en mi cabeza. Gallina de mierda, diría Moira.

Cuando pasamos el segundo puesto de control, Nick pregunta:

—¿Aquí, señor?

—Sí —responde el Comandante. El coche avanza y el Comandante me advierte—: Ahora tendré que pedirte que te acomodes en el suelo del coche.

—¿En el suelo? —me asombro.

—Tenemos que atravesar la puerta —me explica, como si eso significara algo para mí. Intenté preguntarle a dónde íbamos, pero dijo que quería darme una sorpresa—. A las Esposas no se les permite la entrada.

Así que me aplasto contra el suelo y el coche vuelve a arrancar, y durante unos minutos no veo nada. Debajo de la capa hace un calor sofocante. Es una capa de invierno, no es de algodón como las de verano, y huele a naftalina. Debe de haberla cogido del armario de la ropa de invierno, sabiendo que ella no lo notará. Ha tenido la amabilidad de mover los pies para hacerme lugar. De todos modos, tengo la frente contra sus zapatos. Nunca había estado tan cerca de sus zapatos. Parecen duros, impenetrables como el caparazón de las cucarachas: ne-

gros, lustrados, incrustables. Es como si no tuvieran nada
que ver con los pies.

Atravesamos otro puesto de control. Oigo las voces impersonales y respetuosas, y la ventanilla que baja y sube
eléctricamente para que él presente los pases. Esta vez
no enseña el mío, el que se supone que es mío, porque
oficialmente no existo, por ahora.

Luego el coche arranca y vuelve a detenerse, y el Comandante me ayuda a incorporarme.

—Tendremos que ser rápidos —comenta—. Ésta es una
entrada trasera. Le dejarás la capa a Nick. A la hora de
siempre —le dice a Nick. O sea que esto también es algo
que ha hecho antes.

Me ayuda a quitarme la capa; la puerta del coche está
abierta. Noto el aire sobre mi piel casi desnuda y me doy
cuenta que he estado sudando. Cuando me giro para cerrar
la puerta del coche, veo que Nick me mira a través del
cristal. Ahora me ve. ¿Lo que veo es desdén, o indiferencia,
es simplemente lo que él esperaba de mí?

Estamos en un callejón, detrás de un edificio de ladrillos rojos, bastante moderno. Junto a la puerta hay una
hilera de cubos de basura que huelen a pollo frito en
descomposición. El Comandante pone la llave en la puerta,
que es chata y gris y está al mismo nivel de la pared y
que, me parece, es de acero. En el interior hay un pasillo
de hormigón iluminado con lámparas fluorescentes; una
especie de túnel funcional.

—Es aquí —me dice el Comandante. Me coloca en la
muñeca una etiqueta de color púrpura con una banda
elástica, como las etiquetas que dan en los aeropuertos
para el equipaje—. Si alguien te pregunta, di que estás
alquilada para esta noche —me aconseja. Me coge del
brazo para guiarme. Lo que quiero es un espejo para ver
si tengo los labios bien pintados o si las plumas son muy
ridículas y están muy desordenadas. Con esta luz debo
de parecer muy pálida. Pero ya es demasiado tarde.

Idiota, dice Moira.

Capítulo 37

Caminamos por el pasillo, atravesamos otra puerta gris
y chata y avanzamos por otro pasillo, esta vez ilumina-

do y cubierto con una alfombra de color champiñón, rosa pardusco. Las puertas se abren hacia afuera y están numeradas: ciento uno, ciento dos, como uno cuenta durante una tormenta para saber a qué distancia está. Entonces es un hotel. Desde detrás de una de las puertas llegan risas, las de un hombre y una mujer. Hacía mucho tiempo que no oía reír.

Salimos a un patio central. Es amplio y alto y hay varios pisos hasta la claraboya de la parte superior. En el centro hay una fuente, una fuente redonda que rociaba agua en forma de diente de león que empieza a granar. Plantas en tiestos y retoños de árbol aquí y allá, enredaderas que cuelgan de los balcones. Ascensores con cristales ovalados se deslizan arriba y abajo como moluscos gigantes.

Sé dónde estoy. He estado aquí antes: con Luke, por las tardes, hace mucho tiempo. Antes era un hotel. Ahora está lleno de mujeres.

Me quedo quieta y las miro. Aquí puedo mirar fijamente, mirar a mi alrededor, ya no tengo la toca que me lo impida. Mi cabeza, despojada de ella, parece extrañamente ligera, como si le hubieran quitado un peso, o parte de su sustancia.

Las mujeres están sentadas, repantigadas, paseándose o apoyadas unas contra otras. Mezclados con ellas se ven algunos hombres, montones de hombres que, vestidos con sus uniformes o trajes oscuros, tan parecidos entre sí, forman un segundo plano indiferenciado. Las mujeres, por su parte, tienen un aspecto tropical, van vestidas con todo tipo de ropas festivas y brillantes. Algunas de ellas llevan conjuntos como el mío, con plumas y adornos brillantes, escotados en los muslos y en los pechos. Algunas tienen puesta ropa interior como la que se usaba antes, camisones cortos, pijamas cortos y algún que otro salto de cama transparente. Otras llevan trajes de baño, enteros o bikinis; hay una con una prenda hecha con ganchillo y unas enormes conchas de vieiras que le cubren las tetas. Algunas van vestidas con pantalones cortos de deporte y blusas abiertas en la espalda, otras con mallas de gimnasia como las que solían verse por televisión, ceñidas, y calentadores tejidos de color pastel. Incluso se ven algunas con trajes de animadoras, faldas cortas plisadas y enormes letras sobre el pecho. Me imagino que han tenido que recurrir a esta mezcolanza, a lo que han podido birlar o rescatar. Todas están maquilladas, y me doy cuenta de lo raro que me resulta ver mujeres maquilladas, porque sus ojos me parecen demasiado grandes, demasiado oscuros y brillantes, sus bocas demasiado rojas, demasiado húmedas, como bañadas en sangre; o, por otra parte, payasescas.

A primera vista hay cierta alegría en la escena. Es como un baile de disfraces; son como niños demasiado crecidos para su edad, vestidos con trajes que han encontrado revolviendo un baúl. ¿Hay algo placentero en todo esto? Podría ser, ¿pero lo han elegido? No se puede deducir a simple vista.

En esta sala hay una gran cantidad de traseros. Ya no estoy acostumbrada a ellos.

—Es como viajar al pasado —comenta el Comandante en tono satisfecho, incluso encantado—. ¿No te parece?

Intento recordar si el pasado era exactamente así. Ahora no estoy segura. Sé que contenía estas cosas, pero de algún modo la mezcla es diferente. Una película sobre el pasado no es lo mismo que el pasado.

—Sí —afirmo. Lo que siento no es una cosa simple. Ciertamente, estas mujeres no me espantan, no me impresionan. Reconozco en ellas al tipo de mujer holgazana. El credo oficial las rechaza, niega su existencia misma, y sin embargo, aquí están. Al menos eso es algo.

—No te quedes mirando tontamente —me aconseja el Comandante—, o te delatarás. Actúa con naturalidad —vuelve a guiarme. Un hombre lo ha reconocido, lo ha saludado y ha empezado a caminar en dirección a nosotros. El Comandante me coge el brazo con más fuerza—. Tranquila —susurra—. No pierdas la calma.

Todo lo que tienes que hacer, me digo a mí misma, es mantener la boca cerrada y parecer estúpida. No es tan difícil.

El Comandante habla por mí, con este hombre y con los otros que vienen con él. No dice gran cosa sobre mí, no necesita hacerlo. Explica que soy nueva y ellos me miran, me descartan y se dedican a hablar de otras cosas. Mi disfraz ha cumplido con su función.

Él sigue sujetándome del brazo y, mientras habla, su columna se vuelve imperceptiblemente rígida, su pecho se ensancha, su voz adopta cada vez más la vivacidad y la jocosidad de la juventud. Se me ocurre que está exhibiéndose. Me está exhibiendo a mí ante ellos, y ellos lo comprenden y son lo suficientemente decorosos, mantienen las manos quietas pero me observan los pechos y las piernas como si no hubiera razón para no hacerlo. Pero también se está exhibiendo ante mí. Me está demostrando su dominio del mundo. Está quebrando las normas delante de sus narices, burlándose de ellos. Tal vez ha alcanzado ese estado de intoxicación que, según se dice, inspira el poder, ese estado que hace que algunos se sientan indispensables y crean que pueden hacer cualquier cosa, absolutamente lo que les plazca, cualquier cosa. Por segunda vez, cuando cree que nadie lo mira, me guiña el ojo.

Todo esto es una ostentación infantil, y una situación patética; pero es algo que comprendo.

Cuando se harta de la conversación vuelve a llevarme cogida del brazo, esta vez hasta un mullido sofá floreado, como los que antes había en los vestíbulos de los hoteles; de hecho, en este vestíbulo hay un dibujo floral que aún recuerdo, un fondo azul oscuro con flores rosadas de estilo *art nouveau*.

—Pensé que con esos zapatos —explica— tal vez tenías los pies cansados —tiene razón, y me siento agradecida. Me ayuda a sentarme, y se sienta a mi lado. Pone un brazo alrededor de mis hombros. La tela de su manga resulta áspera en contacto con mi piel, tan desacostumbrada estoy a que me toquen—. ¿Y bien? —prosigue—. ¿Qué te parece nuestro pequeño club?

Vuelvo a mirar a mi alrededor. Los hombres no forman una masa homogénea, como me pareció al principio. Junto a la fuente hay un grupo de japoneses vestidos con trajes de color gris claro, y en un rincón una mancha blanca: árabes ataviados con sus largas túnicas, sus tocados y las badanas de rayas.

—¿Es un club? —pregunto.

—Bueno, así lo llamamos, entre nosotros. El club.

—Creí que este tipo de cosas estaba prohibido —comento.

—Oficialmente, sí —reconoce—. Pero al fin y al cabo todos somos humanos.

Espero que me dé más detalles pero, como no lo hace, le pregunto:

—¿Y eso qué significa?

—Significa que es imposible escapar a la Naturaleza —asegura—. En el caso de los hombres, la Naturaleza exige variedad. Es lógico, forma parte de la estrategia de la procreación. Es el plan de la Naturaleza —no respondo, de modo que continúa—. Las mujeres lo saben instintivamente. ¿Por qué en aquel entonces se compraban tantas ropas diferentes? Para hacerles creer a los hombres que eran varias mujeres diferentes. Una mujer nueva cada día.

Lo dice como si lo creyera, pero dice muchas cosas de esta manera. Tal vez las cree, tal vez no, o tal vez le ocurren las dos cosas al mismo tiempo. Es imposible saber lo que piensa.

—Por eso, ahora que no tenemos diferentes ropas —sugiero—, ustedes simplemente tienen diferentes mujeres —es una ironía, pero él no la capta.

—Esto resuelve un montón de problemas —dice sin inmutarse.

No le respondo. Empiezo a hartarme de él. Tengo ganas de mostrarme fría con él, de pasar el resto de la velada de mala cara y muda. Pero no puedo permitirme ese lujo, lo sé. Sea lo que fuere, esto al menos es una noche fuera.

Lo que realmente me gustaría hacer es charlar con las mujeres, pero comprendo que tengo pocas posibilidades de hacerlo.

—¿Quiénes son estas personas? —pregunto.

—Esto sólo es para oficiales —me aclara—. De todas las ramas; y para altos funcionarios. Y delegaciones comerciales, por supuesto. Estimula el comercio. Es un sitio ideal para conocer gente. Fuera de aquí apenas se pueden hacer negocios. Intentamos proporcionar al menos lo mismo que pueden conseguir en cualquier otro sitio. También puedes enterarte de cosas, información. A veces un hombre le dice a una mujer cosas que jamás le contaría a otro hombre.

—No —puntualizo—. Me refiero a las mujeres.

—Oh —exclama—. Bueno, algunas de ellas son verdaderas prostitutas. Chicas de la calle— lanza una carcajada— de los tiempos pasados. No podrían ser asimiladas; de todos modos, la mayoría de ellas prefieren esto.

—¿Y las otras? —pregunto.

—¿Las otras? Bueno, tenemos toda una colección. Aquella de allí, la de verde, es socióloga. O era. Ésa era abo-

222

gada, aquélla se dedicaba a los negocios, tenía un puesto ejecutivo en una especie de cadena de tiendas de comida para llevar, o tal vez eran hoteles. Me han dicho que si uno sólo tiene ganar de hablar, ella es la persona ideal para mantener una charla interesante. Ellas también prefieren estar aquí.

—¿Prefieren esto a qué otra cosa? —pregunto.

—A las alternativas —responde—. Incluso tú podrías preferir esto a lo que tienes —dice en tono tímido, está buscando elogios, quiere que le haga cumplidos, y sé que la parte seria de la conversación ha llegado a su fin.

—No sé —digo, como analizando la posibilidad—. Debe de ser un trabajo duro.

—Tendrías que vigilar tu peso, eso no lo dudes —afirma—. Son muy estrictos con eso. Si llegas a engordar cuatro kilos, te envían a Solitario —¿está bromeando? Es lo más probable, pero no quiero saberlo—. Ahora —dice—, para ponerte a tono con el ambiente, ¿qué te parece un trago?

—No debo beber —le recuerdo—. Ya lo sabe.

—Por una vez no te hará daño —insiste—. Por otra parte, no sería normal que no lo hicieras. ¡Aquí dentro, nada de tabúes para la nicotina y el alcohol! Ya ves que aquí gozan de ciertas ventajas.

—De acuerdo —acepto. Para mis adentros estoy encantada con la idea, hace años que no bebo un trago.

—¿Entonces qué pido? —me pregunta—. Aquí tienen de todo, e importado.

—Una tónica con ginebra —decido—. Pero suave, por favor. No querría ponerle en un aprieto.

—No lo harás —dice, sonriendo. Se pone de pie y, sorpresivamente, me coge la mano y me besa la palma. Luego se marcha en dirección al bar. Podría haber llamado a una camarera —hay unas cuantas, todas vestidas con minifalda negra y borlas en los pechos—, pero parecen tan ocupadas que es difícil que respondan a una señal.

Entonces la veo. Moira. Está de pie con otras dos mujeres, cerca de la fuente. Tengo que volver a mirarla con atención para asegurarme de que es ella. La miro entrecortadamente, con movimientos rápidos de los ojos, para que nadie lo note.

Está absurdamente vestida con un conjunto negro de lo que alguna vez fue raso brillante y ahora es una tela desgastada. No lleva tirantes y en el interior tiene un alambre que le levanta los pechos, pero a Moira no le sienta bien; es demasiado largo, lo que hace que un pecho le quede erguido y el otro no. Ella tironea distraídamente de la parte superior, para levantarlo. Lleva una bola de algodón en la espalda, la veo cuando se pone de perfil; parece una compresa higiénica que ha reventado como si fuera una palomita de maíz. Me doy cuenta que pretende ser un rabo. Lleva atadas a la cabeza dos orejas, no logro distinguir si son de conejo o de ciervo; una de las orejas ha perdido su rigidez, o el armazón de alambre, y está medio caída. Lleva una corbata de lazo en el cuello, medias negras de tul y zapatos negros de tacón alto. Siempre odió los tacones altos.

Todo el traje, antiguo y estrafalario, me recuerda algo del pasado, pero no logro deducir qué es. ¿Una obra de teatro, una comedia musical? Las chicas vestidas para Semana Santa, con trajes de conejo. ¿Qué significado tiene eso en este lugar, por qué se supone que los conejos son sexualmente atractivos para los hombres? ¿Cómo puede resultar atractivo un traje tan ruinoso?

Moira está fumando un cigarrillo. Da una calada y se lo pasa a la mujer de su izquierda, que tiene puesto un vestido de lentejuelas rojas con una larga cola terminada en punta y cuernos de plata: un traje de diablo. Ahora tiene los brazos cruzados delante del cuerpo, debajo de los pechos levantados con alambre. Se apoya en un pie, luego en el otro, deben de dolerle los pies. Tiene la columna ligeramente encorvada. Recorre la habitación con la mirada, pero sin interés. Éste debe de ser un escenario familiar.

Quiero que me mire, que me vea, pero su mirada se desliza sobre mí como si yo no fuera más que otra palmera, otra silla. Seguramente volverá a mirar, lo deseo con todas mis fuerzas, debe mirarme antes de que alguno de los hombres se acerque a ella, antes de desaparecer. La otra mujer que está con ella, la rubia de la mañanita color rosa con un adorno de piel gastada, ya tiene asignado un acompañante, ha entrado en el ascensor de cristal y ha subido hasta desaparecer de la vista. Moira vuelve a girar la cabeza, tal vez en busca de posibles clientes.

Debe de resultar duro quedarse allí sin que nadie la reclame, como si estuviera en un baile del colegio y la pasaran por alto. Esta vez sus ojos se fijan en mí. Me ve. Sabe que es mejor no reaccionar.

Nos miramos fijamente, con rostro inexpresivo y apático. Luego ella hace un leve movimiento con la cabeza, una ligera sacudida a la derecha. Vuelve a coger el cigarrillo que le ofrece la mujer de rojo, se lo lleva a la boca y deja la mano suspendida un momento en el aire, con los cinco dedos estirados. Luego se vuelve de espaldas.

Nuestra antigua señal. Tengo cinco minutos para llegar al lavabo de las mujeres, que debe de estar en alguna parte, a su derecha. Miro a mi alrededor: ni rastros del lavabo. No puedo arriesgarme a subir y caminar sin rumbo fijo, sin el Comandante. No conozco lo suficiente, no estoy al tanto, podrían hacerme preguntas.

Un minuto, dos. Moira empieza a pasearse al ver que no aparezco. Sólo puede confiar en que la he entendido y que la seguiré.

El Comandante regresa con dos vasos. Me sonríe, coloca los vasos sobre la larga mesa de café, frente al sofá, y se sienta.

—¿Te diviertes? —me pregunta. Quiere que me divierta. Al fin y al cabo, esto es un placer.

Le sonrío.

—¿Hay lavabo? —pregunto.

—Por supuesto —responde. Da un sorbo de su vaso. No me proporciona más información.

—Necesito ir —cuento mentalmente, ya no son minutos, sino segundos.

—Está allí —me indica.

—¿Y si alguien me detiene?

—Enséñale tu etiqueta —dice—. Será suficiente. Sabrán que estás reservada.

Me levanto y cruzo la sala con paso vacilante. Al llegar a la fuente me tambaleo y estoy a punto de caer. Son los tacones. Sin el brazo del Comandante para sujetarme, pierdo el equilibrio. Varios hombres me miran, creo que con asombro más que con lascivia. Me siento tonta. Pongo el brazo izquierdo delante de mi cuerpo, bien visible y doblado a la altura del codo con la etiqueta hacia afuera. Nadie dice nada.

CAPÍTULO 38

Encuentro la entrada a los lavabos de mujeres. En la puerta aún se lee la palabra *Damas* escrita en letras doradas con adornos. Hay un pasillo que conduce a la puerta y, junto a ésta, una mujer sentada delante de una mesa, supervisando las entradas y las salidas. Es una mujer mayor que lleva un caftán color púrpura y los ojos pintados con sombra dorada, pero no hay vuelta de hoja: es una Tía. Tiene el aguijón sobre la mesa y la correa alrededor de la muñeca. Aquí no se hacen tonterías.

—Quince minutos —me avisa. Me entrega un cartón rectangular de color púrpura que coge de una pila que hay sobre la mesa. Es como un probador de una tienda de las de antes. Oigo que le dice a la mujer que entra detrás de mí—: Acabas de estar aquí.

—Necesito ir otra vez —le explica la mujer.

—El descanso es una vez por hora —dice la Tía—. Ya conoces las reglas.

La mujer empieza a protestar en tono desesperado y quejoso. Empujo la puerta y la abro.

Recuerdo esto. Es la zona de descanso, iluminada suavemente en tonos rosados; hay varios sillones y un sofá con un estampado de brotes de bambú de color verde lima, y encima un reloj de pared con un marco de filigrana dorada. Aquí no han quitado el espejo, hay uno muy grande frente al sofá. Aquí necesitas saber el aspecto que tienes. Al otro lado de una arcada se encuentran los cubículos de los retretes, también rosados, y lavabos y más espejos.

Hay varias mujeres sentadas en las sillas y en el sofá; se han quitado los zapatos y están fumando. Cuando entro, me observan. En el aire se mezclan el olor a perfume, a humo y a carne en acción.

—¿Nueva? —me pregunta una de ellas.

—Sí —respondo mientras busco con la mirada a Moira, a quien no veo por ninguna parte.

Las mujeres no sonríen. Vuelven a concentrarse en sus cigarrillos como si se tratara de un asunto serio. En la sala del extremo, una mujer vestida con un traje de gato, con una cola de imitación piel de color naranja, se está arreglando el maquillaje. Es como estar en unos camerinos: maquillaje y humo, materiales de la ilusión.

Vacilo, no sé qué hacer. No quiero preguntar por Moira, no sé hasta qué punto es seguro. Entonces se oye correr el agua de uno de los retretes y Moira sale. Se balancea en dirección a mí; espero alguna señal.

—Todo está bien —me dice a mí y a las otras mujeres—. La conozco —las otras sonríen, y Moira me abraza. La rodeo con mis brazos y el alambre que le levanta los pechos se clava en mi pecho. Nos besamos, primero una mejilla, luego la otra. Nos separamos.

—Qué horror —afirma y me dedica una sonrisa—. Pareces la Puta de Babilonia.

—¿No es lo que debo parecer? —le pregunto—. Tú pareces una cosa arrastrada por un gato.

—Sí —reconoce, levantando la frente—, no es mi estilo, y esta cosa está a punto de caerse a pedazos. Me gustaría que encontraran a alguien que aún supiera cómo hacerlos. Entonces podría conseguir algo medianamente decente.

—¿Lo escogiste tú? —me pregunto si lo habrá preferido a los otros por ser menos chillón. Al menos éste sólo es blanco y negro.

—Demonios, no —exclama—. Es de los que reparte el gobierno. Supongo que pensaron que era yo.

Aún no puedo creer que sea ella. Vuelvo a tocarle el brazo. Me echo a llorar.

—No lo hagas —me aconseja—. Se te correrá la pintura. Además no hay tiempo. Apartaos —les dice en su habitual estilo perentorio y cortante a las dos mujeres que están sentadas en el sofá; y, como de costumbre, se sale con la suya.

—De todos modos se me termina el descanso —responde una de las mujeres, vestida con un traje azul pálido de Viuda Alegre y calcetines blancos. Se pone de pie y me estrecha la mano—. Bienvenida —me dice.

La otra mujer también se levanta y Moira y yo nos sentamos. Lo primero que hacemos es quitarnos los zapatos.

—¿Qué diablos estás haciendo aquí? —me pregunta por fin—. No es que no sea fantástico verte, pero no es tan fantástico para ti. ¿Qué error cometiste? ¿Te reíste de su polla?

Miro al cielo raso.

—¿Hay micrófonos ocultos? —pregunto. Me limpio los

ojos cuidadosamente con los dedos. La pintura negra se me sale.

—Probablemente —admite Moira—. ¿Quieres un pitillo?

—Me encantaría.

—Tú —le dice a la mujer que está a su lado—. Déjame uno, ¿quieres?

La mujer le entrega uno de buena gana. Moira sigue siendo una habilidosa sablista. Sonrío al comprobarlo.

—Por otro lado, puede que no —reflexiona Moira—. No creas que les importa lo que decimos. Ya lo han oído casi todo, y de cualquier modo nadie sale de aquí si no es en una furgoneta negra. Pero si estás aquí ya debes saberlo.

Me acerco a ella para poder susurrarle al oído.

—Estoy aquí transitoriamente —le explico—. Sólo por esta noche. No debería estar aquí, de ninguna manera. Él me pasó de contrabando.

—¿Quién? —me pregunta, también en un susurro—. ¿Ese mierda que te acompaña? Yo también estuve con él, es infernal.

—Es mi Comandante —aclaro.

Asiente con la cabeza.

—Algunos de ellos lo hacen, les produce placer. Es como joder en el altar, o algo así. Las de tu pandilla deben ser castos recipientes. Les encanta veros maquilladas. No es más que otro lamentable desliz del poder.

Nunca se me había ocurrido esta interpretación. Se la aplico al Comandante, pero me parece demasiado simple para él, demasiado tosca. Seguramente sus motivaciones son más delicadas. Aunque puede que sólo sea la vanidad lo que me mueve a pensar así.

—No nos queda mucho tiempo —le advierto—. Cuéntamelo todo.

Moira se encoge de hombros.

—¿Qué interés tiene? —comenta. Pero sabe que tiene interés, de modo que comienza su relato.

Esto es lo que dice, lo que susurra, más o menos. No logro recordar las palabras exactas, porque no tuve con qué escribirlo. He completado el relato por ella en la medida de lo posible: no teníamos mucho tiempo, así que sólo me hizo un resumen. Me lo contó en dos sesiones, nos las arreglamos para hacer juntas un segundo descanso. He intentado emplear su mismo estilo. Es una manera de mantenerla viva.

—Dejé a esa vieja bruja de la Tía Elizabeth atada como un pavo de Navidad, detrás del horno. Quería matarla, de verdad que tenía ganas, pero ahora me alegro de no haberlo hecho, o las cosas habrían sido mucho peores para mí. No podía creer lo fácil que era salir del Centro. Vestida con aquel traje marrón, me limité a caminar con paso firme. Seguí andando como si supiera a dónde iba, hasta que quedé fuera de la vista. No tenía ningún plan; no fue algo organizado, como ellos creyeron, aunque cuando intentaron sonsacarme me inventé un montón de cosas. Es lo que cualquiera hace cuando le ponen los electrodos, y otras cosas. No te importa lo que dices.

»Seguí con los hombros echados hacia atrás y la barbilla alta, avanzando e intentando pensar qué haría. Cuando destrozaron la imprenta cogieron a muchas mujeres que conocía y pensé que ya habrían cogido al resto. Estaba segura de que tenían una lista. Fuimos lo suficiente tontas para pensar que podríamos continuar como hasta ese momento, incluso en la clandestinidad, y trasladamos todo lo que teníamos en el despacho a nuestros sótanos y habitaciones traseras. Así que supe que no me convenía acercarme a ninguna de esas casas.

»Tenía una ligera idea del punto de la ciudad en el que me encontraba, aunque no recordaba haber visto jamás la calle por la que caminaba. Pero por el sol pude calcular dónde estaba el norte. Después de todo, haber pertenecido a las Niñas Exploradoras tenía alguna utilidad. Pensé que más me valía seguir esa dirección y ver si lograba encontrar la Estación o la Plaza, o cualquiera de esas cosas. Entonces estaría segura de dónde me encontraba. También pensé que para mí sería mejor ir directamente al centro de las cosas, en lugar de alejarme. Eso parecería más plausible.

»Mientras estábamos encerradas en el Centro, habían instalado más puestos de control; estaban por todas partes. Al ver el primero se me pusieron los pelos de punta. Me encontré con él repentinamente, al girar en una esquina. Sabía que no sería normal dar media vuelta y retroceder en sus propias narices, así que logré engañarlos del mismo modo que lo había hecho en el Centro, mostrando el ceño fruncido, el cuerpo rígido, apretando los labios y mirándolos directamente, como si fueran llagas supurantes. Ya conoces la expresión que adoptan las Tías cuando pronuncian la palabra *hombre*. Funcionó a las mil maravillas, lo mismo que en el siguiente puesto de control.

»Pero mi mente daba vueltas y vueltas, como si me estuviera volviendo loca. Sólo tenía tiempo hasta que encontraran a la vieja bruja y dieran la alarma. Pronto empezarían a buscarme: una Tía que va a pie, una impostora. Intenté pensar en algo, recorrí mentalmente la lista de gente que conocía. Finalmente intenté recordar lo que pude de la lista de personas a las que enviábamos información. Por supuesto, hacía tiempo que la habíamos destruido; mejor dicho, no la destruimos, nos la repartimos, cada una memorizó una sección y luego la destruimos Aún usábamos el servicio postal, pero ya no poníamos nuestro logotipo en los sobres. Era demasiado arriesgado.

»Así que intenté recordar mi sección de la lista. No te diré el nombre que escogí porque no quiero meterlos en problemas, si es que no los han tenido ya. Podría ser que yo hubiera soltado toda esta mierda, es difícil recordar lo que dices cuando te lo están haciendo. Dirías cualquier cosa.

»Los elegí a ellos porque eran una pareja casada y los matrimonios eran más seguros que cualquier soltero, y más aún que cualquier homosexual. También recordé la designación que había junto a sus nombres. Era una Q, que significaba Cuáqueros. En el caso de la gente que tenía alguna religión, la marcábamos así. De esa manera podíamos saber quién serviría para qué. Por ejemplo, no era conveniente llamar a un C para un aborto; y no es que hiciéramos muchos últimamente. También recordaba su domicilio. Nos habíamos torturado mutuamente con las direcciones, era importante recordarlas exactamente. con el código postal y todo.

»Para ese entonces había llegado a Mass Avenue, y supe dónde estaba. Y también supe dónde estaban ellos. Ahora me preocupaba otra cosa: cuando esta gente viera que una Tía se acercaba a su casa, ¿no cerrarían la puerta con llave y fingirían no estar? Pero de cualquier manera tenía que intentarlo, era mi única alternativa. Pensé que no era probable que me dispararan. En ese momento eran alrededor de las cinco. Estaba agotada de tanto caminar, sobre todo de esa manera en que lo hacían las Tías, como un maldito soldado, con el culo levantado; además, no había comido nada desde la hora del desayuno.

»Lo que, como es lógico, no sabía era que en aquellos días la existencia de las Tías, e incluso del Centro, no eran del dominio público. Al principio, todo lo que ocurría detrás de las alambradas se mantenía en secreto. Incluso entonces podría haber habido objeciones a lo que estaban haciendo. Así que aunque alguna gente hubiera visto a la extraña Tía, realmente no sabían quién era. Podrían haber pensado que era una especie de enfermera del ejército. La gente ya no hacía preguntas, a menos que no tuviera más remedio.

»Así que estas personas me dejaron entrar en seguida. Fue la mujer la que vino a abrir la puerta. Le dije que estaba haciendo una encuesta. Lo hice para que, en el caso de que alguien nos viera, no notara su asombro. Pero en cuanto estuve dentro de la casa, me quité el tocado y les expliqué quién era. Podrían haber telefoneado a la policía, o algo así, sé que corría ese riesgo, pero como digo no tenía otra alternativa. De todos modos, no lo hicieron. Me proporcionaron algunas ropas, un vestido de ella, y quemaron el traje de la Tía y el pase en el hogar; sabían que era lo primero que había que hacer. Era evidente que no les gustaba tenerme en su casa, los ponía nerviosos. Tenían dos hijos pequeños, ambos menores de siete años. Comprendí su situación.

»Fui al lavabo, qué alivio. Y luego la bañera llena de peces de plástico, etcétera. Después me quedé arriba, en la habitación de los niños, y jugué con ellos y sus cubos de plástico mientras sus padres estaban abajo, decidiendo qué harían conmigo. No estaba asustada, en realidad me sentía bastante bien. Fatalista, dirías tú. Después la mujer me preparó un bocadillo y una taza de café y el hombre me dijo que iba a llevarme a otra casa. No se habían arriesgado a llamar por teléfono.

»Los de la otra casa también eran cuáqueros y representaban un recurso interesante porque eran una de las estaciones del Tren Metropolitano de las Mujeres. Cuando la primera pareja se fue, me dijeron que intentarían sacarme del país. No diré cómo, porque tal vez alguna de las estaciones aún funciona. Cada una de éstas estaban en contacto sólo con una de las otras, siempre con la siguiente. Tenía varias ventajas... era mejor si te cogían, pero también desventajas, porque si arrasaban una estación, toda la cadena quedaba desmantelada hasta que lograban establecer contacto con uno de sus correos, que diseñaba un nuevo itinerario. Sin embargo, estaban mejor organizados de lo que cualquiera podría suponer. Estaban infiltrados en un par de lugares útiles; uno de ellos era la oficina de correos. Allí tenían un conductor que llevaba uno de esos prácticos carritos. Logré atravesar el puente y entrar en la ciudad misma dentro de una saca del correo. Ahora puedo contártelo, porque poco tiempo después lo cogieron. Terminó colgado en el Muro. Siempre te enteras de estas cosas; te sorprendería saber la cantidad de cosas de las que te enteras aquí. Los propios Comandantes te las cuentan, me imagino que deben de preguntarse por qué no iban a hacerlo, no hay nadie a quien podamos pasarle la información, excepto al resto de nosotras, y eso no importa.

»Tal como lo cuento parece fácil, pero no lo fue. Estuve todo el tiempo cagada de miedo. Una de las peores cosas era saber que esta gente estaba arriesgando el pellejo por mí sin tener ninguna obligación. Pero decían que lo hacían por motivos religiosos y que yo no debía considerarlo algo personal. Eso me ayudó en cierto modo. Cada noche organizaban una sesión de plegarias silenciosas. Al principio me resultó difícil acostumbrarme a ello, pues me recordaba demasiado la misma mierda del Centro. A decir verdad, me producía dolor de estómago. Tuve que hacer un esfuerzo y decirme a mí misma que esto era una cosa completamente distinta. Al principio lo odiaba. Pero supongo que es lo que les permitía seguir adelante. Sabían más o menos lo que les ocurriría si los descubrían. No detalladamente, pero lo sabían. En ese entonces habían empezado a poner algo de eso en la televisión, los juicios, y cosas por el estilo.

»Esto fue antes de que empezaran a hacerse seriamente las redadas contra las sectas. Al principio, mientras dijeras que eras alguna clase de cristiano y que estabas casado, te dejaban en paz. Primero se concentraron en los otros; pero antes de empezar con los demás, pusieron a los primeros más o menos bajo control.

»Debí de estar en la clandestinidad unos ocho o nueve

232

meses. Me llevaban de una casa segura a otra, en aquel tiempo había más. No todos eran cuáqueros, algunos de ellos ni siquiera eran religiosos. Sencillamente eran personas a las que no les gustaba el rumbo que estaban tomando las cosas.

»Estuve a punto de lograrlo. Me llevaron hasta Salem, y luego me trasladaron en un camión lleno de pollos hasta Maine. Estuve a punto de vomitar a causa del olor. ¿Alguna vez pensaste lo que puede llegar a representar que todo un camión de pollos se te cague encima? Estaban planificando hacerme cruzar la frontera por allí; no en coche ni en camión, porque ya resultaba muy difícil, sino en barco, por la costa. No lo supe hasta la misma noche, nunca te comunicaban cuál era el paso siguiente, hasta el último minuto. Hasta ese punto eran cuidadosos.

»Así que no sé qué ocurrió. Tal vez alguien que se cagó, o alguna persona de afuera que empezó a sospechar. O quizá fue el mismo bote, tal vez pensaron que aquel tío salía demasiadas veces con su bote por la noche. En aquel momento ese lugar debía de ser un hervidero de Ojos, como cualquier sitio cercano a la frontera. Fuera lo que fuese, nos cogieron justo cuando salíamos por la puerta trasera para bajar al muelle. A mí y al tío, y también a su esposa. Era una pareja mayor, de unos cincuenta años. Él se había dedicado al negocio de la langosta, antes de que ocurriera todo el asunto de la pesca en las costas. No sé qué fue de ellos después de eso, porque a mí me llevaron en una furgoneta separada.

»Pensé que para mí era el fin. O que me volverían a llevar al Centro, al cuidado de Tía Lydia y su cable de acero. Ya sabes cómo le gustaba. Fingía toda esa mierda de ama-al-pecador, odia-el-pecado, pero disfrutaba. Consideré la posibilidad de escaparme, y tal vez lo habría hecho si hubiera tenido alguna posibilidad. Pero en la parte de atrás de la furgoneta iban conmigo dos de ellos, vigilándome como buitres; no decían casi nada, simplemente estaban sentados y me observaban con esa mirada bizca que suelen tener. Así que era inútil.

»Sin embargo, no fuimos al Centro sino a otro sitio. No entraré en detalles sobre lo que ocurrió después. Será mejor que no lo mencione. Todo lo que puedo decir es que no me dejaron ninguna marca.

»Cuando todo terminó, me hicieron ver una película.

¿Sabes sobre qué? Sobre la vida en las Colonias. En las Colonias se pasaban el tiempo limpiando. En estos tiempos les preocupa mucho la limpieza. A veces sólo se trata de cadáveres, después de una batalla. Lo peor de todo es lo que ocurre en los guetos urbanos, porque los dejan tirados mucho tiempo y se descomponen. A esta gente no le gusta que los cadáveres queden tirados porque tienen miedo de que haya una epidemia, o algo por el estilo. Así que las mujeres de las Colonias se ocupan de quemarlos. De todos modos, las otras Colonias son peores a causa del vertido de sustancias tóxicas y de la expansión de la radiación. Calculan que como máximo se puede sobrevivir tres años a todo esto, antes de que se te caiga la nariz a pedazos y que la piel te quede arrancada como si te quitaras un par de guantes de goma. No se molestan en alimentarlas mucho ni en darles ropa protectora ni nada de eso, resulta más barato no hacerlo. Además, se trata en su mayor parte de gente de la cual quieren deshacerse. Dicen que hay otras Colonias, no tan terribles, en las que se dedican a la agricultura: algodón, tomates y todo eso. Pero no fueron ésas las que aparecían en la película que me mostraron.

»Son mujeres mayores, apuesto a que te has estado preguntando por qué ya no se ven mujeres mayores por ahí; y Criadas que han echado a perder sus tres oportunidades, o incorregibles como yo. Todas las que somos consideradas desechos. Son estériles, por supuesto. Y si no lo eran al principio, lo son después de pasar allí un tiempo. Cuando no están seguros, te hacen una pequeña operación para que no haya ningún error. También calculo que en las Colonias la cuarta parte son hombres. No todos los que ellos llaman Traidores al Género terminan sus días en el Muro.

»Todos llevan vestidos largos, como los del Centro, pero grises. Las mujeres, y los hombres también, a juzgar por las tomas de la película. Supongo que el hecho de que hagan llevar vestido a los hombres es para degradarlos. Mierda, a mí me desmoraliza bastante. ¿Y tú cómo lo soportas? Pensándolo bien, prefiero este traje.

»Después de eso me dijeron que era demasiado peligroso concederme el privilegio de regresar al Centro Rojo. Dijeron que yo sería una influencia corruptora. Podía escoger: esto, o las Colonias. Bueno, mierda, sólo una tonta elegiría las Colonias. Quiero decir que no soy ninguna mártir. Ya me había hecho ligar las trompas hacía años, así que ni siquiera necesitaba la operación. Además, aquí nadie tiene ovarios fértiles, imagínate el tipo de problemas que eso podría provocar.

»Y aquí estoy. Hasta te proporcionan crema para la cara. Tendrías que encontrar la manera de venir aquí. Estarías bien dos o tres años hasta que se pasara tu oportunidad y te enviaran a la fosa común. La comida no es mala y si te apetece te dan bebida y drogas, y sólo trabajamos por las noches.

—Moira —me asombro—. No hablas en serio —empieza a asustarme porque lo que percibo en su voz es indiferencia, falta de voluntad. ¿Realmente le han hecho esto a ella, quitarle algo —¿qué?— que solía ser tan primordial para ella? ¿Cómo puedo pretender que lo logre, que aún responda a mi idea de ella como una persona valiente, que sobreviva, si yo misma no soy capaz de hacerlo?

No quiero que sea como yo: que se dé por vencida, que se resigne, que salve el pellejo. A eso quedamos reducidas. Pero de ella espero valor, bravuconería, heroísmo, autosuficiencia: todo aquello de lo que yo carezco.

—No te preocupes por mí —me tranquiliza. Debe de imaginarse lo que pienso—. Aún estoy aquí, ya ves que soy yo. De todos modos, considéralo así: no es tan malo, estoy rodeada de un montón de mujeres. Podríamos llamarle el paraíso perdido.

Ahora está bromeando, demostrándome que le quedan energías, y me siento mejor.

—¿Os lo permiten? —le pregunto.

—¿Si nos lo permiten? Demonios, nos incitan. ¿Sabes cómo llaman ellos a este sitio? Jezebel's. Las Tías suponen que de cualquier manera estamos condenadas, nos han dejado por imposibles, así que no importa el tipo de vicio que cojamos, y a los Comandantes les importa un cuerno lo que hacemos en nuestro tiempo libre. Además, parece que ver a una mujer con otra los excita.

—¿Y las otras? —pregunto.

—Digamos —responde— que no son muy aficionadas a los hombres. —Vuelve a encogerse de hombros. Debe de ser resignación.

Esto es lo que me gustaría contar. Me gustaría contar cómo Moira se escapó, esta vez con éxito. Y si no puedo contar eso, me gustaría decir que hizo explotar Jezebel's, con cincuenta Comandantes dentro. Me gustaría que ella terminara con algo atrevido y espectacular, algún atentado, algo apropiado a ella. Pero, por lo que sé, nada de eso ocurrió. No sé cómo terminó, ni siquiera si terminó de algún modo, porque no volví a verla más.

CAPÍTULO 39

El Comandante tiene la llave de una habitación. La cogió del escritorio de enfrente, mientras yo esperaba en el sofá floreado. Me la muestra con gesto tímido. Se supone que debo entender.

Subimos en el medio huevo de cristal del ascensor y pasamos junto a los balcones adornados con enredaderas. También debo entender que estoy en exposición.

Abre la puerta de la habitación con la llave. Todo está igual, exactamente igual que hace siglos. Las cortinas son las mismas, las más gruesas con un estampado de flores —amapolas de color naranja sobre fondo azul— a juego con el cubrecama, y las finas de color blanco para tamizar la luz del sol; la cómoda y las mesillas de noche tipo rinconeras, impersonales; las lámparas y los cuadros de las paredes: un bol con fruta, manzanas estilizadas, flores en un florero, ranúnculos y gladiolos a tono con las cortinas. Todo sigue igual.

Le digo al Comandante que espere un minuto y entro en el lavabo. Me zumban los oídos por culpa del cigarrillo y la ginebra me ha relajado completamente. Humedezco una toallita y me la pongo en la frente. Un momento después compruebo si hay alguna pastilla pequeña de jabón con envoltura individual. Sí, hay, y son de aquellas que vienen de España, con el dibujo de una gitana.

Aspiro el olor del jabón, un olor desinfectante, y me quedo en el lavabo, escuchando los sonidos distantes del agua que corre, de las cadenas de los retretes. Es extraño, pero me siento cómoda, como en casa. Hay algo tranquilizador en los lavabos. Al menos las funciones físicas aún son democráticas. Todo el mundo caga, diría Moira.

Me siento en el borde de la bañera y observo las toallas

blancas. Alguna vez me habían resultado excitantes. Representaban las secuelas del amor.

Vi a tu madre, me dijo Moira.

¿Dónde?, le pregunté. Sentí que me estremecía y me di cuenta de que había estado pensando en ella como si estuviera muerta.

No en persona, sino en la película que me mostraron sobre las Colonias. Había un primer plano en el que aparecía ella. Estaba envuelta en una de esas cosas grises, pero sé que era ella.

Gracias a Dios, dije.

¿Gracias a Dios por qué?, se extrañó Moira.

Pensé que estaba muerta.

Sería mejor que lo estuviera, afirmó Moira. Es lo que deberías desearle.

No puedo recordar cuándo fue la última vez que la vi. Se me mezcla con todas las otras; fue alguna ocasión sin importancia. Ella debió de dejarse caer por mi casa; solía hacerlo, entraba y salía despreocupadamente de mi casa como si yo fuera la madre y ella la hija. Aún conservaba toda su viveza. A veces, mientras se mudaba de un apartamento a otro, solía traer su ropa sucia para lavarla en mi lavadora-secadora. Tal vez pasó por casa para pedirme algo prestado: una olla, el secador del pelo. Ésta también era una costumbre suya.

No sabía que sería la última vez que nos veríamos; de lo contrario la habría recordado mejor. Ni siquiera recuerdo lo que dijimos.

Una semana después, dos semanas, tres, cuando de repente las cosas empeoraron aún más, intenté llamarla. Pero no obtuve respuesta, y más tarde, cuando volví a intentarlo, tampoco.

No me había dicho que pensara ir a algún sitio, pero tal vez se había ido sin avisarme; no siempre lo hacía. Tenía su propio coche, y no era demasiado mayor para conducir.

Finalmente logré hablar por teléfono con el vigilante del edificio. Dijo que últimamente no la había visto.

Yo estaba preocupada. Pensé que tal vez había tenido

un ataque cardíaco o de apoplejía, aunque no era probable porque, por lo que yo sabía, no había estado enferma. Siempre gozaba de muy buena salud. Aún trabajaba en Nautilus e iba a nadar cada dos semanas. Yo solía decirles a mis amigos que ella estaba más sana que yo, y tal vez era verdad.

Luke y yo fuimos en coche a la ciudad y Luke obligó al vigilante a abrir el apartamento. Ella podría estar tendida en el suelo, muerta, insistió Luke. Cuanto más tiempo la deje, peor será. ¿Se imagina el olor? El vigilante dijo algo acerca de que era necesario un permiso, pero Luke supo ser persuasivo. Le aclaró que no pensábamos esperar ni irnos. Yo empecé a llorar. Quizá esto fue lo que terminó de convencerlo.

Cuando el hombre abrió la puerta, lo que encontramos fue un verdadero caos. Había muebles puestos patas arriba, el colchón estaba desgarrado, los cajones de la cómoda tirados en el suelo, boca abajo, y el contenido de éstos desparramado y amontonado. Pero mi madre no estaba.

Voy a llamar a la policía, dije. Había dejado de llorar; sentía que un escalofrío me recorría el cuerpo de pies a cabeza y me castañeteaban los dientes.

No lo hagas, me aconsejó Luke.

¿Por qué no?, le pregunté mirándolo fijamente; ahora estaba furiosa. Él se quedó de pie en medio de los restos de la sala y se limitó a mirarme. Se metió las manos en los bolsillos, en uno de esos gestos inintencionados que la gente adopta cuando no sabe qué hacer.

Simplemente no lo hagas, dijo.

Tu madre es muy limpia, me dijo Moira cuando íbamos a la universidad. Tiempo después: es una descarada. Más tarde aún: es astuta.

No es astuta, respondí. Es mi madre.

Ja, se rió Moira, tendrías que ver a la mía.

Pienso en mi madre recogiendo toxinas letales; así solían acabar sus días las ancianas en Rusia, barriendo mugre. Sólo que esta mugre la matará. No puedo creerlo. Seguramente su descaro, su optimismo y energía, su astucia, harán que se libre de ello. Se le ocurrirá algo.

Pero sé que esto no es verdad. Simplemente es echarle el muerto, como hacen los niños con las madres.

Ya he llorado su muerte. Pero volveré a hacerlo, una y otra vez.

Retorno al presente, al hotel. Aquí es donde necesito estar. Me echo una mirada en este enorme espejo, bajo la luz blanca.

Me miro detenida y penetrantemente. Estoy hecha una ruina. El maquillaje se me ha vuelto a correr a pesar de los retoques de Moira, el lápiz labial purpurino se ha desteñido y tengo el pelo revuelto. Las plumas rosadas se ven chillonas como las de una muñeca de carnaval y algunas de las lentejuelas en forma de estrella se han caído. Probablemente faltaban desde el principio, y yo no lo noté. Parezco un travesti mal maquillado y con las ropas de otra persona.

Me gustaría tener un cepillo de dientes.

Podría quedarme aquí, pensando en todo esto, pero el tiempo pasa.

Debo estar de vuelta en la casa antes de medianoche; de lo contrario, me convertiré en una calabaza... ¿O eso es lo que le pasaba al carruaje? Según el calendario, mañana se celebra la Ceremonia, así que Serena quiere que yo esta noche sea montada, y si no estoy allí descubrirá el motivo, ¿y entonces qué?

Y el Comandante está esperando, para variar; lo oigo pasearse en la habitación principal. Ahora se detiene al otro lado de la puerta del cuarto de baño y se aclara la garganta con un teatral *ejem*. Abro el grifo del agua caliente para dar a entender que estoy lista, o algo parecido. Tengo que acabar con esto. Me lavo las manos. Tengo que cuidarme de la inercia.

Cuando salgo lo encuentro tendido en la enorme cama y noto que se ha quitado los zapatos. Me tiendo junto a él, no tiene que decírmelo. Preferiría no hacerlo, pero es bueno estirarse, estoy muy cansada.

Al fin solos, pienso. La cuestión es que no quiero estar a solas con él, no sobre la cama. Preferiría que también Serena estuviese presente. Preferiría jugar al Intelect.

Pero mi silencio no lo desanima.

—Es mañana, ¿verdad? —pregunta en tono suave—. Pensé que podríamos adelantarnos —se vuelve hacia mí.

—¿Por qué me ha traído aquí? —le digo fríamente.

Ahora me acaricia el cuerpo; de proa a popa, como solían decir, con caricias gatunas a lo largo del costado izquierdo, bajando por la pierna izquierda. Se detiene al llegar al pie y me rodea el tobillo con los dedos, brevemente, como un brazalete, donde está el tatuaje, como si leyera el sistema Braille, como si fuera una marca del ganado. Significa propiedad.

Me recuerdo a mí misma que no es un hombre desagradable; que, en otras circunstancias, incluso me gustaría.

Sus manos se detienen.

—Pensé que podía gustarte un cambio —sabe que eso no es suficiente—. Supuse que era una especie de experimento —eso tampoco es suficiente—. Dijiste que querías saber.

Se incorpora y empieza a desabotonarse la ropa. ¿Será peor verlo despojado del poder que le confiere la ropa? Se ha quitado la camisa, y debajo de ella aparece una triste y pequeña barriga. Y unos mechones de pelo.

Me baja uno de los tirantes y desliza la otra mano entre las plumas; pero no sirve de nada, allí me quedo como un pájaro muerto. Él no es un monstruo, pienso. No puedo permitirme el lujo de sentir orgullo o aversión, hay muchas cosas a las que se debe renunciar bajo determinadas circunstancias.

—Quizá sería mejor si apagara la luz —dice el Comandante, consternado y, sin duda alguna, defraudado. Antes de que apague la luz, lo veo. Sin el uniforme parece más pequeño, más viejo, como si empezara a secarse. El problema es que no puedo comportarme con él de una manera distinta a la habitual. Y habitualmente me muestro inerte. Seguramente aquí hay algo más para nosotros, algo que no sea esta futilidad y sensiblería.

Finge, me grito mentalmente. Debes recordar cómo hacerlo. Acaba con esto de una vez o te pasarás aquí toda la noche. Muévete. Respira pesadamente. Es lo menos que puedes hacer.

XIII

LA NOCHE

Capítulo 40

Por la noche, el calor es peor que durante el día. A pesar de que el ventilador está encendido, todo permanece inmóvil; las paredes acumulan calor y lo despiden como si fueran un horno encendido. Seguramente lloverá pronto. ¿Por qué lo deseo? Sólo significará que habrá más humedad. A lo lejos se ve un relámpago, pero no se oye el trueno. Puedo verlo desde la ventana, una luz trémula —como la fosforescencia que se percibe en un mar agitado— detrás del cielo nublado, muy bajo y de un color gris infrarrojo apagado. Los reflectores están apagados, cosa que no es habitual. Un fallo en la corriente eléctrica. O Serena Joy lo habrá dispuesto así.

Me siento en la oscuridad; no tiene sentido dejar la luz encendida, se darían cuenta de que aún estoy despierta. Estoy completamente vestida, otra vez con mi hábito rojo, después de haberme quitado las lentejuelas y de haberme limpiado el lápiz labial con papel higiénico. Espero que no se note nada, espero no oler a maquillaje, ni a él.

Estará aquí a medianoche, tal como dijo. Puedo oírla, un débil golpecito, un débil arrastrar de pies sobre la alfombra espesa del pasillo, y después un suave golpe en la puerta. No digo nada, pero la sigo por el pasillo y luego escaleras abajo. Camina rápidamente, es más fuerte de lo que yo pensaba. Aprieta la barandilla con la mano izquierda, tal vez a causa del dolor y también para sujetarse. Pienso: se está mordiendo los labios, está sufriendo. No hay duda de que quiere al bebé. En el ojo de cristal que forma el espejo, mientras bajamos, nos veo a las dos, una silueta azul, una silueta roja. Yo y mi anverso.

Vamos hasta la cocina. Está desierta y han dejado encendida una lamparilla; se percibe la calma que reina durante la noche en las cocinas vacías. Los bols en la repisa, las latas y los recipientes de barro surgiendo amenazadoramente bajo la luz sombría. Los cuchillos están guardados en su soporte de madera.

—No saldré contigo —susurra. Resulta extraño oírla susurrar, como si fuera una de nosotras. Normalmente, las Esposas no bajan la voz—. Sal por la puerta y gira a la derecha. Encontrarás otra puerta; está abierta. Sube las escaleras y golpea, él te está esperando. Nadie te verá. Yo me quedaré aquí —entonces me esperará, por si surge algún problema. Por si Cora o Rita se levantan, vaya uno a saber por qué, y vienen a la parte de atrás de la cocina. ¿Qué les dirá? Que no podía dormir. Que quería un poco de leche caliente. Será lo suficientemente hábil para contarles una mentira, eso ya lo sé—. El Comandante está arriba, en su habitación —me explica—. No bajará a estas horas de la noche. Nunca lo hace —eso es lo que ella cree.

Abro la puerta de la cocina, salgo y espero un momento para que mis ojos se acostumbren a la oscuridad. Hace mucho tiempo que no estoy fuera sola, por la noche. Ahora se oye un trueno, la tormenta se está acercando. ¿Qué habrá hecho con respecto a los Guardianes? Podrían dispararme pensando que soy un merodeador. Les habrá pagado con algo, o eso espero: cigarrillos, whisky, o tal vez ellos lo saben todo, todo este asunto del semental, tal vez si esto no funciona, después me hará probar con ellos.

La puerta que da al garaje está a pocos pasos de distancia. Camino sobre la hierba con paso silencioso y me deslizo en el interior. La escalera está a oscuras, tanto que no veo nada. Subo a tientas, escalón por escalón: hay una alfombra, me imagino que es de color champiñón. Alguna vez esto debió de ser un apartamento para un estudiante, una persona joven y soltera con un trabajo. Por aquí había un montón de casas grandes en las que vivían ellos. Un piso de soltero, así es como le llamaban a este tipo de apartamento. Me gusta comprobar que soy capaz de recordarlo. *Entrada particular*, ponían en los anuncios, lo cual significaba que podían llevar a alguna amiguita sin que nadie lo advirtiera.

Llego al final de la escalera y llamo a la puerta. Él mismo es quien abre, ¿quién si no? Hay una lámpara encendida, sólo una pero lo suficientemente potente para hacerme parpadear. Miro el interior de la habitación, no quiero mirarlo a los ojos. Es una habitación individual con una cama plegable, que ya está preparada, y una cocina pequeña empotrada en el otro extremo y otra puerta que debe de conducir al lavabo. Una habitación desmantelada, estilo militar y minúscula. No hay cuadros en las paredes, ni plantas. Él acampa aquí. La manta que hay sobre la cama es gris y lleva la inscripción U.S.

Da un paso hacia atrás y me hace entrar. Va en mangas de camisa y en la mano tiene un cigarrillo encendido. Percibo el olor del humo, en él, en el aire caliente de la habitación, en todas partes. Me gustaría quitarme la ropa y bañarme en este olor, frotar mi piel con él.

Nada de preliminares; él sabe por qué estoy aquí. Ni siquiera dice nada, para qué perder el tiempo en tonterías, se trata de un trabajo. Se aparta de mí y apaga la lámpara. Afuera, como una puntuación, se ve el destello de un relámpago; casi inmediatamente se oye el trueno. Él me está quitando el vestido, es un hombre hecho de oscuridad, no puedo ver su cara, apenas puedo respirar, apenas lo resisto, y no me estoy resistiendo. Siento su boca sobre mí, sus manos, no puedo esperar y él ya se está moviendo, amor, hace tanto tiempo, siento que la vida late en mi piel, otra vez, los brazos alrededor de él, como si cayera al agua suavemente, sin encontrar el fin. Sabía que podría ser sólo una vez.

Me lo inventé. No ocurrió así. Lo que ocurrió es lo siguiente:

Llego al final de la escalera y llamo a la puerta. Él mismo es quien abre. Hay una lámpara encendida; parpadeo. Miro el interior de la habitación, es una habitación individual, desmantelada, de estilo militar, la cama ya está preparada. No hay cuadros, pero la manta lleva la inscripción U.S. Él va en mangas de camisa y tiene un cigarrillo.

—Ten —me dice—, da una calada —nada de preliminares, sabe por qué estoy aquí. Para quedar embarazada, para meterme en problemas, en camisa de once varas, como se decía antes. Cojo el cigarrillo de sus manos, doy una profunda calada y se lo devuelvo. Nuestros dedos apenas se tocan. Incluso esa calada me produce un mareo.

Él no dice nada, se limita a mirarme con expresión seria. Sería mejor y más agradable si él me tocara. Me siento estúpida y horrible, aunque sé que no lo soy. Sin embargo, ¿qué piensa él, por qué no dice nada? Quizá piensa que en Jezebel's me he estado revolcando con el Comandante. Me molesta el hecho de que aún me preocupa lo que piensa. Seamos prácticos.

—No tengo mucho tiempo —le advierto. Suena torpe e inoportuno, no es lo que quería decir.

—Podría echar un chorro en una botella y tú después podrías metértelo —replica. No sonríe.

—No hay necesidad de que seas cruel —le digo. Tal vez se siente usado. Quizá espera algo de mí, alguna emoción, algún reconocimiento de que él también es humano, de que es algo más que una simple simiente—. Sé que para ti es difícil —sugiero.

Se encoge de hombros.

—Recibo una paga —dice en tono malhumorado. Pero sigue sin moverse.

Yo recibo una paga, tú te vas a la cama, canturreo mentalmente. O sea que así es como lo haremos. A él no le gusta el maquillaje ni las lentejuelas. Vamos a ser duros.

—¿Vienes aquí a menudo?

—¿Y qué hace una chica como yo en un sitio como éste? —respondo. Ambos sonreímos: eso está mejor. Es un reconocimiento de que estamos actuando porque, ¿qué otra cosa podemos hacer en semejante situación?

—La abstinencia ablanda el corazón —estamos citando frases de películas antiguas, de otros tiempos. Y ya en aquel entonces eran películas antiguas: esa manera de hablar corresponde a una época bastante anterior a la nuestra. Ni siquiera mi madre hablaba así, que yo recuerde. Tal vez nadie habló así jamás en la vida real y todo fue una cosa fabricada desde el principio. Sin embargo, resulta asombrosa la facilidad con que acuden a la mente estas bromas de tipo sexual trilladas y falsamente alegres. Ahora comprendo qué sentido tienen, qué sentido han tenido siempre: mantener la esencia de cada uno fuera de peligro, encerrada, protegida.

Estoy triste, la manera de hablar de ambos es infinitamente triste: una música que se desvanece, flores de papel que se marchitan, raso desgastado, el eco de un

eco. Todo ha terminado, ya nada es posible. Repentinamente me echo a llorar.

Finalmente él se mueve, me rodea con sus brazos, me
acaricia la espalda, me consuela.

—Venga —dice—. No tenemos mucho tiempo —sin
quitarme el brazo de los hombros me conduce hasta la
cama plegable y me acuesta, apartando antes la sábana.
Empieza a desabotonarse, luego me acaricia y me besa
la oreja—. Nada de fantasías románticas —me dice—. ¿De
acuerdo?

Alguna vez esto habría significado otra cosa. Alguna
vez habría significado: nada de *ataduras*. Ahora significa:
nada de *heroísmos*. Significa: si se diera el caso, no te
arriesgues por mí.

Y así fue como ocurrió.

Sabía que podría ser sólo una vez. Adiós, pensé incluso
en ese momento, adiós.

Sin embargo, no sonó ningún trueno, lo agregué yo.
Para tapar los ruidos que me avergüenza hacer.

Tampoco ocurrió así. No estoy segura de cómo ocurrió, no
exactamente. Todo lo que puedo hacer es una reconstrucción: el modo en que se siente el amor siempre es aproximado.

En medio de todo esto pensé en Serena Joy, que estaba
sentada en la cocina, pensando a su vez: ha resultado
fácil. Se abrirían de piernas por cualquiera. Todo lo que
tienes que hacer es darles un cigarrillo.

Y después pensé: esto es una traición. No el hecho
en sí mismo, sino mi reacción. Si estuviera segura de que
está muerto, ¿habría alguna diferencia?

Desearía no sentir vergüenza. Me gustaría ser una descarada. Me gustaría ser ignorante. Entonces no sabría lo
ignorante que soy.

XIV

EL SALVAMENTO

Me gustaría que este relato fuera diferente. Me gustaría que fuera más civilizado. Me gustaría que diera una mejor impresión de mí, si no de persona feliz, al menos más activa, menos vacilante, menos distraída por las banalidades. Me gustaría que tuviera una forma más definida. Me gustaría que fuera acerca del amor, o de realizaciones importantes de la vida, o acerca del ocaso, o de pájaros, temporales o nieve.

Tal vez, en cierto sentido, es una historia acerca de todo esto; pero mientras tanto, hay muchas cosas que se cruzan en el camino, muchos susurros, muchas especulaciones sobre otras personas, muchos cotilleos que no pueden verificarse, muchas palabras no pronunciadas, mucho sigilo y secretos. Y hay mucho tiempo que soportar, un tiempo tan pesado como la comida frita o la niebla espesa; y, repentinamente, estos acontecimientos sangrientos, como explosiones, en unas calles que de otro modo serían decorosas, serenas y sonámbulas.

Lamento que en esta historia haya tanto dolor. Y lamento que sea en fragmentos, como alguien sorprendido entre dos fuegos o destrozado por fuerza. Pero no puedo hacer nada para cambiarlo.

También he intentado mostrar algo de las cosas buenas. Por ejemplo las flores, porque ¿a dónde habríamos llegado sin ellas?

De cualquier manera, me hace daño contarlo una y otra vez. Con una vez fue suficiente: ¿acaso no fue suficiente para mí en su momento? Por eso sigo con esta triste, ávida, sórdida, coja y mutilada historia, porque después de todo quiero que la oigáis, como me gustaría oír la tuya si alguna vez se presenta la oportunidad, si te encuentro o si tú te escapas, en el futuro, o en el Cielo, en la cárcel o en la clandestinidad, en cualquier otro sitio. Lo que tienen en común es que no están aquí. Al contarte algo, cualquier cosa, al menos estoy creyendo en ti, creyendo que estás allí, creo en tu existencia. Porque contándote esta historia, logro que existas. Yo cuento, luego tú existes.

De modo que continuaré. Me obligaré a continuar. Hemos llegado a una parte que no te gustará en absoluto porque no me comporté bien, pero sin embargo intentaré no dejarme nada en el tintero. Después de todo lo que has pasado, te mereces lo que queda, que no es mucho pero contiene la verdad.

Así que ésta es la historia.

Volví a reunirme con Nick. Una y otra vez, por mi cuenta, sin que Serena lo supiera. Nadie me lo pidió, no había excusas. No lo hice por él, sino solamente por mí. Ni siquiera pensé que me entregaba a él porque, ¿qué tenía yo para dar? No me sentía generosa sino agradecida cada vez que él me recibía. Él no tenía ninguna obligación.

A causa de esto me volví imprudente, hice elecciones estúpidas. Después de estar con el Comandante subía la escalera como de costumbre, pero después me escabullía por el pasillo y bajaba por la escalera de las Marthas y salía cruzando la cocina. Cada vez que oía el chasquido de la puerta de la cocina a mis espaldas —tan metálico, como el de una trampa para ratones o el de un arma—, pensaba en echarme atrás, pero no lo hacía. Me apresuraba a cruzar los pocos metros de césped iluminado; la luz de los reflectores volvía a pasar y yo esperaba sentir en cualquier momento las balas que me atravesaban, incluso antes de oír los disparos. Subía la escalera a tientas y me apoyaba contra la puerta; la sangre se me agolpaba en la cabeza. El miedo es un estimulante poderoso. Entonces llamaba a la puerta suavemente, como llamaría un pordiosero. Cada vez que lo hacía, temía que él se hubiera ido; o, peor aún, que me dijera que no podía entrar. Podía decirme que no quería seguir quebrantando las normas, que no quería estar con la soga al cuello por mi culpa. O, todavía peor, que me dijera que ya no le interesaba. El hecho de que no me dijera ninguna de estas cosas me pareció una suerte increíble.

Te dije que era terrible.

Y esto es lo que ocurre.

Él abre la puerta. Va en mangas de camisa, con la camisa fuera del pantalón, suelta; en la mano lleva un cepillo de dientes, o un cigarrillo, o un vaso con alguna bebida. Aquí tiene su propio escondite, supongo que de cosas del mercado negro. Siempre lleva algo en la mano, como si estuviera ocupándose en las cosas de costumbre, como si no me esperara. Y quizá no me espera. Tal vez no tiene idea del futuro, o no se molesta o no se atreve a imaginarlo.

—¿Llego demasiado tarde? —le pregunto.

Me dice que no con la cabeza. Entre nosotros ya está sobreentendido que nunca es demasiado tarde, pero cumplo con la cortesía ritual de preguntárselo. Eso me hace sentir más tranquila, como si hubiera alguna alternativa, una decisión que pudiera tomarse en un sentido u otro. Él se aparta, yo entro y cierra la puerta. Luego atraviesa la habitación y cierra la ventana; después apaga la luz. En esta etapa, ya no hay entre nosotros ninguna conversación; yo ya estoy medio desnuda. Guardamos la conversación para más tarde.

Cuando estoy con el Comandante, cierro los ojos, incluso cuando sólo se trata del beso de buenas noches. No quiero verlo tan de cerca. Pero aquí siempre dejo los ojos abiertos. Me gustaría que hubiera alguna luz encendida, tal vez una vela encajada en una botella, alguna reminiscencia de la época de la escuela, pero no valdría la pena correr el riesgo; así que tengo que conformarme con el reflector y el resplandor que llega desde abajo, filtrado por las cortinas blancas, que son iguales a las mías. Quiero ver todo lo que pueda de él, abarcarlo, memorizarlo, guardarlo en mi mente para poder vivir después de su imagen: las líneas de su cuerpo, la textura de su piel, el brillo del sudor sobre su piel, su largo, sardónico y poco revelador rostro. Tendría que haber hecho lo mismo con Luke, prestar más atención a los detalles, a los lunares y las cicatrices, sus arrugas; no lo hice, y ahora su imagen empieza a desvanecerse. Se esfuma día tras día, noche tras noche, y yo me vuelvo más infiel.

Por este hombre me pondría plumas rosadas, estrellas de color púrpura, si él lo quisiera; o cualquier otra cosa, incluso el rabo de un conejo. Pero él no me exige esos adornos. Hacemos el amor cada vez como si supiéramos sin la menor sombra de duda que no habrá otra ocasión, para ninguno de los dos, con nadie, nunca. Y cuando llega la siguiente ocasión, siempre es una sorpresa, una cosa extra, un regalo.

Estar aquí con él es estar a salvo; es como una cueva en la que nos acurrucamos mientras afuera pasa la tormenta. Es una ilusión, por supuesto. Esta habitación es uno de los sitios más peligrosos en los que yo podría estar. Si me cogieran, no me darían cuartel, pero no me importa. ¿Y cómo he llegado a confiar en él de esta manera, lo cual es temerario de por sí? ¿Cómo puedo suponer que lo conozco, aunque sea mínimamente, y que sé lo que hace realmente?

Paso por alto estos molestos susurros. Hablo demasiado. Le cuento cosas que no debería contarle. Le hablo de Moira, de Deglen; pero nunca de Luke. Quiero hablarle de la mujer de mi habitación, la que estuvo antes que yo, pero no lo hago. Estoy celosa de ella. Si ha estado antes que yo aquí, en esta cama, no quiero enterarme.

Le digo cuál es mi nombre verdadero y a partir de ese momento me siento reconocida. Actúo como una tonta y sé que no debo hacerlo. Lo he convertido en un ídolo, un recortable de cartón.

Él, por su parte, habla poco: ni respuestas evasivas ni bromas. Apenas hace preguntas. Parece indiferente a la mayor parte de las cosas que le digo y sólo se muestra interesado en las posibilidades de mi cuerpo, aunque cuando hablo me mira. Me mira a la cara.

Me resulta imposible pensar en que alguien por quien siento tanta gratitud pudiera traicionarme.

Ninguno de los dos pronuncia la palabra *amor*, ni una vez. Sería tentar a la suerte; significaría romance, y desdicha.

Hoy hay unas flores distintas, más secas, más definidas, son las flores de pleno verano: margaritas y rudbequias, que crecen a lo largo de la cuesta descendente. Las veo en los jardines, mientras camino con Deglen de un lado a otro. Apenas la escucho; ya no le creo. Las cosas que me dice me parecen irreales. ¿Qué sentido tienen ahora para mí?

Podrías entrar en su habitación por la noche, susurra.

Y mirar en su escritorio. Debe de haber papeles, anotaciones.

La puerta está cerrada con llave, le aclaro.

Podemos conseguirte una llave, afirma. ¿No quieres saber quién es, qué hace?

Pero el Comandante ya no representa un interés inmediato para mí. Tengo que hacer un esfuerzo para que no se note mi indiferencia hacia él.

Sigue haciendo todo exactamente como hasta ahora, me aconseja Nick. No cambies nada; de lo contrario lo notarían. Me besa, mirándome todo el tiempo. ¿Prometido? No metas la pata.

Apoyo su mano sobre mi vientre. Ha ocurrido, anuncio. Puedo sentirlo. Un par de semanas más y estaré segura.

Sé que es una ilusión.

Él estará encantado contigo, me dice. Y ella también.

Pero es tuyo, le digo. Será tuyo, de verdad. Quiero que lo sea.

De todos modos no es nuestra aspiración.

No puedo, le digo a Deglen. Tengo mucho miedo. Además, no lo haría bien, me cogerían.

Ni siquiera me tomo el trabajo de parecer apesadumbrada, hasta ese punto llega mi pereza.

Podríamos sacarte, insiste. Podemos sacar a la gente si realmente es necesario, si está en peligro, en peligro inminente.

La cuestión es que ya no quiero irme, ni escapar, ni atravesar la frontera hacia la libertad. Quiero quedarme aquí, con Nick, donde pueda estar con él.

Cuando digo esto, me avergüenzo de mí misma. Pero eso no es todo. Incluso ahora, reconozco que esta confesión es una especie de alarde. Hay en ella algo de orgullo, porque demuestra lo extremo de la situación y, por lo tanto, la justifica. Bien vale la pena. Es como la historia de una enfermedad de la cual te has recuperado después de estar al borde de la muerte; como los relatos de guerra. Demuestran cierta gravedad.

No me había parecido posible semejante gravedad con respecto a un hombre.

A veces era más racional. Nunca lo pensé en términos de amor. Pensaba: aquí, en cierto modo, he hecho mi vida por mi cuenta. Eso debía de ser lo que pensaban las esposas de los colonizadores, y las mujeres que sobrevivían a las guerras, si aún seguían teniendo un hombre. La humanidad es muy adaptable, decía mi madre. Es realmente sorprendente la cantidad de cosas a las que puede acostumbrarse la gente siempre que exista alguna compensación.

Ahora no tardará mucho, comenta Cora, acomodando en una pila mis paños higiénicos de este mes. No mucho, y me sonríe con expresión tímida y al mismo tiempo astuta. ¿Lo sabe? ¿Ella y Rita saben lo que hago, saben que por la noche bajo por la escalera que utilizan ellas? ¿Acaso yo misma me habré delatado soñando despierta, sonriendo por cualquier tontería, tocándome suavemente la cara cuando creo que no me ven?

Deglen empieza a darse por vencida con respecto a mí. Cada vez susurra menos y habla más del tiempo. No lo lamento. Me siento aliviada.

Capítulo 42

Están doblando las campanas; suenan a bastante distancia. Es la mañana, y hoy no hemos desayunado. Al llegar a la puerta principal, salimos formando filas de a dos. Hay un grueso contingente de guardias, Ángeles especialmente destacados, con equipos antidisturbios —los cascos con visores de plexiglás oscuro que les dan aspecto de escarabajos, las largas cachiporras, los botes de gas—, formando un cordón alrededor de la parte de afuera del Muro. Todo esto es por si se da algún caso de histeria. Los ganchos del Muro están vacíos.

Este es un Salvamento local, sólo de mujeres. Los Salvamentos siempre son separados. Éste fue anunciado ayer. No lo anuncian hasta un día antes. Es poco tiempo para acostumbrarse.

Avanzamos hacia donde suenan las campanas, por los senderos que alguna vez fueron usados por estudiantes, y pasamos junto a edificios que en otros tiempos fueron aulas y dormitorios. Resulta muy extraño estar aquí otra vez. Visto desde afuera, cualquiera diría que nada ha cambiado, excepto que las persianas de la mayoría de las ventanas están bajas. Ahora, estos edificios pertenecen a los Ojos.

Marchamos en fila por el amplio prado, frente a lo que

antes era la biblioteca. La escalinata blanca sigue siendo la misma, y la entrada principal permanece inalterada. Sobre el césped han levantado una tarima de madera, semejante a la que solían poner cada primavera para la Ceremonia de la entrega de diplomas, hace años. Pienso en los sombreros que llevaban algunas de las madres y en las togas negras que se ponían los estudiantes, y en las rojas. Pero después de todo, esta tarima no es la misma; la diferencia está en los tres postes de madera que hay encima, y los lazos de cuerda.

En el frente de la tarima hay un micrófono; la cámara de la televisión está discretamente colocada a un costado.

Hasta ahora, sólo he estado en uno de estos actos, hace dos años. Los Salvamentos de Mujeres no son frecuentes. No son tan necesarios. En estos tiempos nos comportamos muy bien.

No quiero contar esta historia.

Ocupamos nuestros sitios en el orden de costumbre: las Esposas y las hijas en las sillas plegables de madera instaladas en la parte de atrás, las Econoesposas y las Marthas a los lados y en los escalones de la biblioteca, y las Criadas al frente, donde todos pueden vigilarnos. No nos sentamos en sillas sino que nos arrodillamos, y esta vez tenemos cojines pequeños, de terciopelo rojo, sin ninguna inscripción, ni siquiera la palabra *Fe*.

Afortunadamente, el tiempo es bueno: no hace demasiado calor y el cielo está despejado. Sería lamentable tener que estar aquí de rodillas bajo la lluvia. Quizá por eso lo anuncian tan tarde, para prever qué tiempo hará. Es una razón tan buena como cualquiera.

Me arrodillo en mi cojín de terciopelo rojo. Intento pensar en esta noche, en hacer el amor en la oscuridad mientras la luz se refleja en las paredes blancas. Recuerdo haberlo hecho.

Hay un largo trozo de cuerda que se balancea como una serpiente frente a la primera fija de cojines, sobre la segunda, y llega hasta las filas de sillas curvándose como un río lento visto desde el aire. La cuerda es gruesa, de color marrón, y huele a alquitrán. El otro extremo de la cuerda se encuentra encima del escenario. Parece una mecha, o el hilo de un globo.

A la izquierda del escenario están las que van a ser salvadas: dos Criadas y una Esposa. No es habitual que haya Esposas, y muy a pesar mío miro a ésta con interés. Quiero saber lo que ha hecho.

Han sido colocadas aquí antes de que se abrieran las puertas. Todas están sentadas en sillas plegables de madera, como si fueran estudiantes graduadas que están a punto de recibir un premio. Tienen las manos sobre el regazo, como si las tuvieran cruzadas. Se balancean un poco, probablemente les han dado inyecciones o píldoras, para que no molesten. Es mejor que las cosas transcurran en calma. ¿Estarán atadas a las sillas? Con tanta ropa como llevan, es imposible saberlo.

Ahora la comitiva oficial se acerca al escenario y sube los escalones de la derecha; son tres mujeres: una Tía que va delante y, un paso más atrás, dos Salvadoras vestidas con capas y capuchas negras. Detrás de ellas están las otras Tías. Los murmullos cesan. Las tres mujeres se acomodan y se vuelven hacia nosotras; la Tía queda flanqueada por las dos Salvadoras vestidas de negro.

Es Tía Lydia. ¿Cuántos años hacía que no la veía? Había empezado a pensar que sólo existía en mi imaginación, pero aquí está, un poco más vieja. Desde aquí la veo perfectamente, veo las profundas arrugas a los costados de la nariz, la marca en el entrecejo. Parpadea, sonríe nerviosamente, mira con atención a derecha e izquierda examinando al público, levanta una mano y juguetea con su tocado. A través del sistema de altavoces nos llega un sonido extraño y estrangulado: ella se está aclarando la garganta.

He empezado a tiritar. El odio me llena la boca de saliva.

Sale el sol y el escenario y sus ocupantes se iluminan como un belén. Veo las arrugas debajo de los ojos de Tía Lydia, la palidez de las mujeres que están sentadas, las hebras de la cuerda que está frente a mí, las briznas de hierba. Exactamente delante de mí hay un diente de león del color de una yema de huevo. Estoy hambrienta. Las campanas dejan de repicar.

Tía Lydia se levanta, se alisa la falda con ambas manos y se acerca al micrófono.

—Buenas tardes, señoras —saluda, y se oye el instantáneo y ensordecedor zumbido del sistema de altavoces.

Parece increíble, pero entre nosotras surgen algunas carcajadas. Resulta difícil no reírse, es la tensión y la expresión irritada de Tía Lydia mientras ajusta el sonido. Se supone que esto es algo solemne—. Buenas tarde, señoras —repite, esta vez en tono metálico y apagado. El hecho de que diga *señoras*, en lugar de *niñas*, se debe a la presencia de las Esposas—. Estoy segura de que todas somos conscientes de las lamentables circunstancias que nos reúnen en esta hermosa mañana, y no me cabe duda de que todas preferiríamos estar haciendo otra cosa, al menos así es en mi caso; pero el deber es un verdadero tirano, tal vez en este caso debería decir tirana, y es en nombre del deber que hoy estamos aquí.

Prosigue en esta tónica durante unos minutos, pero no la escucho. He oído este discurso, o uno parecido, bastantes veces: los mismos lugares comunes, los mismos lemas, las mismas frases sobre la antorcha del futuro, la cuna de la raza, el deber que nos espera. Resulta difícil creer que después de este discurso no se produzca un amable aplauso y que no se sirvan té y pastas en el jardín.

Creo que eso era el prólogo. Ahora irá al grano.

Tía Lydia revuelve en su bolsillo y saca un trozo de papel arrugado. Le lleva un tiempo excesivo desplegarlo y echarle un vistazo. Es como si nos lo restregara por la nariz, haciéndonos saber quién es ella exactamente, obligándonos a mirarla mientras lee en silencio haciendo alarde de sus prerrogativas. Esto es una obscenidad, pienso. Acabemos con esto de una vez.

—En el pasado —dice— existía la costumbre de comenzar los Salvamentos con un detallado informe de los delitos por los cuales se condenaba a los prisioneros. Sin embargo, hemos considerado que un informe público de este tipo, especialmente cuando se trata de un acto televisado, es seguido invariablemente por un brote, si puedo llamarlo así, una ola casi diría, de delitos exactamente iguales. Así que hemos decidido, por el bien de todos, romper con esta práctica. Los Salvamentos se desarrollarán sin más explicaciones.

Se oye un murmullo colectivo. Los delitos de los demás son un lenguaje secreto entre nosotras. A través de ellos nos demostramos que, después de todo, nosotras seríamos capaces de cometerlos. No es una declaración popular. Pero nadie lo sabría mirando a Tía Lydia, que sonríe y parpadea, como abrumada por los aplausos. Ahora nos dejan que nos las arreglemos solas, que hagamos nuestras propias especulaciones. La primera, la que ahora levantan de su silla, las manos con guantes negros sobre la parte superior de los brazos: ¿por leer? No, sólo es una mano amputada, en la tercera condena. ¿Infidelidad, o un atentado contra la vida de su Comandante? O, más probablemente, contra la de la Esposa del Comandante. Eso es lo que estamos pensando. En cuanto a la Esposa, generalmente hay una sola razón por la que podrían someterla al Salvamento. Ellas pueden hacernos casi cualquier cosa, pera no están autorizadas a matarnos, al menos legalmente. Ni con agujas de tejer, ni con tijeras de jardín, ni con cuchillos hurtados de la cocina, y menos aún si estamos embarazadas. Podría ser adulterio, por supuesto. Siempre podría ser eso.

O intento de fuga.

—Decharles —anuncia Tía Lydia. No la conozco. La hacen avanzar; camina como si realmente se concentrara en la tarea, un pie, luego el otro, no hay duda de que está drogada. En su boca se dibuja una sonrisa descentrada y débil y contrae un costado de la cara en un guiño sin coordinación dirigido a la cámara. Por supuesto, no lo mostrarán, esto no es en directo. Las dos Salvadoras le atan las manos a la espalda.

Detrás de mí alguien tiene náuseas.

Por eso no nos dan el desayuno.

—Seguramente es Janine —susurra Deglen.

He visto esto antes, la bolsa blanca colocada sobre la cabeza, la mujer que es ayudada a subir al alto taburete como si la ayudaran a subir los escalones de un autobús, sostenida allí arriba, el lazo ajustado delicadamente alrededor de su cuello como una vestidura, y luego una patada al escabel para apartarlo. He oído el prolongado suspiro que se eleva a mi alrededor, un suspiro como el aire de un colchón hinchable, he visto a Tía Lydia colocar la mano sobre el micrófono para amortiguar los sonidos que llegan desde detrás de ella, me he inclinado hacia delante para tocar junto con las demás mujeres, con ambas manos, la cuerda que está delante de mí, esa cuerda peluda y pegajosa de alquitrán a causa del sol, y luego me he puesto la mano en el corazón para mostrar mi unidad con las Salvadoras, mi consentimiento y mi com-

plicidad en la muerte de esta mujer. He visto los pies
dando patadas y las dos que van vestidas de negro co-
giéndose a ellos y tirando hacia abajo con todas sus fuerzas. No quiero verlo más. En cambio, miro el césped. Des-
cribo la cuerda.

Capítulo 43

Los tres cuerpos quedan allí colgados; con los sacos
blancos sobre sus cabezas parecen extrañamente estirados,
como pollos colgados del pescuezo en el escaparate de una
carnicería, como pájaros con las alas cortadas, como pájaros incapaces de volar, como ángeles destruidos. Es difícil
quitarles los ojos de encima. Los pies cuelgan por debajo
de los dobladillos de los vestidos, dos pares de zapatos
rojos, un par de azules. Si no fuera por las cuerdas y los
sacos, podría tratarse de una especie de danza, un ballet
captado en el aire por una cámara fotográfica. Parecen
puestas en orden. Como si fueran parte de un espectáculo.
Debe de haber sido Tía Lydia la que puso a la de azul en
el medio.

—El Salvamento de hoy ha concluido —anuncia Tía
Lydia por el micrófono—. Pero...

Nos volvemos hacia ella, la escuchamos, la observamos.
Siempre supo dónde hacer las pausas. Entre nosotras se
produce un murmullo y un movimiento. Quizá va a ocurrir
algo más.

—Pero debéis levantaros y formar un círculo —nos
sonríe con expresión generosa y munificiente. Está a punto
de darnos algo. De *concedernos* algo—. En orden.

Nos está hablando a nosotras, a las Criadas. Algunas
de las Esposas empiezan a irse, igual que algunas de las
hijas. La mayoría de ellas se quedan, pero en la parte de
atrás, apartadas, simplemente observando. No forman parte del círculo.

Dos Guardianes han avanzado y están enrollando la
gruesa cuerda, quitándola de en medio. Otros quitan los
cojines. Nos apiñamos sobre el césped, delante del escenario, algunas intentamos encontrar sitio en el frente, cerca del centro, unas cuantas empujan lo suficiente para
abrirse paso hasta el centro, donde estarán protegidas. Es
un error vacilar demasiado en un grupo como éste; te

catalogan de persona poco entusiasta y carente de ardor. Aquí se produce un despliegue de energía, un murmullo, un estremecimiento de rapidez y furia. Los cuerpos se tensan, los ojos se vuelven más brillantes, como si apuntaran a algo.

No quiero estar delante, y tampoco detrás. No estoy segura de lo que ocurrirá, aunque presiento que será algo que no quiero ver de cerca. Pero Deglen me coge del brazo y me arrastra consigo; nos colocamos en la segunda línea, apenas protegidas por una delgada fila de cuerpos. No quiero ver pero tampoco retrocedo. He oído rumores, pero sólo los creo a medias. A pesar de todo lo que sé, me digo a mí misma: no llegarán a ese extremo.

—Ya conocéis las reglas de una Particicución —afirma Tía Lydia—. Esperaréis hasta que toque el silbato. Después de eso, lo que hagáis es asunto vuestro, hasta que yo vuelva a tocar el silbato. ¿Entendido?

Se produce un murmullo general, un asentimiento sin forma.

—Pues bien —dice Tía Lydia. Asiente con la cabeza y dos Guardianes, que no son los que han apartado la cuerda, se acercan desde detrás del escenario. Entre ambos llevan casi a la rastra a otro hombre. Éste también va vestido con uniforme de Guardián, pero no lleva puesta la gorra y tiene el uniforme sucio y desgarrado. Tiene la cara cortada y magullada, y llena de morados rojizos; está hinchado y lleno de bultos y le empieza a crecer la barba. No parece una cara, sino algún vegetal desconocido, un bulbo despedazado o un tubérculo, algo deformado Incluso desde donde estoy puedo olerlo: huele a mierda y a vómito. Unos mechones de pelo rubio le caen sobre la cara, como si algo se los hubiera erizado. ¿Será el sudor seco?

Lo miro fijamente, con repugnancia. Parece borracho. Parece un borracho que ha estado en una pelea. ¿Por qué habrán traído aquí a un borracho?

—Este hombre —aclara Tía Lydia— ha sido condenado por violación —su voz se estremece a causa de la ira y deja entrever un tono triunfal—. Era un Guardián. Deshonró su uniforme. Abusó de su puesto de confianza. Su cómplice ya ha sido ejecutada. Como sabéis, la violación se castiga con la muerte. Deuteronomio, veintidós; versículos veintitrés y veintinueve. Debo añadir que este delito implicaba a dos de vosotras y que se realizó a punta de pistola. Y que fue brutal. No voy a ofender vuestros oídos con más detalles, excepto para decir que una mujer estaba embarazada y que el bebé murió.

Se oye un gemido entre nosotras; a pesar de mí misma, aprieto las manos. Esta violación es excesiva. El bebé también, después de todo lo que soportamos. Es verdad, hay un ansia de sangre; siento deseos de romper, de arrancar, de destrozar.

Empujamos hacia delante, nuestras cabezas giran de un lado a otro, nuestras fosas nasales se ensanchan olfateando la muerte, nos miramos mutuamente para ver nuestro odio. Se merecía algo peor que la muerte. El hombre gira la cabeza, atontado. ¿La habrá oído siquiera?

Tía Lydia aguarda un momento; luego sonríe levemente y se lleva el silbato a los labios. Lo oímos, estridente y prístino, un eco de una partida de vóleibol de épocas pretéritas.

Los dos Guardianes sueltan los brazos del tercer hombre y retroceden. El hombre se tambalea —¿está drogado?— y cae de rodillas. Tiene los ojos arrugados en la carne hinchada, como si la luz fuera demasiado brillante para él. Lo han tenido encerrado en la oscuridad. Se lleva una mano a la mejilla, como para comprobar si aún está allí. Todo esto ocurre rápidamente, pero parece lento.

Nadie se mueve. Las mujeres lo miran con horror, como si fuera una rata medio muerta que se arrastra por el suelo de la cocina. Nos mira con los ojos entrecerrados, observa el círculo de mujeres rojas. Increíblemente, un costado de su boca se levanta... ¿será una sonrisa?

Intento penetrarlo con la mirada, ver dentro del rostro destrozado, averiguar cuál debe de ser su aspecto real. Supongo que tiene alrededor de treinta años. No es Luke.

Pero sé que podría haber sido él. Podría tratarse de Nick. Sé que, al margen de lo que haya hecho, no puedo tocarlo.

Dice algo. Sus palabras son poco claras, como si tuviera la garganta magullada, como si tuviera la lengua demasiado grande, pero igualmente lo oigo. Dice:

—Yo no...

Se produce un movimiento hacia delante, como si fuéramos una multitud en un concierto de música rock de otros tiempos y esperáramos a que se abrieran las puertas con esa urgencia que se apodera de nosotras. El aire está impregnado de adrenalina, todo nos está permitido, esto es la libertad, la siento en mi cuerpo, siento vértigo, una mancha roja se extiende por todas partes, pero antes de que la marea de ropas y cuerpos empiecen a golpearlo, Deglen se abre paso entre las mujeres dando codazos a diestra y siniestra y corre hacia él. Lo hace caer de costado y le patea la cabeza furiosamente, una, dos, tres veces, con golpes secos y certeros. Ahora se oyen gemidos, un sonido débil semejante a un gruñido, gritos, y los cuerpos rojos caen hacia delante y ya no veo nada, él ha quedado oculto por brazos, puños y pies. En algún sitio se oye un aullido, como el grito aterrorizado de un caballo.

Me quedo a cierta distancia, intentando mantener el equilibrio. Algo me golpea por detrás y me tambaleo. Cuando vuelvo a recuperar el equilibrio miro a mi alrededor y veo a las Esposas y a las hijas que se inclinan hacia delante en sus sillas, y a las Tías que observan con interés desde la plataforma. Desde allí arriba deben de tener mejor perspectiva.

Él se ha convertido en *eso*.

Deglen está otra vez a mi lado. Tiene la cara tensa y sin expresión.

—He visto lo que has hecho —le digo. Empiezo nuevamente a sentir conmoción, agravio, náusea. Barbarismo—. ¿Por qué lo hiciste? ¡Precisamente tú! Creí que...

—No me mires —me advierte—. Nos están vigilando.

—No me importa —replico. Estoy levantando la voz. No puedo evitarlo.

—Domínate —me aconseja. Finge apartarme cogiéndome del brazo y del hombro y acerca su cara a mi oreja—. No seas estúpida. Él no era un violador, era un político. Era uno de los nuestros. Lo dejé sin conocimiento. Le evité el dolor. ¿No ves lo que le están haciendo?

Uno de los nuestros, pienso. Un Guardián. Parece imposible.

Tía Lydia vuelve a tocar el silbato, pero las mujeres no se detienen de inmediato. Intervienen los dos Guardianes para apartarlas de lo que queda del hombre. Algunas quedan tendidas en el césped pues han sido golpeadas o pateadas por error. Otras se han desmayado. Las demás se dispersan de a dos o de a tres, o solas. Parecen aturdidas.

—Buscad vuestra pareja y formad fila —ordena Tía Lydia a través del micrófono. Unas pocas le obedecen. Una mujer se acerca a nosotras, caminando como si avanzara a tientas en la oscuridad: es Janine. Tiene una mancha de sangre en la cara y algunas más en la parte blanca de su tocado. Nos dedica una diminuta sonrisa. Tiene la mirada perdida.

—Hola —saluda—. ¿Cómo estás? —sujeta algo con la mano derecha. Es un mechón de pelo rubio. Ríe tontamente.

—Janine —le digo. Pero ahora se deja ir totalmente, como en una caída libre, en actitud de abandono.

—Que lo pases bien —dice y pasa junto a nosotras, en dirección a la entrada.

La observo. Ten cuidado, pienso. Ni siquiera siento pena por ella, aunque debería sentirla. Siento rabia. No me siento orgullosa por ello, ni por nada de todo esto. Pero eso es lo que cuenta.

Las manos me huelen a alquitrán caliente. Quiero regresar a la casa y subir al cuarto de baño y restregarme una y otra vez con el jabón duro y la piedra pómez para eliminar de mi piel cualquier rastro de este olor que me hace sentir enferma.

Y también estoy hambrienta. Parece monstruoso, pero sin embargo es verdad. La muerte me hace sentir hambre. Quizá es porque he quedado vacía; o quizá es el modo que tiene mi cuerpo de comprobar que estoy viva, y sigo repitiendo como en una plegaria: *estoy, estoy*. Aún estoy.

Quiero irme a la cama y hacer el amor, ahora mismo. Pienso en la palabra fruición.

Me comería un caballo.

Capítulo 44

Las cosas han vuelto a la normalidad.

¿Cómo puedo llamarle *normalidad* a esto? Aunque comparado con lo de esta mañana, es normal.

Para almorzar me dieron un bocadillo de pan moreno con queso, un vaso de leche, unas ramas de apio y peras en conserva. Un almuerzo de escolar. Me lo comí todo, no muy rápidamente, sino degustando de la exuberancia de sabores con la lengua. Ahora iré a la compra, como de costumbre. Casi espero ese momento ansiosamente. En cierto modo es un consuelo quebrar la rutina.

Salgo por la puerta de atrás y recorro el sendero. Nick está lavando el coche y lleva la gorra puesta de costado. No me mira. Ahora intentamos no mirarnos. Seguramente nos descubriríamos, incluso aquí al aire libre, donde nadie nos ve.

Me detengo en la esquina para esperar a Deglen. Se está retrasando. Finalmente, la veo venir, una silueta de ropa roja y blanca, como una cometa, caminando con paso uniforme, tal como nos han enseñado. La veo y al principio no noto nada. Pero a medida que se acerca me doy cuenta de que hay algo que no está bien. Tiene un aspecto raro. Ha cambiado de una manera indefinida; no está lastimada ni cojea. Es como si se hubiera encogido.

Cuando la tengo más cerca me doy cuenta. No es Deglen. Tiene la misma estatura, pero es más delgada, y su cara es beige en lugar de rosada. Se acerca a mí y se detiene.

—Bendito sea el fruto —me saluda. Imperturbable. Mojigata.

—Y que el Señor permita que se abra —contesto. Intento no revelar mi asombro.

—Tú debes de ser Defred —me dice. Respondo que sí y empezamos a caminar.

¿Y ahora?, pienso. La cabeza me da vueltas, esto no significa nada bueno, ¿qué habrá sido de ella, cómo averiguarlo sin que se note demasiado mi preocupación? No podemos crear amistades ni lealtades entre nosotras. Intento recordar cuánto tiempo tenía que pasar Deglen en su actual destacamento.

—Tenemos muy buen tiempo —comento.

—Lo que me llena de gozo —es una voz plácida, monótona, inexpresiva.

Pasamos por el primer puesto de control sin decir nada más. Ella se muestra taciturna, pero yo también. ¿Está esperando que yo empiece a hablar, que me descubra, o es una creyente que está absorta en la meditación?

—¿Deglen ha sido trasladada? ¿Tan pronto? —le pregunto, sabiendo que no la han trasladado. La vi esta mañana. Me lo habría dicho.

—Yo soy Deglen —responde la mujer. Lo sé perfectamente. Por supuesto que lo es, es la nueva; y Deglen, esté donde esté, ya no es Deglen. Nunca supe su verdadero nombre. Así es como puedes perderte en un mar de nombres. Ahora no sería fácil encontrarla.

Vamos a Leche y Miel, y a Todo Carne, donde yo compro un pollo y la nueva Deglen coge un kilo de hamburguesas. Hay cola, como de costumbre. Veo a varias mujeres que reconozco e intercambio con ellas los infinitesimales movimientos de cabeza con los que mutuamente nos demostramos que somos conocidas, al menos para alguien, que aún existimos. Cuando salimos de Todo Carne, le digo a la nueva Deglen:

—Deberíamos ir al Muro —no sé qué pretendo con esto; tal vez encontrar la manera de poner a prueba su reacción. Necesito saber si es o no una de las nuestras. Si lo es, si puedo comprobarlo, quizá ella pueda decirme qué le ha ocurrido realmente a Deglen.

—Como quieras —acepta. ¿Es indiferencia o cautela?

En el Muro están colgadas las tres mujeres de esta mañana, con los vestidos todavía puestos y las bolsas blancas en sus cabezas. Les han desatado los brazos, que ahora cuelgan rígidamente a los costados del cuerpo. La de azul está en el medio y las dos de rojo a los lados, pero los colores ya no son tan brillantes; parecen haberse desteñido, deslustrado, como las mariposas muertas o como un pez tropical que empieza a secarse sobre la arena. Han perdido el brillo. Las observamos en silencio.

—Que esto nos sirva de advertencia —sentencia finalmente la nueva Deglen.

Al principio no digo nada porque intento descifrar lo que quiere decir. Podría querer decir que es una advertencia de la injusticia y la brutalidad del régimen. En ese caso tendría que responderle *sí*. O podría querer decir lo contrario, que debemos hacer lo que nos dicen y no meternos en problemas, porque de no ser así, recibiremos el justo castigo. Si ella quiere decir esto, debería responderle *alabado sea*. Pero su voz fue suave, inexpresiva, no me proporcionó ninguna pista.

Corro el riesgo y le respondo:

—Sí.

No me contesta, pero percibo un destello blanco, como si ella se hubiera girado rápidamente para mirarme.

Un momento después emprendemos el largo camino de regreso, coordinando nuestros pasos tal como está establecido para que parezca que actuamos al unísono.

Pienso que tal vez sería mejor esperar antes de hacer un nuevo intento. Es demasiado pronto para insistir, para tantear. Debería aguardar una semana, dos semanas, tal vez más y observarla atentamente, escuchar los tonos de su voz, las palabras imprudentes, tal como Deglen me escuchó a mí. Ahora que Deglen se ha ido, vuelvo a estar alerta, mi pereza ha desaparecido, mi cuerpo ya no se limita a experimentar placer, sino que percibo el peligro que éste encierra. No debo precipitarme ni correr riesgos innecesarios. Pero necesito saber. Me contengo hasta que pasamos el último puesto de control, sólo nos quedan unas pocas manzanas, y entonces pierdo los estribos.

—No conocía muy bien a Deglen —comento—. Me refiero a la primera.

—¿No? —pregunta. El hecho de que haya respondido, aunque cautelosamente, me estimula.

—Sólo la conozco desde mayo —continúo. Siento que la piel me arde y que mi corazón se acelera. Esto es delicado. Por una parte, es una mentira. ¿Y ahora cómo hago para llegar a la palabra vital?—. Creo que fue alrededor del primero de mayo. Lo que antes solían llamar May Day.

—¿Ah, sí? —responde en tono débil, indiferente, amenazador—. No recuerdo esa expresión. Me sorprende que tú la recuerdes. Deberías hacer un esfuerzo... —hace una pausa— ...para eliminar de tu mente semejantes... —otra pausa— ...resonancias.

Siento que el frío brota en mi piel como si fuera agua. Lo que dice es una advertencia.

No es una de las nuestras. Pero sabe.

Camino las últimas manzanas dominada por el terror. Una vez más he actuado como una estúpida. Más que como una estúpida. No se me ocurrió antes, pero ahora me doy cuenta: si Deglen ha sido descubierta, puede que hable de otras personas y también de mí. Y hablará. No podrá evitarlo.

Pero en realidad yo no he hecho nada, me digo a mí misma. Todo lo que he hecho es saber. Todo lo que he hecho es no hablar.

Ellos saben dónde está mi pequeña. ¿Y si la traen y la amenazan en mi presencia? ¿Y si le hacen algo? No soporto pensar lo que podrían hacerle. O Luke, ¿y si tienen a Luke? O mi madre, o Moira, o cualquiera. Dios mío, no me obligues a elegir. Sé que no podría soportarlo; Moira tenía razón con respecto a mí. Diré lo que quieran, delataré a cualquiera. Es verdad, al primer grito, incluso al primer gemido quedaré destrozada, confesaré cualquier delito y terminaré colgada de un gancho del Muro. Mantén la cabeza baja, solía decirme a mí misma, y compréndelo. No tiene sentido.

Esto es lo que me digo mientras regresamos a casa.

Al llegar a la esquina nos colocamos una frente a la otra, como de costumbre.

—Que Su Mirada te acompañe —se despide la nueva y traidora Deglen.

—Que Su Mirada te acompañe —respondo, intentando parecer devota. Como si, ahora que hemos llegado hasta este extremo, esta comedia sirviera de algo.

Entonces hace algo extraño. Se inclina hacia delante —de manera tal que las rígidas anteojeras de nuestras cabezas están a punto de tocarse y puedo ver de cerca el color beige pálido de sus ojos, y la delicada red de líneas que surcan sus mejillas— y susurra muy rápidamente y en tono apagado, como si su voz fuera una hoja seca:

—Ella se colgó. Después del Salvamento. Vio que la furgoneta venía a llevársela. Es mejor así.

Y se aleja de mí, calle abajo.

Capítulo 45

Aguardo un momento; me falta el aire, como si me hubieran pateado.

Entonces ella está muerta y yo estoy a salvo. Lo hizo antes de que ellos llegaran. Siento un enorme alivio. Le estoy agradecida. Ha muerto para que yo pueda vivir. Lo lamentaré.

A menos que esta mujer mienta. Siempre existe la posibilidad.

Respiro profundamente y suelto el aire, proporcionando oxígeno. Todo se oscurece y luego se aclara. Ahora veo por dónde camino.

Giro, abro la puerta, dejo la mano apoyada un momento para tranquilizarme y entro. Allí está Nick, todavía lavando el coche, y silbando. Tengo la sensación de que está muy lejos.

Dios mío, pienso, haré lo que quieras. Ahora que me has perdonado, me destruiré si eso es lo que realmente deseas; me vaciaré realmente, me convertiré en un cáliz. Renunciaré a Nick, me olvidaré de los demás, dejaré de lamentarme. Aceptaré mi sino. Me sacrificaré. Me arrepentiré. Abdicaré. Renunciaré.

Sé que esto no es justo, pero igualmente lo pienso. Todo lo que nos enseñaron en el Centro Rojo, todo aquello a lo que me he resistido vuelve a mí como un torrente. No quiero sentir dolor, no quiero ser una bailarina ni tener los pies en el aire y la cabeza convertida en un rectángulo de tela blanca sin rostro. No quiero ser una muñeca colgada del Muro, no quiero ser un ángel sin alas. Quiero seguir viviendo, como sea. Cedo mi cuerpo libremente para que lo usen los demás. Pueden hacer conmigo lo que quieran. Soy un objeto.

Por primera vez siento el verdadero poder que ellos tienen.

Paso junto a los macizos de flores y junto al sauce, en dirección a la puerta trasera. Entraré, estaré a salvo. Caeré de rodillas en mi habitación, y respiraré agradecida llenando mis pulmones con el aire viciado y sintiendo el olor a muebles lustrados.

Serena Joy está esperando en la escalinata de la puerta principal. Me llama. ¿Qué querrá? ¿Querrá que vaya a la sala y la ayude a devanar la lana gris? No podré mantener las manos firmes, ella notará algo. Pero de todos modos me acerco a ella, no me queda otra alternativa.

Se yergue ante mí, de pie en el último escalón. Le brillan los ojos, un azul vivo en contraste con el blanco de su piel arrugada. Aparto la vista de su rostro y miro el suelo; junto a sus pies veo la punta del bastón.

—Confié en ti —me dice—. Intenté ayudarte.

Sigo sin mirarla. Me invade un sentimiento de culpabilidad. Me han descubierto, pero ¿qué es lo que han descubierto? ¿De cuál de mis muchos pecados se me acusa? El único modo de averiguarlo es guardar silencio. Empezar a excusarme ahora de esto o de aquello sería un error. Podría revelar algo que ella ni siquiera imagina.

Podría no ser nada importante. Podría tratarse de la cerilla que escondí en el colchón. Bajo la cabeza.

—¿Y bien? —me apremia—. ¿No tienes nada que decir? La miro.

—¿Sobre qué? —logro tartamudear. En cuanto lo digo me parece una insolencia.

—Mira —me indica. Retira la mano de detrás de su espalda. Lo que sostiene es su capa, la de invierno—. Estaba manchada de lápiz labial —dice—. ¿Cómo pudiste ser tan vulgar? Le *dije* a él... —deja caer la capa y veo que en su huesuda mano hay algo más. También lo arroja al suelo. Las lentejuelas de color púrpura caen deslizándose sobre los escalones como la piel de una serpiente, resplandecientes bajo la luz del sol—. A mis espaldas —prosigue—. Podrías haberme dejado algo —¿entonces lo ama? Levanta el bastón. Creo que va a golpearme, pero no lo hace—. Recoge esta porquería y vete a tu habitación. Exactamente igual que la otra. Una zorra. Y acabarás igual.

Me agacho y lo recojo. Nick, que está detrás de mí, ha dejado de silbar.

Quiero girarme, correr hacia él y abrazarlo. Pero sería una tontería. Él no puede hacer nada para ayudarme. Caería conmigo.

Camino hacia la puerta de atrás, entro en la cocina, dejo el cesto y subo la escalera. Estoy tranquila.

XV

LA NOCHE

Capítulo 46

Me siento en mi habitación, junto a la ventana, y espero. En el regazo tengo un puñado de estrellas aplastadas.

Esta podría ser la última vez que tengo que esperar. Pero no sé qué estoy esperando. ¿Qué estás esperando?, se solía decir. Lo que significaba *Date prisa*. No se esperaba una respuesta. Para qué estás esperando es una pregunta diferente, y para ésta tampoco tengo respuesta.

Aunque no es exactamente esperar. Se parece más a una forma de suspensión. Sin suspender nada. No hay tiempo.

He caído en desgracia, que es lo contrario de gracia. A causa de esto debería sentirme peor.

Pero me siento tranquila, en paz, impregnada de indiferencia. No dejes que los bastardos te carbonicen Lo repito para mis adentros, pero no me sugiere nada. También se podría decir No dejes que pase el aire; o No.

Supongo que se podría decir eso.

No hay nadie en el jardín.

Me pregunto si lloverá.

Afuera, el día empieza a desvanecerse. El cielo ya está rojizo. Pronto estará oscuro. Ya está más oscuro. No ha tardado mucho tiempo.

Hay un montón de cosas que podría hacer. Por ejemplo, podría prender fuego a la casa. Podría hacer un bulto con algunas de mis ropas y con las sábanas y encender

267

la cerilla que tengo guardada. Si no prendiera, no pasaría nada. Pero si prendiera, al menos habría una señal de algún tipo que marcara mi salida. Unas pocas llamas que se apagaran fácilmente. En el intervalo podría dejar escapar unas nubes de humo y morir asfixiada.

Podría romper la sábana en tiras, retorcerlas como una cuerda, atar un extremo a la pata de mi cama e intentar romper el cristal de la ventana. Que es inastillable.

Podría recurrir al Comandante, echarme al suelo completamente despeinada, abrazarme a sus rodillas, confesar, llorar, implorar. *Nolite te bastardes carborundorum*, podría decir. No como una plegaria. Veo sus zapatos, negros, lustrados, impenetrables, guardando silencio.

También podría atarme la sábana al cuello, colgarme del armario, dejar caer mi cuerpo hacia delante y estrangularme.

Podría esconderme detrás de la puerta, esperar a que ella viniera cojeando por el pasillo y trayendo alguna sentencia, una penitencia, un castigo, abalanzarme sobre ella, derribarla y patearle la cabeza con un golpe seco y certero. Para evitarle el dolor, lo mismo que a mí. Para evitarle nuestro dolor.

Así ganaría tiempo.

Podría bajar las escaleras con paso firme, salir por la puerta principal hasta la calle, intentando dar la impresión de que sé a dónde voy, y ver hasta dónde puedo llegar. El rojo es un color muy visible.

Podría ir a la habitación de Nick, encima del garaje, como he hecho hasta ahora. Podría preguntarme si él me dejaría entrar o no, si me daría refugio. Ahora que es realmente necesario.

Pienso en todo esto distraídamente. Cada una de las posibilidades parece tan importante como el resto. Ninguna parece preferible a otra. La fatiga se apodera de mí, de mi cuerpo, mis piernas y mis ojos. Esto es lo que ocurre al final. La fe no es más que palabra bordada.

Miro el atardecer y me imagino que estamos en invierno. La nieve cae suavemente, fácilmente, cubriéndolo todo de suaves cristales, la niebla que cubre la luna antes de que

268

llueva, desdibujando los contornos, borrando los colores. Dicen que la muerte por congelación es indolora. Te recuestas sobre la nieve como un ángel hecho por unos niños y te duermes.

Siento su presencia detrás de mí, la de mi antepasada, mi doble, que aparece suspendida en el aire, debajo de la araña, con su traje de estrellas y plumas como un pájaro detenido en mitad del vuelo, una mujer convertida en ángel, esperando ser hallada. Esta vez por mí. ¿Cómo pude creer que me encontraba sola? Siempre fuimos dos. Acaba de una vez, me dice. Estoy cansada de este melodrama, estoy cansada de guardar silencio. No hay nadie a quien puedas proteger, tu vida no tiene valor para nadie. Quiero que esto se termine.

Mientras me levanto, oigo la furgoneta negra. La oigo antes de verla; surge de su propio sonido mezclada con el crepúsculo, como una solidificación, un coágulo de la noche. Gira en el camino de entrada y se detiene. Apenas distingo el ojo blanco y las dos alas. La pintura debe de ser fosforescente. Dos hombres se desprenden de ella como de un molde, suben los escalones de la entrada, tocan el timbre. Oigo el sonido del timbre, ding-dong, como el fantasma de una vendedora de cosméticos.

Ahora viene lo peor.

He estado perdiendo el tiempo. Tendría que haberme ocupado cuando aún tenía la posibilidad de hacerlo. Tendría que haber robado un cuchillo de la cocina, buscado el modo de conseguir las tijeras del costurero. También estaban las tijeras del jardín, las agujas de tejer. El mundo está lleno de armas, si uno las busca. Tendría que haber prestado atención.

Pero ahora es demasiado tarde para pensar en eso, sus pisadas ya suenan en la alfombra rosa ceniciento de la escalera; los pasos mudos y pesados retumban en mi frente; estoy de espaldas a la ventana.

Espero ver a un desconocido, pero es Nick quien abre la puerta de golpe y enciende la luz. No comprendo, a menos que sea uno de ellos. Siempre existió esa posibilidad. Nick, el Ojo secreto. Los trabajos sucios los hacen las personas sucias.

Eres una mierda, pienso. Abro la boca para decirlo, pero él se acerca a mí y me susurra:

—Todo está bien. Es Mayday. Vete con ellos —me llama por mi verdadero nombre. ¿Por qué esto iba a significar algo?

—¿Ellos? —le pregunto. Veo a los dos hombres que están detrás de él; la luz del pasillo convierte sus cabezas en calaveras—. Debes de estar loco —mi sospecha queda suspendida en el aire, un ángel oscuro me envía una advertencia. Casi puedo verlo. ¿Por qué él no sabría lo de Mayday? Todos los Ojos deben de saberlo; la han exprimido, estrujado y escurrido de demasiados cuerpos, de demasiadas bocas.

—Confía en mí —insiste; aunque eso nunca fue un talismán, no representa ninguna garantía.

Pero me aferro a esta oferta. Es todo lo que me queda.

Me escoltan para bajar la escalera, uno delante y uno detrás. Avanzamos a ritmo pausado; las luces están encendidas. A pesar del miedo, todo me resulta normal. Desde donde estoy puedo ver el reloj. No es ninguna hora en especial.

Nick ya no está con nosotros. Debe de haber bajado por la escalera de atrás, para que no lo vieran.

Serena Joy está en el pasillo, debajo del espejo, observándonos con mirada incrédula. Detrás de ella, junto a la puerta abierta de la sala, está el Comandante. Tiene el pelo muy gris. Parece preocupado e impotente, pero empieza a apartarse de mí, a distanciarse. Al margen de lo que significara para él, hemos llegado a un punto en el que también represento un fracaso. Sin duda han discutido por mí; sin duda ella se las ha hecho pasar moradas. Yo aún las estoy pasando moradas, no puedo sentir pena por él. Moira tiene razón, soy una mojigata.

—¿Qué ha hecho? —pregunta Serena Joy. Entonces no fue ella quien los llamó. No sé lo que me reservaba, pero se trataba de algo más privado.

—No podemos decirlo, señora —dice el que va delante de mí—. Lo siento.

—Quiero ver la autorización —dice el Comandante—. ¿Tenéis autorización legal?

Ahora podría empezar a gritar, agarrarme a la barandilla, renunciar a toda dignidad. Podría detenerlos, al menos un momento. Si son los auténticos, se quedarán, de lo contrario echarán a correr. Y me dejarán aquí.

—No la necesitamos, señor, pero todo está en orden —dice el mismo hombre—. Violación de secretos de estado.

El Comandante se lleva una mano a la cabeza. ¿Qué he estado diciendo, y a quién, y cuál de sus enemigos lo ha descubierto? Probablemente ahora su seguridad estará en peligro. Estoy más arriba que él, mirándolo; y se está encogiendo. Entre ellos ya ha habido purgas, y habrá algunas más. Serena Joy empalidece.

—Zorra —me insulta—. Después de todo lo que hizo por ti.

Cora y Rita llegan corriendo desde la cocina. Cora está deshecha en llanto. Yo era su esperanza, y la he defraudado. Nunca tendrá niños.

La furgoneta espera en el camino de entrada, con las puertas dobles abiertas. Los dos hombres —ahora uno a cada costado— me cogen de los brazos y me ayudan a subir. No tengo manera de saber si éste es mi fin o un nuevo comienzo: me he entregado a unos extraños porque es inevitable.

Subo y penetro en la oscuridad del interior; o en la luz.

NOTAS HISTÓRICAS

NOTAS HISTÓRICAS SOBRE
EL CUENTO DE LA CRIADA

Transcripción parcial de las actas del Duodécimo Simposio de Estudios Gileadianos, celebrado como parte del Congreso de la Asociación Histórica Internacional, que tuvo lugar en la Universidad de Denay, Nunavit, el 25 de junio de 2191.

Presidente: *Profesora Maryann Crescent Moon (Maryann Luna Creciente), del Departamento de Antropología Caucasiana de la Universidad de Denay, Nunavit.*

Orador inaugural: *Profesor James Darcy Pieixoto, Director de los Archivos del Siglo Veinte y Veintiuno, de la Universidad de Cambridge, Inglaterra.*

CRESCENT MOON:

Estoy encantada de darles la bienvenida a todos, y satisfecha al comprobar que muchos de ustedes asisten al discurso sin duda fascinante y provechoso del Profesor Pieixoto. Los miembros de la Asociación Gileadiana de Investigación consideramos que este período merece un estudio más exhaustivo, en la medida en que fue responsable de la modificación del mapa del mundo, sobre todo en este hemisferio.

Pero antes de pasar a ello, quisiera hacer algunos anuncios. La expedición de pesca saldrá mañana, como estaba programado, y para aquellos que no hayan traído un adecuado equipo para la lluvia y repelente de insectos, les informo que pueden conseguirlos con cargo a su cuenta en la recepción. La Marcha de la Naturaleza y el Desfile al Aire Libre de Trajes de Época han sido postergados para pasado mañana ya que nuestro infalible Profesor Johnny Running Dog (Johnny Perro Corredor) nos ha anunciado que para entonces se producirá un cambio del tiempo.

Permítanme recordarles el resto de las actividades patrocinadas por la Asociación Gileadiana de Investigación y que ustedes pueden realizar durante este congreso como parte de la programación de este Duodécimo Simposio. Mañana por la tarde, el Profesor Gopal Chatterjee, del Departamento de Filosofía Occidental de la Universidad de Baroda de la India, disertará sobre «Los elementos Krishna y Kali en la Religión Estatal del Período Primitivo de Gilead», y el jueves por la mañana intervendrá la Profesora Sieglinda Van Buren, del Departamento de Historia Militar de la Universidad de San Antonio, República de Texas. La Profesora Van Buren ofrecerá lo que, sin duda, será una fascinante conferencia ilustrada sobre «La Táctica de Varsovia: la Política de Cerco del Núcleo Urbano en las Guerras Civiles Gileadianas». Estoy segura de que todos querremos asistir.

También debo recordarle a nuestro orador inaugural, aunque estoy segura de que no es necesario, que se ciña al tiempo que le ha sido asignado, porque queremos dedicar una parte a las preguntas, y supongo que nadie querrá perderse el almuerzo, como ocurrió ayer. *(Risas.)*

El Profesor Pieixoto prácticamente no necesita presentación ya que es bien conocido por todos nosotros, si no personalmente, al menos a través de sus numerosas publicaciones. Entre ellas se incluyen «Las leyes suntuarias a través de las épocas: un análisis de documentos», y el ya conocido estudio «Irán y Gilead: dos monoteocracias de finales del siglo veinte vistas a través de los diarios». Como todos ustedes saben, es co-director, junto con el Profesor Knotly Wade (Ánade Nudoso), también de Cambridge, del manuscrito que hoy nos ocupa y colaboró en la transcripción, en los comentarios y en la publicación del mismo. El título de esta charla es «Problemas de autentificación con relación a *El cuento de la criada*».

Profesor Pieixoto.

(Aplausos.)

PIEIXOTO:

Gracias. Estoy seguro de que todos disfrutamos del té helado de la cena de anoche y que ahora estamos disfrutando en igual medida de nuestra ardiente presidenta. Utilizo la palabra «disfrutar» en dos sentidos excluyendo, naturalmente, el tercero, ya obsoleto. *(Risas.)*

Pero seamos serios. Desearía, tal como indica el título de esta pequeña charla, considerar algunos de los problemas vinculados con el *supuesto* manuscrito que ya es bien conocido de todos ustedes y que lleva el título de *El cuento de la criada.* Digo *supuesto* porque lo que tenemos ante nosotros no es el artículo en su forma original. En términos estrictos, cuando lo descubrimos no era en absoluto un manuscrito, y no llevaba título. La inscripción «El cuento de la criada» le fue añadida por el Profesor Wade, en parte como homenaje al gran Geoffrey Chaucer; pero aquellos de ustedes que como yo conocen al Profesor Wade más de cerca, me comprenderán cuando digo que estoy seguro de que todos los juegos de palabras fueron intencionados, sobre todo el que tiene que ver con el significado vulgar de la palabra *cuento* siendo hasta cierto punto la base de sustentación de esa fase de la sociedad gileadiana de la que trata nuestra saga. *(Risas, aplausos.)*

Este artículo, no me atrevo a utilizar la palabra *documento*, fue descubierto en el emplazamiento de lo que otrora fue la ciudad de Bangor, en lo que, en la época anterior al comienzo del régimen gileadiano, había sido el estado de Maine. Sabemos que esta ciudad fue un importante apeadero de lo que nuestra autora denomina «el Tren Metropolitano de las Mujeres», ya que algunos de nuestros bromistas historiadores le dieron el apodo de «el Tren Metropolitano de las Gachís». *(Risas y silbidos.)* Por esta razón, nuestra Asociación se ha interesado especialmente en él.

El artículo en su estado original se componía de una caja de zapatos de las de metal, para uso del Ejército de Estados Unidos, quizá hacia mil novecientos cincuenta y cinco. Este hecho en sí mismo no tiene por qué ser significativo, pues es sabido que estas cajas de zapatos se vendían frecuentemente como «desechos del ejército», y por lo tanto pueden haber quedado dispersadas. Dentro de esta caja de zapatos, precintada con cinta adhesiva como la que se usaba antiguamente para los paquetes postales, había aproximadamente treinta casetes, del tipo de las que se volvieron obsoletas alrededor de los ochenta o los noventa, con la llegada de los discos compactos.

Les recuerdo que éste no es el primer descubrimiento de este tipo. Sin duda les resulta familiar el artículo conocido como «Las memorias de A. B.», hallado en un garaje de un suburbio de Seattle, y «El diario de P.», desenterrado accidentalmente durante la construcción de un nuevo templo en las proximidades de lo que una vez fuera Syracuse, en Nueva York.

El Profesor Wade y yo estábamos muy entusiasmados con este nuevo hallazgo. Afortunadamente, varios años antes, con la ayuda de nuestro técnico anticuario residente, habíamos reconstruido un aparato capaz de reproducir semejantes casetes, y de inmediato emprendimos la cuidadosa tarea de la transcripción.

En la colección había en total unas treinta casetes, con proporciones variables de música y palabras. En general, cada casete comienza con dos o tres canciones, sin duda utilizadas como camuflaje: luego la música se interrumpe y a continuación se oye una voz. Es la voz de una mujer y, según nuestros expertos en fonética, es la misma desde el principio al fin. Las etiquetas de las casetes eran etiquetas auténticas que databan, por supuesto, de una época anterior al comienzo de la primera era gileadiana ya que, bajo este régimen, toda esa música profana quedó prohibida. Por ejemplo, había cuatro casetes tituladas «Los años dorados de Elvis Presley», tres de «Canciones populares de Lituania», tres de «Muchacho George se lo quita» y dos de «Los violines melodiosos de Mantovani», así como algunos títulos de los que sólo había una casete: «Las hermanas gemelas en el Carnegie Hall», es una de mis predilectas.

Si bien las etiquetas son auténticas, no siempre fueron colocadas en la casete con las canciones correspondientes. Además, las casetes no guardaban ningún orden especial, sino que estaban tiradas en el fondo de la caja, y tampoco estaban numeradas. Así que le correspondió al Profesor Wade, y a mí mismo, ordenar los bloques de diálogo en el orden en que parecían sucederse; pero, como he dicho alguna vez, el resultado se basa en conjeturas y debe ser considerado como algo aproximado y sujeto a una investigación más profunda.

Una vez que tuvimos hecha la transcripción, y que tuvimos que revisar varias veces, debido a las dificultades que planteaba el acento, las alusiones a cosas desconocidas y los arcaísmos, nos vimos obligados a tomar algunas decisiones con respecto al material que tan laboriosamente habíamos conseguido. Se nos presentaban varias posibilidades. En primer lugar, las casetes podían ser una falsificación. Como ustedes saben, se han dado varios casos de falsificaciones de este tipo por las que los editores han pagado sumas elevadas, deseando sin duda aprovecharse del sensacionalismo de esos relatos. Parece que ciertos períodos de la historia se convierten rápidamente tanto para otras sociedades como para aquellas que los viven, en tema de leyendas no especialmente edificantes y en motivo de autocomplacencia hipócrita. Si se me permite un comentario al margen, diré que en mi opinión debemos ser prudentes en nuestros juicios morales sobre los gileadianos. Seguramente ya hemos aprendido que tales juicios son forzosamente específicos de la cultura. Además, la sociedad gileadiana se encontraba bajo una fuerte presión, demográfica y de otro tipo, y estaba sujeta a factores de los que nosotros mismos estamos libres. Nuestra misión no consiste en censurar sino en comprender. *(Aplausos.)*

Dejando de lado mi digresión: de todos modos resulta bastante difícil falsificar una casete como ésta de un modo convincente, y los expertos que las analizaron nos aseguraron que los objetos físicos en sí mismos eran genuinos. Por cierto, la grabación misma, o sea la superposición de la voz sobre la música, no podría haberse hecho en los cien ni en los cincuenta últimos años.

Suponiendo, entonces, que las casetes son auténticas, ¿qué

decir de la naturaleza del relato? Obviamente no pudo haber sido grabado en el mismo período de tiempo del que habla puesto que, si la autora dice la verdad, no habría tenido a su alcance ni magnetófono ni casete, y tampoco habría tenido dónde esconderlos. Además hay en su narración cierta calidad reflexiva que, en mi opinión, descartaría la simultaneidad. Posee un cúmulo de emociones almacenadas, si no en la tranquilidad, al menos *post facto*.

Pensamos que si podíamos establecer la identidad de la narradora, podríamos encontrar una manera de explicar cómo este documento, permitidme llamarle así en nombre de la brevedad, salió a la luz. Para ello utilizamos dos líneas de investigación.

Primero intentamos, utilizando planos urbanos de Bangor y de otra documentación que quedaba, identificar a los habitantes de la casa que debía encontrarse en aquel entonces en el sitio del descubrimiento. Probablemente, razonamos, ésta había sido una «casa segura» del Tren Metropolitano de las Mujeres de aquel tiempo, y la autora podría haberlo ocultado en el ático o en la bodega, por ejemplo, durante semanas o meses, tiempo durante el cual habría tenido la oportunidad de realizar las grabaciones. Por supuesto, no había ningún indicio que nos permitiera descartar la posibilidad de que las casetes hubieran sido trasladadas al emplazamiento en cuestión una vez grabadas. Abrigamos la esperanza de poder rastrear y localizar a los descendientes de los hipotéticos ocupantes que, esperábamos, nos conducirían a otro material: diarios, quizá, o incluso anécdotas familiares transmitidas de generación en generación.

Lamentablemente, esto no nos condujo a nada. Tal vez estas personas, si realmente representaban un enlace en la cadena clandestina, habían sido descubiertas y arrestadas, en cuyo caso cualquier documentación referente a ellos habría quedado destruida. Así que continuamos con la segunda línea de ataque. Registramos los archivos de la época, intentando relacionar los personajes históricos con los individuos que aparecían en el relato de nuestra autora. Los archivos que han quedado de aquella época están en muy malas condiciones, pues el régimen gileadiano tenía la costumbre de arrasar con sus propias computadoras y destruir el material escrito después de las diversas purgas y de los disturbios internos; pero algún material escrito ha sobrevivido. Por cierto, parte de este material pasó clandestinamente a Inglaterra para uso propagandístico de las diversas sociedades de Protección de la Mujer, que en aquella época proliferaban en las Islas Británicas.

No abrigamos ninguna esperanza con respecto a localizar directamente a la narradora. Algunas pruebas internas nos demostraron que ella formaba parte de la primera tanda de mujeres reclutadas con fines reproductores y asignadas a aquellos que solicitaban tales servicios y que podían reclamarlos, dada su pertenencia a una minoría selecta. El régimen creó de inmediato una reserva de mujeres mediante la simple táctica de declarar adúlteros todos los segundos matrimonios y las uniones no maritales y de arrestar a las mujeres y, sobre la base de que ellas eran moralmente incapaces, confiscaban a los niños, que eran adoptados por parejas sin hijos, pertenecientes a las clases superiores, y que estaban ansiosas por tener descendencia a toda costa. (Durante el período medio, esta política se extendió hasta abarcar a todos los matrimonios no contraídos por la iglesia estatal.) Los hombres que ocupaban altos cargos en el régimen podían elegir y escoger entre las mujeres que habían demostrado sus aptitudes reproductoras por el hecho de haber tenido uno o más niños saludables, característica deseable en una era de caída en picado del índice de natalidad caucasiano, un fenómeno observable no sólo en Gilead, sino en la mayoría de las sociedades caucasianas del norte de aquella época.

Las causas de esta disminución no nos quedan del todo claras. Parte del fracaso con respecto a la reproducción puede deberse indudablemente a la amplia disponibilidad de diversos tipos de métodos de control de la natalidad, incluido el aborto, durante el período pre-gileadiano. La infertilidad era en parte deseada, cosa que puede explicarse por las diferentes estadísticas entre caucasianos y no caucasianos, pero no en toda su magnitud. ¿Acaso necesito recordarles que ésta fue la era de la cepa R de la sífilis y también de la infame epidemia de SIDA que, una vez que se extendió por toda la población, eliminó a una gran parte de la población joven y sexualmente activa de la reserva reproductora? Nacimientos de niños muertos, abortos espontáneos y malformaciones genéticas se extendieron y aumentaron y esta tendencia se ha relacionado con los diversos accidentes en centrales nucleares, cierres e incidentes de sabotaje que caracterizaron el período, así como fugas de productos químicos y de sustancias para la guerra biológica y lugares destinados a la evacuación de desechos tóxicos, de los que existían varios miles tanto legales como ilegales, en algunos casos, estos materiales simplemente se vertían en el alcantarillado, y al uso incontrolado de insecticidas, herbicidas y otros pulverizadores.

Pero fueran cuales fuesen las causas, los efectos fueron notables y en aquel momento el régimen de Gilead no fue el único en reaccionar ante ellos. En la década de los ochenta, por ejemplo, Rumania se había anticipado a Gilead mediante la prohibición de todos los métodos de control de la natalidad, imponiendo a la población femenina la realización obligatoria de pruebas de embarazo y supeditando los ascensos y los aumentos de salario a la fertilidad.

La necesidad de lo que yo llamaría servicios de nacimiento ya fue reconocida en el período pre-gileadiano, donde se realizaban inadecuadamente mediante «inseminación artificial», «clínicas de fertilidad» y mediante el uso de «madres de alquiler», que eran contratadas con este propósito. El régimen de Gilead proscribió las dos primeras por considerarlas irreligiosas, pero legitimó y estimuló la tercera por entender que tenía precedentes bíblicos; así, reemplazaron la poligamia común consecutiva del período pre-gileadiano por la forma más antigua de poligamia simultánea practicada tanto en los primeros tiempos del Antiguo Testamento como en el antiguo estado de Utah durante el siglo diecinueve. Como sabemos por el estudio de la historia, ningún sistema nuevo puede imponerse al anterior si no incorpora muchos de los elementos de éste, tal como demuestra la existencia de elementos paganos en la cristiandad medieval, y la evolución hasta llegar a la «K.G.B.» rusa a partir del anterior servicio secreto del Zar; y Gilead no fue una excepción a la regla. Sus principios racistas, por ejemplo, estaban firmemente arraigados en el período pre-gileadiano, y los temores racistas proporcionaron parte del aliciente emocional que permitió que la toma del poder en Gilead fuera un éxito.

Nuestra autora fue una entre tantas y debe ser considerada dentro de las líneas generales de la época histórica de la que formó parte. ¿Pero qué más sabemos de ella, aparte de su edad, de algunas características que podrían atribuirse a cualquiera, y de su lugar de residencia? No mucho. Parece haber sido una mujer culta, en la medida en que podría llamarse culta a una graduada de cualquier universidad de Estados Unidos. *(Risas, algunos silbidos.)* Pero, como ustedes dirían, los bosques estaban plagados de ejemplares de este tipo, así que no nos sirvió de mucho. Ella no nos proporciona su nombre original y, en efecto, todos los archivos oficiales posteriores a su ingreso en el Centro de Reeducación Raquel y Leah han quedado destruidos. El nombre «Defred» no nos proporciona ninguna pista ya que, al igual que «Deglen» y «Dewarren», es un patronímico compuesto por la preposición posesiva y el primer nombre del caballero en cuestión. Tales nombres eran adoptados por estas mujeres una vez que entraban en contacto con la familia de un Comandante determinado, y se despojaban de ellos una vez que abandonaban a esa familia.

Los otros nombres que figuran en el documento resultan igualmente inútiles al efecto de una identificación y autenticación. «Luke» y «Nick» no significan nada, lo mismo que «Moira» y «Janine». Lo más probable, de cualquier modo, es que fueran seudónimos adoptados para proteger a estos individuos en el caso de que las casetes resultaran descubiertas. Si así fuera, esto justificaría nuestro punto de vista de que las casetes se grabaron *dentro* de los límites de Gilead con el objeto de que fueran pasadas de contrabando por la red clandestina de Mayday.

Luego de eliminar las posibilidades anteriores, sólo nos quedaba una. Pensamos que el hecho de poder identificar al escurridizo «Comandante» supondría al menos algún progreso. Consideramos que un individuo tan altamente situado probablemente habría participado en un principio en la organización secreta Hijos de Jacob Pro-Tanques, sobre la cual se fundó la filosofía y la estructura social de Gilead. Esta organización se formó poco después de que se aceptara la paralización de las armas por parte de las superpotencias y de la firma del llamado Acuerdo de las Esferas de Influencia, que dejaba a las superpotencias libertad de acción, sin interferencias, con respecto a las crecientes rebeliones que tenían lugar dentro de sus propios límites. Los archivos oficiales de las reuniones de los Hijos de Jacob fueron destruidos después de la Gran Purga del período medio, que deshonró y liquidó a algunos de los primeros artífices de Gilead; pero disponemos de alguna información a través del diario cifrado realizado por Wilfred Limpkin, uno de los sociobiólogos de la época. (Como es sabido, la teoría sociobiológica de la poligamia natural fue utilizada como una justificación científica de algunas de las prácticas menos corrientes del régimen, así como el darwinismo fue utilizado por ideologías anteriores.)

Gracias al material de Limpkin sabemos que existen dos candidatos posibles, o sea los dos que incorporan a sus nombres el elemento «Fred»: Frederick R. Waterford y B. Frederick Judd. No ha quedado ninguna fotografía de ellos, aunque Limpkin describe al último como una persona envarada y, cito: «alguien para quien el trabajo es lo que se hace en el campo de golf». *(Risas.)* El propio Limpkin no sobrevivió mucho tiempo al régimen de Gilead y, si tenemos su diario, sólo es porque él intuyó su propio fin y se lo entregó a su cuñada de Calgary.

Tanto Waterford como Judd tienen características que los convierten en dignos de análisis. Waterford poseía conocimientos de investigación de mercado y, según Limpkin, fue el responsable del diseño de los trajes femeninos y de la idea de que las Criadas vistieran de rojo, idea que parece haber tomado de los uniformes de los prisioneros de guerra alemanes que se encontraban en los campos de prisioneros de Canadá durante la época de la Segunda Guerra Mundial. Parece haber sido el creador del término «Particicución», para lo cual se inspiró en un programa de ejercicios muy popular durante el último tercio del siglo; de todos modos, la ceremonia colectiva de la cuerda fue sugerida por una costumbre de un pueblo inglés del siglo diecisiete. El término «Salvamento» también debió de ser suyo, aunque en los tiempos de la instauración de Gilead, dicho término, originario de Filipinas, se había convertido en un término general para referirse a la eliminación de los enemigos políticos. Como he dicho en alguna otra ocasión, existieron muy pocas cosas originales o nativas de Gilead: su genialidad consistió en la síntesis.

Por otro lado, Judd parece haberse interesado menos en los envases y más en las tácticas. Fue él quien sugirió el uso de un panfleto desconocido de la «C.I.A.» sobre la desestabilización de los pocos gobiernos extranjeros como manual de estrategias de los Hijos de Jacob, y también él quien elaboró las primeras listas de «americanos» prominentes de la época. También se sospecha que él organizó el Día del Asesinato del Presidente, que debió de requerir una gran infiltración de los sistemas de seguridad del Congreso y sin el cual la Constitución jamás podría haber quedado suspendida. La Patria Nacional y el proyecto de embarque de los judíos también fueron creación suya, al igual que la idea de privatizar el programa de repatriación de los judíos, con el resultado de que más de un barco cargado de judíos fue hundido en el Atlántico con el objeto de aumentar los beneficios. Por lo que sabemos de Judd, esto no debió de preocuparle mucho. Pertenecía a la línea dura, y Limpkin hace la siguiente observación con respecto a él: «Nuestro gran error fue enseñarle a leer. No volveremos a cometerlo».

Es a Judd a quien se le atribuye el haber ideado la forma, en oposición al nombre, de la ceremonia de Particicución, argumentando que no sólo era una manera horripilante y eficaz de deshacerse de los elementos subversivos, sino que también actuaba como válvula para los miembros femeninos de Gilead. Las víctimas propiciatorias han sido notablemente útiles a lo largo de la historia y para estas Criadas, tan rígidamente controladas en otros tiempos, debía de ser muy gratificante poder destrozar a un hombre de vez en cuando con sus propias manos. Esta práctica llegó a ser tan popular y eficaz que fue regularizada durante el período medio, cuando tenía lugar cuatro veces al año, durante los solsticios y los equinoccios. Aquí hay reminiscencias de los ritos de fertilidad que se practicaban en los primeros cultos a las diosas terrenales. Tal como oímos decir en el debate del jurado de ayer por la tarde, Gilead, aunque indudablemente patriarcal en la forma, también fue en ocasiones matriarcal en el contenido, al igual que algunos sectores de la estructura social que la originó. Como bien sabían los artífices de Gilead, para imponer un sistema totalitario eficaz, o cualquier otro sistema, se deben ofrecer algunos beneficios y libertades, al menos a unos pocos privilegiados, a cambio de los que se suprimen.

A este respecto, creo pertinente hacer algunos comentarios sobre la curiosa agencia de control femenino conocida como las «Tías». Según el material proporcionado por Limpkin, Judd desde el principio fue de la opinión de que el modo mejor y más eficaz de controlar a las mujeres en la reproducción y en otros aspectos era mediante las mujeres mismas. Existen varios precedentes históricos de ello; de hecho, ningún imperio impuesto por la fuerza o por otros medios ha carecido de esta característica: el control de los nativos mediante miembros de su mismo grupo. En el caso de Gilead, había muchas mujeres deseosas de servir como Tías, ya fuera por auténtica creencia en lo que llamaban «valores tradicionales», o por los beneficios que de ello podían obtener. Cuando el poder es escaso, resulta tentador. También tenía un aliciente negativo: las mujeres mayores, sin hijos o estériles que no estaban casadas podían prestar servicio como Tías y librarse así del desempleo y del consecuente traslado a las infames Colonias, que estaban compuestas por poblaciones flotantes utilizadas principalmente como equipos prescindibles de eliminación de sustancias tóxicas, aunque la que tenía suerte podía ser asignada a tareas menos peligrosas, como la recolección del algodón o la cosecha de la fruta.

La idea, pues, partió de Judd, pero la ejecución llevaba el sello de Waterford. ¿A qué otro miembro de los Hijos de Jacob Pro-tanques se le habría ocurrido la idea de que las Tías llevaran nombres derivados de productos comerciales utilizados por las mujeres en el período pre-gileadiano, y por lo tanto familiares y tranquilizadores para ellas, como los nombres de productos cosméticos, de mezclas para pasteles, de postres helados e incluso de medicinas? Fue un golpe brillante y nos confirma en nuestra opinión de que, en sus mejores tiempos, Waterford fue un hombre de un ingenio considerable. Como lo fue Judd, en su estilo.

Se sabía que ninguno de los dos hombres había tenido hijos y por lo tanto podían disfrutar del derecho a la descendencia de las Criadas. En el artículo que escribimos juntos, «La noción de "simiente" en los primeros tiempos de Gilead», el Profesor Wade y yo llegamos a la conclusión de que ambos hombres, al igual que muchos Comandantes, habían entrado en contacto con un virus causante de la esterilidad, desarrollado mediante experimentos secretos acopladores de genes durante el período pre-gileadiano, y que se pretendió insertar en el sucedáneo de caviar que consumían los altos funcionarios de Moscú. (El experimento fue abandonado después del Acuerdo de las Esferas de Influencia, porque se consideró que el virus era absolutamente incontrolable y también muy peligroso para muchos, aunque algunos querían diseminarlo por el territorio de la India.)

De cualquier manera, ni Judd ni Waterford estuvieron casados jamás con ninguna mujer que se llamara «Pam» ni «Serena Joy». Este último nombre parece haber sido una maliciosa invención de nuestra autora. El nombre de la esposa de Judd era Bambi Mae, y el de la esposa de Waterford era Thelma. Sin embargo, esta última había sido una figura de la televisión, del tipo que describe la narración. Nos enteramos de ello a través del material de Limpkin, que hace varias observaciones sarcásticas al respecto. El propio régimen se esmeró en cubrir las desviaciones de la ortodoxia por parte de las esposas de las clases privilegiadas.

Las pruebas inclinan la balanza a favor de Waterford. Sabemos, por ejemplo, que murió probablemente poco después de los acontecimientos que nuestra autora describe, en una de las primeras purgas; fue acusado de tener tendencias liberales y de estar en posesión de una importante colección no autorizada de material pictórico y literario de tipo herético, y de encubrir a una persona subversiva. Esto ocurrió antes de que el régimen empezara a celebrar los juicios en secreto, y por lo tanto aún los televisaban, de manera que ese juicio fue grabado en Inglaterra por vía satélite y se encuentra en los depósitos de grabaciones de nuestros archivos. Las tomas de Waterford no son muy buenas, pero sí lo suficientemente claras para asegurar que su pelo era en efecto gris.

En cuanto a la persona subversiva que Waterford fue acusado de encubrir, podría haber sido la propia «Defred», ya que su huida puede haberla colocado en esa categoría. Como demuestra la existencia misma de las casetes, lo más probable es que fuera «Nick» quien ayudara a «Defred» a escapar. El modo en que lo hizo lo señala como un miembro de la organización clandestina Mayday, que no era la misma que el Tren Metropolitano de las Mujeres, pero que tenía relaciones con éste. Lo último fue una simple operación de rescate cuasi militar. Se sabe que una serie de componentes de Mayday se habían infiltrado en los más altos niveles de las estructuras del poder gileadiano y que la colocación de uno de sus miembros como chófer de Waterford habría sido ciertamente un golpe; un golpe doble, ya que «Nick» debió de ser al mismo tiempo un miembro de los Ojos, como solía ocurrir en el caso de los chóferes y los sirvientes personales. Waterford, por supuesto, debía de saberlo; pero, como todos los Comandantes de alto nivel, automáticamente era director de los Ojos y no debió de haber prestado mucha atención ni debió de dejar que ello interfiriera en su infracción de lo que él consideraba reglas menores. Como la gran mayoría de los primeros Comandantes de Gilead que posteriormente fueron purgados, él consideraba que su posición estaba por encima de cualquier ataque. El estilo del período medio de Gilead fue más cauteloso.

Éstas son nuestras conjeturas. Suponiendo que sean correctas, es decir, suponiendo que Waterford fuera efectivamente el «Comandante», aún quedan muchas incógnitas. Algunas de ellas podrían haber sido despejadas por nuestra autora anónima, si hubiera tenido una manera diferente de ver las cosas. Si hubiera tenido instinto de periodista, o de espía, podría habernos explicado muchas cosas acerca del funcionamiento del imperio gileadiano. ¡Qué no daríamos ahora por veinte páginas escritas del ordenador privado de Waterford! De cualquier manera, debemos estar agradecidos por las migajas que la Diosa de la Historia se ha dignado concedernos.

En cuanto al destino final de nuestra narradora, permanece en las tinieblas. ¿Fue pasada clandestinamente por la frontera de Gilead hasta lo que entonces era Canadá, y se las arregló para ir de allí a Inglaterra? Ésta habría sido una decisión inteligente ya que el Canadá de aquella época no deseaba enemistarse con su poderoso vecino y organizaba redadas y extraditaba a los refugiados. En ese caso, ¿por qué no se llevó consigo la narración grabada? Tal vez su viaje se decidió en el último momento; tal vez temía que la detuvieran en el camino. Por otro lado, puede que la hubieran vuelto a capturar. Si realmente llegó a Inglaterra, ¿por qué no dio a conocer su historia, como hicieron muchos una vez que llegaron al mundo exterior? Puede que temiera que tomaran represalias contra «Luke», suponiendo que él aún estuviera vivo, lo cual es improbable, o incluso contra su hija; porque el régimen gileadiano no era incapaz de tales medidas, y las tomaba con el fin de desalentar la publicidad adversa en los países extranjeros. Se sabe que más de un refugiado incauto recibió una mano, una oreja o un pie envasado al vacío y oculto, por ejemplo, en un bote de café. O tal vez se contaba entre las Criadas que huyeron y que tuvieron dificultades para adaptarse al mundo exterior, después de la vida protegida que habían llevado. Como ellas, puede haberse convertido en una solitaria. No lo sabemos.

Sólo podemos hacer deducciones también con respecto a las motivaciones de «Nick» para organizar la fuga. Podemos suponer que una vez descubierta Deglen, su compañera de asociación con Mayday, él mismo corría peligro porque, como muy bien sabía en tanto miembro de los Ojos, la misma Defred sería interrogada. La pena por actividad sexual no autorizada con una Criada era severa, y su categoría de Ojo tampoco lo protegía. La sociedad gileadiana era en extremo bizantina y cualquier transgresión podía ser utilizada en contra de uno por los enemigos no declarados pertenecientes al régimen. Por supuesto, él podría haberla asesinado, lo que habría sido el camino más inteligente, pero el corazón humano sigue siendo un factor decisivo y, como sabemos, ambos pensaban que ella podía estar esperando un hijo de él. ¿Qué varón del período gileadiano podía resistirse a la posibilidad de ser padre, algo tan impregnado de categoría y tan preciado? En cambio, llamó a un equipo de rescate de los Ojos, que pueden haber sido auténticos o no, pero en cualquier caso trabajaban bajo sus órdenes. Con esto también puede haber provocado su propia caída. Jamás lo sabremos.

¿Nuestra narradora llegó sana y salva al mundo exterior y construyó una nueva vida? ¿O fue descubierta en su escondite del ático, arrestada, enviada a las Colonias o a Jezebel's, o incluso ejecutada? Nuestro documento, aunque a su modo elocuente, no da respuesta a estas cuestiones. Podríamos convocar a Eurídice desde el mundo de los muertos, pero no podríamos lograr que respondiera; y cuando nos giramos para mirarla, la divisamos sólo un momento, antes de que se nos deslice de las manos y se desvanezca. Como todos los historiadores sabemos, el pasado es una gran tiniebla llena de resonancias. Desde ella pueden llegarnos algunas voces; pero lo que nos dicen está imbuido de la oscuridad de la matriz de la cual salen. Y, por mucho que lo intentemos, no siempre podemos descifrarlas e iluminarlas con la luz prístina de nuestro propio tiempo.

Aplausos.

¿Alguna pregunta?

ÍNDICE

Esta edición de 3000 ejemplares,
se terminó de imprimir en
Industria Gráfica del Libro,
Warnes 2383, Buenos Aires,
en el mes de julio de 1987.